异域密码之

Thailand Ibunroku

九州出版社
JIUZHOUPRESS

图书在版编目（CIP）数据

异域密码之泰国异闻录 / 羊行中著. -- 北京 : 九州出版社, 2018.12（2019.7 重印）

ISBN 978-7-5108-7777-3

Ⅰ. ①异… Ⅱ. ①羊… Ⅲ. ①长篇小说-中国-当代 Ⅳ. ① I247.5

中国版本图书馆 CIP 数据核字（2018）第 300420 号

异域密码之泰国异闻录

作　　者	羊行中　著
出版发行	九州出版社
地　　址	北京市西城区阜外大街甲 35 号（100037）
发行电话	(010)68992190/3/5/6
网　　址	www.jiuzhoupress.com
电子信箱	jiuzhou@jiuzhoupress.com
印　　刷	三河市金泰源印务有限公司
开　　本	690×980 毫米　16 开
印　　张	19
字　　数	238 千字
版　　次	2019 年 4 月第 1 版
印　　次	2024 年 7 月第 5 次印刷
书　　号	ISBN 978-7-5108-7777-3
定　　价	36.80 元

目 录

前言 I

引子 001

第一章 毒蛊 011

第二章 人蛹 035

第三章 红瞳狼蛊 061

第四章 绝色画壁 073

第五章 双头蛇神 091

第六章 万毒森林 109

第七章 草鬼 139

第八章 蝙蝠幽洞 153

第九章 骨扣 183

第十章 邪恶之眼 215

第十一章 阳白指甲 243

第十二章 古曼女婴 257

第十三章 鬼泰拳 273

尾声 291

前言

我曾经作为交流学生，在泰国学习了一年。在这一年里，我经历了无数次恐怖诡异的事情，彻底推翻了曾经坚定信仰的无神论。泰国为什么信奉佛教？为什么泰国总是与蛇有着密不可分的联系？降头术到底是什么？古蔓童真的是用死去的婴儿炼制的吗？许多摆放在寺庙的瓶瓶罐罐里，到底是供奉的香油还是其他？

我的经历，或许能找到答案！

每当夜深人静时，这些可怕的记忆如同邪灵钻入大脑，刺痛神经，让我无法入眠！我只能守着苍白的电脑屏幕，对着键盘一个字一个字敲击。

我所写的一切，也许只是我的幻觉，也许是真实的，我无法去下定义。因为我不知道自己作为交流学生，到底是巧合，还是命运的安排！

或许，有一双无形的手，在暗中操纵着我的人生！

这只是我诡异一生的开始!

这只是——

开始!

引子

坐上飞往泰国的飞机，恐高的我清晰地感受到机舱地板把我向上顶，重心却不停向下坠的落差感，不由有些头晕目眩。

伴随着飞机的呼啸声，这架巨大的银鸟终于载着乘客们穿越云层，在距离太阳最近的地方平稳地向泰国飞去。隔着舷窗，我看到一片片曾经遥不可及的云朵就在身下，突然想到自己正在距离地面万米的高空，如果飞机失事，整个人会被摔得四分五裂，打了个冷战，连忙收回思绪。

本来还有一个朋友和我一起去泰国学习，说好了在飞机场见面，但是他却没有来，电话也打不通，不知道发生了什么事情，眼看飞机就要起飞，我只好先登了机，心中不免有些失落……

我微微闭目，忐忑地构思着此次为期一年的泰国学习。这个神秘而又透着浓郁佛教色彩的国家，时尚和落后，财富和贫穷，毒品与人妖奇妙地交织在同一个国度，让我不禁神往起来，兴奋得手心都有些冒汗。

“第一次去泰国？”坐在我身边的漂亮女孩用不太流利的汉语问道。

上飞机时我就注意到这个不但漂亮而且透着高贵气质的女孩。古铜色的健康肤色，略带棕色的长发如同瀑布般垂落在高耸的胸前。一双晶亮的大眼睛镶嵌在俊俏的瓜子脸上，秀挺的鼻子下面是一张红润的樱桃小嘴，最妙的是笑起来左脸颊还有一枚小小的梨涡，与白瓷般的牙齿相映生辉。当她坐在我身边时，我的心脏竟然不争气地狠命跳动了几下。只是我偷偷瞥见她的眼睛时，却觉得哪里不太对劲，但是又说不上来到底哪里不对劲。

既然这个女孩主动搭讪，我也不好意思装作没听见，再说我本来也想找机会套近乎来着，于是便忙不迭地点着头。

女孩很热情地笑着：“去泰国哪里？”

我觉得脸滚烫，心说这个女孩气场真强，嘴里结结巴巴道：“清迈。”

“哦？”女孩眉毛扬了扬，有些兴奋地说道，“正好同路呢，我也是去清迈。”

这种突如其来的巧合让我更是浮想联翩，正搜肠刮肚准备组织几个比较合适的句子，女孩突然又说道：“清迈有许多传说呢，你知道么？”

我被通知去泰国做交流学生后，恶补了许多泰国的知识（说来惭愧，基本就是百度的），倒是对泰国的传说也有一些了解，不过女孩这么问，我也没敢随随便便回答，万一说的不对岂不是很没面子。

女孩谈兴甚浓，兴致勃勃道：“清迈最著名的就是人皮风筝的传说。想听么？”

人皮风筝？

光听这个名字就让胆子不大的我脊梁一阵发寒，但是当着女孩的面又不能露怯，于是我便硬着头皮点了点头。

以下是女孩的叙述——

清迈是一座历史悠久的文化古城，最早称为兰纳。早在13世纪，孟莱王就定都于此，以后长期成为兰纳泰王国的都城。

据说，孟莱王生性变态残暴，用尽一切能够想到的手段折磨虐杀战俘和犯人。比如用钉子在脑门儿上凿个洞，往里面灌入滚烫的热油；用烧得通红的铁丝穿入耳朵，在从另外一边穿出……

（女孩说到这里，我脑补着画面，倒是没觉得特别恐怖，只觉得无比恶心……实在想不出这么漂亮的女孩竟然能如此若无其事地把这些讲出来。）

终于有一天，孟莱王所有的酷刑都尝试遍了，再也没有新鲜花样，于是整天闷闷不乐。

暴君身边自然少不了谗官和小人。见孟莱王因为找不到新的虐杀方法而郁郁寡欢，这些人意识到升官发财的机会来了，便绞尽脑汁想着各种变态的杀人方法。

终于有个叫卡迪的谗官想出了个点子：他做了十根特殊的竹签，放在巨大的桶里。清迈家家户户都要抽签，抽中签的人家要奉献一个年轻子女，在经过绑在皇宫门前暴晒三天三夜，同时用烈火烘烤等一系列程序后，人皮风筝制作完成，再由抽中签的十家放飞，谁家的风筝飞得最低，那一家就会被用各种酷刑虐杀。

而剥皮、加工、制成风筝的过程，必须由子女的父亲亲手完成！

孟莱王听到这个主意，大呼过瘾，重赏了卡迪，立刻在清迈下了这道命令！

命令一颁布，全清迈人民自然怨声载道，纷纷逃亡，又被追兵追上，拴在马后面生生拖回清迈游街示众，直到被拖得血肉模糊，翻绽的血肉里面裹着黑色的泥土，气绝而亡为止。全国各地也出现了少数暴动，但是都被孟莱王强大的武力镇压了下去，起义的人死法更是惨不忍睹！

武力是最好的信仰！渐渐地，清迈家家户户都接受了这个残酷的法令，他们只能在心里对着佛祖暗暗祈祷：不要抽中那十根竹签就好！

抽签那天，自然是万家欢乐十家愁，没有抽中的欢天喜地，高高兴兴地回家了。而抽中的那几家，有的当场放声大哭，有的则傻了，有的却疯了似的大笑起来……而最无巧不成书的是，当桶里还剩两根竹签时，第十根竹签还没有出现，在场的所有人看到剩下来的两人，不禁都唏嘘起来。

这两个人一男一女，都是孤儿。男的叫拓凯，女的叫秀珠，自幼青梅竹马，拓凯被称为全清迈最英俊的男子，而秀珠则是全清迈最美丽的女子！

再过几天，就是他们成亲的日子。许多善良的人不禁为这对情侣潸然落泪！

但是谁都没有注意到，在不远处的高台上监督的卡迪，脸上却浮现出了意味深长的笑容。

拓凯和秀珠知道两人中必有一人要死，被制成恐怖的人皮风筝，自然相拥而泣。拓凯哭的甚至比秀珠还要凄惨，倒是秀珠要坚强一些，她抹了把眼泪，对着拓凯说了句“来生相见”便要去抽决定生死的那根签。

拓凯猛地拽住了秀珠，抢在秀珠前头抽了签，跑上高台交到卡迪手里。

卡迪拿着手里的竹签看了一会儿，宣布拓凯没有抽中，而最后一个要被制作成人皮风筝的，是秀珠！

说到这里，女孩那双幽幽的大眼睛直勾勾地盯着我，笑得很灿烂地问道：“知道后面的故事么？”

我被女孩盯得没来由打了个冷战，通体寒冷，只觉得汗毛一根根竖了起来，心里说不出的不舒服。在飞机上听到这么虐心的故事显然也不是什么愉快的事情，偏偏这个传说让我听得又很入迷，听到女孩这么问，我认真想了想：“他们殉情了？”

“没有，”女孩的声音空洞而悲伤，“拓凯娶了卡迪的女儿！”

“什么？”我失声道。我曾设想了无数结局，唯独没有想到真正的结局竟然会是这样的。

“没想到吧？”女孩轻轻叹息，“卡迪的女儿，是一个怪胎！”

以下是女孩的叙述——

卡迪的妻子是他的表妹，他们生下的女儿，据说在出生时就把接生婆吓疯了。谁也没有见过那个女孩，但是据仆人说，那个女孩生下来的时候，只有一只眼睛，还被额头上多长出来的一块红紫色的肉坨遮挡住了，她下巴尖的异常，而且只有半边脑袋，后脑像被刀削似的整整齐齐平着长下来，左手臂与躯干被一层薄膜紧紧粘着，双腿像海豚的下体一样是个圆滚滚的肉条，全身长满了细细碎碎的鳞片，活脱脱一条变种的蛇。

卡迪大怒，当时就想把这个怪胎杀掉！可毕竟是母亲心头掉下来的肉，妻子苦苦哀求，说既然佛祖让她降生到这里，就有佛祖的道理。

于是那个女孩像狗一样被关在屋子里，不能见人，每天只有母亲给她送饭，她只能隔着窗户看兰纳城明媚的天空。

母爱固然伟大，可是母亲在不经意间也会对女孩流露出厌恶的表情，这一切都深深刺伤了她！但是这个女孩却有着黄莺般的歌喉和异常聪明的头脑，然而由于常年被鄙视和嘲笑以及幽闭的环境，她也拥有了比蛇蝎还恶毒的心肠！在那间幽暗潮湿、长满绿苔的屋子里，经常出现毒蛇、蜘蛛、蜈蚣、蟾蜍这样的毒虫。有的时候肚子饿了，她会像蛇一样在屋子里爬来爬去，抓这些毒虫吃。直到有一次，为了抓一只老鼠，她从墙洞里发现一本残旧的书。那本书上没有字，全是些稀奇古怪的图画，而聪慧的她竟然通过图画看懂了这本书的意义。

这是一本蛊书！

直到有一天，当女孩隔着窗户看到英俊的拓凯和美丽的秀珠给诶官家里送玫瑰时，她被拓凯深深地迷住了，也疯狂地嫉妒着秀珠！

于是，她想到了蛊书里的一种蛊术！然后，便有了“人皮风筝”的献计！

竹签被做了手脚，最后两根签，都是特殊签。当拓凯抽中特殊签冲上高台时，爱情终于被恐惧和求生欲望击溃，当卡迪悄悄对他说可以活下来，只是要牺牲秀珠娶他女儿时，他犹豫着答应了！

人皮风筝残忍的制作过程，也只是蛊术的一个步骤！

当人皮风筝放飞之后，吸取了太阳的阳气，就可以完成这个蛊术最后的程序——换皮！另外九户人家的子女和飞得最低的全家，只是一个骗局的牺牲品。

秀珠的皮是拓凯亲手剥下来的，据说拓凯剥皮时很悲伤，垂死的秀珠勉强睁着一双美丽的眼睛对他说“来生再见”时，拓凯含着泪答应了！而那天，几乎所有子女剥皮的父亲都疯掉了，唯独拓凯冷静得有些残酷！

他的心，已经被求生的欲望变得邪恶残忍。

风筝放飞结束，那张人皮风筝被送进了府邸。

换皮的过程不得而知，但是当拓凯看到卡迪的女儿的时候，几乎不敢相信自己的眼睛！他听说过未婚妻是个怪胎，本来心中充满了恐惧，但是当看到和秀珠一模一样的人出现在自己面前，又闻到了奇异的香味时，不由心神荡漾，完全被迷住了！

他不知道的是，卡迪女儿用尸油制作的迷情香水可以让心仪的男子完全陶醉，哪怕面前是一头母猪，也会毫不犹豫地疯狂爱上。

而那些尸油，是从烈火烘烤的十个人身上提炼的！

女孩说到这里，端起一杯清水润了润嘴唇。我则听得心中万般滋味，不知道说什么好。

成亲那天，卡迪家里祝贺的人络绎不绝，当来贺亲的人看到新娘与秀珠一模一样时，都惊讶不已，但是很快，他们的注意力就被满桌异香扑鼻的各类菜式吸引了。而拓凯只是痴痴迷迷地看着新婚妻子发呆。

谁也没有注意到，新娘虽然笑容如花，眼神中却透着深深的悲伤和凄厉的怨气。宴席上一位德高望重的僧侣双手合十，眼观鼻，鼻观心。泰国是佛教之国，对僧侣异常尊重，这位僧侣面前桌子上的珍馐佳肴更是数不胜数，可是他却没有动过一筷子。

宴席进行到一半，新郎新娘来到僧侣这桌敬酒，僧侣深深地看着新娘，把那一杯素酒倒在地上，仰天长笑而去，只留下了一句话："劫是劫，报是报，人皮裹蛇心，患难无真情！"

正围着佳肴饕餮的贺客们没有在意僧侣说什么，只是甩着腮帮子吃得满嘴油光。

僧侣的徒弟紧跟着师父出了门，走了很远才询问为什么，僧侣长叹一声："你总是贪这口舌之欲，殊不知已经中了邪蛊！还要你跟随我多年，倒不像那些凡夫俗子，只为六欲而活。"

徒弟大惊，僧侣从怀中掏出一小节竹筒，拔开塞子，从里面爬出一条翠绿色的小蛇。僧侣突然捏住徒弟的嘴，把小蛇塞了进去！

徒弟连反应都没来得及，那条蛇已经顺着他的喉咙钻进了食道！过不多时，徒弟满面痛苦，翻滚在地上抽搐着，忍不住"哇"地呕吐出来！而他吐出的沾满黏液的东西，竟然不是刚才吃下的美味佳肴，而是一只只癞蛤蟆、蜘蛛、蜈蚣……

僧侣悲哀地看着远处府邸："人皮换体，尸油制香水，再用蛊虫制饭，把所有人的心神迷惑，这种凶煞之草鬼术，已经许多年没有出现了，不知道她是怎么掌握的！但是又不懂得祛除人皮和尸油里的怨魂，不出一刻钟，必然会被厉鬼反噬。”

徒弟大惊，擦着嘴唇刚想询问，看到地上的毒虫又忍不住呕吐起来。僧侣掐着手指算道：“已经晚了，厉鬼已经成形，凶煞之气再也拦不住了！”

话音刚落，徒弟看到府邸上空飞起数条白色的阴魂，纠缠在一起，竟然汇聚成一个巨大的厉鬼，依稀是秀珠的样子！那只厉鬼森森地望着院落，双手向上举起，凄厉的女人惨叫声响彻夜空，一张血淋淋的人皮从院落中飞起，像一具风筝飘在空中！

厉鬼发出嚯嚯的怪笑，空洞的眼睛冷冷注视着院落，院落传来了各种各样的惊呼惨叫。那张滴着鲜血的人皮风筝就像是有生命一般，不停地在空中院落来回穿梭，每次落下，都会传来更凄厉的惨叫和更多的惊呼！

僧侣已经入定，嘴里不停地念着奇怪的咒语。徒弟远远望去，从府邸大开的府门里看去，那张人皮在人群中不停地覆盖着惊慌失措的人们。每覆盖到一个人，就把这个人紧紧包裹住，随着刺啦一声响，人皮脱离时，那个人就像是被活剥了人皮，只剩下红色的肌肉和青色的血管蚯蚓般附在身体上，挣扎着跑几步，摇摇晃晃倒在地上，痛苦地抽搐着，在地面上留下一道道触目惊心的血痕！

更多的人像疯了般涌向府门，奇怪的是大开的府门却像是被有形的东西阻挡住了，明明没有什么东西，可是逃窜的人就是出不去！徒弟定睛看去，才看到有几只厉鬼幽幽地站在门口，阻挡着逃窜的人们！

不多时，几乎所有人都变成了血尸，整个府邸成了充满血腥味的修罗地狱，被剥皮的尸体浸泡在混着泥土的血浆里，颤巍巍地漾动着！

只有一个人，傻子般坐在血泊中，痴痴呆呆地看着无比恐怖的一切。

他就是拓凯！

那张人皮风筝轻轻飘到他的面前，落到他的手中，嘤嘤地哭着，空中的厉鬼竟然发出声幽幽的叹息。

“秀珠，我错了！”拓凯捧着人皮，喃喃低语道。

空中的厉鬼消失了，人皮从拓凯手里飘起，落在地上，变成赤裸的秀珠模样：乌黑的长发覆盖着秀挺的双峰，浑圆的臀部在月光下闪烁着耀眼的白。

“现在知道错了还有用么？”人皮秀珠轻叹着，托起了拓凯的下巴，轻轻吻着他，“你还爱我么？”

拓凯浑身一震，痴迷地盯着人皮秀珠的身体：“爱！”

“哈哈！”秀珠的声音忽然变得凄厉，“爱？你有资格和我说爱么？既然爱，就变成我吧！”

话音刚落，人皮秀珠从前额开始裂开，又重新变成一张薄薄的人皮，覆盖在拓凯身上！

徒弟目瞪口呆地看着发生的一切，僧侣依旧不停地念着咒语。拓凯已经完全变成秀珠的样子，神色茫然地踩着尸体和血泊从院中走出，路过僧侣身边时，双手合十：“谢谢大师！”

僧侣突然圆睁双目，厉声喝道：“这是劫数！我无力阻止，望以后好自为之！”

变成秀珠的拓凯消失在夜色中，僧侣向院子内走去，对徒弟说道：“随我清障去吧！”

一个时辰之后，曾经繁华的官邸化作一汪大火，映红了半边夜空！在火光蔓延的边缘，师徒两个僧侣并肩向黑夜中走着。

“师父，我看见好像有个蛇一样的尸体。”

“嗯。”

“师父，这到底是什么邪术，竟然这么厉害！”

“不可知的东西不知为好，何须纠结。”

“哦。”徒弟再没有发问，只是假装收拾衣服，落后了师父几步远，把一本残破的沾着血迹的书卷成团塞到绑腿里面。

说到这里，女孩久久没有说话，我听得意犹未尽，想到传说故事里面的情节，既毛骨悚然又觉得无比真实，忍不住问道：“到这里就结束了么？那个变成秀珠的拓凯呢？那个蛇人是怎么回事？什么是草鬼？徒弟往绑腿里面塞的书是不是谗官女儿从墙洞里翻出的书？”

女孩看着舷窗外面的白色云朵，声音变得很沙哑：“拓凯变成秀珠后，游走于世界各地，谁也不知道他已经是被人皮包裹的尸体，谁也不知道他到底在寻找什么。”

女孩说完这句话，伸了个懒腰，我好像听到了轻微的布帛撕裂声。她又整理了一下头发，起身向洗手间方向走去。

我闭上眼睛，回忆着传说的每个细节，不知不觉间竟然睡了过去。

飞机轻轻一晃，我猛然惊醒，空中小姐正用和蔼的声音说道：“各位乘客，飞机即将降落于泰国曼谷国际机场，请各位乘客系好安全带，飞机下落时会对您造成短暂的不适感，请您保持轻松，深呼吸……”

我连忙系着安全带，这才发现身边坐着女孩的地方空空如也，我清晰地记得她去了洗手间，怎么这么久还没有回来？！

我连忙按下了呼铃按钮，空中小姐走了过来，对我半鞠躬问道：“先生请问有什么需要帮忙的么？”

我轻声问道：“请问刚才坐我旁边的那个女孩去哪里了？”

空中小姐疑惑地看着我，脸上闪过一丝惊恐：“先生，从上飞机的时候您身边就没有人啊！”

我心里一惊：“什么？怎么可能！”

坐在周遭的乘客听到了我和空中小姐的对话，像看鬼一样看着我，从他们的眼神中，我读出了“我身边确实没有人”的讯息。

我刚才看到的那个女孩是谁？难道是鬼？她讲的这个传说是什么意思？我刚才真的遇见鬼了还是幻觉？

纷乱的思绪和莫名的恐惧不停地撞击着我的脑神经，让大脑刺痛起来。空中小姐关切地问道：“先生你没事吧？有什么不舒服么？”

我连忙摆摆手，尴尬地笑道：“不好意思，刚才睡着做了个梦，现在还有些迷糊。”

“先生，在飞机上经常有乘客会出现精神错觉，尤其是恐高症和幽闭环境恐惧症患者群。您转移注意力，放松精神就好。”空中小姐的话让我踏实了不少。

“其实您身边这个座位本来是有位先生的，不过不知道为什么他没有登机呢。”空中小姐笑着说道，“我记得那位先生好像叫拓凯。听名字应该是个泰国人。”

拓凯！一阵彻骨的凉意从心里慢慢散发，冰冻了我的血液和身体。我扭动着脖子，发出“咯咯”的声响，望向身边那张空空如也的座椅，仿佛看见一道白色的鬼魂坐在那里，慢慢拨弄着手里橘黄色的人皮。

我越想越害怕，连忙把视线转移到窗外，飞机已经穿过云层，曼谷的高楼大厦就像多米诺骨牌似的罗列着，好像一推就能依次碰倒。

晴朗的天气，绿树成荫的曼谷，秀丽的景色让我轻松了许多，我甚至也相信自己刚才是因为恐高产生了错觉，也许只是一个梦，一个太真实的梦。

天空中忽然飘过一个东西，在舷窗前一闪而过，又被一阵风吹了回来。我仔细看去——

空中，飘着一张橘黄的人皮风筝……

第一章 毒蛊

泰国是全球著名的旅游大国，浓郁的佛教文化和奇异的风俗以及神秘的人妖、佛牌、降头术，吸引着一批又一批的游客踏上这异域之旅。

但是游客们不知道，当踏上这片充满着奇俗异情的土地时，神秘的降头术，已经下在了他们身上……

一

下了飞机，我还在为刚才那件奇怪的事情恍惚不已，因为一切实在是太真实了，真实得让我一想起那个刑罚都忍不住皮痛，再加上那个女孩莫名其妙地失踪，让我更是分不清现在到底是一场梦还是存在于真实世界中，脑子不自觉地恍惚起来，直到汇入了出飞机场的人群，我才回过神儿，索性使劲甩了甩头，努力不让自己再去想，就当做了个梦好了。

其实，我心里知道：这绝对不是一场梦！

可是不当做梦，我又能把这件事当作什么？

我下意识地看了看身边的玻璃，里面映出我模糊的身影。在影子的后面，人们来来往往，摆出各种各样的表情，根本没有人注意到我。我突然感到很独孤，好像天地间就只有我存在着，我是隐形的，他们看不见我。

这种感觉，来源于我的一个秘密。一个我不能对任何人说起的秘密！

我叹了口气，整理了背包，重新融入人群中，茫然地走着。

人皮风筝、秀珠、拓凯像是不愿散去的阴魂，不停地在我眼前转来转去，为什么我会遇到这么诡异的事情？

难道和我那个不能说的秘密有关？

我隔着玻璃看了看外面的天空，泰国的天空比国内晴朗很多，此时已是深夜，天空依然像一块剔透的蓝宝石，哪里还有什么人皮风筝的影子……

我隐隐感觉到此次泰国学习不是那么顺利，但是既然来了，就去面对吧！有了这个决定，我心里轻松不少，抬头寻找着机场出口。

世界上最不可能会迷路的地方在哪里？

答案是：飞机场。

只要跟着人群，不管是上飞机还是出机场，肯定不会迷路。

曼谷国际机场有两个，分别是廊曼机场和素万那普国际机场，廊曼机场只有国内航线，我自然是在素万那普机场。来来往往的人群里，各色皮肤各种服饰的人都有，这在国内倒是很少见。不过转念一想，我现在是在泰国，见到的基本都是老外，在泰国人眼里，我也是老外，也就释然了。比较麻烦的是到了曼谷已经是晚上十一点多，人生地不熟，再加上我的英语不太利索，万一打的被宰个千八百块或者被稀里糊涂送到什么地方下了药把小爷整成人妖，那就真成“出师未捷身先死，长使英雄泪满襟”了。

于是，我按照在国内准备好的路线攻略，决定先在机场里待上一宿，到天亮乘机场快线AE4到达曼谷华南蓬火车站，沿途还可以看见胜利纪念碑，在火车站买好火车票，白天游览大皇宫一带，晚上坐火车去清迈，既节省时间又省下了住宿费。

也许是一路车马劳顿，实在太过劳累，本来我还拿着手机玩《神庙逃亡》，玩着玩着，竟然不知不觉睡着了。一觉醒来，看着外面好大的太阳，迷糊了好一会儿才想起这是在泰国，我一拍大腿，急头败脸地赶往火车站，结果可想而知，火车虽然还没有出发，但是票卖完了。

我算算报到时间，再等第二天的火车不太现实，只好翻地图找长途大巴站，赶上了最后一班去清迈的大巴。买了票，心里才踏实点，在车站旁边匆匆吃了顿据说很有名的“泰国咖喱蟹”，也没吃出什么味道，倒是那个蟹子一股怪味，估计不是很新鲜。

看着候车的乘客大包小包堆积如山，我对晚上的大巴之旅不抱乐观态度，想象着一辆闷罐车，车顶说不定还捆绑着一大堆炸药包似的行李……

车来了之后，我不免一笑，很先进的双层大巴，许多外国背包客都在座，看到本地乘客都准备了棉衣，可见车上空调厉害，好在有毛毯提供。

坐下后我随意打量着车里面，也许是最后一班车，又是夜路的缘故，全车就十几个人。我好像觉得有什么脱离常识的地方，但是一时却又想不出来，索性不再去想。

漂亮的服务员分发水和食品，车上放着尼古拉斯·凯奇的《惊魂下一秒》，还给乘客准备了热咖啡（死甜，糖放好多），大大超出我的想象。也许是头天晚上在机场睡多了，也许是咖啡的作用，我有些兴奋，根本睡不着。电影里尼古拉斯·凯奇扮演的是一个有预知能力的魔术师，这个片子我在国内看过，结尾很经典。此时重看，倒也挺有味道，又体会出许多不同的感想。

不知不觉车已经驶出市区，进入了连绵不绝的山路。我略有些奇怪，在泰国旅游攻略上有详细的路线图，好像并没有什么山路的介绍。不过这些攻略只是参考，“条条大路通罗马”，去清迈肯定也不会只有一条路，这条路说不定是条近路。

我也就没有多在意，继续看窗外黑暗中的山景。大巴车好像已经驶入山区的腹地，周围满是高大的亚热带植物，月光夹杂在繁茂的树影中，斑驳的影子在窗户上飞闪而过，树叶在夜风的拂动下“簌簌”乱动，像是一具具站立的尸体左摇右摆。挺拔的椰子树上挂着一坨坨椰子，从我的角度看去，倒像是挂满了人头的巨伞。

联想一展开，不由觉得浑身发冷，周围的乘客都已经进入梦乡，发出轻微的鼾声，我紧了紧毛毯，正准备强迫自己睡去。忽然，大巴发出刺耳的刹车声，巨大的惯性让我收势不住，脑袋撞到前座上，痛得很。

车上所有人都被惊醒，操着各国语言骂了起来。

我捂着脑袋，心里一阵愤怒，抬头却发现服务员面露惊恐，正双手合十低声念着什么。司机叼着烟一言不发，脸色煞白地盯着大巴正前方看着。

我坐在后排，看得有些不真切，依稀看到好像有什么东西挡在车前。我使劲揉了揉眼睛，差点儿把里面的美瞳揉掉，站起身再仔细一看，汗毛竖了起来!

在惨白色的月光下，有两个人笔直地站在路中央，漠然地注视着我们。

二

大多数乘客都看到了那两个人，也许是环境气氛使然，有几个人发出了惊叫，车里嘈杂一片。我觉得喉咙火烧火燎的痛，再仔细看去，更强烈的恐惧袭来，我甚至听到了身体深处灵魂的惊叫。

那不是两个人，而是两个雕刻得惟妙惟肖的木头人！如果真是两个活生生的人，或许我只会吓一跳，不会感到这么恐怖，但是在这层层大山的腹地，蜿蜒山路中，深夜遇到两个木头人，这种气氛换谁都会觉得恐怖。

是谁把它们放在这里的？目的是什么？

我联想到泰国的种种诡异传说，心里阵阵发冷，手脚冰凉，难道在这里遇到了蛊咒之类的东西？

在这诡异的气氛中，车里安静下来，所有人剧烈的心跳声直接就能听见，还有细弱蚁爬的祷告声。我观察着每一个人，心里灵光一闪，终于明白刚上车时脱离常识的感觉从哪里来了！

这辆大巴车上，除了司机和服务员是泰国人，其余的所有乘客，竟然都是外国人！虽然泰国是世界著名的旅游大国，但是这种满车外国人的概率，几乎不可能出现。

其余的乘客似乎还没有意识到这一点，我却坐不住了。来之前曾经看过一个泰国鬼故事，讲的是在泰国山区的小村落里面，世代都传承着一种邪蛊。这种蛊可以让村落里的人拥有一种特殊的能力，死后尸体放入棺材却不掩埋，而是扔进全是各种蛇类的大坑里，每天都往里面灌入用活人生生熬炼出的尸油喂养毒蛇，任由毒蛇在尸体身上钻进爬出，直到七七四十九天之后，把所有的毒蛇捕出，放到大翁里砸成肉酱，用这些肉酱填满尸体上被毒蛇撕咬钻爬出来的孔洞，再盖上棺盖，把棺材放入河里泡上九天捞出，打开棺盖时，尸体已经不见了，在一层层皮屑和碎肉里躺着一个新生的婴儿。

这个婴儿就是死去的人，由这种蛊术获得了新生，并保留着生前的全部记忆。

这部电影在国内各种视频网站是看不到的，由于场面实在太过血腥，又异常真实，让我做了好几天噩梦。而我之所以联想到这个电影，是因为炼制尸油的活人，都是由村落里的人伪装成司机，搭载外国不知情的旅客，下了迷蛊运回来的！

这一切竟然惊人的相似！

难道我们正处于这种情况下？我的呼吸变得急促起来，仿佛电影里的一幕幕就发生在自己身上，我慌张地向窗外看去，还好除了那两个木头人，再没有什么异常。

忽然我双眼一痛，像是空气中有两根针刺入眼睛，直接从后脑贯出的疼痛。我的眼泪哗地流了下来，视线模糊中我看了到疼痛的来源：那两个木头人，竟然在看着我！

从木头人的眼睛中，竟然射出了碧绿色的光芒，在黑夜里划出一道笔直的光线，穿过车窗和乘客的身体，直接刺入我的眼睛！

强烈的疼痛让我知道绝对不是因为惊恐产生的错觉，我闭上眼睛，眼前残留着刚才惊魂一瞥印下的木头人造型——脸非常长，几乎占了全身三分之一的长度，短小的身体上刻着奇形怪状的花纹，双手几乎垂到地上，两条腿却只有手掌长短，活脱脱两只变异的狒狒。

眼皮上刺刺的感觉让我知道它们还在盯着我，我想挣脱可是发现身体完全动弹不得，脑子有种被烧红的铁丝搅动的剧痛。耳朵里“嗡嗡”乱响，只听到快要爆掉的心脏挤压着大量血液直冲大脑，满是血液在血管里激烈穿梭的“簌簌”声。

车里一亮，应该是司机把灯打开了，紧接着眼前一黑，好像有人站起来挡住了光线。眼皮上的刺痛消失了，取而代之的是全身高度紧张后肌肉放松下来的酸痛感。

我睁开眼睛，一个人从前排走过来，坐在我的旁边。我很排斥陌生人离我很近，于是又往边上挪了挪。

“你是中国人？”坐下的是个灿金头发的外国帅哥，看上去和我年纪差不多，一双浅蓝色的瞳孔几乎和眼白融在一起，操着熟练的中文问我。

我点了点头没有答话，这种气氛里，我实在没有兴趣说什么。庆幸的是木头人眼中射出的绿线消失了，这个金发外国人误打误撞帮我解了围。我发现所有人似乎都没有受到影响，难道是因为隐藏在我身上的那个秘密与木头人产生了感应？

这到底怎么回事？！

“我叫杰克，加拿大人，来泰国学习。我很喜欢东方文化，所以对亚洲各国的语言都懂一点。”金发杰克用欧美人特有的热情自我介绍着。

出于礼貌，我回了句：“我叫南晓楼。”

“哈！好名字！”杰克一头金发在月光下耀眼的亮，眼中透着欣喜，“你父母一定很有文化。”

这句话重重揭开了我内心深处最痛的一道伤疤，我忘记了当前的处境，鼻子一酸，心里像长了无数坚硬的竹笋，扎得生疼：“我没见过我的父母。”

“对不起。”杰克这句礼貌的安慰并不能缓解我心里的疼痛。谁能体会一个孤儿从小到大遭受的白眼和开家长会时的失落呢？

那个被百分之九十学生诅咒的家长会，竟然是我最羡慕的一件事。

哪怕，被父母骂上几句……

也是，幸福的！

“我们现在的处境很危险。”杰克也许是为了岔开话题。

我心里懒洋洋的，只是低低“唔”了一声，同时又有些奇怪杰克为什么会找自己聊这个话题。想到在我闭上眼睛的时候，他帮我挡住了木头人眼中的绿光，难道这不是巧合？他是不是知道些什么？

我下意识地看了看他浅蓝色近乎发白的眼睛，瞳孔边缘没有什么异常，应该没有戴美瞳之类的东西。

“在没有搞清楚状况前，最好不要下车。”杰克笑了笑，似乎知道我在寻找什么。

我越发觉得突然出现的杰克透着股说不出的神秘，以他一个年轻的外国人身份，似乎知道一些不该知道的事情，而且他好像对我很了解……

“如果下了车呢？”我舔了舔干燥的嘴唇。

杰克面色一冷，脸上笼着一层森森的寒意：“会变成活尸。”

我打了个寒战，不知道该怎么接话，只好别过头看着窗外。车外夏虫吟唱，月光细细碎碎地洒落在树叶上，除了那两个木头人，一切如常。

乘客们多少恢复了些镇定，开始催促司机继续发车，有几个人还跃跃欲试地商量着要下车和木头人拍照留念，再挪到路边。

我没心思听他们说话，心头沉重得像压了包水泥，司机和服务员用泰语说了几句，大概是因为一车的外国人，他们也没有顾及有人能不能听懂，声音比较大。我听到他们对话中反复出现了两个音节，这两个音节我曾经在泰语中文字幕的电影里看到过，用汉语翻译过来就是“草鬼”！

蛊在苗族地区俗称“草鬼”，相传它寄附于女子身上，危害他人，而那些所谓有蛊的妇女，被称为“草鬼婆”！

传说中制造毒蛊的方法，一般是将多种带有剧毒的毒虫如蛇蝎、蜥蜴等放入同一器物内，使其互相啮食、残杀，最后剩下的唯一存活的毒虫便是蛊。蛊的种类极多，影响较大的有蛇蛊、犬蛊、猫鬼蛊、蝎蛊、蛤蟆蛊、虫蛊、飞蛊等。造蛊者可用蛊术给施术对象带来各种疾病甚至死亡。在中国宋朝，宋仁宗庆历八年曾颁行介绍治蛊方法的《庆历善治方》，就连《诸病源候论》《千金方》《本草纲目》里面也有对中蛊症状的细致分析和治疗医方。

在明朝郑和下西洋时代，泰国忽然出现了蛊术，并大放异彩，成了这个国家最神秘的秘术。

关于这件事情众说纷纭，最主流的观点就是为了确保航行安全，郑和船队里面聚集了中原各类能人异士，其中就有善使蛊术的苗族用蛊高手，不知道什么原因，蛊术在泰国流传开来。

他们俩为什么在讨论这个问题？难道我们已经被下了蛊了？那两个木头人就是蛊术的宿主？

正当我胡思乱想的时候，大巴车剧烈地晃动了一下，车厢传来沉闷的“咚咚”声，像是有什么东西在撞击车辆。车厢晃动得越来越厉害，可是外面分明什么都没有，这到底是怎么回事？

刚刚恢复心情的乘客们又被这突如其来的变故搅得不得安宁，“咚咚”声越来越密集，车厢左右呈四十五度来回倾斜，整辆车就像是在巨浪中颠簸的小船。所有人都惊恐得牢牢抓着座椅把手。慌乱中我看到司机却表现出超乎寻常的冷静，他对着服务员喊了几句，服务员看起来有些不情愿，摇了摇头。司机愤怒地吼了几句，服务员这才勉强离开座位，拉开车门附近的储物箱，拽出一个笼子，里面装着一只浑身漆黑的公鸡。

三

司机抢过笼子，打开车门冲了下去，从腰间掏出一把匕首，把公鸡拎出，掐着鸡头，对着鸡脖子就是一刀。

一团血雾从鸡脖子的腔口里喷出，身体掉在地上，“扑棱扑棱”拍着翅子，两条腿抽搐着，不时挣扎几下，洒出斑斑点点的血迹，然后一动不动了。许多外国人被这血腥的一幕惊得捂住眼睛，展示着爱护小动物的人道主义精神，完全忘记了自己圣诞节时把一只火鸡拔了毛用铁条从嘴直穿过肛门再放在火上炙烤的残忍。

不可思议的是，鸡头却在司机手里四处张望，时不时张开嘴咯咯叫着。鸡的身体又重新站了起来平平稳稳地走着，而这诡异的一幕彻底斩断了乘客们紧绷的神经，所有人反而忘记了尖叫，只是目光呆滞地坐着。

司机拿着鸡头在两个雕像的眼睛上涂满鸡血，又在车身不停涂抹，手上身上沾满了鸡血，看上去特别狰狞。那个没有头的鸡身却走进树林，大巴渐渐恢复了平稳，那“咚咚”声也渐渐消失了，空气里残留着浓厚的血腥味。

服务员情绪很激动，打开车门走到司机面前，指着车里的我们，又指着不远处的森林，双手胡乱挥舞着。司机森森地看了看我们，微微一笑，不知道对服务员说了几句什么，服务员也安静下来，眼中透着和乘客们相同的呆滞，木然地站着。

从刚才那一刻开始，杰克就没再说话，只是不停地抽着烟，还往我手里塞了一根。

我属于一刻无烟不欢的主儿，可是对外烟的味道实在不感冒，更何况杰克呼出来的烟雾闻上去有种说不出的怪味，再加上现在这个局面，实在提不起什么兴趣，顺手把烟夹在耳朵上。

服务员走上车，身体僵硬，步伐看上去很不协调，倒有点像鸭子走路的姿势。她并没有说话，只是扫视着所有人。

“装出和那些乘客一样的模样。”杰克低声说道。

刚才我以为乘客是因为过度恐惧而导致的反应缓慢，经他这么一说才发现情况不对，好像所有人都失去了意识。我来不及多想，板板正正地坐着，尽量让眼光变得呆滞，心脏却越跳越猛烈，血液撞击着肺部根本喘不过气来。

服务员说出了一连串语言，语调平得如同从石缝中挤出来，音节很像偶尔在网络上听到的佛经。

话音刚落，乘客们呆呆地站了起来，用和服务员一样的姿势走下车。

而那个司机，不知道什么时候消失不见了。

“他们被控制了！”杰克也站起身，“不用害怕，有我在。跟着他们下车。”

“这到底是怎么回事？！”我实在忍不住了，不知道还要面对什么样的未知恐惧，现在只有我和杰克两个清醒的人，这种要命的紧张感彻底击溃了我的心理防线。我甚至羡慕那些被控制的乘客，因为他们起码不用再抵抗恐惧的侵袭。

有的时候，不知道反而比知道要幸福很多。

杰克却死命地抽着烟，烟雾缭绕中，烟头一亮一灭，发出的不是常见的红光，而是幽蓝色的光……

“我们遇上了尸蛊，附近应该有条养尸河！”

尸蛊？养尸河？

我在泰国真的碰上了蛊？我打从心里不愿接受这件事情，但是发生的一切又让我不得不接受！

“服务员也被司机控制了，”杰克走在我后面，“我来不及解释，你不要害怕，跟着队伍向前走，我先破蛊，随后就跟上。”

我心里却暗自打定主意，下了车我就跑，鬼才会“明知山有虎，偏向虎山行”！

车外月色大好，树林中潮湿温润的空气吸到肺里让我精神一振，如果不是有这件怪事发生，倒是个途中小憩的好地方。

脚踩着潮湿的路面，我心里稍稍踏实点，悄悄观察着四周，服务员已经带着乘客开始往树林里走，我回头一看，杰克一抹身闪到大巴的背面。

我心里暗骂自己傻瓜，很明显杰克已经跑了，我还在这里傻站着干什么。打定了主意，我转身就要跑，却发现自己根本跑不了！这个队伍像是一块巨大的磁铁，牢牢吸着我，让我根本无法脱离，我使劲停住脚，身体向后挣，却被那股吸力拽得一个踉跄，如同有一串大铁链子把我们拴在一起，只能跟着前面的人往树林里走！

我使劲回过头，恨恨地瞪着杰克消失的方向：我就是做鬼也不会放过你！又想到一会儿不知道要面对什么，心里反而不害怕了。我虽然胆子小，但是真正到了要去解决面对的时候，反倒会冷静下来。

这种性格，是一个孤儿从小到大遭遇了种种磨难锻炼出来的。

在车的前方，那两个木头人不见了！想到刚才杰克说要去破蛊，难道他没有逃走，而是在想办法解救我们？我心里有点惭愧，身体依然不受控制地向前走着，不过我的情绪稳定下来，静心观察着周遭，心里盘算着应该如何脱身。

没想到这片树林看着不茂密，走进来才发现里面杂草丛生，每走一步都很费劲，不多时T恤已经被横七竖八的树枝扯了几道口子，鞋里面也进了树叶碎石，硌得脚生疼。

每个人之间都保持着大约一米的距离，从我的角度看不到前面的事情，只听得到潺潺的流水声，前面应该有条河。

难道这就是杰克所说的养尸河？

不远处传来几声司机的吆喝，伴着清脆的铜铃声，失去意识的队伍好像加快了步伐，脚步声急促起来。

国内有个流传甚广的传说：在湘西，最忌讳的就是夜间走路，因为常常能看见少则三两个人，多则七八个人排着整齐的队列，默不作声地向前走。而走在最前面的人时不时会低声呼喝，摇着铜铃……

如果有人碰见，轻则重病几天，重则当场死去，加入这列队伍中。这就是科学至今也无法解释的“湘西赶尸”。

至于“赶尸”到底是为了什么，谁也说不清楚。有人说是为了送死者返乡，也有人说是为了修炼某种魔术……

现在的情形，不正像是“赶尸”吗？所不同的是，赶的是丧失意识的活人。

我忽然很想念本来要和我一起来的朋友，如果他在，以他的能力，或许有办法解决。可是我现在该怎么办？难道就装成这个样子等不知道逃没逃走的杰克来解救吗？

可是我又能做什么？

忽然，一只手拍到我的肩膀上，隔着T恤，我仍然能清晰地感觉到湿漉漉黏腻腻的冰凉触感，我顿时全身僵住了，同时发现身体脱离了那股奇怪的吸引力的控制。从地上的影子看，我见到了奇怪的一幕。

一个人直直地站在我身后，身体异常宽厚，他的肩膀上竟然长着三个脑袋，另一只手也向我伸来，有两个脑袋竟然“噗噗”地掉在地上。

四

“别出声，是我。”是杰克的声音。

我紧绷的神经这才瘫软下来，双膝软绵绵的一点力气没有，双手撑着地不停地哆嗦着，全身空荡荡的丝毫不着力，衣服早已被冷汗浸透。

“千万别发出声音。”杰克紧盯着前面黑漆漆的树林，“他们都被养尸河里的冤魂附了体，一旦受到惊吓立刻就会变成疯子。”

“什么……什么是养尸河？”突如其来的惊吓让我的思维有些混乱。

杰克双手在裤子上随意擦着，留下两抹血红的手印：“这个解释起来很复杂，先帮一个忙。”

在这个诡异的环境里，虽然杰克的出现让我安心了不少，但是我依然对他保留着一份警惕。

杰克盯着我的眼睛：“虽然你戴着美瞳，可是我还是知道你眼睛的颜色。眼睛有这种颜色的人，会看到许多别人看不到的东西。我在很多年前曾经碰上过一个……”

我如同被闪电劈中，杰克怎么会知道的?

“你来到泰国，绝不是什么巧合或者运气好。虽然我不知道里面的原因，但是你的人生将会被改写。”杰克叹了口气，“我们谁也不能掌控命运，也许你就是我们要等的那个人！”

这几句没头没脑的话让人实在消化不了，我猛然醒悟这次来泰国做交流学生确实有些蹊跷。

我和月饼（和我一起来泰国的那个朋友）在小饭馆吃饭，顺手帮一个喝得醉醺醺的清洁工老大爷结了个酒钱，那个老大爷非但没有感谢我们，反而一定要我们拜他为师，整个一穿越剧看多了的老疯子。我们俩自然没有搭理他，结果第二天就接到学校通知，作为交流学生去泰国。

“这个养尸河的阴气很难对付，一会儿你跟着我，按照我说的做就好。”杰克拢了拢黄金般灿烂的头发，从背包里取出两根红绳，一根系在左手手腕上，另一根丢给我，示意也照样系上。

“你到底是谁？”我拿着红绳，问了句看似废话的话。

杰克没有搭腔，又从兜里掏出一盒烟，扔给我一根：“该告诉你的时候会告诉你。把这根烟放嘴里嚼，艾草做的，辟邪，刚才给你抽你不抽。”

我突然觉得眼前这个英俊的金发老外一点不像个老外：“你真是加拿大人？”

杰克微微一笑，露出整齐洁白的牙齿：“这个以后会告诉你。”

我还在愣神儿，杰克不由分说帮我把红绳系在腕子上，又把烟塞进我嘴里："快点，要不就来不及了！"

艾草独特的味道让我鼻子发酸，不过头脑倒是清醒了不少。杰克又从包里掏出几根桃木钉咬在嘴里（这哥们儿的背包就像哆啦A梦的肚兜，什么东西都有），拿起一根，对着刚才掉在地上的东西钉下。

原来从他肩膀上掉下来的脑袋是那两个木头雕像，他就是抱着这两个雕像拍我肩膀，我说从影子里看显得身体特别宽阔呢。

桃木钉揳在雕像的眼睛里，上面的鸡血已经被擦掉（难怪他满手都是血），杰克用手掌一拍，就把钉子牢牢钉了进去，我看着不由觉得自己掌心都痛，这得多大的手劲。如此四下，两个雕像的眼睛深深地揳进了钉子，我隐约听到从雕像体内传来几声凄厉的叫喊，木质眼球中流出了浓稠的鲜血，几股淡淡的灰气从雕像鼻孔里飘出。

我觉得全身一冷，像是有一块冰活生生塞进了身体里，全身冷透了，紧跟着一股强大的吸引力拽着我向雕像的位置扯动。手腕上的红绳忽然像一根烧红的铁丝，散发着暗红色的光，向皮肤里越来越紧地箍着，而且温度奇高，几乎要把手腕烫掉。

杰克跪在地上，单手紧紧握着系着红绳的手，脸色煞白，看来也在忍受着同样的痛苦。我不知道还能坚持多久，疼痛得连话都说不出。在冷热两种极端感觉的刺激下，我的神志慢慢模糊。

红绳已经陷进肉里，手掌因为血脉不通呈现出灰白色，伤口渐渐被鲜血淹没。就在这时，身体内冰冷的感觉全向手腕涌去，如同扎了的轮胎，气体从漏口逃逸，凉气顺着伤口"嗤嗤"向外冒着，直到体内再没有冰冷的感觉，那根红绳才松了下来。

我大口地喘着气，杰克看样子比我好不了多少，歉意地对我一笑："对不起。没想到这两股尸气这么厉害，我一个人真的顶不住。还好红绳是用佛祖台前的灯绳做的，要不然真不好说。"

我细细琢磨着他这句话，忽然明白了：我上当了！我被他利用了！

五

杰克知道雕像里面的两股尸气是他自己抵抗不住的，所以需要有个人分担。而他挑选的那个人，就是傻乎乎什么都不知道的我！

我在学校图书馆里曾经翻过一本残卷，上面介绍了许多不可思议的事情，记得其中有那么一段话：艾草，驱虫寒、避毒物，但是如果在有阴气的地方使用，会招致阴气上身。刚才杰克利用我的恐惧，强塞到我嘴里的艾草根本不是为了辟邪，而是为了把阴气从雕像中引出上我的身，帮他分担一股阴气，如果我刚才抵抗不住，现在可能已经变成死人了。他根本不是帮我，只是把我当作一个诱饵！

想明白这点，我从心里对他感到厌恶。虽然从某种意义上说，他也算是救了我，但是这种做法，我说什么也接受不了。

杰克估计没想到我会想到这一层，笑得很灿烂："在泰国，百分之九十的人都信奉佛教。他们相信人死了之后是有灵魂的，而河水是最纯洁的东西。为了让灵魂安息，很多泰国人都选择把死去的人擦洗干净，抹上香料葬在河里。久而久之，河水里聚集了太多的冤魂，变成最凶险的养尸地，成了炼恶蛊、凶灵的术士最喜欢的地方。养尸地由于阴气太重，术士轻易也不敢涉足，只能找机会用蛊术控制活人先行进入，冤魂吸饱了阳气，留下的一具具没有灵魂的活尸，正是这些术士熬尸油、培养蛊虫最好的材料。如果我没猜错，那个司机就是蛊者，从刚才遇到那两个雕像我就觉得不对，又看到他用鸡血下了血蛊，才意识到这一点。"

我联想到平静的河面上漂浮着一具具泡得发白肿大的尸体，河里一群油脂肥腻的河鱼啄食着尸体上的碎肉，心里一阵恶心。同时越来越讨厌杰克："那你在车里怎么不告诉我？刚才怎么不阻止他们？"

杰克从雕像眼中拔出桃木钉放回包里，若无其事地说："因为以我的能力，还不足以当场破除血蛊。只能趁他们走了之后，蛊力减弱，才有机会。"

我心里怒气更盛，大声喊道："当你发现雕像里面的阴气控制不住的时候，就扛了过来拉我垫背！如果我抵抗不了这股阴气呢？对你来说无非就是一条微不足道的人命而已。你和那些术士有什么区别？”

“不……不是你想的那样。”还没等杰克解释，我实在按捺不住怒火，一拳打到他脸上。

杰克没想到我说动手就动手，没有防备，那张英俊的脸被我打了个正着，仰面摔倒在地上，我心里不禁有一丝快意，略略舒服了点。

“你要相信我。”杰克爬起来抹了把鼻血，既没生气也没还手，反而更加诚恳地对我说。这点倒是出乎我的意料，心里又有些后悔，刚才那一拳是不是打错了？

“你的出现绝不是巧合！”杰克说话有些嗡嗡的，看来被我打得不轻，“在泰国，有个流传了上千年的传说，我们家族世代都在按照这个传说寻找那个人。只有……”

虽然对刚才冲动的一拳有些内疚，可是对他这番话，我却完全不相信。

杰克话没说完，忽然皱起了眉头，侧耳听着什么。本来夜晚很安静，不知何时刮起了冰冷的夜风，树叶仿若铰着月光晃动，夹杂在风中，若隐若现地夹杂着某种奇怪的声音，既像是哭泣声，又像是哀怨的细语声。

杰克脸色一变，向树林深处奔去：“来不及解释了，不管你信不信我，跟我来了就知道了！再耽误就会出大事。”

我是十万个不情愿跟他一起去，但是想到自己还在这片阴气森森的树林里，咬了咬牙，还是跟了上去。

六

杰克跑得不快，我没几步就追上了，跑了也就二三十米的样子，眼看着树木越来越稀少，前面人影绰绰，亮晃晃的一片，应该是条河。有个人站在河边双手向天，大声念着什么，看来就是养尸河了。

我心脏突突跳了几下，掌心全是汗，屏住呼吸，随着杰克放慢脚步，猫着腰蹲在草丛里。

杰克对我摆了个噤声的手势，转头看见我手里的木棍，一脸骇然：“你拿这个干吗？”

我一看，刚才慌乱中不知道什么时候拎了一截木棍。

“Shit！”杰克从我手里夺过木棍，咬破中指在木棍上面画了几个曲曲弯弯的符号，甩手扔了出去。

要不是他冒出这句洋文，看着动作我还真以为他是茅山道士的传人。

“这是截槐木，最容易招鬼。”杰克把手指放在嘴里吮了吮，“拿着这个等于给冤魂制作了一个GPS定位系统！”

这句玄学结合科学的解释让我哭笑不得：“你一个外国人，怎么懂这些？”

“嗷！”还未等杰克答话，河边的人群里爆发出野兽般的嘶吼。

我向前看去，所有被控制的人都半匍匐在地上，从后面看不到他们的表情，但是我可以想到那些人呆滞的眼神。

他们的身体有节奏地左摇右摆着，嘴里不时发出“嘶嘶”吼声，像是在参加某种邪教的图腾仪式。

在人群前面站着两个人，从背影看是司机和服务员，那个司机双手举向天空，嘴里不停地发出奇怪的音节，服务员却像个木头人一动不动。

平静的河水渐渐产生了变化，像是在河底有个巨大的火炉，把河水煮开了，河面上冒起大大小小的气泡，跳跃着细微的水珠。气泡越来越密集，整个河面震动起来，翻腾着阵阵水浪，好像有什么东西要出来。

在月光下，我隐约看到那些水浪竟然是黑色的！

司机对服务员招了招手，服务员机械地走到司机面前，我看到了毛骨悚然的一幕！司机撕开服务员的衣服，把手插进了她赤裸的胸膛！

服务员就像不知道疼痛般，依旧笔直地站立着，而司机的手猛地向外一抽，手里拽出一样东西，在他的手里有节奏地跳动着。

那是服务员的心脏！而她胸口的伤口，竟然奇异地愈合了，完全看不出一丝痕迹！

我被这一幕彻底惊呆了，结结巴巴地说：“杰……杰克，该怎么办？”

身边没有应声，我扭头看去，发现杰克又不见了！我连忙四处找着，看到在人群的最右边草丛里，有个人半蹲着悄悄往前走。

我深吸一口气，尽量使自己放松下来，慢慢地向人群后方挪动。虽然我不知道自己能做什么，但是我实在不能接受眼睁睁看着这些人成为某种邪术的牺牲品。

我并不知道，自己这一个勇敢的举动，竟然造成了不可挽回的后果！

杰克在不远处发现了我的举动，连忙挥着手阻止我的行动，我刚想收住脚，反而在仓促间被横出来的树根绊了一跤。

司机双手捧着仍在跳动的心脏，正对着越来越沸腾的河水念着什么，河水里隐隐冒出无数圆圆的东西。听到我摔倒的声音，司机愣了一下，向我这个方向看来。而那群被控制的外国人也随着他的目光僵硬地转过身，齐刷刷地盯着我。

司机发出几个简单的音节，那群人完全没有了正常人类的姿势，爬行跳跃着向我扑来。我清晰地看到他们眼中冒出的凶残的目光，像是一条条沙漠上猎食的土狗！

“塞拉摩效果！”杰克从草丛中跳出，对着那群兽化人大喊。

那群人愣了愣，转头向杰克扑去！

“制止他！”杰克转身向密林深处跑去，把兽化人引开了！

司机看到杰克，脸色大变，又举起心脏，加快了念音节的速度。河水里那些圆圆的东西加快了冒出水面的速度，那是一群赤身裸体的人！不，应该是尸体！

河尸空洞的眼眶里盛满了淤烂的黑泥，腐烂的身体上面粘着一根根褐色水草，每走一步都会有碎肉“噗噗”掉进河里，摇摇晃晃地向岸边走来。

这难道就是养尸河里的尸体？

我好不容易鼓足的勇气荡然无存，只觉得心脏被一只无形的大手死死捏住，攥得生疼。

“刚才杰克叫我制止他，我应该怎么制止？”慌乱中我想着杰克那句话，司机却不再理我，而是把心脏狠狠一攥，“嘭”的一声，血浆夹杂着碎肉从指缝中流出。

服务员这才摔倒在地上，四肢不规则地抽搐着。河尸慢慢围向服务员的尸体，低声嘶吼着，聚成圈俯下身体，我听见了咀嚼碎肉、牙齿磨骨的声音……隐约还有一段类似肠子的东西被抛出尸群。

我庆幸没有亲眼看到服务员被这群河尸吞噬的场景，否则可能会被当场吓疯，我已经完全没有勇气再去做什么，只想拼命逃走，可是双腿软绵绵的一点力气没有，像摊烂泥一样瘫在地上……

司机冷冷地看着我，在他的眼神里，我读出了“我是一具尸体，是河尸的食物”的含义。河尸大概已经把服务员吃了个干净，又慢慢站起，身上沾满了鲜血，向我走过来。

我这时才体会到什么是最深的恐惧：发不出声音，大脑没有意识，全身根本没有力气，只能眼睁睁地等待着死亡的降临。

七

“快跑！”随着杰克的一声大喊，那头熟悉的金色头发从密林中钻出，身后还跟着那群兽化人。

我这才从极度的恐惧中回过神儿，心里说不出来的感动。从一开始，杰克就在拼命保护我，甚至冒着前有河尸后有兽化人的危险来解救我，我却还深深怀疑过他的动机。

想到这里，我又有些奇怪，好像哪里有些不正常。再仔细一看，我才发现，那些兽化人，竟然不是在追捕杰克，而是跟在杰克身后，倒像是成了他的部队。

“卢萨卡格！”杰克指着河尸对兽化人吼道。兽化人号叫着扑向河尸，一时间竟成了河尸与兽化人之间的战争！

河尸远不如兽化人灵活，纷纷被扑倒在地，兽化人咬着河尸的喉咙，撕扯着身体上的腐肉，河尸却根本不知道疼痛，任由兽化人撕咬，只是执着地把手伸进兽化人的身体，往两边一扯，热气腾腾的内脏随着大量的血浆就从兽化人身体里迸出……

这就如同地狱的修罗战场，到处都是浓重的血腥味、零碎的肢体、森森白骨。

杰克咬破中指，在手臂上画出一圈圈圆环，散发着耀眼的红色光芒，满头金发无风自立，双眼竟然也冒出了红色的光芒，如同两盏红色灯笼！

我心里一震，杰克竟然有和我同样的眼瞳。只是我的眼瞳是单纯的红色，而杰克的眼瞳迸射着刺目的亮光。

司机脸上的肌肉不停抽搐着，变得越来越狰狞，一边后退一边指挥着河尸阻挡在身前。杰克扬起胳膊挥舞着向司机冲去，鲜血化成的圆环也越来越亮，如同一柄弯刀，所到之处，河尸纷纷被切开，根本无法阻挡杰克前进的脚步。

司机原本还有些镇定，看到这个情况才真正慌了，双手撕掉上衣，露出精壮的肌肉和各种奇怪的文身符号。

杰克如同一尊落到地狱里的魔神，大踏步踩着河尸和兽化人的肢体径直向前猛冲，一刹那的时间，竟然已经冲到司机跟前，未等司机有所动作，那只放着光芒的手深深地插进了司机的胸膛。

忽然，一切都静止了。

河尸、兽化人、河水，甚至时间，都静止了。

我像是看了一场恐怖的奇幻电影的观众，坐在湿漉漉的泥地上，大口喘着气，心有余悸地等着这场电影最华丽的落幕。

“啾啾”的虫鸣声和依旧浓重的血腥味仍旧提醒着我这是在现实里面发生的事情。

杰克嘴角挂着骄傲的微笑，对着司机说了几句我听不懂的泰语。司机低头看看插在胸口的手臂，又抬头看看杰克，嘴角渗出一抹鲜血。

然后，他却诡异地笑了！

这笑容里，有嘲弄，有怜悯，还有一丝嘲弄……

杰克好像意识到什么，急忙向外抽手，司机的胸膛却像一个巨大的旋涡，深深吸住了杰克的手，慢慢往身体里吸着。杰克一只手摁着司机的肩膀，双腿抵地，用尽力气向外挣着。可是他的那只手，竟然也陷入了司机的身体里，两个人像是滚烫的蜡烛，相互一接触，就能互融进去。

“南晓楼！”杰克双手已经完全没入司机身体，转过脸对我吼道，“我上当了！这个局是为我们布置的！他们的目标是咱们俩。你不要过来，快跑！我姐姐找到了你，让我保护你去清迈。你对我们部族很重要。你来到泰国是因为……是因为……”

说到这里，杰克的脸也融进了司机的身体里，只见他的身体猛地向外一挣脱，脸连着几条黏黏的肉线摆脱出来，冲着我灿烂地笑着：“对不起，不能保护你去清迈了。”

“咕咚”一声，杰克整个人被司机吞噬进身体，完全消失了。

我咽了口吐沫，眼睛酸酸的，心里压抑得喘不过气：杰克就这么死了？他的姐姐是谁？他怎么知道我的名字！我该怎么办？这一切到底是怎么回事？！

司机伸长了脖子呼了口气，身体透着红光，比刚才高大了许多，连腰带都绷断了。我双手抓着地上的青草，攥在手心，指甲深深陷入肉中，却感觉不到疼痛。

我四处看着，想找到合适的东西，和司机搏命！哪怕不是对手，我也不能活着被他吸入身体里。

奇怪的是那个司机却没有理睬我，而是径直走到了女服务员的尸骸旁边，小心地拾起白骨，一截一截塞进身体里。

我折断一截粗木枝，踩着兽化人和河尸的肢体冲过去，兜头砸下。木枝砸在司机的脑袋上，像是击中一坨面团，深深陷了进去。我用力向外拔，却拔不动分毫。司机对我一挥手，我立刻被一股大力震荡出去，仰面躺在地上。

我心里泛起了无论怎样也没有办法的绝望……

“哈哈哈哈……”司机忽然狂笑起来，声音非常奇怪，就像是好几个人同时在笑一样，我甚至听到了杰克的声音。

紧接着司机开始说话，时而表情狰狞，时而冷冷嘲笑，时而非常愤恨，说话的语调也完全不同，仔细听去，是三个人用我完全不懂的语言在说话。他的外形开始忽高忽低产生变化，头发金棕黑三种颜色来回变换，脸也忽圆忽窄。最终，当他再抬起头的时候，竟然变成了杰克！

难道是杰克在司机体内战胜了他，终于摆脱出来了？

“杰克！”我不由得激动地大喊。可是当我喊完，也意识到面前站的并不是杰克。他的眼睛里，完全没有杰克的那种亲切和让人温暖的笑意，而是透着贪婪凶狠的目光。

"杰克"舔了舔嘴唇，活动着手脚，似乎很满意这个新身体，冷冷地看着我。我似乎已经感觉到灵魂即将出窍的死亡前兆，可是心里面很安静，也许是一晚上经历的实在是太惨烈，神经早已麻木，即使面对死亡也没有感觉。

就在这时，那道熟悉的红光又从"杰克"身体里射出，化成一条条细长的红线，扫射着每一具兽化人和河尸的残体，发出"嗤嗤"的炙烤声。红光扫过我时，我感觉到身体里好像有什么东西被触发了，这种感觉很奇怪，但是我清晰地感觉到身体不知道哪里开始变得不同。

"杰克"痛苦地大吼着，双手深深插进金黄色的头发中撕扯："南晓楼，这是我最后能帮你的了！"

这是杰克的声音！

话音刚落，只见那些红光又重新绕回，在他身边聚成红色的光圈，迅速扩张，"嘭"的一声，强烈的气流把我冲出好远，后脑不知道撞到什么，顿时天旋地转，视觉最后残留的影像是杰克衣服已经被炸光，赤身裸体躺在地上。

八

后脑一阵钻心的剧痛，我勉强睁开眼睛，只看到眼前一堆白影晃来晃去，强烈的晕眩感让我忍不住胃里的恶心，张嘴吐了出来。

嘈杂的声音里面带着急惶，我觉得臂弯处一阵冰凉，全身放松，不知不觉又睡了过去。

再次醒来时，后脑已经不再疼痛，只是木木的发麻。我觉得喉咙干裂得如同火烧，四肢百骸针扎一样疼痛，一个戴着白口罩的女护士急忙按住我的肩膀，示意不要起来，又拿棉棒蘸着水涂抹我的嘴唇。

清水的凉爽让我心里面舒服了不少，我看到浑身缠绕的绷带和手背上插的针头，才明白是在医院里。

我使劲想为什么会在医院里，可是越想头越痛，竟然什么都想不起来。唯一的印象就是我在国内上了飞机，要到泰国留学，剩下的记忆一片空白。

我现在是在哪里？我失忆了？

护士对我说了几句话，我没有听懂，不过从她发音的声调来判断，我现在是在泰国的某家医院里。

我已经来到泰国了吗？为什么一点印象没有？想到这里，我恐慌地坐起来，双手胡乱挥舞着。

门外传来急促的脚步声，进来几个穿着警察制服的人，中间身材不高、皮肤黝黑的警察对我说道："请保持冷静。"

"我……我怎么了？"我努力回忆，却是越想头越痛。

"您在去清迈的路上，所乘坐的大巴出了事故，撞到了山体，全车被烧，乘客们除了您无一幸免。据判断，您所坐的位置，正好是大巴冲击力的最强点，在撞车的瞬间，您被甩出车体，算是不幸中的万幸。"警察难得有这么好的汉语，"您能描述一下当时的情况吗？"

我出车祸了？因为撞击而失去了记忆？我茫然地看着警察，摇了摇头。因为我实在想不起到底发生了什么。

警察一脸失望："医生说你的后脑受到了强烈的碰撞，可能会导致记忆紊乱丧失，有可能恢复，也有可能永远恢复不了。您现在能记得什么？"

我理了一下思路，对警察说了自己的记忆状态，对于车祸什么的完全想不起来，甚至连怎么坐飞机来的泰国都忘得一干二净。

医生进来了，拿着手电扒开我的眼皮照了照，我这才想到我眼睛的秘密，急忙躲闪，却又被护士和警察摁住了。

可是医生好像没有发现我红色的瞳孔，收回手电对着警察说了几句泰语。两个人语速极快地交流着，还时不时看看我。

我被盯得心里发毛，下意识向窗户看去，茶色的玻璃倒是很清晰地映出我的模样，我发现自己的红色瞳孔竟然消失不见了，变成了很正常的黑色。

床边，放着一张报纸，边角沾着手油，不知被翻了多少遍。

上面的泰国字我看不懂，但是那张图片似乎很熟悉：在一片树林的小道上，一辆大巴的残骸撞进山体，车头凹进一大块，地上满是火烧后的焦痕，还有许多像是被烧成炭木的尸体……

我似乎觉得这幅图里面少了点什么，或者说是少了一个人，可是又实在记不起来了。

看到这里，肯定有朋友会说："这怎么可能？失去了记忆怎么还能把这些事情记录得这么真实恐怖，肯定是骗人的。"我不是为了卖关子，而只是想完整地把在泰国的诡异经历记录下来，至于我为什么能够在失去记忆后仍然又重新记起这些事，那就是下面的故事了……

第二章 人蛹

在世界各地著名的旅游国度，游客们经常会在街头巷尾看到马戏表演，有扔火棒的、吞剑的、扔飞刀的，当然还有许多魔术表演。其中最吸引人的就是大变活人，不过，如果有魔术师邀请你或者你的伴侣参与这个魔术，最好拒绝！

一

在医院里，警察反复盘问了我好几天，但是我的记忆却没有恢复的迹象。作为唯一的幸存者，我倒是一时间成了新闻人物，经常有扛着照相机的记者堵在病房门口要对我进行采访。

关于这点不得不说泰国人的一个优点，就是礼貌。也许是多年信奉佛教的缘故，记者提出采访请求，护士总会第一时间征求我的意见，我刚经历了车祸，丧失了一段时间的记忆，自然没有心思接受什么采访。

护士对记者们婉言拒绝后，隔着门窗，我看到记者们虽然表情失望，但是依然双手合十的道别，也没有谁说是在外面偷拍几张我的照片当作新闻头条。

住院这几天，我和清迈大学校务部取得了联系，几乎不到十分钟时间，他们就派人过来，询问我需要什么帮助，并表示校方特许我安心养病，等身体康复再去学校报到。校务部的老师还很遗憾地告诉我，如果我是泰国人，那么医疗费用是完全免费，不过也不要紧，学校已经特批报销我在医院的全部花销。

这种浓浓人情味让我心里异常感动，索性安心养病，唯一有些担心的是，我几乎每天都给月饼打几个电话，可是他的手机始终处于关机状态，也不知道出了什么事情。

我和国内所在学校也联系过，那边说很快就回话。可是足足等了三天也没有回复，这三天我又打了许多电话，直接没有人接了，想想他们的办事效率和上班状态，我也只能摇头苦笑。

还有一点让我始终不明白的是，我的红瞳莫名其妙消失了。这个困扰我很多年，从小就被嘲笑，被当作异类的红色眼瞳，不知道为什么恢复了正常的黑色。我经常对着镜子看自己，越看越觉得陌生，只能自我安慰：也许这次车祸改变了我身体的某种生理状态。

之所以有这样的感觉，是因为我身体的愈合速度出乎意料得快。不到十天时间，在医生目瞪口呆的表情里，我已经全须全尾的好人一个了。

清迈大学接到我的电话，派来了一个叫满哥瑞（Mangrai）的泰国人带我到学校。泰国人的姓名也同中国人一样，分为姓和名两部分，不过在习惯上和中国人的姓名排列顺序不同，是名在前，姓在后（这点倒是类似西方国家）。满哥瑞是他的名字，姓氏是贤崩，全称应该是“满哥瑞·贤崩”，他介绍自己的名字时，一脸骄傲的神色。我当时并不知道为什么，后来才明白，原来清迈是于1296年由国王满哥瑞建立，之所以看中这块地方，是因为他曾经在这里遇见了代表吉祥的白鹿，同时出现的还有五只白鼠。

看来满哥瑞是世代沿袭的贵族名字，难怪他介绍自己时掩饰不住的得意。

在泰国，称呼对方时通常在名字之前还要加一个冠称。男人不论婚否的为“乃”（Nai），即先生的意思；女人则称为“娘”（Nang）。所以应该称呼他为“乃满哥瑞”，不过这些冠称和名字的全称是只用于书面语言的第三人称，不能用来直接称呼对方。如果用于一般口语中的第二第三人称时，则不论成年男女，也不论已婚与否，一律用冠称“坤”即是先生或女士的意思，以示尊敬，同时只简称名字不叫姓。比如满哥瑞，就称呼为坤满哥瑞。

满哥瑞个子不高，五十来岁，有着泰国人特有的黑瘦、浓眉、深目的特点，鼻梁上架了个金边眼镜，笑起来脸腮会不自觉地抽搐几下。

这几天我在医院养病的时候，努力学习了泰语，不学不知道，一学才发现自己的语言天赋竟然如此强大，在很短的时间内就掌握了简单的泰语，也能够对上几句口语了，这让我欣喜不已。

满哥瑞帮我收拾了行李，办了出院手续，带着我挤上了一辆撒罗（samlor）三轮车，歉意地告诉我，学校的公车比较少，还希望我见谅。

我倒不以为然，反而觉得本来就应该这个样子。公车私用看来在泰国这个国家还没有盛行起来。

一路上，我四处打望风景，满眼新鲜，倒是满哥瑞长吁短叹，不停地说原来清迈不是这个样子的。这个被称为“北方的玫瑰”的城市，代表历史的传统木质房子已经被钢筋水泥代替，随着商业化旅游业的高度发展，这里早已找不到曾经的宁静安详，人心也被金钱和欲望腐蚀。

我倒是不以为然，随着人类物质文明的高度进化，原本的旧有建筑被替代这是一个必然过程。何况清迈整座城市以坪河以西半公里老城扩建，绿树成荫，空气特别清凉，连天空都是蔚蓝的海洋颜色，再加上时不时出现的大象、僧侣还有各式各样的佛塔，足够让我这个中国人感觉像到了天堂一样。

满哥瑞看我对他的话没什么反应，多少有些失望。他指着我们坐的这辆撒罗三轮车告诉我，现在就连这种三轮车都不多见了，早已经被嗒咖嗒咔（tuk-tuks）车取代了。

我听罢忍俊不禁，心说这个也算是值得怀念的东西吗？也许我真的体会不到一个老人对他记忆中的城市那种苍凉的怀念。

撒罗载着我们在城市里面来回穿梭，感觉忽然间眼前景物一变，低矮的木房和老旧的马路取代了高楼大厦托起的繁华。

满哥瑞眼睛一亮，兴致勃勃地告诉我，这是来到了清迈老城，这里才是真正的清迈，又指着不远处金光灿灿的尖顶寺庙，说那就是清迈最古老的寺庙清迈寺，问我有兴趣参观一下吗?

车祸带来的生理病症很容易康复，可是心理病症却需要一段时间的治疗，而观光旅游正是治疗心理障碍最好的办法，我于是很高兴地答应了。

满哥瑞兴致更高，说如果运气好的话，可以得到寺院院长的同意，观看菩歇腾塔玛尼佛像（一座十厘米高的水晶佛，由满哥瑞王建都时从南邦带到清迈，已经有六百年历史，除了在阿育塔雅逗留过很短的时间外，一直保留在清迈，在四月宋可兰节，也就是泰国新年，它还参加游行典礼）。

下了车，我跟着满哥瑞走进了清迈寺。满哥瑞的表情立刻变得庄严而虔诚，遥看着寺庙双手合十，喃喃低语。我看身边许多泰国人都是这个状态，倒是一些戴着国内某旅行团黄色小帽的人嘻嘻哈哈，四处张望着合影留念，与这里的气氛格格不入。

想到还要在泰国待很久，入乡随俗是免不了的，我便学着满哥瑞的样子，很虔诚地一路拜了过去。满哥瑞赞赏道："你和那些中国人不一样。"

看着这个老爷子认真的表情，我心里暗自惭愧，不多时便来到清迈寺规模最大的塔——昌龙塔。大约有三层楼那么高，刚才我看到的金色尖顶，就是这座塔的顶端。整座塔是方形的，塔底由灰泥质的一排排大象支撑，虽然处处透着年代久远的朽败气息，但是肃穆庄严的气氛依然扑面而来。

那些大象雕塑栩栩如生，非常传神，我正赞叹着泰国人独具匠心的创造力，忽然看到在昌龙塔旁边的灰瓦白墙屋子前，聚集了一堆人，看装束全是游客，路过的泰国人都一脸厌恶，急匆匆走开。那些游客倒是时而惊呼时而赞叹，乱哄哄的，很聒噪。

估计是游客中央应该有什么表演。

我好奇心起，想去看看，满哥瑞却阻拦着不让过去。

我这个人有点命犯太岁，好奇心太强，越是别人不允许的事情，越是想掺和。所以，虽然很不情愿地答应了满哥瑞，可是我的脖子却不由自主地扭向那群人。

满哥瑞摇着头，扶了扶眼镜："想去看就看吧，只是看了别后悔。"

听到这句话，我如得赦令，三两步走了过去，挤进人群里面。果然和我猜得差不多，在游客围成的圈子正中央，有个留着络腮胡子的人端端正正坐着吹笛子，在他面前摆着七个大小不一的圆缸，有些像国内腌咸菜的大坛子。

我心说这倒挺像印度戏蛇人，吹响笛子，蛇就会从蛇篓里面探出身子，跟着笛声旋律扭动身体，可是这些缸对蛇来说实在是太大，那里面装的应该是别的东西。

络腮胡子咽了口吐沫，吹响了笛子。笛声非常刺耳，完全没有旋律，仔细听倒很像是人在临死前凄厉地喊叫。

游客们满脸兴奋，可能刚才已经看到缸里面有什么物事，地上还有一堆七零八落的各国钞票，还有些人拿着数码相机、掌中DVD等待着。

笛声实在太过惨烈，到了高音部分简直就是一个人遭受了酷刑之后最痛苦地号叫，我听得很不舒服，也没了再看下去的兴致，正想挤出来，却看到那七个缸里面慢慢探出了一坨坨腐白色圆圆的东西。

当那些东西从缸里探出时，我终于看清楚了！

那是一个个大大小小的人头！

这缸里，养的竟然是人！

"这是人蛹。"满哥瑞低声说道。

二

游客们兴奋地大喊大叫，手里的数码器材"噼里啪啦"响个不停，脸上都带着残忍的狂热。

我的目光被牢牢锁定在从缸里探出的人头上面，强烈的恶心和恐惧感竟然让我忘记了移开视线。

那些人（如果他们还可以被称为人）的脑袋上光秃秃湿漉漉的，暗黄色的液体从脑门儿顺着脖子流回缸里，眼皮深深陷进眼眶，里面的眼珠看起来是被挖掉了，耳朵已经成了两团红色的肉坨，鼻子的位置只有两个黑漆漆的空洞，不停向外流着液体，嘴巴上乱七八糟地缝着一条条线，发出“嘶嘶”的声音。

我甚至清晰地看到最小的缸（半米大小）里探出的脑袋比成年人的脑袋小许多，头皮还在微微颤动，医学知识告诉我，那是个不超过一岁的孩子的头！

我心里涌起一股愤怒：“这是怎么回事？”

“刚才对你说了，看了不要后悔。”满哥瑞鄙夷地看着那些越来越兴奋的游客，“这些人是用尸水养大的。当然了，前提是咱们还能称呼他们是人。”

在来泰国前，我做了许多方面的功课，这堆人蛹让我想起了曾经看过的一则不知是真是假的新闻：

一对新婚夫妇，在度蜜月的时候选择了泰国。两人在曼谷街头夜市游玩的时候，看到一群人围成个圈表演魔术，魔术师精彩的表演博得了掌声和满地的钞票，到了最后“大变活人”时，魔术师请求观众们有一个人当表演嘉宾。而新婚夫妇中的妻子满怀好奇地当了嘉宾，丈夫也没觉得有什么不妥。

但是问题出现了！

当魔术表演结束时，钻进木箱子的妻子却不见了……

观众们在哄笑中（无非是针对表演失败，新婚夫妇是托儿的嘲笑）散了场，丈夫疯了一样寻找妻子，并向身边的人求助。

可是观众们根本听不懂他的中国话，反而认为这是魔术失败的事后补救表演，都竖着大拇指，意思是夸他演技好。丈夫绝望地跪在地上，才发现那个魔术表演班子不知道什么时候不见了。

怎么也想不到新婚燕尔的蜜月之行竟然变成这个样子的丈夫立刻向当地警方和中国大使馆报了警，可是经过严密的搜索调查，却没有任何结果。时间久了，也就不了了之。

唯独丈夫没有放弃，他回国把所有的财产变卖，又孤身回到泰国开始了磨难重重的寻妻之旅。

他几乎走遍了泰国所有的大街小巷和各种色情场所，疯了般拿着妻子的照片逢人就问。爱情的力量虽然伟大，但是现实的残酷却让时间一天天过去，钱也慢慢地花光了，他的妻子，依然只存在于记忆和手里那张已经残破的照片里。

执着的他没有放弃，哪怕沦为了街头乞丐，靠着残羹冷炙生存，对妻子的爱念依然支撑着他继续寻找下去。

直到有一天，他路过一个小村庄，看到马戏团正在表演，同时还展览着许许多多奇形怪状的动物：两条腿的蟒蛇、比猫还大的白毛老鼠、三个眼睛的牛，还有……

还有好几个大缸……

缸里面装的都是奇形怪状的人，只留了脑袋在外面。眼睛已经被缝上，张开的嘴里舌头被割掉，牙齿被拔掉，耳朵里灌了铅水，摆在那里任由游人指手画脚。

忽然，他发现其中一个缸中人看上去特别面熟，虽然脸已经被泡得肿大腐烂，但是依稀是妻子的模样。他心跳如鼓，靠近了一看，那个人脖子后面有一个小小的圆形红色胎记，他的妻子也有个一模一样的胎记！

他颤抖着喊着妻子的名字，缸中人虽然被封住了听觉，也许是爱情产生的心有灵犀，竟然转头向他看来，嘴里咿咿呀呀地说着什么。

这正是他的妻子！

突如其来的强烈刺激让他失去理智冲了过去，很快被马戏团的几个彪形大汉制住捆了起来。

过了几天，马戏团来到另外一个村落时，人们带着恶心又兴奋的心情观看时发现，其中有两个缸中人，虽然五官都已经被毁掉，但是他们始终看着对方，脸上带着凄凉的微笑……

没想到，我竟然在泰国最神圣的寺庙里见到了这个，也就是满哥瑞所说的“人蛹”！

难道他们都是这样制成的？

我觉得心头有一把火，烧的全身血液滚烫，只想冲过去暴打那个吹笛子的人。

就在这时，昌龙塔里响起了庄严的佛钟声，还有僧侣们清幽的梵唱，给这诡异恐怖的气氛注入了一丝清凉的宁静。

佛钟声越来越庄严肃穆，悠扬地回荡在清迈寺的上空，如同饱含沧桑的老人对年轻的人们讲述着一生的经历，聆听者在感动中顿悟着人生的意义；梵唱却似一溪清澈的河水，在乱石嶙峋中闪烁着太阳的光辉，涓涓细流洗涤着世间的邪恶和肮脏。

游客们收起了观看人蛹时残忍而丑陋的笑容，都侧耳倾听着这两种神圣的声音，脸上渐渐浮现出祥和安静的神态。

吹笛人面色一变，加快了笛声的节奏，那笛声越来越聒噪，又透着森森的阴气，像是千万条毒蛇盘踞在一起，随时准备吞噬猎物。

受到笛声影响，人蛹拼了命地向缸外探出脑袋，脖子伸得极长，倒真有点像探着脖颈的毒蛇。

我的心脏突然跳得好快，在胸腔肆无忌惮地撞击着，全身就像被一个大手紧紧攥在掌心，喘不过气来。我弯下腰，嘴里直冒酸水，脑袋昏昏沉沉的。

“怎么了？”满哥瑞见我神色不太对，有些奇怪地问道。

我根本无法说话，只能摆了摆手，满哥瑞看着我，脸上带着深深的思索，突然他的眼中闪烁着兴奋的光彩：“你对这些声音有感应？”

三

“我……我不知道……”我胸口紧得呼吸困难，蹲在地上，双手死死扣着砖缝。

满哥瑞不由分说地拽起我，拖着我踉踉跄跄向昌龙塔的方向跑去。

我只觉得全身软绵绵的像根面条，任由满哥瑞拉扯着来到昌龙塔的门口。不过稍微好点的是，远离了笛声，那种要死的不舒服感觉也消失了。

我大口喘着气，满哥瑞敲了敲门，对着塔里大声说了几句泰语。不多时，门被打开，一个僧侣警惕地看着我们俩，又探出头四处望望，才双手合十，侧身让我们进去了。

进到塔里，我清晰地感受到与塔外完全不同的世界。触眼全是金灿灿的大小佛像，晕着夕阳般的光圈，钟声从塔顶传下，每个佛像前都坐着一名僧侣，法相庄严，拿着念珠低声梵唱。

只是额头上豆大的汗珠有违出家人清修的意味。

“满哥瑞，在这紧要关头，你可知道擅自闯入会带来多么严重的后果吗？”在僧侣正中端坐的白须僧人睁开眼睛，直直看向满哥瑞。

更让我觉得不解的是，白须僧人说的竟然是字正腔圆的中国话。

“阿赞（在泰国，对僧侣都有特定的称谓，阿赞是弟子称呼师父的用语），邪恶的人蛹者为了至尊无上的水晶佛，再次来到宁静的清迈寺。弟子虽然已经还俗很多年，但是依然是阿赞的学生，只想和阿赞、龙披（称呼年轻的僧人，‘披’有兄长之意，龙披就是师兄的意思）们一起共同抵抗人蛹者。”满哥瑞双膝跪地，匍匐在地上，也用汉语回答道。

我愣愣地弄不明白是怎么回事，不过清楚地看到满哥瑞说完这席话，除了白须僧人，端坐的好几个年轻僧侣都面带鄙夷地望向满哥瑞，还有人轻轻地“哼”了几声。

他们好像很看不起满哥瑞，只是碍于白须僧人，不便发作就是了。

果然，未等白须僧人说话，一个三十岁出头的僧人“噌”地站了起来，半裸露的肌肉高高隆起，指着满哥瑞说了一堆泰国话。

话音刚落，梵唱的僧人们都冷笑起来。

满哥瑞依旧匍匐在地上，一言不发，只不过老脸通红，一副懊悔的神色，全身轻微地颤抖着。

我看着满哥瑞这么一大把年纪，像是被一群猫围着的老鼠似的瑟瑟发抖，想到刚才他和白须僧人的对话，心里有些气不过：“我不知道发生了什么，不过他想帮忙，你们凭什么嘲笑他？”

“南晓楼！”满哥瑞低声吼道，“不要乱说！这是我应该承受的。”

听到满哥瑞这么说，我更加生气：“男儿膝下有黄金！你一个大老爷们儿五十好几，除了死亡还有什么是应该承受的。”

僧侣中有一人大声说了几句话，看来是也懂汉语，把我的话翻译出来，其余的僧侣竟然哄堂大笑。

“你不懂。”满哥瑞抬起头，瞬间像是老了十多岁，深深地叹了口气，双目中含着泪水，“我犯了佛门最不该犯的戒律！”

“在中国，有个和尚叫济公，天天喝酒吃肉，他有一句名言‘酒肉穿肠过，佛祖心中留’！只要心中有佛，管什么戒律！”我对佛教可以说是没什么研究，只是觉得这群看着很庄严的僧侣嘲笑我那句话，满哥瑞又一副窝囊样子，完全没有刚接我时的风度，忍不住把济公都搬了出来。

刚说完这句话，我忽然想到佛教里最不可饶恕也是最不能触犯的一条戒律，心里面一乱，再说不下去了。

“你曾经是修行最苦、佛心最坚定的僧侣，可惜……”白须僧侣依旧用汉语说着，有意无意地看着我，“色戒一犯，再无回头之日。”

我心说果然和我想的一样，满哥瑞犯了色戒。且不说在佛教中，就是在任何一个国家，“好色”这个词都不是什么夸奖人的褒义词。

“阿赞，弟子知错了！这些年我一直在忏悔磨炼，再不是当年的我了。就让我为寺院奉献生命吧！”满哥瑞嘶吼道，“而且……而且我带来的这个人，对人蛊笛声有强烈的感应。他就是我们要找的那个人！”

“我们用黄钟梵音对抗人蛊笛声的时候，我已经感应到了。”白须僧侣做了个要站起来的姿势，旁边的僧侣连忙扶着他站起，我这才看到白须僧侣左腿是一根木棍，延伸到僧袍里。

“五十年了，没想到这次竟然又是一个中国人。”白须僧侣微微笑着，“可是他没有红瞳啊！”

四

红瞳！

白须僧侣的这两个字狠狠砸在我的心脏，我剧烈地抽搐了一下。

所有僧侣收住笑容，齐刷刷地望向我，十几道目光像毛刷子在我身上刷来刷去，我很不习惯被别人这样看着，脑子乱突突地想着“红瞳”，有些局促地站着。

“呲……呲……”那要人命的笛声又响了起来，沉重的佛像竟然在笛声的影响下微微颤抖着抖动的频率和笛声的频率完全相符。说的搞笑点，这些佛像倒像是跟着笛声起舞。

我又觉得呼吸困难，心脏猛跳，两条腿不受控制地摔倒在地上大口喘着气，视线开始模糊，眼前白茫茫一片，完全看不到东西，只能拼命地伸出手在空中虚抓着。

慌乱间，我抓住了一截干硬的东西，紧跟着一股非常舒服的暖流从手掌传遍全身，我渐渐恢复了平静，再睁开眼时，才发现手里握着白须僧侣枯木般的右手。

其余的僧侣已经恢复了我刚进昌龙塔时的模样，每个人的额头密密麻麻布排着汗珠，嘴里急促地梵唱。

“我也是中国人。”白须僧侣慈祥地看着我，眼里透着说不出的感慨，“没想到我谨记师训，寻找对人蛊笛声有感应的人，五十年后，竟然又等到了一个中国人。”

所发生的一切，已经完全超出我的知识范畴，根本不知道该说什么。但是我从他的表情里，隐隐看到了“大难临头”的意味。

“来不及多说了，满哥瑞，顶替我的位置。”白须僧侣语速变得极快，“我有事要做！”

满哥瑞全身一震，脸上不知是惊是喜：“阿赞，我……”

“你忘记自己刚才说的话了吗？”白须老人眉毛一扬，指着他坐的蒲团，“快去！”

在这过程中，他的右手一直握着我的手，那股暖流仍然源源不断地涌进我的身体。满哥瑞几步跑过去坐下，盘腿合十开始吟诵佛经。

“不要觉得奇怪，这是宿命。”白须僧人松开手，双手大拇指顶着太阳穴，食指相抵，在额前摆了一个三角形。当他再松开手时，一双火红色的眼睛跳跃着霸烈光芒，刺得我几乎睁不开眼睛。

“佛光舍利，红瞳降临，人蛊笛声，了然如尘。”

白须僧侣爆声喝道，整座大殿回荡着“嗡嗡”的回声，僧侣们面色凝重，梵唱的声音提高了不少，抖动的佛像却恢复了平静。

就在这时，我看到地面像是平静的湖面被扔进了一块大石，竟然产生了奇异的波纹状韵律。这种韵动越来越剧烈，地面瞬间变成了咆哮的海水，上下起伏，一尺见方的青石板一片片掀起，又依次落下，发出“扑扑”的碰撞声。

僧侣们如同暴风雨汪洋中的一艘艘小船，跟着地面的起伏上下颠簸，有一尊佛像的座基“啪啪”龟裂，从缝隙中挤出阵阵灰尘，终于失去平衡，砸落下来，不偏不倚把一个僧侣砸个正着。

浓稠的血花随着碎肉和断骨声从佛像空隙中挤压而出，飞溅在僧侣身上，在墙壁上涂抹着惊心动魄的惨烈!

一个僧侣终于忍不住，睁开眼睛，大喊着站了起来，脸上因极度恐怖而扭曲地异常狰狞，胡乱挥着双手，向塔门方向逃去。

突然，地面裂了一条半米多宽的缝隙，青砖整整齐齐地竖起，从缝隙中蹿出两道灰白色的影子，抱住逃跑的僧侣，把他拖进地下，缝隙迅速合并。整个地面又变成了惊涛骇浪的起伏状态。

我被颠簸得已经站立不稳，身体失去平衡，摔倒在地上。竖起又落下的青砖棱角顶得我后背肋骨剧痛不已，但是眼前这惨烈又诡异的一幕让我惊怖异常，甚至都感觉不到疼痛。

僧侣们都停止了梵唱，面露惊恐地望向白须僧侣，有几个人双腿打摆子一样抖个不停，裆下潮湿一片，想站起来却又不敢站起。

昌龙塔里立刻充斥着鲜血的浓腥味和尿液的骚臭味。

唯有满哥瑞在惊变中依旧不动如山，庄严肃穆地吟唱佛号，根本不受任何外界的干扰。

白须僧侣长叹一声：“佛心，什么是佛心？没想到苦修多年，能坚持到最后的，竟然是一名犯了色戒的逐门弟子。这是孽，还是缘？”

“外面有几个人蛹？”

我歪歪扭扭地爬起来，双脚牢牢扒住地面，好让自己不摔倒，结结巴巴说：“七……七个。”

“竟然是七个！”

白须僧侣古井不波的脸上终于有了变化，双目圆睁，眉头紧紧锁成个疙瘩，那双红色的眼睛几乎要喷出火。

我忍不住后退了两步……

五

“嘭！嘭！”又有两尊佛像座基断裂砸下，不过还好这次没有砸到什么人。佛像在地面滚动的时候，地面又裂开大缝，把佛像拖进地底……

我实在忍受不了这种“完全不知道发生了什么，却又莫名其妙置身其中”的气氛，大喊道：“这到底是怎么回事？”

“如果这次能活下来，我会告诉你。”白须僧侣抬头看了看塔中央的如来佛，佛像单手竖在胸前，另一只手横放，上面托着个一尺见方的木箱子，“希望你能把它取下来打开。”

我被颠簸得胃里阵阵恶心：“我为什么要取那个木箱子，这一切和我有什么关系？！”

“这是宿命。”

“什么宿命，我就是一个普通的交流学生，来清迈大学学习，不是为了帮你拿那个破箱子！再说你自己不会拿？为什么要我去拿！”我愤怒地吼着。其实心里还有一个顾忌：我就是再愚蠢也明白今天这件事情凶险异常，和我脱不了关系，但是我也发现了，那些僧侣虽然已经方寸大乱，但是没有人敢离开自己的蒲团，联想到那个逃跑的僧侣和佛像被拖进地底，我猜也猜得到只要是乱动，必然是同样的下场。

换言之，外面控制人蛹的吹笛人看不见昌龙塔里的情况，但是他不知道通过什么法门，可以感受到移动的物体，利用那几道灰白色的影子，把目标拖进地底。

如果我跑过去取箱子，就是移动状态。而白须僧侣看上去道貌岸然，却把这件事情交给我，实在让我无法接受！

“只有对人蛊笛声有感应的红瞳之人，才能躲开他的搜地听音。他怀里应该抱着一根木棍，耳朵贴在上面吧。”白须僧侣看出了我的胆怯，有些无奈地解释道。

我这才想起刚才的匆匆一瞥，那个吹笛子的人怀里确实抱着根木棍，我当时还有些纳闷儿，心说难道吹笛人是个盲人？

“你也是红瞳，对笛声也有感应，你为什么不去？”

白须僧侣的红瞳晕出红色光圈，让他光秃秃的脑袋笼上了一层红纱，如果不是现在这个环境，我一定会觉得这个场面特别滑稽。

“我已经去过一次，失去了一条腿。”白须僧侣指着自己左腿位置的那根木棍，“水晶佛只能由我们打开，但是一生只能打开一次。”

看着他腿上的木棍，我打了个哆嗦，遍体通寒：“如果我拒绝呢？而且我不是红瞳。”

“那么延续千年的佛蛊之争，终会告个段落，我们都会死去。”白须僧侣苦苦一笑，“每隔十年，就会有一次佛蛊之战。本来我们不需要通过水晶佛就可以应付，这一次蛊族竟然凑全了‘七人之蛹’，难怪抵挡不住。”

“何况，你是不是红瞳难道自己不知道吗？在最危险的时候，又出现一个红瞳之人，这难道不是宿命吗？”

我心里已经相信了他说的话（眼前这个情况也让我不得不信），到达木箱子也就不到十米的距离，但是想到这十米可能是我一辈子最危险的路程，照这个形势看，缺胳膊断腿就算是运气好了……

反正横竖都是个死，使使劲还有活的机会！我下定决心，咬了咬牙，腿上肌肉绷得紧紧的，准备用最快的速度冲过去，白须僧侣忽然伸出手拽住我：“等等！”

我憋着一股力气，却被他生生拽住，就像是一拳猛地击出，却没有打到任何东西，胸口闷闷的异常难受。

我还没有来得及说话，就已经明白他为什么拦住我了！

塔壁的墙根处鼓起了几个滚圆的大包，看上去应该是有什么东西从地下钻了进来，在地面形成这个样子。那几个圆包如同活物，向塔内中央聚集，终于形成了一个很熟悉的形状，不偏不倚挡在我和如来佛中间。

我越看这个形状越觉得眼熟，仔细数了数，一共有七个圆包，大小各不相同，最大的足有半个多高，最小的却只是微微凸出地面一点。里面的东西一鼓一鼓的，随时都有可能破土而出，被顶起的青砖缝里向外渗着淡黄色的黏液，同时一股恶臭扑鼻而来。

“这是那几个人蛹？”我想起外面七个缸里面装的大大小小的人蛹，和这几个鼓包数量上一样。

“对，一共是七个！而且是北斗星的形状。”白须僧侣眼中终于透出了恐惧，“难道佛祖舍利今天真的会被蛊族夺走？”

我已经来不及问佛祖舍利是什么了，眼看着鼓包顶端的土慢慢向两边倾落，从土里面探出一只只白骨嶙峋的手，覆盖着薄薄一层人皮，然后是胳膊，泡得肿大的脑袋、肩膀，直到七个人蛹全都钻出地面，就那么静静地站在我面前，发出“嘶嘶”的嗷叫声。

这绝对是让我作呕又肝胆俱裂的场景！

人蛹身上一丝不挂，滴淌着黏稠的像蜂蜜一样的液体，有的双脚已经被腐烂的肉粘连又重新生长在一起，活似在网上看到的海豚人；有的身上密密麻麻布满了芝麻大小的肉粒；有的全身像鱼鳞似的裂开一道道细细的口子，露出里面粉红色的腐肉……

我实在忍受不了，弯下腰呕吐起来，可是却只能吐出几口酸水。僧侣们终于顶不住这强烈的视觉刺激，不知是谁喊了一声，便开始纷纷向塔门冲去。

唯一仿佛置身事外的人，就是满哥瑞！

他依然认真而虔诚地坐在蒲团上，眼观鼻，鼻观心，奋力抵抗着。只是，从他的眼鼻嘴中，也流出了一道道血痕……

随着僧侣们集体逃亡，那七个人蛹探着鼻子在空气中嗅了嗅，准确地扑向他们！我不想用太画面感的语言去描述这惨烈的一幕，只是几分钟工夫，僧侣们都变成了一段段残肢和裂开的躯体……

我几乎要疯掉了：“你为什么不救他们？！”

“我无能为力，人蛹冲进塔内，我们布下的法阵已经被破了。我们败了……”白须僧侣双目淌下混浊的泪水，顺着层层皱纹沾在胡须上，“满哥瑞，你已经尽力了！你没有辜负自己的姓氏和名字！”

满哥瑞苦笑着：“阿赞，对不起，我只能做这些了。”

“一定有什么办法！”我看着那些又重新站回原位的人蛹，恨不得有把机关枪，“突突”一通扫射，把它们通通打死。

那些人蛹探着鼻子在空气中嗅着，摇摇摆摆地开始在塔里来回走动，找寻着残余的目标，有一个几乎和我肩对肩撞上，我钉在原地略一侧肩，让了过去。

浓烈的尸臭冲得我喉咙发痛，忍不住咳嗽了几声。但是那个人蛹却没有听见，我发现它的脖子上有一块小小的红色圆形胎记。

而还有一个略高的人蛹，紧紧跟在它的后面。

我略微有些明白了：人蛹听不见声音！它们是靠着外面的吹笛人对塔内物体落地或者奔跑的声音进行判断做出杀戮指示。

我们说话，吹笛人是听不到的。

“刚才你的犹豫，耽误了最佳时机。”满哥瑞抹了把脸上的鲜血，“在我们尽力布下法阵的时候你如果能够打开木盒取出水晶佛，让舍利圣光照耀，我们必胜无疑。”

我看着满地的尸体，心里又酸又苦，难道是我的优柔寡断让这些人白白死去？

可是换了谁，又能在这种根本不知道的情况下保持冷静呢！

我依旧保持着一动不动的姿势，人蛹们也安静地搜寻着，好像刚才修罗地狱般的杀戮和它们完全无关。满哥瑞看上去已经耗尽了所有精力，萎靡不振地蜷在蒲团上，而白须僧侣却仰着头，双目紧闭，不甘心地握紧了拳头。

“满哥瑞，不能怪他。”白须僧侣缓缓说道，“这是劫数，谁也逃不了。”

“阿赞，我知道。”满哥瑞的声音越来越微弱，终于没了生气，再也没有动弹。

满哥瑞死了？！

这个打击对我来说是致命的！虽然我和满哥瑞认识时间不长，但是他是我在泰国最熟悉的人了，而且一路上对我很照顾，对于他的人品和谈吐，我也很钦佩。

我深吸了一口气，让自己狂乱的心跳慢慢恢复平静，仔细观察着人蛹和周围的一切：一定有办法！我一定有办法冲过这重人蛹猎杀屏障，打开木箱，取出那该死的水晶佛！

我是一个孤儿，从小就没有什么朋友，也从来没有被别人尊重过，更不用说像现在这样，被所有人给予厚望，去完成一个不可能完成的拯救梦想。虽然那些人已经死了，但是我能感受到他们的灵魂在满地热血中看着我，等着我去实现他们生前最后的希望！

我要为满哥瑞报仇！

我的血很热，热得近乎要燃烧起来！

只要耐心，一定有办法！

我认真地看着身边每一样东西，直到目光停留在白须僧侣身上，我忽然发现要找的东西了！

“阿赞！”我一个字一个字地说道，“我有一个办法，但是需要借你几样东西。”

“真的？”白须僧侣眼睛一亮，燃起了最后的火焰，“只要能保住水晶佛和舍利，我的命，你拿去！”

“不，我只要你身上这个东西。”我微微笑着。

命，只有一条；机会，只有一次；搏，只有一击！

一击必胜！

六

我指着白须僧侣胳膊上套着的一圈圈铜环：“阿赞，我需要你把这些铜环同时扔出去，当铜环落地，人蛹追向铜环的时候，就是我冲过去打开木箱的最好时机！”

白须僧侣却没有言语，只是低头看着手臂上的铜环。

我着急起来：“阿赞。时间不多了！”

“只有六个。”白须僧侣低声说道。

“什么只有六个？”我发现白须僧侣虽然德行深厚，应变能力却不敢恭维。

“我是说手上只有六个铜环。”白须僧侣已经把铜环一一摘下，摞在手心摩挲着，“我身上和你身上，已经没有更沉重的东西落在地面上能发出引起注意的声响了。除非……”

说到这里，他犹豫了一下，不过我已经明白他要做什么了！

“阿赞，你不能这样做！”我看着他那条上次战斗残缺、换成木棍的腿，“我还不知道打开木盒该做什么？”

“不需要你去做，只需要你去打开！”刚说完，白须僧侣就把手中的六个铜环向各个方向远远扔出，铜环撞在墙上，“叮叮当当”落了一地。

人蛹寻着铜环落地的方向，像饿狼般四肢着地，跳跃着爬了过去，最小的那个人蛹，肚子上还拖着条脐带。

“快去！”白须僧侣喊了一声，没等我再多说什么，就准备向反方向跑去吸引人蛹。

“阿赞，我来！”一个人大吼着，从我们俩中间大踏步冲过去，每一步都故意踏得很沉重，把所有人蛹的注意力全都吸引过去了。

满哥瑞！

他还没死！

他用尽生命中最后的力量，为我争取了时间。

这是什么样子的信仰？是何种信念让他被驱逐这么多年还能够义无反顾地舍生取义？

我只觉得鼻子酸酸的，热血上涌，来不及多想便向如来佛像冲过去。因为我知道，在人蛹还没有抓到满哥瑞之前打开木盒，一切应该会有好的转机！

这短短十米的距离，也许只需要一两秒钟！可是这一两秒钟却如同一千年那么漫长，我的手笔直地向前伸着，争取在第一时间触到木盒！

我无暇顾及满哥瑞和白须僧侣的状况。这个时候，专注就是对他们最大的帮助！

还有五米，四米，三米，两米，一米！

我的指尖已经触到了木箱，古老的木纹质感传到手中，顺着血液又传到我“怦怦”狂跳的心脏里！

我终于拿到了那个木箱！

当我把木箱抢到怀里，心里一沉！

木箱竟然没有盖子，整个箱子浑然一体，完全看不出有缝隙和开箱的地方！

我刚想把箱子摔在地上摔碎（这样里面的水晶佛和舍利就会漏出来，而人蛹也能够寻过来，这样就一举两得），可是我发现自己的手已经和箱子长在一起了。这种感觉很奇怪，就像箱子本来就是手的一部分，甩也甩不掉。

就在我不知道该怎么办的时候，忽然箱子上檐亮起了一圈微弱的彩虹色七彩光芒，“嘣”的一声，箱子自动弹开，一股强烈的白光从箱子中冲出，明亮却不刺目，塔内顿时被这股温润的白光覆盖。

在白光深处，有一尊十厘米大小的水晶佛像周身散发着微绿的柔光，端端正正摆放在盒子中央，我看到他的小小右手，好像是由一块白色的东西镶嵌上去，和整个水晶佛格格不入。

一团碧绿色的光点从水晶佛体内流转，光芒越来越盛，最终停在右手那块白色的东西上，凝聚成黄豆大小的亮点，却异常明亮。那颗亮点又向核心紧紧收缩着，颤颤地抖动着，猛地爆开，剔透的绿光从木箱中绽放，我如同坠入汪洋，触眼所及全是绿茫茫的颜色。在这碧绿色中，我清楚地感受到光芒穿透手掌，再仔细看时，发现我的手竟然变成了两只骷髅架子，随即身体被绿光穿过的地方，都变成了没有皮肉的骷髅骨架。

我心里一惊，手一松，木盒掉落在地上，而水晶佛从木盒中升起，飘浮在空中，慢慢向塔中央飞去。

我仰起头，目光紧随着水晶佛，心里很安静。我感觉他好像在和我说话，又像是对着我微笑，直到他在空中停住，把绿光挥洒在塔内的每一个角落。

我就这样忘记了时间，忘记了烦恼，痴痴地站着。不知道过了多久，我才醒悟当前的危局，连忙向白须僧侣和满哥瑞看去。

“啊！”我看见塔内的情形，忍不住喊了出来！

在白须僧侣站着的地方，分明竖着一副骷髅架子，左腿大腿骨断了半截，下面是一根木棍。在他身后大约四五步的地方，一群大大小小的骷髅摆出各种扑抓的形态，其中有两个骷髅的手紧紧握在一起，冲向中间一副人骨骷髅，无数条绿光像藤蔓把这些骷髅捆缚着，使这个恐怖绝伦的画面定格。

我看了看自己，衣服、身体不知什么时候已经消失了，只剩下森森白骨，被绿光映照成翠绿色……

“五十年前，我曾经亲历这些。皮囊只是身外之物，唯有骨才是人之根本。”白须僧侣的骷髅上下牙床碰撞着，“谢谢你，又保住了佛祖舍利五十年的安全。不过，马上就会有更恐怖的事情发生，做好准备吧。”

白须僧侣话音刚落，我就看见了他所说的更恐怖的事情！

七

水晶佛散发出来的绿光逐渐减弱了，慢慢地稀薄，变成了乳白色，如同浓雾弥漫在昌龙塔内。

我清晰地看见，所有的骷髅，都产生了奇异的变化！

他们的骨骼上面，缓慢地长出暗红色的须肉，随着光芒暗淡，这些须肉越来越清晰，增长速度也越来越快。筋肉像蚯蚓般纠缠在一起滋生着，缠绕着骨骼，一层一层地覆盖着。原本空荡荡的骷髅架子里，心脏、肺、食道这些内脏生长出来，我甚至清晰地看到了肠子开始蠕动。

我低头看着自己的身体，细如蛛丝的神经从正快速滋生……我正在目睹自己由一副骷髅变成有血有肉的人。

这种感觉根本无法形容，虽然我是学医的，也上过人体解剖课，拿着手术刀划开过冰冷的尸体，切开过淡黄色的脂肪层，取出过每一个需要研究的内脏。可那是把一具尸体分离，而现在的情形超出了我所能接受的范围！

终于，白光消失了，塔内的所有人，都恢复了正常的身体。

我醒悟过来，水晶佛的绿光，并不是消除了我们的肉体，而是在这种奇异的光芒下，我看不见除了骨骼之外的东西，这种光类似X射线的作用。

同时我也看到在白须僧侣身后，所有的人蛹正围着满哥瑞，奇怪的是那些人蛹一动不动，像是失去了生命，满哥瑞在人蛹中间目瞪口呆地看着一切：“阿赞，这是怎么回事？”

“佛光普照，一切邪魔都无所遁形。”白须僧侣感激地对我笑笑，“谢谢你，帮助寺院渡过了五十年来最危险的劫数。”

水晶佛从半空中晃了晃，疾速向地面跌落，我想去捧住，可是来不及了。“完了！”我一闭眼，实在不想看水晶佛摔得粉碎的样子。

“咣当！”一声，我忍不住睁开眼，看见水晶佛已经砸在地面的青石板上，青石板被砸出一个小坑，好几条裂痕向外延伸。

没想到水晶佛的质地竟然这么坚硬，我心里暗自庆幸。要不然忙活半天，水晶佛摔碎了，那真成了“玉石俱焚”。

“阿赞，水晶佛怎么了？”满哥瑞直勾勾地盯着水晶佛，跨过人蛹，其中有两个人蛹的手紧紧握在一起，看姿势好像要互相拥抱的样子。

我觉得满哥瑞的表情有些不对，完全没有了刚才那种大义凛然的虔诚，倒像是换了一个人，贪婪地看着水晶佛。

白须僧侣正对着如来佛像念着什么，背对满哥瑞，没有发现他的变化：“佛光洗涤了世间邪恶，这些人蛹早已丧失人性，自然全都死了，包括外面的控蛊者，而水晶佛的佛光也消耗殆尽，需要十年才能复常。不知道下次劫数到来的时候，我还在不在世间。只可惜跟我一心修佛的同门，佛心不坚……”

说到这里，白须僧侣仰头看着塔顶，努力想让眼中的泪水不滚落下来。

“那也就是说……”满哥瑞阴恻恻地笑着，“没有人能阻止我了？！”

他已经走到水晶佛旁边，把佛像捧在手里，伸出舌头在佛身上舔着：“我们蛊族，等这一天等了千年了！”

我有些明白了！满哥瑞，是蛊族！他和外面的控蛊人是一伙的！

“什么！”白须僧侣全身一震，转过身看着满哥瑞，“满哥瑞，你！”

“我？”满哥瑞冷冷一笑，“我还是当年那个犯了色戒的满哥瑞呀，阿赞！怎么，你不认识我了吗？”

我浑身起了一片鸡皮疙瘩，从心里滋生着无法形容的恐惧！

世界上，最恐惧的事情，就是最信任的人，突然间变成最危险的敌人。

人心，是最恐怖的！

“你在医院昏迷的时候，我就已经来看过你了。医生告诉我，刚送进医院翻开你的眼皮检查眼球感光程度时，你的瞳孔是红色，第二天恢复了正常。医生无法解释这种现象，只能含糊地说可能是因为瞳孔充血，可是我知道，机会来了，所以提前发动了佛蛊之战！”满哥瑞高举水晶佛，“佛祖舍利，终于是我们蛊族的了！”

八

“满哥瑞，你怎么能背叛佛门，投身蛊族？！”白须僧侣显然无法接受这个事实，一味地质问。

我再次明确了自己的判断，白须僧侣的应变能力确实太差了！在这种情况下，不是想着如何去应对，而是不停地质问。这有什么用！

可是这种戏剧化的转折让我也不知道该做什么，心里暗想人蛹都已经死了，满哥瑞也就是一个五十多岁的半老头子，就算是肉搏我也不吃亏。

“可惜了我这么多年培养的人蛹。因为提前发动战争，他们还没炼制好，留着生前最强烈的意识。”满哥瑞捧着佛像，厌恶地踹着手握在一起的两具人蛹，“到死还装恩爱！”

“阿赞，当年我经受色诱考验失败，是你毫不留情地把我逐出佛门，可不是我自己背叛！你知道对我身负皇族血统的人来说，这是多么大的耻辱吗？我被人们不停地嘲笑，连下等身份的小孩子，都敢向我丢石头！他们甚至不卖给我任何东西！我就像一条流浪狗，每天在垃圾堆里捡东西吃！我当时的绝望，你们这些天天接受供奉的傻瓜怎么可能感受得到！

“直到快要饿死的时候，我认识了蛊族的传人！他给我吃的，给我喝的，像父亲一样照顾我，又给我信仰。如果不是他，我根本不可能活下来！

“你们佛门压制了我们蛊族近千年，难道你们就是对的吗！当年蛊族先祖学习那本蛊书为受苦受难的人看病，虽然用的方法有些偏激，可是总比你们天天只知道诵佛念经让老百姓忍受苦难什么也不做要好！但是被发现后，却被活活烧死！这就是一向慈悲为怀的佛门应该做的事情吗？你们……你们其实什么也不会！当看到我们蛊族越来越得到百姓的信任，影响了佛教在他们心中的地位，才说什么蛊术是邪恶的，生生扼杀掉！”

我想到在飞机上的那个女孩对我说的“人皮风筝”的故事，难道她说的一切都是真的？徒弟学习了谗官女儿留下的那本蛊书上的蛊术，被师父发现，遭到了焚身的命运？

不过我觉得满哥瑞说的似乎也有些道理。世界上的任何事情，既然存在，就有存在的意义。哥白尼提出的“日心说”，触动了教廷处于统治地位的“地心说”，也落得被烧死的下场。

这种带有精神教义的事情，本来就很难判断谁对谁错。

能证明一切的，只有时间。

“满哥瑞……”白须僧侣静静地听他说完，才苦笑道，“当年，你并没有犯色戒。而是……而是你们皇族血统的人必须经受的历练。没想到，你竟然如此偏激，误入了蛊族。在我之前的住持，身份是皇族。除了我，历代住持，都是皇族！而我，是因为在上次佛蛊之战时，所有的精英都圆寂了，不得已才担当了住持。本来就算没有这件事情，我也准备在这次佛蛊之战前，把住持的位子传给你的。”

“你说什么？”满哥瑞不可置信地瞪着白须僧侣，“你骗我！”

“我说的每一句都是实话啊！”白须僧侣挺直了身子，身上的袈裟无风自鼓，像气球一样膨胀着，直到“嘭”的一声，袈裟片片碎裂，露出虬须盘结的肌肉。

“今日，我，中国人，陈昌平，现任清迈寺住持，与蛊族一战！”

我这才知道白须僧侣的名字叫陈昌平。

“嘿嘿……”满哥瑞把水晶佛丢到一边，低着头不停冷笑，黑白相杂的头发根根竖起，瞬间变成了雪白色。

猛地，满哥瑞抬起头，脸上浮动着根根青筋，脸色湛蓝，两根獠牙从上唇刺出：“那就……

“战吧！”

我眼前一花，两团灰影携着淡淡的气团，碰撞在一起。由于速度太快，我根本看不见他们做了什么，只听见闷雷似的撞击声不绝于耳，红色的血雾从撞击处迸溅而出，击打在我的脸上，热辣辣的刺痛不已。

我努力捕捉着他们的身形，想分辨出两团灰影分别是谁，可是我发现完全做不到，只能心惊胆战地祈祷陈昌平能把满哥瑞干掉。

这种惊心动魄的战斗持续了不到一分钟，两团灰影向反方向弹开，陈昌平依然傲立，满哥瑞却跪在地上，单手捂胸，“哇”地喷出一口鲜血！

陈昌平赢了！

满哥瑞的头发恢复了正常颜色，抬起头怨毒地看着陈昌平。短短的一瞬，他竟然满脸皱纹，像是老了几十岁，全身像泄了气的皮球干瘪下来。

我心里庆幸，却又觉得满哥瑞蜷缩着的样子实在是太可怜。

“我处心积虑这么多年，没想到还是失败了。”满哥瑞手指扣着石缝，指关节因用力过度变成青白色，指甲里流出了殷红的鲜血，顺着石缝注入地下。

“邪不胜正。”陈昌平剧烈地咳嗽着，看样子也受了不轻的内伤，“你的战力比我高很多，但是你心中全是仇恨，其实你是被自己击败的。”

“哦？”满哥瑞扭了扭脖子，发出“咯吱咯吱”的关节转动声，“谁说我败了？”

陈昌平脚下的青石板忽然寸寸裂开，从里面探出一双血肉模糊的手，把他左脚上的木棍拗断。陈昌平失去平衡，跌坐在地上。又有一双手探出，抓住他的右腿猛力一分，我清晰地听到了骨骼断裂的声音。

陈昌平的右脚以奇异的形状扭向一边。

许许多多的手探出，抓住他的脖子、身体、胳膊，稍微一用力，他就会被生生撕裂。

我“啊”的一声，跑到陈昌平身边，想把抓在他身上的手掰开。但是那些手就像是焊在他身上，根本不能移动分毫。

“不用急，等下就到你了。”满哥瑞扶着膝盖跌跌撞撞站起来，“我需要红瞳者从水晶佛上取下舍利。在此之前，我会让你好好活着的。”

陈昌平被紧紧箍着动弹不得，嘶声喊道：“血蛊！你什么时候在塔内布下尸体的？”

满哥瑞指着顺着石缝流到地下的鲜血：“你忘记了？刚才那些嘲笑我的可爱的师兄弟，他们刚刚被埋葬在塔下吗？这可是使用血蛊最新鲜的尸体啊！别挣扎了，告诉我取下舍利的法咒，我或许还会饶你一命！”

陈昌平歉意地对我笑着：“对不起，不能保护你。让你承受了不该承受的事情。”

我的脑子已经彻底乱了，只会竭力地掰着箍在他身上的手，虽然明知道这样没有用，可是我实在不知道该去做什么！

“我早知道你不会说，”满哥瑞从兜里掏出个小竹筒，拔开塞子，里面爬出一只五彩斑斓的蜘蛛，趴在他的手背上，张口咬下，瘪瘪的肚子不多时就被撑得锃亮，“所以我早准备好了这个！”

我绝望地看着这一切，难道我要死在这里了吗？

此刻，我根本没有死亡的恐惧，这短短十几年发生的事情，一幕一幕飞快地在我眼前闪过。我觉得心里很安静，原来死亡，是这样子的啊！

就在这时，满哥瑞身后，有两个东西，动了！它们嘶吼着扑向满哥瑞，一个抱住他的腿，一个抱住他的脖子，猛地张开嘴，缝在嘴上的肉线全被挣裂，在血肉模糊中伸出白森森的利齿，张口咬下！

是那两个手紧紧握在一起的人蛹！

九

随着一块肉从满哥瑞腿上扯下，鲜血喷涌！满哥瑞痛呼着，喉咙就被另一个人蛹咬断，大股的热血从人蛹嘴里冒出。人蛹一抬头，喉间“咕咚”一声，活生生把肉吞进肚子里，紧接着又是第二口！

第三口！

第四口！

人蛹像是非洲草原上捕获猎物的土狼，用牙齿和利爪掠取着满哥瑞的生命。

箍在陈昌平身上的尸手缩回地面，只留下一个个黑洞洞的坑洞。我大口喘着气，看着满哥瑞在地上痛苦地翻滚，被人蛹一块块撕开吞下，直到哀呼声越来越弱，终于听闻不见，在两只人蛹身下化成一截截嶙峋的碎骨。

一切发生的这样突然，以至于我都忘记扶陈昌平坐起来。

陈昌平挣扎着扶着地坐起，脸部肌肉不自觉地抽搐着，低声诵念着佛号。

人蛹将满哥瑞吞噬殆尽，相互望了一眼，虽然他们的眼睛被缝上了，但是我仍然看到了浓浓的爱意。接着，他们俩咧开嘴，微笑着伸出手，互相抚摩着对方的脸，动作是那样轻柔，生怕稍微多用一丁点儿力气，会损伤了彼此脸上的汗毛。

他们的手，从脸上滑到对方肩膀上，绕到后背用力拉拽着，拖着已经黏在一起根本不能行动的双腿，越来越近，直到紧紧地拥抱在一起。

我听到了其中一个人蛹喉间发出的模糊声音："我……爱……你……"

"我……也……爱……你……"另一个人蛹低声回应。

我的脸颊滚热滚热的，流到嘴里咸咸的，不知道是泪水，还是汗水。

他们拥抱的姿势，终于定格在前一秒钟里，如同一尊用岩石雕琢的雕像，悄悄地久远地定格在那一刻亘古的传说中。

一切，都结束了！

昌龙塔里，只剩下我和陈昌平，还有那些死去的人蛹、闪烁着阳光碎点的满哥瑞的白骨。

水晶佛在角落里，平静地注视着发生的一切。

塔内如此安静，安静到我听见了自己血液流淌的声音，我抽着鼻子，强忍住还在流淌的眼泪："阿赞，结束了？"

"结束了！"陈昌平坐在地上，"佛说男女之爱也是欲望，会妨碍佛心的修成。谁曾想，这次却是男女之爱救了我们。唉，这是讽刺，还是……"

"阿赞，我想知道一切。"我蹲在他身旁，帮他复位被尸手拗断的右腿。

"你知道泰国的人妖吗？"

"知道。"

"这一切，都源自泰国的人妖传说！"

我帮陈昌平正了骨，用木棍做了固定，把衣服撕成布条捆好。陈昌平示意没事了，我于是盘腿而坐，听他继续讲着。

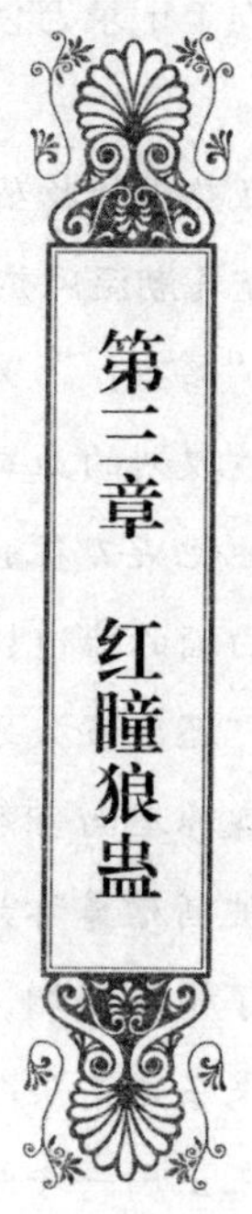

第三章 红瞳狼蛊

世界各地都有狼人、吸血鬼的传说，这些传说活灵活现，讲述人都像是亲身经历过一样，但是究竟有几个人见过呢？也许这样一句解释既完美又恐怖：见过的人都死了！

可是死了的人怎么会把这些故事流传下来呢？

泰国是一个蛊术盛行的国家，不过这些稀奇古怪的蛊术只隐藏于黑暗中。

其中有一种蛊术，叫作“狼蛊”！

一

以下是我听陈昌平讲述五十年前的亲身经历，由于过程实在是太过离奇，为了记录方便，我以第三人称的形式写下来：

亚热带植物丛生的原始森林，遮天蔽日的枝叶挡住了阳光，在幽暗的环境里，空气潮湿闷热，手腕粗的蔓藤横七竖八地阻挡着这支队伍前进的步伐。

“葛布！”为首开路的粗壮汉子留着那个年代不多见的光头，头皮上满是被枝杈划的血口，脸上最显著的特征就是通红的酒糟鼻。

他把柴刀往腰间一插，摸出军用壶，仰脖灌了几口，空气里立刻弥漫着劣质白酒的味道，那个酒糟鼻更是红得要滴出血。

“还要多久才能到？我们跟着你去泰国是享福的，可不是在这什么破烂万毒森林里面当野人！”

被酒糟鼻称为葛布的男人是个胖子，他不停地用手帕擦着汗，又给酒糟鼻递了根美国烟，满脸堆着笑，一副市侩的商人嘴脸：“王卫国，您看。咱们如果不走这条路，根本出不了边境。算算时间，应该很快就能到。”

王卫国一手烟一手酒，斜着眼睛冷笑：“葛布，我可听说你每年都带不少人出境，就是没听说过有回来的。”

“因为过得好才不回来啊！”葛布又开始擦汗，脸上的肥肉把眼睛挤成了两条细线。

王卫国看了看无精打采靠着树干休息的四个人，每个人脸上都泛着长期营养不良的菜黄色，眼看着支撑不下去了，不由吼道：“都精神点！既然我跟村里保证你们都能过上好日子，就要相信我！”

“相信你？”坐在最右边的瘦削年轻人穿着破旧的军装，斜挎印着红五角星的军挎，从里面摸出烟锅，填上烟叶点着，深吸了一口，却被呛得剧烈咳嗽，“谁知道你和这个泰国人搞什么鬼！要不是家里实在没有饭吃，谁会跟着你来这鬼不下蛋的林子，路上已经死了三个人了，谁知道到了目的地还要死几个。”

其余几个人面无表情，好像眼前这件事情与他们无关。

“张杰，从一开始就你牢骚不断，那三个人大家都看到了，确实是意外，和我没有关系。要怪只能怪他们命不好！”王卫国狠嘬了口烟，直到火光烧到过滤嘴，才甩手扔掉。

张杰忽然情绪激动地喊道：“意外？要说刘爱厂掉进沼泽是意外，那刘建军、周保卫也是意外？大家晚上一起睡的，也有巡夜的，为什么第二天早晨他们一个被割断喉咙一个失踪？你不要以为我不知道，葛布给了你五十斤粮票，而我们几家只给了二十斤！凭什么你拿得多！”

王卫国灌了口酒，抹了抹嘴角的酒渍：“张杰，看不出来你知道的还不少？不过刘建军死的时候，巡夜的可正好是你。”

张杰张了张嘴想说话，却什么也没说，只是咬着烟袋闷头抽烟。

葛布依旧看看这个瞧瞧那个，嘿嘿笑着打圆场，四处给人递烟。

王卫国见张杰不再言语，自己气势上占了上风，故意停顿一会儿，看到再没人有异议才说道：“既然这样，我也不瞒着你们了。不错，葛布确实给了我五十斤粮票，我一人吃饱全家不饿的货，要那么多粮票干吗？除了五斤给了咱村的郭寡妇，我寻思着这事就是从她嘴里传出来的。不过我王卫国今儿跟大家透个底，剩下的四十五斤粮票，我都给村支书了，多少能给村里多淘换些粮食。咱们村什么情况还用我说吗？再说你们哪个不是自愿来的？既然你们出发前推我带队，我一定把你们带到泰国去。到时候有吃有喝有女人，咱们再也不用过苦日子！”

一席话说完，王卫国觉得应该差不多，起码能让这几个人有点信心。可是出乎他意料的是，那几个人还是该干吗干吗，完全不为所动。

气氛很尴尬，王卫国没想到是这个结果，一时间也不知道该说什么。

倒是葛布打了圆场：“各位兄弟，你们尽管放心。到了目的地，你们就知道什么是天堂了。”

“我说卫国啊，”一个三十多岁、头发掉了大半的中年人一直在闭目养神，这时才缓缓睁开眼睛，两道精光笔直地射出，“既然大家都出来了，生死由命富贵在天，没什么好说的。我就想问明白一件事，建军和保卫到底怎么回事？保卫失踪我不敢乱说，可能是吃不了这个苦又原路跑了。不过明眼人都知道建军被人杀掉了。我不是怀疑你，这件事情要是不弄清楚，我看咱们是走不出这个万毒森林啊。”

王卫国对中年人似乎很忌惮，恭敬地把军用水壶送到他手里：“唐叔，这件事情我真不知道。我也知道这里面有问题，建军出事那晚，咱们俩头前脚后交的班，那时候建军还没事，最后是张杰巡夜。要问，也该问他。

唐叔灌了口酒，脸上才恢复了点血色："我知道张杰问题最大，可是凶手绝对不会是他！所以我才问你，你和葛布是不是有什么事情瞒着我们？"

王卫国愣了愣，偷偷看了葛布一眼，葛布脸上还是挂着万年不变的笑容，笑嘻嘻地点了根烟。

"唐叔，这件事既然已经说到这个份儿上了，"王卫国咽了口吐沫，"那咱们就说开吧，要不然谁也不安生！那天我巡夜，然后唐叔你巡夜我睡不着，陪你熬到张杰巡夜，咱们俩交班的时候建军还没事。再睡醒了张杰不在，建军却死了。隔了好半天张杰才回来，说是方便去了。咱们大家说说，这个事谁问题最大？"

张杰像受惊的兔子般跳了起来，眼睛瞪得滚圆，指着王卫国："我早晨肚子痛，去解大手，回来……回来建军就死了。要说有问题的，指定是你们几个！"

王卫国红着眼，一步一步向张杰逼近："张杰，你这是贼喊捉贼吗？谁不知道在村里建军从小就欺负你？你借这个机会把他杀了，也不是不可能。"

迫于王卫国逼人的气势，张杰后退两步，后背顶在树上，结结巴巴地说："不是我……真不是我……"

"不是你，又会是谁？"王卫国从腰间取下砍刀，拎在手里掂量着。

葛布喷出一大口烟雾，缭绕的白烟挡住他那张肥油油的脸，依稀看到他收起了笑容，嘲弄地看着王卫国……

除了唐叔依旧有气无力地坐着，剩下两人都站了起来，犹豫着是不是要拉开王卫国。

"卫国，张杰是不会杀建军的。"唐叔双手撑着慢慢站起，喉咙间发出破风箱似的"嘶嘶"声，"因为张杰是建军的亲弟弟。"

二

张杰就像是被打了一棍子，软软地瘫在地上，低声抽泣着……

唐叔站到王卫国和张杰之间，按住王卫国手里的刀："卫国，本来我不应该说这件事，村里也没有几个知道的，毕竟这不是什么光彩的事，不过到现在了不说也不行啊！我们这次抛家舍业，为的是过上好日子，现在出了这件事，大家都小心些吧。何况建军的尸体咱们都看了，脖子上有四个洞，像是被什么东西咬的，肯定不会是人为。你说对吗，葛布？”

葛布又堆起满脸笑容：“咳咳……是啊！以后大家小心点吧。”

“唐叔，如果不找出是谁，咱们都走不出这万毒森林！我憋了好几天，心里要炸了！”王卫国看着另外两人，都是同村出来的，一个叫陈昌平，一个叫孙志忠，还都是半大孩子，平时在村里也是沉默寡言的，没想到也居然有胆量跟着跑出来，怎么看也不像是能杀人的人。

难道问题出在葛布身上？

王卫国很快否定了自己的判断，这几天连续死人，把他梦想着穿过国境、跟着葛布去过好日子的念头击得粉碎。更让他愤怒的是，面对那几个人的死，所有人都表现得很麻木，想到临走前村长的嘱托，他就觉得很愧疚。

真不知道，这次的决定到底对不对！

他想起一个在家乡流传的传说：万毒森林，活人是不能走进去的。很久以前曾经有一群穷人，实在熬不住了，不顾村里人反对，藏进万毒森林当了土匪。过了没多久，只有一个人逃了出来，被村人发现时，这人趴在村口奄奄一息，身上全是磨烂的碎肉，一道血痕从远处延伸到身下，脚底的肉已经磨光，只剩下森森的脚板碎骨碴子，他是生生爬着回来的。

被村人救下时，他已经意识模糊，嘴里不停地喊着：“水……水……”当把水递到他嘴边时，他尝了一口，突然清醒了，大喊：“鬼！都是鬼！”之后大口大口地呕吐着，吐出了臭气熏天的烂泥、蚂蟥，还有被胃液消化了一半的青蛙。

在临死前，他就留下一句话：“万毒森林，都不要去！”

从此以后，万毒森林成了死亡禁地的代名词。

这次如果不是饿得实在没有办法，他们几个也不会听这个泰国人葛布的引诱，越过边境，从万毒森林跑到泰国去。

至于去泰国干什么，葛布倒也说得明白——在金三角（现在的称呼，那个年代还没有这个专用名词）地带，需要雇佣军保护各自的罂粟地盘，他们就是作为雇佣军被选上的，因为当地人很容易被别的雇佣军组织收买，所以才会每年都偷越国境来他们这里招人。

“该起身了！”唐叔拍拍屁股上的泥巴，“再不走恐怕就真的走不出去喽！大家都小心吧，我总觉得这一路上除了咱们，还有别的什么东西。”

也许是气氛使然，唐叔这句话说得特别阴森，除了张杰像个木头人，陈昌平和孙志忠都打了个哆嗦，恐惧地四处看着。

密森森的林子里，除了几声不知名的鸟在凄凄地啼叫，就像巨大的坟墓般，死一样的寂静。

难道真的有鬼？王卫国虽然胆子大，可也忍不住两腿发软。他下意识地看了葛布一眼，发现葛布的容貌好像起了变化，他使劲眨了眨眼睛，再仔细看去，葛布依旧是那副笑弥勒的样子，只是盯着唐叔背影的目光，透着说不出的狠毒。

其余三个人没有发现都跟着唐叔像僵尸一样往前走着，葛布察觉到王卫国在看他，“嘿嘿”一笑，丢给他一根烟，也跟上队伍走了。

王卫国拿着烟，浑身冰冷！

他分明看见了，葛布刚才笑的时候，有四颗淡青色的獠牙从嘴里刺了出来！

三

一行人各怀心事，在万毒森林里走着，如此又过了三天，身上的干粮早已经吃完。好在王卫国猎户出身，在这原始森林里到处都是可以食用的食材，倒也不担心饿着。

除了张杰误饮了带着瘴气的毒水，上吐下泻，多亏了唐叔采了鸦胆子（生于广西广东的一种草药），晒干去壳取仁，再配上野生龙眼肉，很快就痊愈了。就是身体越来越虚弱，眼看着不一定能走出这片林子，最后只好由王卫国扎了个简易担架，陈昌平和孙志忠一前一后抬着。

这几天除了路上艰苦一些，倒没发生什么意外。王卫国也一改火爆的脾气，每天除了打猎，晚上几乎不睡觉的巡夜，因为过度疲劳，双眼布满血丝从眼眶里高高凸起。所有人全靠葛布手里的一张破旧地图带路，到了夜晚找个干燥的地方扎营，过度的劳累让每个人都失去了思想，就这么一步一步往前蹭着。

或许还没有走到所谓的雇佣军驻地，这些人就会被神秘的万毒森林静悄悄地吞噬，留下一具被野兽蛆虫啃食干净的枯骨，被落叶慢慢埋入地下，成为热带植物的肥料，结出的果实，又被另一批人采摘，化作果腹的食物。

就连葛布，也明显瘦了不少，每次打开地图时，眉头都会皱成一个疙瘩，沉思好久才再次确定方向。

“葛布，”唐叔丢给陈昌平两个野果，看着将晚的天色，“你到底知不知道路？”

王卫国开始劈砍野草灌木，准备腾出个空地让大家休息。

葛布笑得远不如前几天那么自然，脸皮抽搐着：“在万毒森林里，就算有这张地图，也不一定走得出去。不过……应该快到了。”

陈昌平啃着野果，另一个丢给了孙志忠，两个人默不作声地看着和死人一样的张杰，眼里都透着厌恶的神色。

这个快要死的累赘，消耗了他们太多体力，要不是几个人坚持要抬着他，他们俩早就把他给扔掉了。

“如果我没判断错，”唐叔冷笑着，“咱们现在是在万毒森林的腹地，怎么会快到了呢？”

葛布怔了怔，察觉到自己的失言。王卫国悄悄地走近葛布，明眼人都看得出来他是在戒备着葛布。自从葛布那次相貌的异化，他心里就很清楚，这件事绝对不是金三角雇佣军招兵买马那么简单。想起临走前村长的嘱托，眼看着一路走来死了好几个人，而且很明显从小和他一起长大的建军死得太过蹊跷，但是头脑简单的他却想不出葛布大费周章诓他们几个人有什么用，只好时刻做好防范。

“老唐，你放心，我既然说快到了，那自然是要到了。”葛布索性语气强硬，把地图塞进包里，也不顾地上全是湿泥，一屁股坐下去闷头抽烟。

“叔，你们先休息吧。”王卫国从腰上别的布囊里抓出条一米多长的死蛇，扔给陈昌平。

孙志忠架起铁锅，舀水生火，陈昌平把树枝穿过蛇尾巴，倒挂在树上，拿着磨得锋利的石片对着蛇尾一划，双手抓着裂开的蛇皮往下使劲一拽，“刺啦”一声，蛇皮整张脱落，透着粉红色白肉的蛇身耷拉着。

吃完蛇肉，天色已经大黑，唐叔端着碗蛇汤一点一点喂着张杰。所有人都困得直打瞌睡，葛布早已经靠着树睡了过去，发出轻微的鼾声。

“卫国，你睡吧。”喂完蛇汤，唐叔叹了口气，“今晚我巡夜。”

王卫国犹豫道：“唐叔……”

“你好几天没休息了，安心睡个觉。”唐叔摇了摇头看着也已经睡着的陈昌平和孙志忠，“睡吧！今晚我巡夜。”

说到这里，唐叔压低了嗓子：“卫国，我觉得葛布有问题，你要好好休息！”

王卫国心里一惊，随即明白了唐叔的意思，心里有些感动。唐叔虽然是十多年前才来到村子里的，但靠着有些文化，办事又稳当，得到了村人的信任。这次为了帮村里渡过难关，更是主动要求来当雇佣兵。王卫国当下不再谦让，迷迷糊糊睡了过去。也许是太过劳累，几秒钟工夫，震天的鼾声就响了起来。

梦里，他依稀听到村里的老爷爷说：“月圆之夜，不要出门，会有怪事发生，野鬼看见小孩子都要吃掉的。”

而这个晚上，一轮满月飘浮在夜幕中，挥洒着冰冷的光芒。

唐叔从火堆里拣出一根烧着的柴火，点上烟锅，有一口没一口地抽着。在他身后，葛布悄悄睁开了眼睛，一丝冷笑挂在嘴角。

四颗獠牙，从他嘴里探出，闪烁着墨绿色的荧光……

四

一声凄厉的号叫划破夜空又戛然而止！王卫国猛然惊醒，这几天为防不测，他在简单休息的时候会把砍刀用布条绑在手上。当他睁开眼睛时，看到葛布正伏在张杰身上，陈昌平和孙志忠迷迷糊糊刚睁开眼，还没弄清楚怎么回事。

葛布这时蹲着半转过身，四颗獠牙上面还蘸着浓稠的鲜血。王卫国暴喝一声，挥刀向葛布砍去！葛布脸色大变，慌乱中竟然举起右臂格挡："王卫国，等等……"

话音未落，锋利的砍刀已经劈中。"噗"的一声，葛布的右手从手腕处生生断落，喷出一溜血箭。随着一声惨叫，王卫国又举刀劈下，葛布却显示出一个胖子根本不可能有的灵活，向后一跃，从张杰身上跳了过去，王卫国心里一惊，想收住刀却来不及，这一刀不偏不倚正好劈在张杰腹部！

随着刀锋切入肉中，张杰肚子被豁开一尺见余的口子，伤口向外翻转，眼看着已经死了，奇怪的是却没有血溅出。

王卫国急忙拔刀，没想到刀刃别在张杰脊椎骨缝里，一时间拔不出来。这个工夫，就着火光，王卫国也看清楚了张杰的模样，不由得寒气大冒。

张杰整个人煞白煞白，只有一层薄薄的皮贴在脸上，圆睁的双眼向外死命地凸着，脖子上有四个圆圆的口子，像是被什么东西咬着脖子吸干鲜血而死。

想到葛布嘴里探出的四颗獠牙，王卫国一哆嗦，这个葛布是个吸人血的怪物？

陈昌平孙志忠这两个半大小孩也看清楚了张杰的死状，吓得尖叫起来。

"崩！"刀终于拔出，但是却卡掉了一块刀刃，王卫国想到葛布既然能被砍掉一只手，那也没什么好怕的。想到这里，他的浑劲上来了，操着刀就追向葛布。

葛布正蹲在地上，从包里拿出几根软绵绵的东西，放在劈断的手腕上，满头黄豆大小的汗珠。看见王卫国追来，急忙摆手，却痛得说不出话！眼看这一刀就要劈到脑门儿上，从不远处又传来一声凄厉的嚎叫。

这次的嚎叫声和上一次有了很大的变化，竟像是狼嚎。

王卫国手一抖，刀锋擦着葛布的鼻尖滑过，却看到不远处，一只巨大的狼在方圆十米的范围内四处乱撞！

每当这只狼想冲出去时，空气中好像有个无形的屏障，硬生生把它拦下。如此左右冲突了数次，那只狼终于停止了无谓的挣扎，蜷缩在地上喘着气，暗红色的舌头滴着涎水，竟然慢慢站了起来，对着天上的满月长嚎！

"张杰不是我杀的，"葛布手腕上那几条软软的东西牢牢贴着皮肤，瞬间变粗了不少，“我想救他，来不及了。杀他的是巴颂，就是你们的唐叔！也就是那只狼！”

“不可能！”王卫国四处看着，果然没有唐叔，“人怎么会是狼！”

葛布“哼”了一声，把手腕上的东西扯下，甩手扔在地上：“我找了他好多年！没想到他逃到了中国！”

王卫国看到地上的东西，竟然是蚂蟥。而葛布在手臂关节处摁了几下，撕了块布包扎着断腕，血已经止住了（旱蚂蟥分布于热带亚热带湿润地区，以吸食人畜血液为生，可分泌麻醉剂镇痛，吸食时不易发现。在我国南疆的野山村落里，经验丰富的猎人经常用蚂蟥当作临时麻醉药）。

“没想到搭上一只手。”葛布舔了舔因大量失血而干涩的嘴唇，森森地看着王卫国，“不过抓住巴颂也值得了。”

五

人狼又在无形的圈子里暴躁起来，疯狂地向外冲着，这次王卫国终于看清楚了。有一道淡淡的灰色烟状气体，把人狼包围在里面。每次碰撞，气墙就像水纹似的震荡着，却怎么也突破不了。

人狼在气墙里越来越疯狂，直撞得额头血肉模糊，终于放弃了抵抗，哀号一声，蜷缩在地上。

葛布包扎好断腕，走到人狼跟前，人狼突然暴起，猛地向葛布冲来，却在半空中生生被气墙阻拦住，又是一抹鲜血在空中飞溅。

“你是巴然还是击环？”人狼把头深深埋进腿中，嘶哑着嗓子问道。

王卫国睁大了眼睛，不可置信地看着人狼，这分明是唐叔的声音。那两个半大小孩已经彻底吓傻了，搂在一起瑟瑟发抖。

“你还记得我？”葛布怒吼道，“为了找到你又不被你发现，我在胃里养了蚯蚓蛊，用三个月的时间胖了七十多斤，才掩藏了本来的相貌。”

“时间到了吗？”人狼（巴颂）缓缓抬起头，乱蓬蓬沾满鲜血碎肉的绒毛中，尖尖的耳朵从中探出，长长的嘴里探出上下两排锐利的狼牙，碧绿色的眼睛里透着清澈的悲伤。

“嗯，还有一个月。”葛布嘲笑地看着巴颂，“这是你的宿命，你跑不了的。”

巴颂的目光从葛布身边斜过，王卫国单手拎刀傻站着，两个小孩子看清了巴颂的模样，竟然昏了过去！巴颂眼中透着一丝温柔，丑陋的狼脸上皱出了一丝微笑……

“我提前一个月在万毒森林阴气最重的地方布下了尸鬼阵，要不然还不能困住你！”葛布伸手摸烟，却想起右手已经断了，回过头恶狠狠地瞪了王卫国一眼，“不要以为你逃出泰国就可以藏一辈子。族里早就在你们红瞳狼人的身上下了金蚕蛊，你在哪里都会被找到。只不过时间不到，也不用大费周章去找你而已。”

“哈哈哈哈哈！”巴颂狂笑起来，“族里还真是煞费苦心！”

葛布摸出个竹筒，拔开塞子，从里面传来“窸窸窣窣”的声音，一只金黄色的蚕从巴颂狼头的烂肉中爬出，探着脑袋在空中嗅着，飞快地爬到葛布脚下，身体一弹，钻进了竹筒。

“苦心？”葛布满意地塞上盖子，“十年一次的佛蛊之战，也是咱们部族的最好机会。如果能夺下佛祖舍利，就能破解千年的诅咒啊！哥哥！”

“你还知道我是你哥哥？”巴颂又是一声嚎叫，“当年要不是我替你承担了狼蛊，现在去参加佛蛊之战的就是你不是我了！”

葛布脸上的肥肉簌簌抖动着，暴喝道：“谁叫你抢了我最心爱的女人！这就是报应！”

“她……她怎么样了？”巴颂身上起了奇异的变化，坚硬杂乱的狼毛隐入皮肤里，逐渐恢复了唐叔的模样。

“死了！耳朵里灌了铅水，眼睛挖掉，鼻子塞进铜珠……封了五感，魂魄出不来，永世不得超生！”葛布一副若无其事的样子，但是王卫国却看到月光投在地上的他的影子，正微微发抖。

“弟弟，你知道吗？”巴颂脸上满是鲜血和泪水，“她爱的是我。你从小就不坚强，她对你像弟弟一样疼爱。因为我们的红瞳，必然要有一个人去承担狼蛊，我亲眼看见了当年父亲在佛蛊之战中死得多么惨烈，无论佛教还是蛊族，都把咱们人鬼部视为异类，他们根本不可能给咱们做人的机会。所以我替你承担了狼蛊，只想你好好活下去。她在我的劝阻下，嫁给了你。可是那一晚，她有了我的孩子。我……我对不起你。”

“你别骗我了。你以为你编出这么一个故事我就能原谅你吗？”葛布冷笑着，“我是不会相信一个背叛部族的人说的话的。跟我回去！”

巴颂双手紧紧抓着地上的野草，草汁从指缝里淌出：“我是不会跟你回去的。知道我为什么会逃出来吗？不仅仅是因为我怕死，她有了我的孩子，而且我发现了部族的一个秘密！这个秘密，欺骗了咱们上千年！我们都上当了！”

葛布将信将疑地看着巴颂：“秘密？什么秘密？”

“咱们人鬼部，是……”巴颂似乎下定了决心，“红瞳之人并不是……”

巴颂的声音渐渐低了下来，王卫国已经回过神儿，正竖着耳朵听，却只见他张嘴根本听不见他在说什么。葛布似乎也听不见巴颂说的话，又靠近了几步。这时巴颂嘴已经合上了，顿了顿，满脸悲戚地说：“你明白了吗？”

葛布皱着眉：“明白什么？”

巴颂忽然意识到什么：“弟弟，谁给你下的蚯蚓蛊？！”

葛布像是也意识到了：“难道我还被下了哑蛊？族长是为了不让你说出这个秘密才让我来找你？”

巴颂又张开嘴，快速地说着话，奇怪的是依旧没有发出声音。王卫国从心底里生出一股恐惧，有什么比一个人站在你面前认真地对你说话，你却完全听不到更可怕的呢？

到底是你突然聋了，还是他突然哑了！

就在这时，只见葛布肥胖的身体晃了晃，仰天倒下，从嗓子的位置迸出一口血雨，一只癞蛤蟆从嗓子的裂口中钻了出来，“呱呱”地叫着，蹦进了草丛中。

而巴颂也和葛布同样情形，嗓子裂开个大口，两口鲜血喷向空中，又落在地上，融在了一起。

依稀间，王卫国听见葛布最后一句话：“哥哥，我明白了，对不起！”

“我比你早出生半刻钟，就注定了要保护你一辈子啊！”巴颂慢慢合上了眼睛……

第四章 绝色画壁

在中国的一本讲述狐仙鬼怪的书里，有一章叫《画壁》，讲的是书生在深山寺庙里落脚，机缘巧合进入了一个由花妖幻化成美女的幻境，在那里得到了一个男人所能拥有的全部幸福。在泰国也有这样一个传说：在万毒森林的最深处，有一个村落，里面住着无数绝色美女，可以满足男人的任何欲望……

一

说到这里，陈昌平深深闭上双眼，流出了几滴混浊的泪水……

我正听得全神贯注，尤其是还牵扯到红瞳的事情，这是和我休戚相关的，自然更加用心。也许从他这里，我可以知道一些与自己的身世有关的事情。

可是陈昌平良久没有说话，我想催又催不得，心里面抓心挠肝般难受。

昌龙塔外传来了嘈杂的人声，还有急促的警笛声。我心里一惊，看来不知道谁听到塔里的动静报了警，不知道外面那个控尸人是不是也死了？

“阿赞？”我试探着问道。

陈昌平这才睁开眼睛，对我微微一笑：“在泰国，佛教有着至高无上的地位和权力，每十年的佛蛊之战，警方都是知道的，而且有一支神秘组织专门处理这些事情。放心，他们会把一切处理好。”

陈昌平说这番话的时候，我回忆着他给我讲的那段经历，发现了几个漏洞，从逻辑上实在是说不过去，而且我也隐隐猜到了他的身份，忍不住问道：“阿赞，巴颂既然已经逃了，为什么还要回去呢？葛布以招雇佣军为借口，巴颂没有必要非要参加啊？”

“也许他想见他的爱人吧。”陈昌平脸上的悲戚之色更浓了，这也坚定了我的判断。

“张杰、建军那几个人是谁杀的？”我其实已经想到了，这么问只是为了得到一个肯定的答复而已。

“既然你已经想到了，何必要问？”陈昌平没有回答我的问题，只是从侧面肯定了我的判断。

我脸红了红：“葛布为什么要大费周章叫上你们这些人一起去呢？是不是这样会显得更真实。表示确实是在招雇佣军？”

“不仅仅是因为这个，我后来想了想，招我们去，是为了给他当食物。”陈昌平用的是“他”而不是巴颂，我心里完全明白了，“在我们那个地方，有个传说，每当月圆之夜，总有个坏人会被恶鬼咬破喉咙流干鲜血而死。而那天之后，我明白了这个恶鬼不是别人，正是……”

“你的父亲！”我接口说道，说完又为自己的唐突后悔。

陈昌平苦笑着：“不错，巴颂是我的父亲。”

“那……”我想到既然陈昌平的父亲是巴颂，那他是不是也见到过人鬼部？如果见到过，肯定会知道更多关于红瞳的事情，葛布和巴颂临死前所说的“千年诅咒”和“人鬼部秘密”也就可以揭晓答案了。

“不要问我，我不知道。”陈昌平叹了口气，“我在清迈寺这么多年，从来没有什么人鬼部找过我。我甚至都怀疑到底有没有这么一个部族。”

我表示疑问和不信，“阿赞，那您为什么来这里当上了住持？后来又发生了什么？”

陈昌平定定地看着我：“知道泰国最有名的是什么吗？”

“人妖！”我脱口而出。

“不错，是人妖！知道泰国人妖的由来吗？”

昌龙塔外的警笛声已经远去，看来那支神秘组织已经把残局收拾完毕。陈昌平的声音在塔内回荡着，又向我讲述了随后的一段诡异经历……

二

王卫国用刀熟练地破开一只刺猬的肚子，双手探进去，向外一撕，整只刺猬皮被他生生剥掉。把刺猬皮随手一扔，他取出苦胆丢掉，把刺猬放到溪水里清洗着。

孙志忠接过刺猬，从包里拿出盐岩砖，敲下一小块，包到刺猬肚子里，又将采摘的野枸杞、山精、奇异果塞进去，用芭蕉叶子包裹扎紧，抹上厚厚的河泥，放进陈昌平挖好的坑里用土埋好，在最下面一层铺上可可树枝，再用油棕枝盖上，拿了两块火石擦碰出一串串火花，包含油脂的油棕枝很快就被点燃，蹿出了蓝色的火苗。

陈昌平把一柄铁锅架在火堆上，里面炖着泥沟里抠出的小龙虾和热带特有的大树菌（又称金福菇，是一种特殊的热带、亚热带大型稀有菇种，实体硕大，菌肉肥厚嫩白，菇体圆正，营养丰富，味道鲜美，香味浓郁，口感微甜而鲜嫩）。不多时，锅里水汤翻滚，龙虾配上大树菌特有的香气弥漫在空气里，陈昌平从随身挎包里摸出干辣椒，一根根往汤里丢着，怔怔地看着铁锅发呆。

在经历了这个事件之后，仅存的三个人心情都很沉重，谁也没有兴趣说话。更可怕的是，他们在万毒森林里面迷路了，好在森林里应有尽有，倒也不愁吃喝。有几次险境，也都被经验丰富的猎户王卫国化险为夷。

回头想想临走前的希望和现在的境况，陈昌平不由心里面暗暗苦涩。如果不是唐叔（巴颂）极力怂恿，按照他的性格，说什么也不会跟着越境到金三角当雇佣军。

不过有一点值得安慰的是，现在倒也不愁饿肚子的问题了。

“卫国哥，我们能走出去吗？”孙志忠扒拉着火堆，让火苗燃得更旺盛。

王卫国拿着石子往河里丢着，石子落入河里激起的涟漪，在河面久久回荡……

“昌平，你的眼睛好些了吗？”王卫国盯着水纹荡漾，一动不动的像一尊塑像。

“哥，好多了。”陈昌平揉了揉眼睛，这几天眼睛生疼，看东西模模糊糊的，干涩得像刀割一样。

“我明白葛布为什么要咱们一起来了。”王卫国起身拍拍屁股上的土，盯着那一锅龙虾蘑菇。

冒着白汽的滚汤中，一只只龙虾举着血红的钳子，大树菌在汤里上下翻腾，眼看着就可以吃了。

“哥，我们是食物对吗？”孙志忠忽然哭了起来。

三个人谁都没有说话，毕竟被当作唐叔（巴颂）的食物这件事实在不好接受，但是现实往往就是如此残酷，准备出来前，村支书收下粮票，把村里仅有的两条腊肉猪腿给他们当作干粮……

而他们和那两条腊肉猪腿有什么区别呢？

三个人谁都没有心思去想这里面的逻辑关系，仅有的希望就是葛布死后留下的那张地图。这张简陋的地图上画着整个万毒森林的大概轮廓。

王卫国并不知道，也许他手上拿的是世界上仅有的一张万毒森林的地图。作为世界四大神秘森林之首的“万毒森林”，坐落在金三角大约十万平方公里无人区的中心地带，这是地球上仅存不多的没有人类涉足的地带之一。[“金三角”（Golden Triangle）是指位于东南亚泰国、缅甸和老挝三国边境地区的一个三角形地带]“万毒森林”虽然是苗族、瑶族和傈僳族的传说，不过却真实存在，至今是连具备最先进军事装备的冒险家都无法靠近的热带雨林。这张地图如果放到国际探险界，绝对是价值连城的珍宝。

可惜王卫国并不懂这些。在他眼里，这张地图看上去就像是一条盘踞在纸上的巨蟒，只不过在巨蟒身上标着许多看不懂的稀奇古怪的符号。不过让他很不理解的是，在地图上除了那些鬼画符般的符号，还有许多骷髅头、蜘蛛、小蛇之类的图画。凭着多年猎户的直觉，他在地图上画着骷髅头的标记处确定了目前的位置，而距离最近的下一个标记点，画着一个简单的人头。

这张地图实在是年代久远，那个人头已经很模糊，依稀能看出是个女人的脑袋。

他们村距离泰国并不远，多少也听老人口口相传过许多来自泰国的传说。有一个传说是讲在万毒森林里，有许许多多神秘的村落。其中一个村落住着下到凡间的仙女，也有说住着一群修炼成人形的妖女，男人如果有幸找到那个村落，可以吃到世界上最好的美味佳肴，晚上有最美丽的女人侍寝，享受比皇帝还要舒服的生活。

王卫国虽然大字不识一个，不过接受的也是无神论教育，对这些传说也就是当作酒余饭后几个男人的谈资。但是在目睹唐叔（巴颂）由人变狼之后，他突然觉得这个世界不像他原本想的那样，可能真有这么一个村子也说不定。

在绝境中人总是靠希望活着，想到这里，他不由心里一热，如果真有这么一个村子，哪怕是享受一晚上就死也值了！按照地图，可能那个人头标记就是这个村子也说不定……

“吃饭。”他丢给陈、孙二人几个木薯，就着龙虾蘑菇、黄焖刺猬狼吞虎咽吃了起来。

两个半大孩子本来就没什么主意，一切都唯王卫国马首是瞻，看到他突然来了精神，心里也轻松许多，不多时就吃得满嘴流油。

忽然间，陈昌平停止吞咽，嘴里含着块刺猬肉，向远处望去。

“昌平，怎么了？”王卫国剥着小龙虾，滋溜一声把雪白的虾肉吸进嘴里。

陈昌平慌慌张张地说道：“没……没什么……我好像听到有人在唱歌。”

三

王卫国一愣，伸长了脖子探头听着，半天才在陈昌平脑袋上来了个爆栗："小兔崽子，这片林子里就咱们三个人，哪里有人唱歌？"

陈昌平被他打了个踉跄，却没有理会，傻愣愣地站了起来，向林子中走去。

"你干吗去？"王卫国心里一怒，这几天本来就烦躁，看见陈昌平神神道道的，更觉得气不打一处来，从火堆里捡起根烧着的柴火扔了过去。

柴火烧得通红那端不偏不倚砸在陈昌平身上，本就破破烂烂的衣服上冒起一股白烟，烫着了皮肉。

陈昌平却像不知道疼痛，依旧向前走着。王卫国这才觉得不对劲，吼道："昌平，你干吗去？"

"我听到有人在唱歌，还喊我的名字。"陈昌平眼瞅着就要没入林子里。

王卫国起身追了过去："你给我回来！"

"哥，他要发疯就由他去吧。"孙志忠在后面满不在乎地啃着木薯，"平时就像个精神病，经常说自己能看见不干净的东西，都这个时候了还装疯卖傻。"

听孙志忠这么一说，王卫国停了下来。陈昌平不是本村人，是许多年前不知道谁丢在村口的，靠吃百家饭长大。从小就不讨村里人喜欢，曾经有一次猎户打猎晚归，看见一道白影子在街上晃来晃去，把几个猎户吓了个半死，结果仔细一看才发现是陈昌平赤身裸体闭着眼在走路。有胆大的上去拍了他一下，没曾想他立刻尖叫一声，躺在地上口吐白沫，全身抽搐。

还有一次村里好几天没看见他，由于是个孤儿，也没人多在意。后来几个小孩去后山玩，发现他睡在乱坟堆露出来的破烂棺材里，差点儿把小孩们吓死。老人们都说这个娃儿八字太阴，注定一辈子命里沾鬼，全村人都离他远远的，也就唐叔（巴颂）对他挺好。这次葛布来村里找人，村支书二话没说就把他推出去换了粮票。

王卫国本来就挺讨厌他，但是回头看了看一地的大小行李，想着要是陈昌平跑了，没人扛这些东西，接着又追了过去。

这时陈昌平已经进了林子看不见人了。王卫国紧追着穿过横七竖八的杂草乱树，看见陈昌平正站在一棵树前，双手摸着树干，仰头不知道在看什么。

“兔崽子，跟我回去。”王卫国伸手扳着他的肩膀。当陈昌平被扳过身子，王卫国看见他的脸时，倒吸了一口凉气！

四

孙志忠这时也追过来，看到陈昌平，立刻惊叫起来！

“哥，你们这是怎么了？”陈昌平奇怪地看着王卫国。

孙志忠刚想说话，却被王卫国使了个眼色制止，连忙闭上嘴，只是时不时地偷偷瞄着陈昌平。

“没事，”王卫国尽量使语气保持平静，“这不是担心你嘛。”

陈昌平本来就少言寡语，又总是受人欺负，也没把这件事多放在心上，又抬头看着树顶：“哥，我总觉得这棵树上面有什么东西呢。”

孙志忠惊恐地后退几步，饶是王卫国胆子大，也头皮发麻，不自觉地往树上看去。层层叠叠的树冠上满是宽大的树叶，连阳光都透不进来，根本看不到有什么东西。脖子仰得久了，自然酸痛，正当他要低下头时，一滴液体从空中落下，偏巧落进了他的嘴里。

一股又咸又黏的血腥味让他忙不迭地“呸”个不停，树上传来一阵“簌簌”的响动，三个人还没有反应过来时，一团巨大的黑影砸断了树枝，正落在三个人中间。

孙志忠“哇”的一声，扭头就跑。那团东西扑起一阵尘烟，王卫国也给惊得心惊胆战，急忙抽刀在手，也不管那是什么，“嗵嗵”一阵乱剁。

那团东西丝毫没有抵抗，任由王卫国剁了半天。他用刀拄地喘着粗气时才看清楚，不由哑然失笑：是一条死去的大蟒。

大蟒起码有四五米长，水桶粗细，已经被王卫国剁得血肉模糊，显然在落下来的时候，就已经死去多时。

“哥，这蟒蛇怎么长着两只人手。”陈昌平站在对面，看到的角度正好是王卫国看不到的，指着蟒蛇腹部说道。

王卫国心里又是一惊，心说陈昌平看不出来胆子还挺大，比逃跑的孙志忠强了不是一点半点儿。当下他也好奇心起，绕过蛇尸，正看见有两只手从蛇腹中探出。一只手里还拿着把匕首，另一只手上面带着串通体透绿的佛珠，泛着幽幽的绿光，看来是个好东西。

王卫国琢磨了一下，顿时明白了其中的蹊跷，单手操刀划开蟒蛇肚子，一大块圆柱状的东西从里面滚了出来，是一具尸体！

看来这个短命鬼不知道为什么进到万毒森林腹地，竟然被蟒蛇吞了。蟒蛇的习性是捕食了猎物，在还没有消化完全的时候，会爬到树上躲避猛兽的攻击。被它吞进去的那个人在还没有被胃液消化掉的时候，用手里的匕首豁开刺穿了蟒蛇肚子，结果成了人蛇俱亡！

王卫国看着那串佛珠，心里贪念大起，挥刀把尸手剁下，取了佛珠，随便在衣服上擦擦就戴到手腕上。

“哥，死人的东西不能乱动，”陈昌平劝阻道，“会招鬼上身的！”

王卫国“哼”了一声，心里暗想现在最像鬼的就是你了，只不过你不知道罢了！当下也不理陈昌平，他蹲下身忍着阵阵恶臭想看看尸体身上还有什么值钱物事。

尸体被蟒蛇消化得七七八八，像根白油油的蜡烛熔化在一起，早分不清什么模样。他用刀拨拉着尸体，忽然发现了不对劲的地方！

在尸体脑袋的位置，居然还长了一个滚圆的脑袋，像是一个巨大的瘤子！由于躯干已经被扭曲得非常厉害，像是用力拧卷的抹布，不过从肩膀位置，依稀还能看出有两只胳膊和尸体黏在一起！

难道死了的这个人是个双头四手的畸形?

他记得小时候，村里有个媳妇怀胎时回娘家，到了大半夜娘家还没等到人，就打着灯笼去找，终于在一片乱坟岗子找到了。媳妇挺着大肚子，手里拎着竹篮在坟地里转悠，家里人找到她时，她居然还以为是白天，走了没多一会儿。

村里的神婆说这是被“鬼打脚”，烧了张黄表纸就着米酒喝下去就没事了。

结果媳妇生孩子那天，生下来一个光秃秃的婴儿，全身除了躯干和脑袋，根本没有四肢，就像一根肉条。家里人都认为是生了个鬼胎，偷偷摸摸丢回乱坟岗子……

像这种畸形，简直就是妖孽，生下来就会被弄死，怎么可能活这么大？难道是被家人丢到万毒森林里，自己活下来了？想想这也不太可能，王卫国干脆也不多想，扒拉扒拉看看再没什么值钱东西，心里不免有些失望。

孙志忠壮着胆子走回来，看到这具蜡尸，直接呕吐起来。王卫国皱着眉头暗骂没用！平时在村里就好吃懒做，听说招雇佣军有钱有女人，立刻啥也不顾就参加了。这几天下来，除了吃就是睡，倒还不如陈昌平勤快。

“志忠，有点出息！”王卫国也不好说什么，在这种绝境中多个帮手总比没有强。

陈昌平倒是好心，拔开竹筒塞子递给孙志忠。没想到他一把就把竹筒打掉，触电般跳开：“你离我远一点，你别过来！”

陈昌平被这个举动吓了一跳，捡起竹筒有些手足无措，可怜巴巴地看着王卫国：“哥，这是怎么了？”

王卫国别过头，尽量用若无其事的语气说道：“没事！志忠犯浑，不用理他。”

陈昌平不知道，他的双瞳在刚才就变成了红色，而且越来越红，像一头饿极了的野狼……

远处，若隐若现地传来奇怪的声音。这一次，连王卫国都听到了。

若有若无的，是一群女人在浅吟低唱，还伴着阵阵嬉笑声……

全无人迹的万毒森林里，怎么会有女人的声音？

王卫国想起那个仙女的传说，顿时口干舌燥，难道那个传说是真的？

五

“哥，我就说有人在唱歌。”陈昌平指着歌声传来的方向，“这次你们也听到了吧。”

王卫国到底年长几岁，经历的事情也不少，觉得这里面实在是太过古怪，正犹豫着要不要寻着声音找过去，孙志忠却已经两眼发直，像丢了魂似的钻进了林子。

想想在这林子里横竖也是个死，而歌声传来的方向正是地图上女人头的方向，再加上陈昌平不知道什么原因眼睛红得和灯笼一样，索性去看看究竟！

打定主意，王卫国也不顾陈昌平还在后面，一头钻进了林子。

走不多时，早看不见孙志忠的人影，陈昌平倒是在后面紧紧跟着。也不知道身上被划了多少道口子，远处女人嬉戏的笑声中，又夹杂着落水击打石头的动静。

渐渐地，水声越来越响，如同战鼓擂响，震得耳膜生疼，树叶上沾着晶莹剔透的水珠，空气很潮湿，又钻行了十来米，王卫国眼前豁然开朗，一潭翠绿的湖水如同翡翠镶嵌在三面环山的山坳中。一缎白练似的瀑布飞流直下，撞击在嶙峋巨石上，弹起雪雾状的水花，在瀑布上晕起一圈彩虹。

孙志忠正痴痴地向湖里看着，待王卫国走近，方才看清楚。男人最原始的冲动立刻血脉偾张，冲得他眼睛发热，全身不停哆嗦。

碧波荡漾中，十多个上身全裸的女人，像鱼一样游弋着，间或有人从水中钻出，仰着头高唱，白腻滑润的皮肤上披着一层细细密密珍珠般的水花，闪烁着太阳的金色光芒，乌黑的长发如同绸缎般散落在肩膀上，在触目惊心的一抹白色中增添了撩人心弦的异彩。浑圆的双峰完美地衬托着纤细的腰肢，完美的弧度延伸到水下……

王卫国喉间“咯咯”响着，不停地吞咽着吐沫，孙志忠却一声怪叫，带着满身泥垢跳进湖中，说不出的腌臜。

女人们发现了这几个不速之客，尖叫着捂着胸蹲进水里，只留下一张张美丽的面孔惊恐地看着他们。

孙志忠笨拙地狗刨着游过去，激起一大片夹杂着混泥的水花。女人们纷纷向对岸游去，手忙脚乱地穿着衣服，王卫国这才缓过神儿来，一边骂着孙志忠的唐突一边有些遗憾：这些美如天仙的女人竟然都穿着裤子。

那些女人穿好衣服，看着孙志忠在湖里费劲地游着，不由都指着他笑了起来。孙志忠可能是游得累了，干脆站在湖里，也跟着傻乎乎笑着。

忽然，从瀑布里蹿出一道黑影，跃入水中，在湖下显出长长的黑影，悄无声息地向他游去。

岸上的女人们立刻指着湖水尖叫，孙志忠还不知道发生了什么事情，以为女人们对他感兴趣，更是兴奋地挥着双手。

“志忠，快回来！”王卫国察觉到不对劲，猛挥着手示意有危险。孙志忠听见喊声，回头望着王卫国，张嘴刚想说话，身体一摇晃，像是被什么东西拽着腿，立刻没入湖中，只剩下双手在湖面上挣扎。

湖面上顿时翻腾起沸水状的水花，透过清澈的湖水，只看见孙志忠被一条足有两米长、长着青蛙一样脑袋的大鱼咬住了下半身，血迹很快就把周围的湖水染得血红。那条鱼每张一次嘴就迅速闭合，而孙志忠就会被吞进去一截，眼看着在鱼嘴里全是细小有倒钩的牙齿的吞咬下，已经被吞到了腰部。孙志忠刚开始还挣扎，这会儿已经软了上半截身子，耳朵、鼻孔、眼睛、嘴巴里都冒着鲜血。

大鱼几口把孙志忠吞下，游到岸边，正在王卫国面前。它探出脑袋搁在岸上，在女人们的尖叫声中张开大嘴，喷出阵阵恶臭，“咕呱”一声，从喉咙里吐出摊绿水，滚出个圆圆的东西。

王卫国吓得手足冰凉，双脚一软坐在地上，距离那条大鱼也就一米不到的距离。好在那条大鱼吐完，倒退着又没入水中，激起一串水波，游到瀑布前，跳了回去。

那个圆圆的东西在地上骨碌碌打着转，是一颗高度腐烂的人头，溃烂的头皮上还沾着几绺头发，脸部早已经烂得露出一块块白骨，停下来的时候，已经被消融掉眼球的眼眶黑洞洞的正好和王卫国对个正着。

王卫国“哇”的一声怪叫，举着手想在空气中抓着什么，双脚不住地向后蹬，手上那串佛珠闪耀着阳光，越发显眼。

女人们的尖叫声停了下来，都盯着他手腕上的佛珠窃窃私语。其中一个年岁比较长的女子领头，沿着湖岸绕了过来，远远地对着王卫国摆出虔诚尊敬的表情，双手合十放在胸前。

“哥！发生了什么？”陈昌平在王卫国身后问道，声音里透着极度的恐惧。

王卫国这才想起来，从刚才开始陈昌平就一直不作声，好像听见他喊了几声，但是由于情形突变，也没注意到他在喊什么，这会儿经他一问，才惊魂略定，回头骂道："兔崽子你没看见吗？"

"我……哥……我没看见。我突然看不见东西了。"王卫国瞪着一双茫然的大眼睛，眼珠一动不动地说道。

那双眼睛，妖异的红色已经不见了，只有两个连眼白都消失的黑色眼睛，像个无底的深潭……

六

讲到这里，陈昌平忽然停了下来，我正听得起劲，急着想知道后面是怎么回事，可是等了好半天，他还是没有吭气，我实在忍不住，就假装咳嗽。

陈昌平如梦初醒，对着我笑了笑："你觉得后面会发生什么？"

等了半天就等来这么一句，我差点儿跟着骂一句："废话！我要知道会发生什么还在这里听你讲故事？"不过这句话也就是憋在肚子里打了几个转，肯定不能说出口。

我虽然这么想，可是却依然摆出洗耳恭听的态度……

以下是陈昌平的叙述：

十多个女人在年长女人的带领下，恭恭敬敬走到王卫国身前，深深地鞠着躬。王卫国此时已经被女人们深埋在衣服里的乳沟吸引，根本顾不上陈昌平因为突然失明惊恐的喊叫，反而不耐烦地回过头骂了一句："给我闭嘴！要不老子把你丢在这里不管了！"

陈昌平虽然眼盲，心里无比慌张，听见王卫国这么说，倒像是一只被惊吓的小鼠，蹲在地上开始啜泣。也许是眼睛看不见了，其余的感官分外敏锐，他闻到了奇异的香气，应该是那些女人身上的香料味道。

他总觉得这种香气里面透着股说不出来的怪味，倒像是动物油脂生煎时散发出来的腻香，不过也不敢多说话，双手扶着地面，这样心里才稍微踏实点。

为首的女人对王卫国说了几句话，可是王卫国根本听不懂她说的是什么，瞠目结舌不知道该如何应对，双眼倒是一刻不闲地在女人们的身上瞄来瞄去。

女首领估计是没想到王卫国听不懂她的话，微微一愣，警惕地向后退着，指着王卫国手上的佛珠不知又说了什么。

王卫国再笨这回也该明白了。这群女人要找的或者说是要等的人不是他们，而是那个被蟒蛇半路吞掉的畸形，这串佛珠应该是作为信物，心里不免庆幸自己运气好。当下避免露馅，他也不说话，只是面色严肃地举起了手腕。

女人们见到这个动作，立刻全身发抖，双手交叉放在胸前匍匐在地上。女首领收回了警惕，面色惊恐地不停指着瀑布又指着身后，到最后面部都扭曲起来。

没想到自己这个无意的举动竟然带来这么大的效果，看来这群女人对戴佛珠的人很忌惮，王卫国心里暗喜，更是故意摆出不怒自威的表情。

女首领见王卫国没有言语，面色一喜，急忙站了起来，毕恭毕敬地半弯着身子，对身后的女人们说了几句什么。

从人群中立刻走出两个最漂亮的女人，竟然长得一模一样，估计是双胞胎，一左一右喜滋滋地扶着王卫国，看来是想把他带到什么地方去。

打从娘胎出来，王卫国就没享受过这种待遇，早被迷得七荤八素，什么狼蛊红瞳，什么孙志忠被怪鱼吞掉全忘了个干净，他哈哈一笑，把双胞胎姐妹软玉温香抱个满怀。

女首领有些奇怪地看着王卫国，又不敢多说什么，指着陈昌平示意要不要带上一起走。王卫国看看陈昌平那可怜劲，眼又瞎了，心说让你小子白捡了这个便宜，大手一挥，示意带上他，又有两个女人有些不情愿地走过来扶着陈昌平。

“哥！”陈昌平不知道发生了什么事情，“怎么有两个男人扶着我？”

王卫国强忍着没笑出来，心里想这小子眼睛瞎了也就罢了，怎么连男女都分不出来了！不过估计长这么大也没被女人这么近地挨着过，分不出男女也是正常。

一行人再没多说，跟着女首领绕过小湖向左一拐，两道山崖被齐齐劈出条一线天的山缝，只能容一人通过，险峻异常。周围蔓藤盘绕，野木成荫，如果不是有人带路，根本看不出还有这样一条通道。

顺着山缝前行了大约百米距离，王卫国眼前豁然开朗，在这山谷中，竟然有着一个巨大的村落！

山溪从山上似银蛇盘绕，顺着山势落在村后池塘中，激起片片盈盈白雾。村边种满透着香甜味道的瓜果，红的火龙果、黄的香蕉、绿的葡萄、紫的荔枝，个个晶莹剔透，挂着滴滴闪亮的水珠，煞是好看。几亩水田里，郁郁葱葱的水稻翠绿可人，迎风摆动着纤细的腰肢，几个身着短裤的女子裸露着浑圆笔直的古铜色长腿，轻轻挥着皮鞭吆喝着健硕的水牛。

好一派人间仙境！

看到一行人走来，女首领放声高歌，不多时，所有忙碌的人们都放下手中的活计，嬉笑着从村中奔出，整齐地站成两排，唱着动听的山歌，击掌打着拍子……

王卫国看到这个村里竟然全是女人，环肥燕瘦，无一不是上上之选，心里想不知道哪一辈祖上积德，竟然真让他找到了传说中的仙女村，想想以后的生活，不由放声大笑："昌平，以后就跟着哥哥享福吧！"

"哥，享什么福？"陈昌平双手向前探着摸索，碰到一个女人的胸部，急忙把手缩回。

"小兔崽子，你没看到吗？这里全是美女，有吃有喝，这不是享福是什么？哦，我忘记了，你小子眼睛瞎了。"王卫国甩开大步，像帝王般接受着群女的礼拜，大笑着走进村里。

所有人都跟着王卫国进了村，留下陈昌平在后面摸索着前进。陈昌平越来越慌，快走了几步却被石头绊倒，跌跌撞撞地爬起，在后面喊着："哥，我怎么觉得身边全是男人？"

没有人听到他说的话，就这样顺着土路，他摸到了村口。

他看不到，村口左右竖着两尊雕像，上面写着许许多多奇怪的字。

雕像如同一个模子刻出来的，上半身都是同一个无比妖艳的女子，下身却赤裸着男人的身体……

七

王卫国舒适地半躺在热气腾腾的黄花梨木桶里，半合着眼睛。一个十五六岁的小姑娘正往水里撒着花瓣，整齐的刘海下乌黑晶亮的眼睛溜溜地打量着这个陌生的男人。经过这么久命悬一线的劳顿，王卫国此时只觉得四肢百骸透着轻微的酸痛，全身舒适无比，懒洋洋地对这个小丫头也提不起什么兴趣。至于陈昌平，更是不放在心上，一个瞎子能有什么用！

也许是高度紧张劳累后的放松，也许是热腾腾的水汽里浓郁的花香，不多时他就昏沉沉睡了过去。

小姑娘见王卫国睡了，抿嘴一笑，嘴角挂着些许恨意，轻手轻脚地推开门，进来了几个女人，往桌子上布置着各种野味、水果、米酒、香汤。几个岁数略长的往床上铺着崭新的铺盖，撒着香粉。

一切准备完毕，那对双胞胎一丝不挂地进了屋子，往床上一躺，拉下床帏……

桶里的水渐渐凉了，王卫国忽然惊醒，身子一滑，呛了好几口水才清醒过来。他甩了甩头，只觉得脑子昏沉沉的，看着如梦似幻的一切，好半天才回过神儿来，这一切不是梦！想到这里，不由又摸了摸始终戴在手上舍不得摘下的佛珠。他坚信，这一切都是佛珠带来的好运！

看着桌上的珍馐佳肴、美酒好菜，他“哈哈”一笑，从桶里跨出，一屁股坐在檀木椅子上狼吞虎咽起来。这时，屋外传来阵阵丝竹之声，像是含春少女的娇羞，又像是寂寞少妇的呻吟。王卫国听得全身燥热无比，又喝了口酒，床帏拉开了，双胞胎正含情脉脉地伸出食指对着他勾动。

王卫国双眼顿时变得赤红，喉咙里像吞了块火炭，低吼一声，扑了过去！

蹲在村口雕像下的陈昌平忽然双眼一阵刺痛，听见了凄厉的惨叫声，正是王卫国的声音。

叫声里透着巨大的痛苦，让他觉得牙根发酸，直至声音断断续续，越来越弱，终于消失……

他的双眼刺痛感越来越强，眼前一亮，刺目的阳光让他泪流不止。

他又恢复了视力！

他抬头看着两座雕像，就像是两个活人，越看越害怕，跌跌撞撞跑进村里！在村中央的广场上，赤裸着上身的女人们围成圈，正有节奏地哼着类似咒语的调子。

而广场正中的高台上，一个血红色的人呈“大”字被绑在十字木架上，有气无力地哀号着。在血人身边，左边女子手里拿着一把锋利的短刀，兀自滴着血珠，右边女子手里捧着一张血淋淋的布，举起对着台下的人们高呼！

所有人都陷入了亢奋状态，双臂高举着呼喊。在人群中又走出两人，一人用类似渔网的东西把血人全身紧紧箍住，使得每块肉都能凸出来，手拿短刀的人一片一片削着，就像是在削土豆块。血人偶尔抬起头，两颗巨大的眼珠盛在血汪汪的眼眶里，间或一转，表示还活着。

另一人用手里的木桶装好那些掉落在地上的肉块，也不知道过了多久，血人被削了两千多刀，日头偏西的时候，变成了一副活生生的骷髅架子，骨骼之间的筋络并没有割断，所以那副骷髅并没有散掉。

捧着桶的女子走下台子，把桶里的肉倒进一口煮开沸水的大锅里，女人们争先恐后吃着煮熟的肉块，只留下那具还盛着内脏的骷髅空荡荡地绑在台子上。

陈昌平生生目睹着这惨绝人寰的一幕，甚至在后悔为什么要恢复视力，如果看不见这一切，也许是一件好事！

他早已吓得双腿发软，不知道该怎么办才好。忽然身后传来一阵轻微的脚步声，苍老的声音紧跟着响起：“唉！又有人没有顶住人妖之惑吗？看来今年的佛蛊之战又要我耗尽心力了。”

陈昌平回过头，身后站着一个身着袈裟的僧侣，面色悲戚地低颂着佛号……

“咦？你是红瞳之人？”看到陈昌平的眼睛，僧侣不可置信地喊道。

八

听陈昌平讲完这个诡异无比的故事，我只觉得心里发紧，胃里泛着酸水："阿赞，那个血人是王卫国？"

陈昌平直了直身体："不错，正是王卫国！"

"这一切是？"我心里有很多想法，隐隐觉得这和佛蛊之战有关，但是缺少一条明确的线索串联起来。

"世界上只有泰国才会有一种特殊的人，那就是人妖。"不等我接话，陈昌平自顾自说道，"泰国是佛教之国，百分之九十七的人信仰佛教，有三万多间寺庙，超过三十万的僧侣。每个寺庙都会有住持，而在成为住持之前，都要接受'红尘之惑'的历练。

"所谓'红尘之惑'，就是德高望重的僧侣在成为住持的前一夜，独身进入帐篷中，里面美酒佳肴，还有美丽的处女对他进行无所不及的诱惑。能够坚持一夜而不破戒的，才有资格成为主持！但是后来才发现，许多僧侣往往经受不住色诱，在当夜破了身。于是一个游走四方的高僧徒弟从一本书上学到了个法门，挑选年轻秀丽的男孩下蛊，变成半人半男的人妖，来代替美丽的处女去引诱，这就是人妖的由来。"

"那个村子里……"

"全是人妖！是专门为佛蛊之战而准备的。要想成为清迈寺的住持，就必须带不超过两个随从闯进万毒森林，靠天然的佛性寻找人妖之村！一路艰辛自然无须多说，在经历重重磨难之后，深刻体会到生命不易后还能够在人妖之村守住戒律的，才有资格统领清迈寺，去迎接十年一度的佛蛊之战！

"我后来想了想，在蟒蛇肚子里滚落的畸形，自然就是去接受考验的住持候选人，他和随从都被蟒蛇吞进腹内，被消化融在了一起。而偏巧王卫国戴上那串佛珠，被当作主持候选迎进村里。

"后来我从我师父（陈昌平村口遇见的僧侣）那里得知，人妖之村被下了一种奇蛊，所有的人妖都不能擅自离开村落，否则会全身爆裂而死。每隔十年，就会有僧侣前去历练，如果能承受住'红尘之惑'，全村人妖都会自动减岁五载。但是如果有僧侣破戒，则会被扒皮凌迟，煮肉分食，人妖们则会保住青春，增岁十载。所以，人妖之村既是为佛蛊之战准备的，也是为了自身性命而使尽手段诱惑历练僧侣。"

如果换作几天前，我一定会觉得这个老和尚在说神话故事，可是眼前的一切又让我不得不相信，但是想想这种办法实在太过变态："是谁想出的这个法子？"

"自然是那个高僧徒弟想出来的。据传他得到了一本蛊书，却不为世俗所理解，被活活烧死。在临死前高僧徒弟立下了每十年一次'佛蛊之战'的诅咒，他的传世弟子把那些人妖聚集在万毒森林里，作为战争的前奏。"

我没想到来一趟清迈寺，竟然经历了这么多惊心动魄的事情，还听到了这么多异域传说。也许世界本来就是这个样子的，我们看到的是表面，真正隐藏在黑暗里的事情，才是真实的世界。

陈昌平咳嗽着："你走吧。我因为父亲留给我的一对红瞳，被师父收留回清迈寺，已经参加了五次战争了。你虽然也有一双红瞳，不过我能感觉到，你的红瞳和我的不一样。而且，你似乎也没有在寺庙里苦修的想法。"

我松了口气，虽然困扰我的"红瞳"并没有什么解释，有一点却可以确定：我的父亲应该不是和陈昌平的父亲一样，是中了狼蛊的狼人。至于究竟是什么原因，管他呢！反正已经十多年了，而且现在也恢复了正常颜色！

"如果我没想错，你这次来，是应该和中国一个神秘的部族有关。这个部族有着无比丰厚的资源和人脉，而且懂得很多神奇的方术。你应该是作为部族的传人被选中，来泰国接受历练！好自为之吧。"

我忽然想到了那个要收我为徒的醉鬼老头儿，难道这一路上的事情都是他安排好的？随即我否定了这个想法，怎么可能会有这么巧的事情？我又想起了本来要一起来泰国的月饼，这家伙一点动静都没有，也不知道在干什么。

这个问题一直到我从清迈寺出来，打了个出租车来到清迈大学，也没有得出什么结论。我联系了校务部，很快有人在学校门口接上我，给我安排了宿舍，对满哥瑞只字不提，就像学校里从来没有这号人一样。

看来陈昌平所说的神秘组织果然势力强大。

至于人鬼部的千年诅咒和秘密，陈昌平却摇着头说他也不知道。也许这是我不该知道的，所以他不会告诉我。

不过他说每次佛蛊之战人鬼部都会派出最优秀的人来参加，而这次却没见人鬼部的踪影，这可能和满哥瑞提前发动了战争有关系……

第五章 双头蛇神

泰国是一个崇拜蛇的国家，他们的祖先布桑噶西和雅嗓噶赛由色、受、想、行、识五蕴组合成的。可以行走说话，机智聪明，还会创造各种各样的东西。用泥土捏动物就成了有生命的真正动物，世界上的动物、植物和所有的东西都是他们创造的。

而在传说中乃至遗留下来的古籍壁画中，这两个人都是人面蛇身……

他们血统最纯正的后裔，就活跃在泰国。

一

我已经坚信，这次来泰国，其中必然有我不知道的蹊跷。不过除了一连串的事件之外，到目前为止还没有什么奇怪的人来找过我。我的性格一向是

“既来之，则安之”，这期间又联系了月饼很多次，他的手机依然处于关机状态。

他是个典型的富二代，似乎有花不完的钱，在学校里就孤傲得很，做事又由着性子来。经常从网上看到什么地方风景好就半个月不见人，然后带回来大大小小一堆破烂纪念品……

我索性什么都不去想，该来的总会来，不该来的也会来。还不如先适应了学校生活再说!

清迈大学位于泰国北部的清迈，是泰北第一所高等学府及泰国第一省府大学，尤其是医学方面有着极高的造诣，许多外国留学生来这所学校都是为了专门学习医学。而男生寝室只住两个人，与国内一般四到六人住的寝室有所不同，除了显得宽敞之外，也多了些隐私感，再加上日常所需的硬件软件应有尽有，我自然是随遇而安地住了下来。

和我同屋的泰国男孩个子不高，瘦削精悍，刀削脸尖下巴，一双眯着的眼睛透着晶亮的神采，皮肤却不是泰国人特有的黑色，而是严重贫血似的苍白色。经过简单的交流，他告诉了我他的名字，中文翻译过来是乍仑·拔达逢。乍仑是名，拔达逢是姓，他让我叫他乍仑就可以，我也乐得客随主便。

开学后，我每天忙着学泰语，上医学课，还好泰国会说中文的人也不在少数，这为我能快速掌握泰语提供了不少实践的条件，不到一个月，我已经能够简单地和同学用泰语进行交流。

泰国人待人接物常是满面笑容，彬彬有礼，很难看到有人大声喧哗，或是吵架，于是我很快就和隔壁几个宿舍的同学混得很熟，经常去他们宿舍串门，聊聊天儿，打听一些风土人情。泰国是佛教之国，有着许多禁忌和规矩，如果不提前了解，触犯了这个国家的宗教信仰可不是闹着玩的。

当然，我经历的那些事情，肯定是万万不能对任何人说的。

乍仑不太爱说话，经常独来独往，白天基本不见踪影，晚上也是很晚才浑身湿漉漉的回来，我也不以为意。在这个国家，许多学生的家庭并不富裕，需要打工或者给别人当泰拳陪练赚点外快来维持生计，既然他不愿意说，我也不好多问，免得伤了他的自尊心，只是每次出门我都会把钱包、手机、电脑这些东西小心放起来。

好在乍仑除了行踪神秘些之外，倒也没什么异常的举动，我们俩就这样过上了老死不相往来的同窗生涯。所以，来了一个多月，和我同住一屋的乍仑反而成了我最不熟悉的人。

每天下了课，我一般都是吃了饭就回宿舍。毕竟身在异乡，出门语言不通、道路不熟会有许多不必要的麻烦，再加上泰国的治安不是很好，生性好动的我就只能老老实实地回去找隔壁宿舍的热心同学泰文。

就这样一个多月过去了，我慢慢发现了有些地方不太对劲。多转悠了几个宿舍之后，我终于明白我所谓的不对劲在哪里了。

别的宿舍都是住着四个人，唯独我们宿舍，只住了两个人！更奇怪的是，有几次我在聊天儿的时候偶然问起，同学们却像约定好了一样，要么岔开话题，要么装作没听懂我说的是什么，要么就装傻充愣。但是我很清楚地看见，他们的眼睛里都藏着深深的恐惧。

难道我的宿舍出过什么问题?

而且我慢慢发现，同学们似乎都很怕乍仑，看到他都会不由自主地远远躲开，或者装作没看见他的样子。

我胆子虽然不大，好奇心却很强，想象力也丰富，有时候自己在宿舍里，会不知不觉地盯着乍仑空荡荡的床铺臆想：难道乍仑是个变态杀人恶魔，这个宿舍里曾经死过人，只是警方没有找到乍仑杀人的证据？每次想到这里，一股寒意就会不由自主地从心底泛出！

尤其是看了几份泰国报纸，详细记载了近期两起学校凶杀事件，据报道是被一个神秘少年破了案子，估计那个记者是写恐怖小说出身，描写的实在是活灵活现，更是让我胆寒肝颤。

二

如此又过了两个多月，到了农历六月，我依然全须全尾地活着，不由又为自己乱七八糟的想法哑然失笑。看来是在国内的时候恐怖小说看多了，再加上那段经历，遇到奇怪的事情就往恐怖诡异的方面想。

泰国属于热带国度，没有春夏秋冬之分，一年四季潮湿炎热，蚊虫蛇豸随处可见。别的宿舍里都支着蚊帐，或者插着电蚊香，我也准备了不少类似的东西，不过过了一段时间我就发现宿舍里从来没有出现过这些东西，这不禁又让我感到奇怪。

周五的晚上，许多同学都出去过周末，宿舍楼里没有几个人。我则躺在床上看书。就在这时，我突然听到走廊里传来了嘈杂的吵闹声，这在泰国是极为少见的。我立刻把书往床上一扔，出门一看，不禁被眼前的场景吓得头皮发麻！

走廊里，几个没出去的学生指着地上大大小小盘横的十多条溜麻子惊呼！

溜麻子是我们老家的称呼，它有个学名，叫作蛇！

我第一次看到这么多蛇在同一时间出现在同一个地点！每条蛇身上都印着鲜艳的花纹，滑腻腻地扭动着或长或短的身体，半抬着脑袋，吐着红色的芯子，正缓缓向我这个方向挪动，在地面上刷出许多道黏液留下的痕迹！

我立刻感到一股寒意从脚心冒到头顶，不由自主地打了一个冷战！

那些蛇爬到距离我的屋门前三四米的地方时，我甚至能清晰地看到它们腹部鳞片前后的细微蠕动，耳边传来了一大片“窸窸窣窣”的爬行声音！那一刻，我完全不知道该干什么，只是傻愣愣地看着那群蛇离我越来越近，越来越近，直到爬到我面前半米的距离，齐刷刷地停住了！

那几个学生远远地看着，却没有人敢靠过来，其中一人甚至跪下，面部极度扭曲，双手合十，嘴里喃喃自语，念个不停。

我依稀听到他说：“蛇神来了！蛇神来了！佛祖保佑，不要再让诅咒发生！”

那些蛇停住后，身体一层层盘成圆圈，抬着头用一双双绿油油的眼睛看着我。其中一只应该是眼镜蛇，乍开了颈部的肌肉，露出白色鳞片上两块类似黑色眼睛的斑点。还有一只通体金黄，脖子以上却是褐色的，翘着的尾巴像触电似的不停抖动，在廊灯的映射下，泛着诡异的黄色光芒！

奇怪的是这些蛇并没有攻击我，只是安安静静地盘踞在地上，身体像慢慢抽动的绳索，不时蠕动着，好像在等待什么东西。

三

突然，从走廊里传来一声怪叫，一个酒精瓶子飞了过来，砸在蛇群中间。高浓度的酒精随着玻璃碎片的飞溅洒在群蛇身上，顺着鳞片的缝隙流入蛇体，依稀能听见酒精灼烧蛇肉发出的嗤嗤声。群蛇受到酒精的灼烧，顿时乱作一团，挤撞着想逃离。地面上全是酒精，群蛇一触碰到，就像被火烧似的缩了回来，痛苦地扭曲着身体，不停地翻滚。碎裂的玻璃碴儿扎进蛇体，猩红浓稠的血液流出，伤口处隐隐露出白森森的蛇肉，又立刻被酒精灼烧成黑黄色，随着挣扎越来越激烈，玻璃碴儿划破了蛇的身体，白色的肠子蘸着蛇血，一骨碌一骨碌被甩出体外，我甚至发现有一只被消化了一半的老鼠尸体，皮毛已经完全不见，只剩下溃烂的肌肉组织，淌着黄色液体从蛇肚子里挤出，看上去异常恐怖！

蛇体的腥臭味和肠子恶臭肆无忌惮地冲入鼻腔，再加上眼前的场景，我不由一阵反胃，差点儿吐出来！

一个Zippo打火机带着火焰被扔了过来，接触到酒精，立刻在地面上腾起了蓝色的火焰，把蛇群完全包裹在里面！蛇群伸长了身体拼命挣扎，蛇头笔直地昂起，张开大过头部许多的嘴巴，露出里面几颗毒牙，蛇芯子向外拼命吐着，终于又直挺挺地摔倒在火焰里，被火烧了的身体起了巨大的燎泡，又变成炭黑色，慢慢蜷缩，终于成了一段段木炭状的尸体！

有一条体型最大的蛇，强忍着火烧的疼痛，尾巴在燃烧的地面上一弹，猛地跳出火海，在空中扭曲着身体，忽然又坠落下来，张着嘴从毒牙的牙管中不停地喷出毒液，痛苦地挣扎着，直到一动不动。

眼前这些场景发生的实在太快，我完全没有反应过来，只觉得大脑麻木，鼻子里全是酒精和蛇燃烧后散发出的奇异香气。不过让我不解的是，我刚才似乎听到火海中的蛇发出了凄厉的叫声！

而蛇是不会叫的！

四

跪着的学生惊恐地指着一具具黑炭状的蛇尸，对另一个学生大喊道：“洪猜，你怎么可以杀蛇神！你要受到诅咒的！”

那个扔酒精瓶子放火的学生却“哈哈”大笑，满不在乎地走到跳出火海的被烧死的大蛇跟前，拎起蛇尾抖了抖，黑色的碳状蛇皮像筛糠般落下。他对着跪着的学生嘲笑道：“什么蛇神！不过就是几条普通的蛇！你看，还不是被烧死了！你们有……”

洪猜的话还没说完，那条蛇突然挺起了身体，一口咬到他的胳膊上，鲜血顿时从被烧得皮肉绽烂的蛇嘴里流出，顺着血肉模糊的蛇身滴落！

洪猜痛得大叫，抓住蛇身使劲地扯，可能是大蛇临死前用尽全身力气的一口咬得极深，竟然扯不动。旁边有两个同学连忙帮着拉扯，终于把大蛇从他胳膊上拽下来。随着一声痛呼，一大块血淋淋的肉也被撕了下来！

洪猜疼痛不已地捂着伤口，恨恨地对着大蛇尸体使劲跺着！原本滚圆的蛇尸被一脚一脚踩得稀烂，体内肌肉组织像糨糊般被挤压出来，黏糊糊地喷了一地，直到被踩成一张干瘪的蛇皮粘在地上。

这诡谲的场景和突变实在让我喘不过气来，只觉得心脏怦怦直跳。不管怎么说，洪猜也算是救了我的命，我忙从宿舍里拿出简易急救箱，也不顾脚底踩在门口蛇尸上带来的那种软塌塌的恶心感，给洪猜做着简单的包扎。

洪猜伤口里流出的血是红色的，也没有什么异味，看来那条大蛇的毒液已经用尽，否则麻烦倒是不小。

我手忙脚乱地帮洪猜进行着包扎，忽然一道阴影挡住了灯光，一个人悄无声息地站在我们俩面前！

我抬头看去，虽然灯光的阴影使那个人的面貌特别模糊，但是我还是看清楚了，那个人是乍仑，正满脸怨毒地看着我们！

“你杀的？”乍仑指着蛇尸问我。

我还没有来得及答话，洪猜却抢着说道：“我杀的！怎么了？”

乍仑浑身一颤，却再没有说话，而是默默地回到宿舍，拿出一个床单，开始收拾蛇尸。他把床单铺在地上，小心翼翼地把每条蛇的尸体端端正正地摆在床单里，每摆好一具蛇尸，他都会双手合十，嘴里念叨着什么。那虔诚的样子就像是在安葬自己的亲人。

“哼！怪人！”洪猜不满地说道，“去年，你住的屋子里，也是这个月，三个同学被蛇咬死了，唯独他没有事情！一定是他下的蛇蛊！我有佛祖保佑，不怕他！”

我冷不丁听到这些，手一哆嗦，绷带勒得紧了些，洪猜又痛得倒吸了口凉气！乍仑此时已经收拾完蛇尸，把床单仔细地包裹好，双手捧着，一言不发地从我们身边走了过去。

不知道为什么，我忽然觉得他浑身透着股阴冷的气息，尤其是那双晶亮的眼睛，冷冰冰地透着寒气，像是一双蛇眼！

五

我躺在床上，翻来覆去睡不着，一闭上眼睛就是那些蛇的尸体、乍仑诡异的眼神，洪猜的话也阴魂不散地在我耳边萦绕着。

蛇蛊是什么？这个宿舍三个学生被蛇咬死了而乍仑却没有事？为什么会有这么多蛇出现在走廊里？它们完全不像是要攻击我，而好像是在寻找什么东西。难道这些蛇要找的是乍仑？

乍仑和这些蛇又有什么关系？

我看着乍仑空空的床铺，他带着蛇尸出去了将近两小时还未回来，惨白色的月光把圆形的窗户影子映在地上，黑色的边缘晕着一圈模糊的芒刺，像是一双蛇眼映在地上。

我心里一哆嗦，虽然时值盛夏，却感到屋子里阴冷无比，没来由害怕起来。也许是幻觉，我好像看到天花板上隐隐地冒出一颗巨大的蛇头，咧开血红色的嘴巴，毒牙和芯子上滴着黏液。慢慢地，蛇身也挤了出来，整条蛇像是被剥了皮，只剩下肉白色的身体，能看见青色的血管像蚯蚓般藏在肉里，轻微地搏动。

那条蛇在天花板上慢慢爬动着，聚成圆团，昂起头，猛地向我扑来！

我从床上坐了起来，床单已经被冷汗湿透，后脑勺猛地撞到墙上，如同被木棍击打般，强烈的疼痛让我清醒了！

不知不觉间，我竟然睡着了！

我心有余悸地望着天花板，除了一盏吊灯，哪里有蛇的影子！我甩了甩头，忽然想到有些不对，我躺下的时候已经把灯关上了，为什么现在却又打开了！

我连忙向乍仑的床铺看去，不知道什么时候，乍仑已经回来了！他此刻正赤裸地跪在床上，双手交叉放在额头。他的面前摆着一个小木桌，上面放着一样东西！

我再仔细看去，那个东西是一尊半尺长的木质雕像，却是一条雕刻得活灵活现的蛇！那条蛇实在太过逼真，我几乎都误以为它是活的！更让我觉得不可思议的是，那条蛇的下半身，竟然是人的双腿，而在那条蛇的脖子上，分叉长出两个头，其中一个是个蛇头，而另一个，却是一颗女人的头！

我嘴里一阵发苦，乍仑却像不知道我醒来似的，还在低声念着我完全听不懂的话。那种声音的旋律我非常熟悉，似乎在哪里听过。我突然想起，刚才那群蛇被烧死的时候，我隐约听到了蛇的叫声，旋律和乍仑说的话完全一样！

而随着乍仑念得越来越快，那个双头蛇雕像发出了蓝色的光芒，把乍仑笼罩在蓝光里！

我的胆子都要吓破了！胸口闷得完全喘不过气，嗓子更是干痛得如同火烧！正当我决定天亮了就向校方申请换宿舍时，却发现乍仑好像有些奇怪的变化！

他的脸变得更尖了，几乎变成了三角形，耳朵慢慢地缩进了脑袋里，继而是鼻子、头发、眉毛，双手就像融化进了身体消失不见，双脚却像有层薄膜黏在了一起，整个人变成了一根浑圆的肉条！

他的头发却开始渐渐变长，缓缓覆盖住苍白色的全身，在皮肤上漾起波纹般的律动。渐渐地，那些头发与他的皮肤融为一起，变成密密麻麻小小的细纹。我仔细看去，汗毛全竖了起来，这不是细纹，而是一片片白色的鳞片！

乍仑变成了一条蛇！一条白色的怪蛇！

那条白色的蛇在床上扭动着，把被单卷成一团，又扑通掉在地上，就在我的面前转了几圈，爬上窗台，用脑袋顶开窗户，爬了出去！

“啊！”一晚上的恐怖经历让我实在忍受不住，惊呼着坐了起来！

我大口大口地喘着气，此时天色已经大亮，灿烂的阳光让屋子里通透炎热，我连忙向乍仑的床铺看去，乍仑正躺在床上，蜷成一团熟睡着！

我完全分不清这是梦境还是现实，下意识地掐了自己一把，大腿传来的疼痛感让我意识到自己现在是清醒的。

我竟然出现了双重梦境！

梦中梦！

走廊里传来了凄厉而恐怖的呼喊声！

六

洪猜死了！死在自己的床上！我心里很难过，洪猜对我很好，经常教我泰语，偶尔还给我捎些吃的喝的。

当天晚上，同宿舍的同学完全不知道发生了什么，大家都睡得前所未有的沉。直到天亮时，才发现洪猜全身赤裸，一双眼睛像是被挤压出眼眶，恶狠狠地凸出来，身上勒出一道道粗大的青紫色痕迹，就像是被蟒蛇生生缠住勒死的！

警方也没查出所以然来，联系去年我这个宿舍死的三个人，倒也把乍仑带走做了笔录，不过没用半天工夫，就把他放了回来。毕竟事情虽然蹊跷，但是却不能就此指证乍仑就是杀人凶手。

清迈大学针对这件事情做了各种防蛇措施，甚至连公共卫生间的排水道都用铁栅栏焊上了，门窗也进行了防盗网铁网的安装！整个宿舍楼如同监狱一样。

泰国本身就是一个崇尚宗教信仰的国度，这件事情之后，学校里竟然出现了一个自发性的崇拜蛇神组织，加入者甚多。

我换宿舍的申请被校方驳回，我一边听着校长无聊的借口，一边在肚子里简单地用国骂问候了他的各个直系亲属。乍仑的神情却一天比一天阴郁，而除了我之外的别的学生，更是完全不敢靠近他十米之内的距离。时间久了，学生们看我的眼神也变得奇怪起来。

让我稍稍安心的是，乍仑除了面色阴郁，习惯性的白天失踪晚上晚归，倒也没有什么别的举动。而那天晚上让我差点儿吓疯的噩梦中的噩梦，也再没出现。时间久了，潜意识里我相信那天晚上只不过是见了太多的蛇，做了一个噩梦，至于洪猜的死，我虽然分析过，但是毕竟不是刑侦出身，想不通也就慢慢淡忘了。

可是过了几天，我发现自己的身体出现了异常的变化……

起初，我每天提心吊胆地起床，没有注意床单上有许多老皮脱落的皮屑。毕竟我是学医的，在睡觉时，身体翻转与床单摩擦，皮屑脱落很正常。但是我慢慢发现不对了，因为我每天起来都会打扫床铺，发现脱落的皮屑越来越多，起初是芝麻大的一点，现在成了指甲盖大小的大块皮屑脱落！可是我却没有任何瘙痒疼痛的感觉，反而每天起床扫罗皮屑时，都会有种脱胎换骨的清爽感!

但是我知道这绝对是不正常的现象！查阅了大量的医学书籍，结合各种皮肤病的症状，初步判断我得的是蛇皮癣。

蛇皮癣又称鱼鳞病，是一种由角质细胞分化和表皮屏障功能异常的皮肤疾病，在临床上以全身皮肤鳞屑为特点。但是身体上的毫无任何感觉告诉我，这似乎又不是蛇皮癣。

而且我发现自己的骨头越来越软，手指头甚至能直接倒掰到手背上，双腿也是这样，走起路来轻飘飘的完全没有着力感，腰部更是能扭出奇异的角度!

那个乍仑变成蛇的噩梦又从我深埋的记忆深处钻了出来，无时无刻不缠绕着我，让我深深地感到恐惧：我好像在慢慢变成一条蛇!

这种巨大的心理压力让我产生了讳疾忌医的心态。我变得自闭而沉默，除了上课，我躲着所有的同学。每天回到宿舍，第一件事情就是冲到浴室洗澡，使劲搓着大片大片的皮屑，在我手心里变成混着灰尘的长长细条!

直到一天早晨醒来，我发现床角有一张薄如蝉翼、带着油光、半透明的完整人皮！由头部裂开一道口子直到小腹，就像是蛇的蜕皮!

我的惊叫声把乍仑惊醒，他默默地看着那张人皮，低声问道："多长时间了？"

我心里算了算时间，结结巴巴地说："半个月了！"

乍仑直勾勾地盯着我，那双眼睛又让我想起了蛇眼。

"想治好你的病，必须跟我回我的村子里！"乍仑把视线从我身上转移到那张人皮，"最多还有一个星期，要不就晚了！"

"我得的是什么病？为什么会晚了？你的村子在哪里？"我被乍仑凝重的表情深深影响到，死亡的绝望让我问出一连串的问题。

我宁可就这么死了，也不愿意变成人形蛇这样的怪胎！

"万毒森林！"乍仑开始收拾东西，"赶快收拾东西吧，我也说不明白这是为什么。不过我知道有人能把你的病治好，说到底这件事情我也有责任！"

乍仑后面几句话我没有听见，耳朵里轰轰的只剩下"万毒森林"这四个字！怎么又是万毒森林！

我以为已经遗忘的那段经历，又从脑子里面钻了出来，刺痛着我的记忆神经！

而乍仑竟然住在万毒森林里！

难道他也和人妖之村有关联？

七

我浑浑噩噩地跟着乍仑坐上火车，意识已经模糊，有种不知道自己在干什么的感觉。

到达万毒森林边缘时，已经是我们出发的第三天。我的身体越来越虚弱，越来越软，皮肤也像干裂的树皮，轻轻一撕就能掉下一大片。身体越来越冷，血液几乎冷冻在血管里，心跳也越来越慢。眼睛特别怕强光，白天不得不眯着眼，视力下降得非常厉害，到了晚上几乎什么都看不见，反而是嗅觉变得异常敏锐。

这种变异的恐惧，几乎让我崩溃发疯，有时我甚至会想，自己是不是真的会变成一条蛇？如果我变成一条蛇，会不会被那些所谓的科研人员关在玻璃容器里，每天从身上抽血，切下一块肉，对我进行电击、火烧，甚至划开我的肚皮，取出我的内脏，割开脑壳，取出核桃仁似的大脑来进行活体解剖研究？

不知道我那个时候还有没有意识？能不能感受到曾经是我的同类的人类对我残忍的伤害？

这种强烈的绝望让我产生了更加强烈的求生意识，我甚至不再询问乍仑到底知道什么，我为什么会变成这个样子，只想跟着乍仑闯入万毒森林，到他的村子！

进入万毒森林，白雾一样的毒瘴随处可见，厚厚的落叶下面是瞬间能把人吞没的沼泽地，还有像蛇一样能吃人的大型食人花。遮天蔽日的巨大树冠遮挡住了阳光，树林里几乎分不出白天黑夜，我衰退的视力完全看不清楚道路，全靠乍仑扶着我深一脚浅一脚地走着。

就这样走了两天，乍仑似乎对道路非常熟悉，一路上虽然有些小事故，但是没出什么大的危险，直到我的视线里出现了模模糊糊的村落轮廓。

“到了！”乍仑指着那个隐藏在密林深处、在唯一一片空地上盖起的村庄对我说道，“希望不会太晚！”

走到村口，我看到一左一右分别竖立着两个石质雕像：左边是一只形状丑陋的巨蛇，右边是一个裸体的美貌女人！

八

村中有人看到乍仑，都笑着跑过来，用我完全听不懂的话交流着，并不时用疑惑而带有敌意的目光打量我。

乍仑指着我对他们说了什么，其中一个年纪稍大的长者忽然怒不可遏，对着乍仑不停地斥责。乍仑也不甘示弱地回吵，脸涨得通红，太阳穴上的血管一鼓一鼓地不停跳动！

其余人都在默默地看着，那个长者似乎在村中地位很高，别人不敢插嘴，而我发现他们对乍仑也非常尊敬，全都一动不动地听着两人在不停地争吵。

吵了半天，两个人气鼓鼓地对视着，久久没有说话。终于，那个长者叹了口气，背着手头也不回地进了村子。

乍仑面色一松，轻声对我说："他是我的父亲，鲁普。我们家族世代统领着全族人。"

我这才恍然，难怪两人争吵没人敢说话，同时没想到不起眼而又神秘的乍仑竟然还是一个世袭家族的继承者。但是我更关心的是自己的怪病能不能治好！

乍仑似乎看出了我的想法，有些歉意道："父亲已经答应了，今天晚上会举行仪式给你治病。你的这个病，责任全怪我。你是好人，虽然咱们之间没有说过什么话。在学校里，别人都躲着我，只有你没有因为那些事躲着我。"

看着他真挚的目光，我心里突然觉得很惭愧。乍仑也许不知道我是多么想离开那个宿舍，只是学校不同意罢了。如今，我也只好支支吾吾地答应着。

进了村，我发现这个村的人，肤色都同乍仑一样白，并且走起路来双腿几乎不迈，就像是在地面上滑行一样！而且他们的房屋都是两层，下面一层用木架支着，圈养着猪、牛、鸡、鸭这样的家畜，但是这些木屋又没有通往二层的楼梯，不知道他们是怎么上去的。

更让我觉得不可思议的是，在每个屋子的四周，都零零散散地分布着起码一米深的土坑，有些坑里还积着水，坑边上有许多白色贝壳状的碎片。坑壁光滑得如同一面镜子，只有经常往里面放某种圆形的东西，日久天长才会形成这种状况。

乍仑没有再说什么，只是给我找了村中唯一的一间单层木屋，让我好好休息，等两小时后天黑举行仪式为我治病。但是我还是隐隐觉得这个村子处处透着无法理解的诡异。

因为这种怪病，我的大脑早已在三天前就丧失了深度思维能力，只能接受简单的事物带来的信息，还有就是动物本能的生存欲望。

天色渐渐黑了，我的意识越来越迟钝，我好像已经开始丧失最基本的记忆能力。

屋外亮起了巨大的火光，同时传来奇怪的歌声。

那歌声像是某种神秘的咒语，只有一句话，随着音律的变化不停地重复，像是在召唤什么东西出现。

乍仑推开门，我下了床想站起来，双脚突然一软，竟然瘫倒在地上。乍仑摇了摇头，用力扶起我，皮肤感觉告诉我，他的手又湿又滑又冷，就像是一条蛇。

九

在村子中央的空地上，所有人围着一团巨大的篝火，手拉着手有节奏地摇摆着，嘴里唱着那奇怪的歌曲，眼睛中却透着迷茫的神色。

乍仑扶着我穿过人群，我才看到他的父亲鲁普在地上爬来爬去！我已经丧失了恐惧的意识，只是机械地看着鲁普在地上越爬越快，直到耳朵鼻子双手融化进身体，双腿黏在一起，头发变长覆盖在身上变成鳞甲，慢慢由人变成一条巨大的蛇！

直到现在我还庆幸，如果当时我有恐惧的意识，那将是多么可怕的事情！如今坐在电脑前，鼓足勇气把这件事情叙述出来的时候，想到那个场景，依然会胆战得浑身发冷！因为，不仅仅是鲁普，当我再看到身边的乍仑时，他已经变成了一条蛇人立在我面前，瞪着双圆溜溜的眼睛，吐着长长的芯子，分叉的舌尖甚至舔在我的脸上，留下黏腻的恶心感。而全村所有的人，都在我没有察觉的时候，变成了蛇！

这些立起的蛇依然围着圈，嘴里还在唱着那首歌曲，身体不停地晃动着。

“不要害怕，这是我们的本来面目。”立在我身旁的乍仑，不，是那条蛇张开嘴，说出了我完全听得懂的人语！

神秘的热带原始死亡森林里，一个古老的村落，全村人都变成了蛇，还会说人话，而我，就站在这群蛇的中间！

这是一件多么恐怖绝伦的事情！

忽然，地面像潭水般悄无声息地震荡起来，灰尘像跳跃着的细小水珠，恐惧地颤抖着，大地像被煮开的沸水一般，瞬间翻滚起巨大的水泡。篝火旁边，一个土包如喷泉般向上涌着，越来越高，越来越宽，龟裂出指头粗细的裂缝。裂缝越来越大，那个土包也带着颤动越来越高，泥土“簌簌”地被震落，向下滚成小圆球，从土包上哆哆嗦嗦地落下。

里面似乎有什么东西要出来！

“嗷”的一声巨响，土包里喷出一股泥浪，笔直地冲向天空，随着泥巴纷纷落下，从裂开的土包中，探出了两个脑袋！

一个蛇头，一个人头！而那个人头，与村口的女人一模一样！

紧随着两个头，巨大的蛇身从土中钻出，黑色的水桶粗的蛇身仿佛融入了夜色中，足足有二十多米高，而它还有小半段没有出来。在篝火忽明忽暗的光芒中，蛇脖子上的两个头奇怪地看着我。

那个蛇头发出了“嗞嗞”声，所有的人蛇像受到了某种召唤，飞快地向双头蛇爬去，缠在蛇身上，竭尽全力地蠕动着。唯独鲁普停在双头蛇面前，静立不动。

丧失意识仅剩记忆的我完全感觉不到任何恐惧，看着所有的人蛇一层一层缠绕到双头蛇的脖颈才停止了蠕动，就像是搭了一个梯子。鲁普顺着这道蛇梯，一圈一圈地爬到最顶端，和那两个脑袋面对面地注视着，发出奇怪的声音。

等到鲁普的声音消失，双头蛇一蛇一人的脑袋脸对脸贴着，似乎在讨论什么。我看到人头坚定地摇了摇头，蛇头却在点着头。鲁普又“嗞嗞”地说了半天，双头蛇默不作声地思考了一会儿，才同时点了点头！

双头蛇抖动着身体，所有的人蛇都被抖落在地上，纷纷向远处爬去，沿着木头架子，爬回二层木屋。突然之间，整片空地就剩下我和双头蛇！

双头蛇探着身子来到我面前，那一人一蛇两个头离我的鼻尖不超过十厘米，我甚至能感觉到从四个鼻孔中喷出来的腥气！

“张开嘴！”那个女人头竟然对我说出了字正腔圆的中国话！我无法抗拒地张开了嘴，那个蛇头的喉咙一阵反馈，从嘴里吐出一颗桂圆大小的黑色肉囊，用舌尖托着，颤巍巍的好像包满了液体。舌尖把肉囊塞入我嘴里，又在肉囊边上一戳，一拨苦涩腥臭的液体立刻灌了我一嘴！

那股液体顺着我的喉咙缓缓流入胃里，我能清晰地感觉到整个食道像是吞下了一串火线，火辣辣的无比疼痛，继而全身血液就像是被沸水煮开了，五脏六腑如同被滚油泼过，烫得我无法忍受！

我实在忍受不住这种要被烧死的感觉，仅存的一点意识越来越模糊，直到完全空白，眼前的世界变得重影模糊，最后幻化成模糊的光影，我昏了过去！

十

喉咙干裂般疼痛，如同有千万把匕首同时在里面切割，我忍不住呻吟起来，睁开眼睛，正上方是白色的天花板，我躺在宿舍的床上。

“你醒了？”乍仑递过来一杯水，我一饮而尽，冰凉的感觉让我舒服了一些。

“我怎么会在这里？”我打量着宿舍，我最后的记忆明明就是在乍仑的蛇村里。想到蛇村，我恢复的意识终于带来了久违的恐怖，我想到那群蛇人，想到乍仑变成蛇人站在我面前的样子，不由惊恐地向床角退去，生怕乍仑突然变成一条大白蛇站在我面前对我说话。

乍仑似乎很奇怪地看着我：“你怎么了？”

我反而被他的疑问给问得张口结舌，连忙对着胳膊搓了搓，我的皮不再脱落了，骨骼也不再软得像根面条。

“你持续高烧半个多月了，天天说胡话。”乍仑笑着又给我倒了杯水，“还好今天清醒过来了，应该快好了！”

我怀疑地看着乍仑，难道我所遇到的一切都是高烧产生的幻觉？可是为什么会如此真实！

想到那恐怖的场景，我忍不住哆嗦起来。

“哦，对了！”乍仑指了指收拾好的行李，“我要回家了。家里有事情，不能继续上学了，和你共室两个多月，很愉快！既然你已经好了，我也就放心了。就算是道别，我走了。”

我的思想还有些混沌，一时没反应过来，直到乍仑背着包走到门口，我才喊道："等等！你……你……你到底是什么？你是蛇是人，还是蛇人？"

乍仑愣了愣，回过头笑道："我怎么可能是蛇呢，我明明是个人啊！"

我完全分不清楚现实和幻觉，但是脑子里不停地闪过诡异的双头蛇，乍仑由人变蛇，全村人变成蛇的场景。

"我对你们中国历史也有所了解，"乍仑没有回头，看着门外说道，"你们中国，自古以来就有蛇人的传说啊！造人的女娲，不就是蛇人吗？雷峰塔压着的白素贞，也是个蛇人。"

我心里猛地一惊，乍仑再没多说，背着包走出门，走廊里传来细细碎碎的轻微脚步声。

我愣了很久，捶了捶脑袋，勉强扶着桌子下了地，正好看见从国内带来的台历本，农历六月二十五。

农历六月，蛇月，正是万蛇出洞的时候！

我的手忍不住地发抖，差点儿站不稳，连忙坐在床上休息。眼角的余光中，我看到乍仑床下的角落里，有巴掌大小的白色东西，似乎是一张蛇皮……

第六章 万毒森林

在泰国有一种很神秘的仪式，当家人出现救治不了的重病或者遇到危机时，家中最年长的老人会舍弃自己的生命，走进万毒森林，再也不会出现。家人的重病或者危机会在短短几天的时间里解除。

至于老人做了什么，没有人知道。只有年龄到了七十七岁的老人，才有资格通过黑衣阿赞的启示得到这种保佑家人的仪式方法。

而老人们都守口如瓶，只字不提。有些老人甚至在走出寺庙的时候，脸色煞白，双目无神，像是经历过异常恐怖绝伦的事情。

不过有个小孩曾经说过，他跟着爷爷睡觉时，听到爷爷说的含糊梦话，只记得几个字：

涅槃……血祭……蛇神……

一

乍仑走后，再也没有出现过。

而这间宿舍，却像是受到某种禁忌，只有我住在里面。同学们看我的眼神也渐渐变得躲躲闪闪，不像从前那般热情。这里面的原因虽然我不是很明白，但是肯定和我昏迷这半个月有关。

想到那天晚上宿舍门口被烧死的蛇群，洪猜惨死，乍仑变成一条蛇，我得了奇怪的皮肤病，为了给我治病带我去万毒森林里面他的村庄，一村人都变成蛇，还有那奇怪恐怖的双头蛇……

我分不清到底是如乍仑所说的因高烧昏迷产生的梦境还是真的发生过这样的事情。无数疑团挤在我心里，像是疯狂生长的荆棘，刺痛着我的神经，让我无时无刻不承受着无法解释的煎熬。

每当这时，我都会从衣物柜的最角落里拿出一个布包，端端正正地打开，看着里面的那张从乍仑床下捡的蛇皮发呆……

如此过了半个多月，我的身体恢复了活力，精神也好了许多。虽然仍然会时不时想起认识乍仑后所带来的一切，但是时间或许是最佳的疗伤特效药，也许潜意识里也在逃避这种可怕的记忆，我似乎学会了遗忘，忘记了曾经发生的一切。只有在夜深人静躺在宿舍对着天花板发呆的时候，偶尔间或一瞥看到乍仑空空的床铺，心里才会猛地悸动。这时我选择的是努力让自己入睡，或者打开宿舍的灯，通宵学习来分散注意力。

每个人都会用不同的方式逃避不愿面对的事情，不是吗?

洪猜的死清迈警方也没有得出什么结果，事情就这样不了了之了。就记得学校赔了洪猜家里一笔数目很可观的钱，那天洪猜母亲带着他的弟弟——一个瘦弱的小孩，目光呆滞地接过钱，默默地离去了。

我无法忘记洪猜母亲和他弟弟走出校门时，怨毒地回头看着学校的情景。那妖芒闪烁的眼神总是让我不寒而栗。

渐渐地，同学们似乎不再躲避我，对我有了笑脸，也经常没事和我聊聊天儿，日子好像回到了我刚来泰国的那段时间。只是他们从来不会进我的宿舍，我们之间好像也默契地遵守着一个条例，就是绝不谈及乍仑。

当我以为能够把这件事情丢弃在心底再也不去想，就这样安安稳稳度过在泰国学习的日子，一切如初时……

那件事情发生了！

二

清迈大学的教学方式和国内许多大学都差不多，学生除了必修课，还有自己的选修课，上课地点是一个个独立而连贯的大课堂。学生们每天都会准时端坐在课堂里，老师也会尊尊敬敬地和学生们相互行礼致意，这点和国内倒有所不同。

国内的大学生，熬过了十多年炼狱般的学习生涯，考上大学后都会不由自主地松口气（部分学霸或者家境贫寒靠学习闯出路的除外），开始多姿多彩甚至有些堕落的大学放纵生活。天天睡到日上三竿，睁开惺忪的睡眼胡乱泡包方便面继续网游，或者在各个论坛发着无聊的帖子，为自己的偶像拼命和别人打着口水仗，要么就是静心梳妆打扮，逛街购物摇微信，期待碰上个高帅富从此改变灰姑娘的命运。

只有在临近考试那几天，宿舍楼一扇扇灯光明亮的窗户才彰显着“临阵抱佛脚”的正确性。

而在泰国这个经济并不发达、贫富差异极端严重的国家里，能考上大学意味着家境贫寒的学生从此摆脱打泰拳、混黑社会、变成人妖、去金三角加入毒品雇佣军的命运。只要好好学习顺利毕业，就能谋得一份政府部门的工作，或者凭着大学文凭，找到适合自己发展的公司。

尊重知识，尊重大学生这方面，泰国做的似乎比国内要好许多，永远不会出现所谓的“毕业就是失业”的事情。

那天我如往常一样，背着装满本子书籍的包去上课，遇到熟识的同学双手合十微微鞠躬，面带微笑地致意。此时已是盛夏，亚热带的阳光，把我的皮肤炙烤得滚烫，还没有到教室，我的额头已经密密集集排了一层细细的汗珠。

我现在特别喜欢在炎热的天气里晒太阳，似乎这种炎热能让我感觉到生命的活力，忘记全身曾经长满蛇皮的潮湿感……

来到教室里，老师已经早早等在那里，在黑板上一丝不苟地画着人体结构图。我来到平时习惯的位置坐好（在泰国百分之九十五的人都信奉佛教，这种信仰让每个人的言行举止都非常有规律，比如教室里的座位，每个人几乎都是固定的，很少出现抢座占座现象）。

老师叫都旺，是人体解剖学老师，今天上的是理论课，听说过几天就要进行实践课。想到泡在福尔马林缸里一具具赤裸的尸体和残缺的手脚，泡得略略发白的内脏像奇怪的生物漂在里面，打开盖子就会闻到刺鼻的甲醛和尸体的恶臭，我不禁就有些恐惧的期待。

都旺已经把人体结构图画完，正逐个给我们讲解，学生们安静地做着笔记，生怕漏过任何一个小细节。

“老师，”在我前排有个女生不好意思地站了起来，“我……我身体有些不舒服，想回宿舍休息一下。”

都旺关切地问道：“帕诧，没什么事情吧？”

帕诧身体有些摇晃，打了两个喷嚏，带着歉意说道：“可能是有些感冒，休息休息就好。老师，对不起，影响您上课了。”

都旺点了点头，询问道：“有没有和她住在一起的，把她送回去看看医生？”

这句话倒是让教室里大多数学生都笑了起来。来上课的虽然只是医学院的学生，对于病理算不上精通，但是普通的感冒基本上还是能应付得来。

都旺也觉得这句话说得有些好笑，不好意思地对我们笑了笑。坐在帕诧旁边的女孩收拾好东西，陪着帕诧走出了教室。

我注意到帕诧似乎有些晕眩，站立不稳，走出教室时，几乎已经靠在那个女生身上了。这个小插曲没有引起学生们的注意，但是我隐隐约约看到帕诧古铜色的胳膊上好像泛起了青紫色。那青紫色的痕迹慢慢扩大，从一个不规则的圆形中探出了许多触角，向四处延伸出长长的细线，又从圆形中长出了小小的凸起，就像是一片蛇鳞!

除我之外，还有一道锐利的目光从帕诧身上收回，我发现都旺面色凝重地看着帕诧的背影。他也注意到我发现了帕诧身上奇怪的印记，收回目光久久地盯着我，好像要看穿什么东西。

我没来由地打了个冷战！

都旺的眼神阴冷，让我想起了一个我以为已经遗忘的人：乍仑！

“扑通！”我身后传来有人摔倒的声音。我急忙回头看去，一个男生面色青紫的躺在地上，嘴里吐着墨绿色的泡沫，而他的脖颈处，赫然浮现出紫青色印记！

教室里的学生们顿时乱了手脚，有几个手忙脚乱地扶起那个男生，送往学校的医务室。而更多的人开始不停地打喷嚏，眼泪鼻涕控制不住地流着，每个人身上都开始浮现出可怕的青紫色，一块块蛇鳞般的痕迹在他们裸露在衣服外的皮肤上隐隐浮现。

这就像一种可怕的病毒，迅速传染蔓延着。教室里所有人开始打喷嚏，晕倒，还有几个像是忍受不了极度的寒冷，如同赤身裸体躺在雪地里一样，蜷缩着身子瑟瑟发抖，全身不自觉地抽搐着。

教室里一片混乱，女生开始恐惧地尖叫，男生则争先恐后向外跑去，还有一些人面色恐惧地跪在地上，双手合十，用我完全不懂的泰语在祷告着什么。

但是没多久，几乎所有人都晕在地上！

只有两个人没有受到影响，我和都旺！

依稀中，我好像听到有人喊了一声：“草鬼！”

三

学校把这条消息封锁了，作为泰国著名的医学院，学生们的治疗条件和设备自然是最先进的。只是我作为幸存者，却深刻体会到了正常人来到疯人院的感觉。全校师生看我的眼神就像是看到一个怪物，就连上课时，同学们宁愿挤在一起，也不愿意坐在我的旁边。

每次看到空荡荡的四周，我心里就有种说不出的滋味。此时我倒真的想像那些同学一样，身上出现奇怪的印记，在教室里晕倒，得到学校的医治。

如此过了三天，泰国的阳光依然灼热，我心里却越来越冷，甚至想到了退学回国。这种“独在异乡为异客”却又被所有人排斥的感觉，让我完全承受不了。

除了几个病情严重的学生还在治疗，其余的都已经痊愈，但是不论有喜欢凑热闹的怎么问，所有人像是有种奇妙的默契，都闭口不谈。只是大家看我的眼神里，透着股莫名的仇恨。

我对这件事情也进行过推测，最大的可能就是乍仑回来了。可是想想又觉得可能性不大。虽然和乍仑接触不多，但是他不是坏人。这点从他带我到万毒森林的村落治病就能看出来。这几天上课我根本听不进老师在讲什么，只觉得脑子乱哄哄的，到了上午的第三四节课，在那场奇怪的病症中另外一个不受影响的人——都旺老师却没有出现。同学们开始窃窃私语，直到副校长走进讲堂，说都旺家中有事，这几天不来授课，大家才一哄而散。

我又静静地坐了一会儿，直到讲堂只剩下我一人，才叹了口气，收拾书本回宿舍。走进宿舍楼，正要推门，我发现门是虚掩的……

乍仑？

我正犹豫着进不进屋，从屋里传出了扑鼻香味！

浓浓的牛肉香味里面夹杂着面条的清香，更妙的是居然闻到了葱花香味。是谁这么深谙其中奥妙，知道方便面一定要放葱花吃起来才过瘾？

不错，康师傅方便面的味道。

而煮方便面时一定要撒上葱花的人，除了他还有谁？

我最好的朋友——月饼，月无华。

我连忙推门，清瘦的青年正蹲在锅前，锅下放着一尊酒精炉，吐着蓝汪汪的火苗。面饼正慢慢散开，一点一点变大，把作料放进去，用筷子搅了几下，顿时一股香味弥漫开来。他拿了两个鸡蛋，在锅沿上轻轻磕两下，鸡蛋裂开一个缝隙。接着两手一碰，蛋黄和蛋清全都流到锅里。随即用筷子在锅里搅来搅去，方便面饼散开了，调料全部溶解在水里，沸腾的水面上浮起了红色的泡沫。

锅里传来“咕嘟”的声音，寝室里弥漫着白色的香气。

青年把干菜包、调料包和辣酱包小心翼翼地撕开倒入锅里，干料散开，形成了一幅五彩缤纷的图画。

锅底的最外圈出现了小泡泡，不多时锅底中心咕咚着水花，浓郁的香味弥漫了整个屋子。再看锅里，黄灿灿的面，鲜红的辣汤，绿色的葱花，这正是大学宿舍必备美味——能在熬夜通宵复习时吃得感动到哭的方便面！

“月饼！你死哪去了！”我被这锅方便面勾得食指大动，一时间忘记了这几天的郁闷，四处找筷子。

“那天睡大劲了，索性关了手机去西藏溜达了一圈，想看看能不能在山沟里碰上个正宗铁包金（最纯种的藏獒），直到前几天才开手机，学校说再不来就开除，我花了不少钱打点了一下，才过来与南少侠您老人家会师泰国。”月饼盛了碗面，“吸溜吸溜”地吃着。

我一时气结，不过想想这倒也符合月饼一贯的行事做法。他是个富二代，经常来一场“说走就走”的旅行，日子过得很随性。我去过他家几次，装修得和皇宫一样，还摆着不少看上去很值钱的古董字画，很小人地腹诽着那些都是赝品，才让我这个孤儿心理多少平衡一点。

人生三大喜：金榜题名时，洞房花烛夜，他乡遇故知。更何况盼星星盼月亮总算把他盼来了，我划拉了一碗面，就忙不迭跟月饼讲着来到泰国后的种种诡异事情。

我吐沫横飞地讲了一个多小时，当然个别情节捎带手把自己高大全了一下，直到把方便面讲成了面坨子，才停下嘴歇口气。

月饼一言不发地听我讲到同学们得了怪异的皮肤病，起身背起包：“走！”

我傻眼了：“干吗去？”

月饼反倒是一副很奇怪我会这么问的表情：“万毒森林啊。”

我差点儿把舌头吞进肚子里：“你疯了！要去你去，反正我不去。再说去那里有什么意义？”

“你脑子进水了？如果真的是你得的那种病，也只有万毒森林里蛇村的人能救治。”月饼扯着我的胳膊就要走，“也能还你个清白。”

我使劲把手拽出来：“月公公，有点脑子好不好？别说上次进去我意识模糊，根本没记住路，就算是记住了路我也不想再去。我还年轻，不想进去喂鳄鱼。”

“是爷们儿不？”月饼扔给我一根烟。

我点着狠狠抽了口：“废话！”

“那去不去？”

“不去！”

“是男人不？”

“必须的！”

“那去不去？”

“不去！”

“你不去我去！”月饼懒得和我啰唆，背着包就往外走。

他的性格就是这样，想一出是一出，认定的死理动车也拉不回来。我杵在寝室傻愣了半天，一咬牙跟着冲了出去：“月饼，等等我！咱们就算是去也要准备点干粮和野外装备吧。”

“我常年远游，装备包里都有。至于吃的，方便面加上各种野味，味道不错哦。”月饼远远回了一句。

四

我踩着泥泞的腐败树叶，时不时还冒出几个泡泡围在鞋周围，每一次拔脚都显得那么困难。抬头看着密布遮日的树林，纵横交错的枝丫上面，时不时爬着巨大的蜥蜴，还有和树干一个颜色的蟒蛇，我叫苦不迭：“月饼，我就说不来吧，你非要来。”

这是我们进入万毒森林的第三天，我很丢人地迷路了。本来上次来就意识模糊，只是隐约记得对着太阳落山的地方前行，也就是西边，至于中间走没走过弯路，怎么走的，我根本就不知道。

在这片十万平方公里的万毒森林里寻找一个芝麻大的村子，无异于大海捞针，怕就怕针还没有捞到，我们先见了龙王爷。

好在月饼野外求生经验确实丰富，这几天倒也“遇山开山，遇水搭桥”，中间有些小险情，不过也总是化险为夷。

最危险的一次是我不小心踩进了沼泽地，瞬间就陷到了小腿肚子，只感觉双腿被紧紧包着，似乎还有些滑腻腻的虫子在上面爬，越挣扎陷得越快。慌乱之余我按照月饼说的方法，放松身体，平躺在沼泽上，眼睁睁等着他爬上树，用尼龙绳打了个活结，准确地套住我的脖子，把绳子搭在树枝上，另一头紧紧绑住腰带，从树上猛地跳下，在泥水已经往我耳朵里面灌的时候，他把我生生从沼泽里拖了出来。

命倒是捡了回来，就是差点儿被尼龙绳勒死，被拖出的一瞬间，我感觉脑袋几乎和脖子分离了。

经过这件事，我说什么也不愿再走了。月饼说得倒是很实在："反正也迷路了，在这里面瞎转悠搞不好还能出去，傻坐着只能变成干尸。"

"月饼，"我摸着被树枝划得全是血口子的胳膊，"要不咱就傻坐着变成干尸吧。我走不动了。"

月饼收起开路砍树的开山刀，靠着树坐了下来："歇会儿。"

我点了根烟，拿着军用水壶灌了几口，一屁股坐下去，觉得树叶底下有什么东西硌得慌，顺手摸了出来，顿时吓得"嗷"的一声。

一根骨头。

树林上空惊起一群飞鸟，"扑棱棱"乱飞，身后的半个人多高的杂草里蹿起几溜灰线，不知名的小兽四处逃窜。我慌忙起身，身下的树叶黏在裤子上，露出了被叶子掩盖的一具完整骷髅!

可能由于年代久远，骷髅已经变成暗青色，两个空洞洞的眼洞里钻出了一条巨大的蜈蚣，胸骨的位置已经被我坐断，骨头茬子泛着幽暗的光。

想到刚才坐在骷髅上面，我忍不住吐了起来。

月饼蹲下身，拾起一根树枝仔细扒拉着："南瓜，我想你所说的蛇村可能就在附近了。"

我呕的只剩下酸水，擦了擦嘴："为什么？"

月饼已经把树叶清理干净："你仔细看。"

我强忍着恶心观察，发现那具骷髅哪里不对劲了。骸骨的上半身是完整的成年男性，但是下半身却像是把两条腿骨敲碎了重新扭曲接在一起，无数细小的骨节拼连成一条长长的骨柱，又像是这个人根本没有腿，而是脊椎直接从尾椎骨延伸继续生长。

有一种畸形人，生下来就是双腿腿骨连在一起，下半身看上去是一大块光滑的肉条，被称为“海豚人”。

我想起乍仑，他的腿可是好端端的，至于全村人到底是不是变成了蛇人，我至今分不清楚是现实还是错觉。

为什么在这里会出现这样一具奇怪的骷髅？而这具骷髅就是蛇村人真正的面目吗？

我打了个寒战……

“天快黑了，今晚就在这里休息吧。”月饼看向森林深处，目光如同神秘莫测的万毒森林一样深邃未知。

五

不得不说，月饼的野外生存本领确实高明。原本潮湿又透着腐败味道的草地本来根本无法入睡，月饼用袖珍工兵铲挖出长宽差不多两米的正方形小坑，挖出的土堆在坑旁边，再用收集的干树枝在坑里烧火。直到地面被烘干，挖出来的土冒了潮湿的白气，才扑灭篝火，将草木灰平铺在坑里，把坑边的土掩在草木灰上，铺上军用野战毯，躺在上面只觉得暖洋洋的热气顺着毯子钻进四肢百骸，和北方的土炕差不多感觉，甭提多舒服了。

为了防止毒虫猛兽的袭击，月饼还沿着简易土炕撒了一圈硫黄，剩下的事情就是唠嗑唠到秒睡了。

我枕着胳膊，透过茂密的树冠看着躲在树叶里的星星，想着那具奇怪的骸骨，心里多少有些害怕：“月饼，你说那是不是个人？”

“我哪知道。”月饼叼着根草，“不过我觉得应该距离乍仑的村子不远了。”

我使劲吸了口气，原始森林里的空气确实够清爽，比兴奋剂都好使，顿时轻飘飘来了精神：“你别是忽悠我吧，我这当事人还没感觉呢？”

“我说不上来，这种感觉很奇怪，也很微妙。”月饼叹了口气，“你的红瞳怎么变黑了？戴了美瞳？”

这话倒把我问住了。正琢磨着怎么说合适，月饼忽然坐起身，直勾勾地看着森林深处……

他这一惊一乍的举动让我心里一紧，正要询问，月饼摆了个噤声的手势："听见了吗？好像有声音。"

我心说这么大的林子又不是外太空，有个声音还不正常，有什么好大惊小怪的。仔细听了半天，除了夜风刮着树叶的"簌簌"声，哪里有劳什子异声。

"再仔细听，顺着风声听。"月饼边说边站了起来，打开手电对着西边看去。

随着光柱来回扫动，忽长忽短地照在树上，看不出有什么异常，不过这个气氛倒是有些恐怖。光柱忽然扫过一棵树的时候，我好像看见了树上有什么东西在蠕动。

月饼也发现了，急忙把手电照了回去，一团黑压压的东西停在树上。拧大了光圈，我看清楚了那团东西。

竟然是一张巨大的人脸！

六

灯圈把人脸完整地笼罩着，那棵树足有两米多粗，人脸占据了树干四分之三的面积，五官异常清晰……

难道这棵树已经成了精怪，到了晚上就会幻化成人形？我忽然想起了《聊斋志异》里面关于树精花妖的传说。

"白天你注意到了吗？"月饼往长着人脸的那棵树走去，"我记得这棵树没什么异常。"

我暗暗佩服月饼胆子大得没边，心里踏实了不少："月饼，还没搞清楚状况，先别过去。"

"他还能吃了我不成。"月饼哼了一声，把砍刀拎在手里。

我这下急了："万一真是个妖魔鬼怪，你一把破刀管个屁用！又不是孙悟空的金箍棒。"

正说着，那张人脸又起了变化。

像是从树干上长出来的人脸，忽然眉毛动了动，向两边拉伸又缩了回去。原本看上去椭圆的脸庞，下巴变得尖尖的，将整张脸拉长了许多，看上去更加诡异。而从左眼里，流出了一行浓稠的黑色泪水，淌到嘴边，像是画了油彩的小丑。

“呼呼”，人脸突然咧开嘴对着我们笑了起来。

笑声越来越密集，越来越响，如同千万只蜜蜂在耳边飞来飞去。人脸摆出各种各样诡异的表情，最恐怖的是有一个表情整张脸像是融化了，完全软软地塌了，又瞬间恢复了原样，我忍不住捂着耳朵哆嗦起来。

月饼紧紧盯着那张脸，嘴里嘀咕了一句，拔腿向那棵树冲过去。

还没等我反应过来，月饼已经跑到树前，却像是被一拳击中肚子弯下了腰。我顾不得许多，也跟着跑了过去，还被一根断枝扎破了小腿，火辣辣地生疼。

“别乱动！”月饼弯着身子指着树干说道。

我凑近了看，才松了口气，这哪里是张人脸，分明是一群密密麻麻的蚂蚁趴在树上，只是凑巧摆出了人脸的造型而已。

不过这些蚂蚁个头倒真是不小，挺着滚圆的大肚子足有苍蝇那么大，互相挤压蠕动着啃咬着树干，我庆幸还好没有密集恐惧症，要不这视觉效果足够记一辈子的。心里又有些奇怪为什么这群蚂蚁啃食树干，看体形也不像是白蚁。

“这是亚热带一种特有的蚂蚁，叫火烈蚁。以动物的鲜血为生，当然也包括人血。”月饼小心地用树枝挑起一只，轻轻捏破，“啵”的一声，蚁肚里爆出一汪鲜血。

“南瓜，我觉得事情没有那么简单。”月饼用树枝扒拉开蚁群，蚂蚁纷纷落在地上。那原本聚满蚂蚁的树干上，露出一道道深深的刻痕，里面是干涸的血迹。

月饼挑了一点血迹凑在鼻尖闻了闻，又伸舌头舔着：“这是人血。”

不知为什么，月饼这个举动让我觉得很陌生。好像他根本不是我认识的那个月饼，而是有人装扮成了他的样子。

因为月饼虽然懂的事情比较多，但是这些举动确实有些太专业了，完全超出了我所认识的那个人所能掌握的！

有了这个念头，我突然意识到月饼看似冒冒失失进了万毒森林，但是无论遇到什么情况，他的背包里总是会有相应的东西使用，这根本不是所谓的“常年远游，装备包里都有”这句话能说得通的。

况且只是听了我一席话就决定来万毒森林，要么就是太不冷静，要么就是早就准备好要来万毒森林，那为什么一定要拽上我呢？

眼前这个人，做足了来万毒森林的准备。我只是他的一个棋子，或者是引领他到达蛇村的引路人！

当你察觉到最好最熟悉的朋友忽然变得陌生，做出一些你根本无法理解的举动，并且处处处心积虑地欺骗你时，而你还不知道他的目的是什么，你会心生恐怖吗？

起码我心里感到无比恐怖！

这或许就是“人心永远是最恐怖”的这句话的由来。

“你到底是谁？”

刚才被树枝划破的小腿痛得更厉害了，但是我顾不得管它，后退了两步警惕地问道。

月饼微微一愣，眼神突然变得很怪异，上下打量着我，猛地向我冲来。我措手不及，被他推翻在地。

“你大爷！”我一脚踹了过去。

月饼右手蜷起，夹住我的腿，左手掏出匕首，对着我的腿肚子扎了下来。

“完了！”我心里一凉，今儿小爷算是交代在万毒森林了！

腿上传来一阵剧烈的疼痛，一片肉被月饼生生剐了下来，割开的腿肚子上露出白色的肉，很快渗出了一片芝麻大小的血珠。

七

“你什么时候被划破了腿？”月饼麻利地从旅行包里掏出瓶二锅头倒在伤口上，火辣辣的灼痛感痛得我差点儿背过气去，我眼睁睁看着他拿出一卷医用纱布，熟练地给我包扎完毕。

“带着流着血的伤口靠近火烈蚁，你找死啊！”月饼把剩下的半瓶二锅头洒在地上。我这才发现一群火烈蚁像黑色的溪水正向自己爬过来，浓烈的酒精生生阻断了道路，它们又向两旁绕行。

月饼架着我回到硫黄圈里，喘了口气：“要不是我刚才发现得早，你这条腿估计现在就只剩下几根骨头了。”

我心有余悸地擦了擦汗，看着硫黄圈外包围着我们的火烈蚁群，心里直哆嗦，腿又痛又麻：“你到底是不是月无华？！”

月饼一副欲言又止的表情，好一会儿才说道：“游龙阁！”

我没好气地回了一句：“老板娘！”

游龙阁是我们学校后面的一个小馆子，做的烤鱼堪称一绝。我们俩晚上经常翻墙出去撮一顿，喝得醉醺醺回宿舍。正所谓“醉翁之意不在酒”，漂亮的老板娘才是我们真正的目的。就算不能下手，但是秀色可餐嘛！

“你怎么突然间会了这么多东西？这次来万毒森林是不是早做好准备了？”确定面前这个人确实是月饼后，我连珠炮地问道。

月饼摸了摸鼻子（这是他惯有的动作）：“南瓜，不是我不想告诉你，而是不能告诉你。别着急，等到合适的时间，我自然会一五一十全告诉你。”

他的这个态度让我很不爽，我冷笑道：“是不是等我挂在万毒森林，烧纸告诉我啊？”

月饼脸上闪过一丝怒意，却又无奈地摇了摇头：“换我是你，也会不高兴。但是现在真的不是时候。”

“你……”我心里的火气腾地蹿起，还没等骂出口，远处传来凄厉的惨叫！

我从来没有想到一个人能发出如此凄惨的叫声，既像是突然失去亲人的哀号，又像是身受极刑后撕心裂肺地痛呼，更像是看到最为恐怖的事情后发出的惊恐尖叫！

而这声惨叫，出自一个人的口中！虽然声音完全改变，但是我依然听出了这个人是谁！

乍仑！

远处的树枝“哗啦啦”响个不停，伴随着跌跌撞撞的脚步声，一个人几乎是半爬半跑地冲过来。

尖尖的下巴，苍白的脸色，晶亮的眼睛，正是救了我一命的乍仑！

“坏了！”月饼大吼道，“别过来！”

乍仑的双手和膝盖已经磨得见了白森森的骨头，眼神散乱完全没有焦点，他寻着月饼的声音向我们这里望来。忽然，他的眼神变得恶毒锐利，狂号一声，双手在空中胡乱摆动着，猛扑而来。

而他的前方，正是密密麻麻的火烈蚁！

火烈蚁顺着乍仑的腿向全身拥上，乍仑惨叫着跌倒在蚁群中，黑色的蚁潮瞬间将他淹没，我听到了牙酸的噬肉声，还有乍仑微弱而怨毒的呻吟：“骗子……恶魔……”

他的手挣扎着从蚁潮中伸出，五指攥成拳头，又哆嗦着张开，火烈蚁扑了上去，片刻间就变成了一截截白色的骨头，泛着冷冷的月色……

这种惨绝人寰的视觉刺激让我忘记了恐惧，只是傻呆呆地站在那里，不停地回想着乍仑和我一个寝室时的音容笑貌，还有他临死前那句话……

密林深处突然传来几声尖锐的怪叫，像是小时候削柳枝做失败的柳笛吹出的声音，火烈蚁群听到声音，悄无声息地退向密林深处，只留下一具被啃得坑坑洼洼的残骨。

那副骨架腰椎以下，是一条有无数细小骨头组成的腿骨。

两行泪水顺着脸庞滑下，在我的下巴上凝聚，久久不坠。

月饼擦了擦眼角，声音有些悲怆：“南瓜，我们可能被利用了。”

“你到底是怎么回事！”我只觉得胸口闷着气，忍不住吼道。

怪叫声越来越急促，“轰”的一声巨响传来，大地如同炸弹被引爆后的地面波动般颤动着。

月饼脸色突变：“快点，要不来不及了！”

八

我虽然不明白月饼这几句话到底什么意思，但是看来密林深处肯定发生了异事，乍仑死在我面前，他的村落是不是也受到了攻击？

跌跌撞撞地跟着月饼向前跑着，大约两根烟的工夫，眼前豁然开朗。一座小村庄依山而建，村门口竖立着两尊奇怪的雕像，正是乍仑的村落。

数十条黑色的蚁流从草丛中钻出，像潮水般涌向村落里。蚁群在地面行走时发出的声音，就如同两块玻璃不停地摩擦，刺耳的让人牙酸。依稀能看到村落里人影绰绰，疯狂地跑动，几条圆长的身影在村中时隐时现，如同鞭子抽落在地面上，大地又是一阵阵颤抖。

忽然，一条蟒蛇在村中央高高扬起，轮胎粗细的身体上泛着乌黑色的鳞光，发出“嗷”的怒吼，又猛地探身，尾巴甩动，木屋被横扫断裂，“噼里啪啦”地塌落。

尘土如核弹爆炸后的蘑菇云升腾而起，我再也看不清村里的情形，只看到蟒蛇在灰尘中甩动着身体，像是在同什么东西搏斗。

我心里一颤：那只蟒蛇，从脖子处分出两个头，双头蛇神！

“啊……啊……”

惨叫声在村中响起，几个人从村中手舞足蹈地跑出，拼命地扑打着身体，像是身上燃烧着熊熊大火。身后的火烈蚁群像是吞噬一切的火焰，疯狂追击。我这才看清，无数只火烈蚁趴在他们身上，撕咬着每一寸血肉。

鲜血如雾，从身体中迸出，瞬间，那几个人身上就布满了芝麻粒大小的血洞，踉踉跄跄跑了没几步，终于跌倒，仍然用手指死死抠着地面，深陷土中，挣扎着向外爬着。蚁群如巨浪，将他们瞬间淹没。只看见在黑色的蚁群中，不停地翻滚着人形涌起，几条长长的尾巴从中探出，又软软拍下，震起片片蚁尸。

惨叫声越来越微弱，终于再也听不见，蚁群又重新返回村中，只留下和乍仑一模一样的尸骨。

“我明白了，我明白了。”月饼不停地重复着，双膝一软，跪在地上，手指插进头发里，使劲地撕扯着。

我被眼前的惨剧震撼得说不出话，嗓子里如同堵了一块烧红的木炭，刺痛灼热。

“南瓜，对不起。”再抬起头的时候，月饼眼睛里竟然流出了血泪，“我听信了他的话，我……”

“他是谁？”我问出这句话的时候，灵光一闪，忽然想到了一个人。

“都旺！”月饼的话证实了我的猜测。

月饼擦着血泪，脸上红白一片，看着特别诡异：“我现在没有时间给你讲，如果来得及，或许还有挽回的可能。跟着我，别乱跑。”

我来不及消化月饼这几句话的含义，刚才突然想到都旺，也完全是因为他是除了我之外没有受到怪病传染的人。看月饼的表情，似乎和都旺之间达成了某种协议，而且被他设计利用了。

进到村里，倒塌的木屋支棱着断木茬子，几具骷髅插在上面，骨骼表面坑坑洼洼满是芝麻大小的圆点，地面如同被水洗过，留下了一道道细长的足迹，那是火烈蚁群爬过留下的痕迹。

村中央的广场依然雾气腾腾，随着“嘶嘶”的蛇吼声，依稀能看到双头蛇神在翻腾，还有一道类似人形的模糊身影。

之所以这么说，是因为那道影子看上去要比正常人大很多，而且分外臃肿，完全不符合人体的正常构造，倒有点日本巨型相扑手的架势。

空气里弥漫着蛇腥味，呛人的尘土一直往鼻孔里钻，我忍不住咳嗽着。月饼双目赤红，翻着包正找着什么，忽然被尘土包围的广场里响起凄厉的怒吼声。“咚！”一道闪电状的裂缝从广场地面延伸出来，恰巧从我们中间划过。我立足不稳，一个踉跄险些掉了进去，月饼忙把我拉住，我看着深不见底的裂缝，阵阵凉气从地底涌出，刺得骨头生疼。

我趴在地上大口喘气，忽然，我好像看到裂缝里面有一张白色的近乎透明的床，床上躺着一个人。

我以为产生了幻觉，使劲睁了睁眼睛，看清裂缝里的东西，全身汗毛竖了起来。

那不是一张床，而是一块大约两米长一米半宽的石头，表面如同涂了一层油脂，泛着莹莹白光，波光流转中，我看到那个人并不是躺在石头上，而是被牢牢镶嵌在石头里面。

古铜色的皮肤，棕色的长发及腰，精致的瓜子脸，微闭的双眼似乎在颤动，像是随时都会睁开。

这个女人，我曾经见过!

但是我完全记不起来在哪里见过她!

大脑就像是被闪电劈中，裂成两半，脑神经彻底绷断，眼前闪过无数记忆碎片：飞机、女人、乘客、一张风筝!

风筝！我的思维定格在那张诡异的风筝上，淡黄色薄薄的透着油光，孤零零地飘在天空，像是张人皮。

我想起来了，人皮风筝!

那个在石头里面的女人，是在飞机上给我讲人皮风筝的故事，又莫名其妙消失的女孩。

她怎么会在蛇村？又怎么会在石头里？

我来泰国的一切诡异经历，都是从她讲了“人皮风筝”开始的，可是我明明记得空姐对我说过，本来应该坐在我旁边的是一位先生，名字叫拓凯，和“人皮风筝”故事里的男主人公重名。

这到底是怎么回事？

“你看什么呢？”月饼手里拿着一个黑漆漆的陶土坛子，看我神色不正常，也探头向地缝里看去。

我膝盖一软，失去了支撑力，跪在地上，大口喘着气：“石头，女人，地底。”

月饼奇怪地看着我，又看了看地底，再抬起头时，看我的眼神就像学校里面的师生一样，好像我是个怪物，或者精神病人。

难道月饼看不见？我心里冒出一丝寒意，难道只有我看得见？

再向下看去，那块石头端端正正地沉在地底，女孩安详地躺在里面。

我正要张嘴问月饼，广场中央突然卷起了一道旋涡状的气流，强烈的吸力把碎木沙石抽向广场，这股吸力越来越强，我身体完全不受控制，不由自主地被气流吸向广场，双脚眼看就要脱离地面。正当我要被气流卷起的时候，一只手紧紧抓住了我的腕子!

月饼一只手抓着裂缝，另一只手死死抓着我，我像怒流中的一截木头，被气流吸得笔直，五脏六腑好像全都涌到腹部，挤压在一起，胸腔像被抽干了，空荡荡的无比难受。

恍惚中，我看到月饼抓着地缝的手指煞白煞白，指关节却瘀青一片，直至乌黑，终于横裂开口子，鲜血还未流出，就被卷入空气中，砸在我的脸上，刺拉拉地痛。

“月饼，你松手！”我张嘴吼道，声音被奔腾的空气卷走。

月饼嘴角扬起习惯性的微笑，倔强地摇了摇头，张嘴说了几句话，却淹没在轰响的风中。

渐渐地，月饼的身体也跟着飘起，和我一起在空中摇摆，唯有那只手，仍死死地抠着裂缝。我心里不知道是什么滋味，只想拼命把他的手甩开。就在这时，他身下压着的陶土坛子飞向广场中央。

在嘈杂的声音中，我听见身后微弱的爆裂声，空气中的吸力忽然小了，“扑通”“扑通”，我和月饼落在地上，四肢百骸剧痛不已。

“你怎么不松手？”我吐了口满嘴的沙子。

“你是我兄弟。”月饼摸了摸鼻子，目光却转向广场，眼中透着迷茫的神色，“双头蛇神……”

我转过身，终于又一次见到了双头蛇神！

“谢谢你们俩。”广场上站着一个人，冷冷地说道。

都旺！

九

那只神秘的双头蛇神此时失去了初次见她时的威猛，软塌塌瘫在地上，布满乌黑金属光泽的蛇身全是火烈蚁咬出的血口，腹部还有一处炸烂的伤口，尾巴不自觉地抽搐着。

双头蛇神无力地抬起头，那颗美丽的女人头对着我微微一笑，眼角淌出两行浓血。蛇头却张大嘴巴，带着倒钩的牙齿滴着绿色的毒液，长长的芯子舔舐着女人的脸，喉间发出“呜呜”的哽咽声。

它在哭。

我的眼泪不争气地流出来，热热的，流到嘴里，咸咸的。

都旺扶了扶眼镜，森森地看着月饼：“如果没有你，我是找不到这里的。”

月饼像是被闪电击中，全身颤抖着，嘶哑着嗓子吼道：“你这个混蛋！”

“哈哈！”都旺仰天长笑，“我混蛋？你知道我为了这一天等了多久吗？你知道我们为了寻找他费了多大心血吗？”

都旺指着我，眼神中充满了嘲弄。

这些话都钻进了我的耳朵，那一刻我却出奇地平静，缓步走到双头蛇神跟前，轻轻抚摩着那颗丑陋恐怖的蛇头。

手掌上传来冰凉的死亡气息，粗糙的鳞片划破了手心，一抹抹鲜血渗进鳞片中。

女人头又对我笑了笑，张嘴说了一段我根本听不懂的话。她的声音很美，软软的、沙沙的，就像冬天陋室里的暖炉，温暖着我冰冷的躯体。

蛇头伸出芯子，一遍一遍摩挲着我的手背，我感到了久违的温暖，只有亲人才能给予的温暖。

我忽然感觉双头蛇神很熟悉，很亲切，很久以前，我们就这样相互依偎着，从未分开过。

我猛地回头，愤怒地瞪着月饼，如果不是他，我根本不会再来万毒森林，这一切也不会发生。

月饼张了张嘴，却没有说什么，只是又低下了头。

“你们之间的感情果然非常好。”都旺从怀里掏出根木哨，刺耳的哨声响起，地面翻起一堆堆米粒大的土颗粒，火烈蚁从地下钻出，拥上他的身体，瞬间把都旺包裹得严严实实，只留下一双眼睛露在外面。

蛇头猛地睁开眼睛，露出仇恨的目光，想奋力挣起，却只是挺了挺脖子，又软软地倒下。

蛇头嘴里慢慢渗出一缕血丝，舌头“呜呜”悲鸣，爱怜地舔舐着女人美丽的脸。女人微微睁眼，笑着摇了摇头，又缓缓闭目。

“唯有你，南晓楼，才能得到双头蛇神的信任啊。”都旺指着我，蚂蚁“簌簌”掉落，又立刻爬到他身上，密密麻麻挤在一起，说不出的恶心，“只有人鬼部才能出现红瞳之人。哼！但是自从葛布、巴颂之后，人鬼部却不再有红瞳之人。我们蛊族为了‘佛蛊之战’，派人潜入人鬼部的村落才发现，原来红瞳婴儿都被送出了泰国，散布在全球各地。看来人鬼部已经知道了隐藏千年的秘密，每一个红瞳之人，在‘佛蛊之战’时，只是蛊族的牺牲品，并不能解除人鬼部的诅咒。

“我和满哥瑞私下抓住人鬼部的人进行拷问，直到下了蛊才得知，最后一个红瞳婴儿十八年前被送到了中国，又多方查询，终于找到了你——南晓楼。”

都旺短短几句话，却让我如同五雷轰顶，瞬间没有了思维，眼前不停地出现几个字：“我是泰国人？我是人鬼部？”

“也许你们不知道，人鬼部的祖先，名字叫秀珠，在千年前，因为一个负心汉，她成了女相男身的怪物。而我们蛊族的出现，也多亏了她留下的一本蛊书。蛊族创始人是一位僧侣，据说是救了秀珠那位高僧的徒弟，也是泰国第一位‘黑衣阿赞’。他学习了蛊术之后，却被当时的佛教视为异类，被活活烧死，但是蛊术却传了下来，摄于佛教的势力，只能隐藏于黑暗之中，这也是‘佛蛊之战’的由来。”

广场除了“呜呜”的风声，只有都旺森冷的笑声在不时回荡。我坐在双头蛇神旁边，眼看着女人脸上已经出现了死亡前的青灰色，却无能为力。月饼双手紧紧抓着头发，乌青的嘴唇哆嗦着，神色中透露出被欺骗后的愤怒。

“人鬼部所谓的千年诅咒，说出来更好笑。秀珠虽是女相男身，也娶妻生子，开花散果。她一直谨记高僧的教诲，隐居在万毒森林。天长地久，她的子孙后代竟然日益壮大，慢慢发展成了数个散居部落。

“部落里的人，却有个奇怪的现象。那就是每一代都会出现许多畸形儿。时隔千年，畸形儿越来越多，使得他们更认为这是上天的诅咒，不敢出万毒森林半步。难得有一个正常的孩子，他们会立刻派出去，融入社会学习，希望能破除这个诅咒。你的舍友乍仑就是其中之一。”

我茫然地听着，突然想到了一点，脱口而出：“近亲结婚？”

“哈哈，你果然聪明，不愧是人鬼部的红瞳之人。”都旺伸出舌头，舔着嘴边的蚂蚁，卷入口中“咯噔咯噔”嚼着，“或许你从小在中国长大，接触的宗教太少，所以能想到这点。乍仑学医学的目的就是为了破解这个所谓的‘千年诅咒’，可惜从小接受的教育让他始终相信这是诅咒。”

我听得心中一凛，想到那几具人身蛇尾的骨骼，隐隐觉得事情并不是都旺说的那么简单。

“你的朋友月无华，在来泰国的前几天，我就秘密接触了他。我……”

“住嘴！”月饼挺身而起狂吼着。

都旺“嘿嘿”冷笑：“哼！你如果心中没有贪念，怎么会接受我的条件，秘密来泰国跟着我学习了几个月的蛊术呢？置你的好朋友于不顾，又在这次我散布蛊毒之后，答应我的要求，诱骗南晓楼带你到万毒森林寻找蛇村部落呢？”

这突如其来的一句话，比发生在眼前的任何事情都要让我难以接受。月饼早来泰国了？我经历这些事情的时候他就在泰国？这次来万毒森林是他利用我带路，让都旺有有机会剿灭蛇村？

对月饼深深的失望和被朋友背叛的心情让我失去了理智，我站起身，一步步走到月饼面前，定定地望着他：“月无华，他说的是真的吗说？”

月饼低着头，嘴角抽搐……

“你骗我！”我一拳打在他的脸上，清晰地听到了鼻梁断裂的声音。

手很痛，心，更痛！

月饼捂着鼻子，半蹲在地上，含含糊糊地说道：“南瓜，不是你想的那样。还记得来泰国前的那天晚上我对你说了什么？”

也许是这一拳打出了积压在心中很久的困惑和愤恨，我渐渐平复，大口喘着气，听月饼这么一说，忽然一愣，终于明白了月饼那晚说的话的含义。

当得知来泰国留学，我自然高兴，尤其是月饼和我同行，哥儿俩拎着酒大摇大摆地在校园里嘚瑟了几圈，享受完同学们羡慕的目光后，才回到寝室一醉方休。

不过那天我一直觉得月饼好像有什么心事，笑起来很不自然，有几次想说什么却欲言又止。我也不好多问，寻思他估计是暗恋了学校里哪个萝莉，这一别就算是“大学时，暗恋是一条窄窄的国境线，她在那边，我在这边”，难免会小忧伤。

当下也不废话，仰脖喝酒。酩酊大醉之后，躺在床上，觉得全世界都在动，唯独我是静止的。

月饼忽然醉醺醺地来了一句：“南瓜，将来无论发生什么事情，你都要百分之百相信我。”

“蛊族，千百年来一直在寻找她。”都旺贪婪地看着奄奄一息的双头蛇神，“蛊族世代相传，秀珠并没有死。她的皮和灵魂附在第一个接触蛊书学习蛊术的人身上，得到了蛊术最大的秘密——永生！这只是她的化身，真正的身体一定藏在蛇村某个地方。只要找到她的身体，我就一定可以获得这个秘密！

“而你，只不过是我的棋子。你得的那个‘蛇皮癣’，只不过是我下的蛊罢了。我看出乍仑虽然不聪明，却有着庸俗的助人之心，更何况在你住院昏迷的时候，我用‘叶障蛊’封住了你的红瞳，可是他却能看见。‘红瞳之人’是人鬼部的希望，这样他就没有理由不救你。嘿嘿……所以，他把你带回蛇村，双头蛇神用自己体内的蛊丹救了你，损失了大量元气，要不然就算是来到这个村落里，我也绝不会斗过这条怪物！”

真相大白！

原来我只是一枚棋子，在泰国的这段时间，我天真地以为只是运气不好罢了，其实我刻意隐瞒着内心的自卑——那双红色的眼睛。

而正是因为这双该死的眼睛，我最好的朋友背叛了我，满哥瑞、都旺不动声色地利用了我，乍仑为了救我暴露了蛇村位置，双头蛇神耗尽力量把我从鬼门关拉了回来……

山谷中响起了晚风的哀鸣，飘起阵阵蛇腥味，浓得如同我心中化不开的悲伤。

我的宿命，是什么？

红瞳之人是人鬼部的希望，可是这希望难道就是毁灭吗？

我心中空荡荡的如同这座被死亡笼罩的蛇村，下意识地看向月饼。

他的手指沾着被我打出的血，在地上来回划动。

“继续打我，往都旺的方向，我要接近他。我知道自己错了，这次，相信我！”

十

月饼要干什么？难道他有办法干掉都旺？

我看了看满身火烈蚁的都旺，只觉得所做的一切都是徒劳。整个蛇村都被他毁掉了，我们还能有什么办法？

“快！要不来不及了。”月饼又在地上写下几个字，乞求地望着我。

我，摇了摇头。

两只火烈蚁爬进都旺的眼睛，撕咬开眼膜，从瞳孔中钻了进去，两股黑色的液体流出。都旺痛哼道：“为了这一天，我忍受了多少痛苦。满哥瑞那个笨蛋，竟然想通过‘佛蛊之战’光大蛊族，枉费了当年我把他引入蛊族的苦心。最终得到这个秘密的，只有我，蛊族最伟大的人——都旺！”

站在广场中央的，已经不是一个人，而是一个疯子。一个彻头彻尾的疯子！

“你们，可以死了！”都旺冷冷说道，随即双手交叉，嘴里念念有词。

“嘭！”

火烈蚁像是被他身上的气流激起，飞上天空，乌云遮日般覆盖着天空，黑压压地向我们涌来。

蚂蚁如同一粒粒沙子，落在身上，疯狂地撕扯着皮肤，我看到好几只蚂蚁已经钻进体内，却丝毫感觉不到疼痛。

也许，这就是临死前的觉悟。

无痛、无欲、无念、无思……

“你快跑！”月饼猛地推了我一把，扑打着我身上的火烈蚁，全然不顾自己已经被咬得血肉模糊一片。

“嗷！”

身后，响起，双头蛇神的，吼声！

一道阴影将我和月饼覆盖，那条巨大的怪蛇挣着身体，勉强立起，我抬头看去，那个女人正对我凄然地笑着，张嘴说了些什么。

这次，我听懂了。

“我会保护你们的！”

蛇头张开巨嘴，一排带着倒刺的牙齿滴着绿色的毒液，向都旺咬去。都旺略有些吃惊，小退两步，几股蚁流迅速汇聚，层层叠叠摞在一起，在他面前形成了遮挡的屏障。

双头蛇神撞在蚁墙上，将亿万只火烈蚁击散，尖利的舌头探出，刺向都旺。

“哼！”都旺冷笑着，一动不动地等着双头蛇神的舌头伸到面前，出手如电，紧紧攥住。接着向旁边一闪，躲过毒牙攻击，扯着舌头围着蛇头的七寸处狠狠缠绕。

火烈蚁沿着都旺的身体爬上舌头吞噬着，顺着蛇神钢铁般的鳞甲缝隙钻进，“嘣”！舌头被咬断，双头蛇神在地上痛苦地翻滚着，全身鳞片张开，发出金属撞击声，女人的脸被粗糙的地面磨烂，皮肉尽碎，露出森森白骨。

“没用的。谁都不是我的对手。”都旺长叹着，竟然有股说不出的悲凉，“以后也不会有对手了，真的很寂寞啊。”

巨大的蛇尾拍打着地面，溅起一股股灰尘，抽出一条条裂缝，越来越无力，越来越微弱，显然已经到了生命最后的时刻。

我含着泪：“月饼，你不是有办法吗？”

月饼努力站起，却因为火烈蚁的撕咬，根本站不起来：“刚才失去了最好的机会，我也无能为力。”

“那我们会一起死？”我擦了擦眼泪，双头蛇神已经没了声息，只有微微起伏的腹部显示着最后的不甘。

都旺根本没有理会我们，径自走到双头蛇神跟前，伸手插入蛇神腹部搅动着。剧烈的疼痛让蛇神又一次抬起头，愤怒地张开嘴，吐出小半截破破烂烂的舌头。女人头，带着凄苦的微笑，闭上了眼睛。

火烈蚁围成圈，把我们包围在里面，我们就这样看着都旺把整个手臂一点点伸进蛇神体内，翻搅着，拖拽出一截截血淋淋的肠子。

谁也没有注意到，地面有条裂缝越来越快地向都旺身后延伸着。

白色的光，从裂缝中升起，刺耳的尖啸如同万千厉鬼，疯狂地在空气中撞击着，几乎把我的耳膜刺破。

白光中，一张淡黄色的东西忽地飘出，在空中盘旋了几圈，下冲罩向都旺。

人皮风筝！

十一

都旺正专心在蛇腹中掏着，浑然没注意到人皮风筝已经飘到他的头上，只见那张人皮忽地张开到极致，皮质纤维“吱吱”的紧绷声让都旺抬起了头，还未等他反应过来，整张人皮兜头把他牢牢罩住！

“啊！”都旺在人皮中拼命挣扎，撕心裂肺地喊着。气氛虽然异常诡谲紧张，但是这个场景看上去又很好笑。

都旺如同被一个麻袋罩在里面，手忙脚乱地挣脱。人皮里一会儿撑出个手的形状，一会儿又顶出个脚的样子。倒有些像我上高中时，语文老师经常色眯眯地盯着女同学看，还趁着单独辅导的时候揩油，我们几个气不过，在那个流氓下了晚自习回家拐到小巷子里，拿着麻袋把他套在里面，一顿拳打脚踢，他在里面乱扑腾时的情形。随着吱吱声越来越响，人皮把都旺勒得像个蝉蛹，都旺在里面拼命大吼，脑袋用力向外挣，人皮近乎透明，隐隐能看到他狰狞的脸，眼看就要被挣破，双头蛇神狂嚎一声，尾巴用力扫向都旺，复又软软耷拉在地上。

“嘭”的一声，人皮里传出像是易拉罐挤爆了的沉闷声，都旺的身体忽然变形，软瘫瘫的像堆烂泥，骨骼碎裂，血肉搅拌的声音连续响起。

终于，整张人皮像个大布包圆鼓鼓地堆在地上，过了良久，才又开始发生奇特的变化。

一双腿从人皮中长出，接着是纤细的腰肢，丰满的胸部，修长的手臂，美丽的面孔。这种奇异的变化让我根本喘不过气，呆呆地看着一位美丽的女子从人皮中长出。

正是我在飞机上见到的那个女孩！

也是我刚才在地缝里看到的石中女孩！

秀珠！

几个气泡在秀珠赤裸美丽的皮肤里面蹿动，如同会游移的肿瘤，顺着那张风华绝代的脸庞汇集到头顶，其间还把她的眼睛顶出眼眶，看上去说不出的恐怖。

“啵啵”声响起，秀珠头顶冒出一股黑气，身体不停摇晃，金色的阳光像是给她披上了一层金纱……

我心中没有一丝邪念，只觉得这个画面，很美。

生命的美丽。

那一刻我甚至怀疑，人类，真的是猴子进化而来的吗？

“劫是劫，报是报，人皮裹蛇心，患难无真情！”秀珠的声音空灵蛊魅，又透着无尽的苍凉。

“千年前，大师给我留了一条活路。没想到他的徒弟学了那本蛊书，成了第一代黑衣阿赞，在万毒森林把我抓住，给我下了蛇蛊，让我变成了人不人蛇不蛇的怪物，也就是这条双头蛇神。”秀珠像是没看见我们，自言自语地走到双头蛇神面前，爱怜地搂抱着已经僵死的蛇神亲吻。

“黑衣阿赞这么做，完全是为了得到我能够换皮永生的秘密。可是我又怎么会告诉他！”再站起身时，秀珠浑身沾满了蛇血，像一幅完美的油画，强烈地冲击着我的视觉。

“你是红瞳？”秀珠终于像是发现了我们，缓缓走来，火烈蚁群整齐地向两边退去，如同被劈开的潮水。

我茫然地点了点头。

“没想到我居然还能再次见到红瞳之人。”秀珠凄然一笑，“我虽然中了蛇蛊，被禁锢在蛇身上，但是黑衣阿赞没想到的是，我利用蛇蜕，把人皮褪下，包住了死在万毒森林里的一具尸体，得到了复生的机会。我本来想跑出万毒森林，告知大师他的徒弟已经因为学习了蛊术变得丧心病狂，却发现他在万毒森林里下了‘墙蛊’，我根本出不去。而他万万没想到的是，所谓的永生，只是长睡不醒，每年我只在蛇月蛇日蛇时苏醒。这样的永生，又有什么意义？

“为了防止黑衣阿赞发现我已经逃脱蛇身，我只好藏在能够摆脱蛊虫搜索的水晶里沉睡。当我再次醒来时，发现双头蛇神竟然产下了许多蛇蛋。而蛇蛋中孵化出来的，都是人身蛇尾的怪物。看着这些半人半蛇的孩子，我深感罪孽深重。可是让我万万没想到的是，这群孩子中间，竟然有一个正常人，可是他的眼睛……”秀珠深深地看了我一眼，“是红色的！”

“啊！”我忍不住喊出声。

这句话像把巨大的剪刀，几乎把我的脑神经一股脑儿剪断！

我的红瞳，竟然是蛇族后代的标志！

我的祖先，是这条双头蛇神？！

“万毒森林里经常有猎人出没，难免会发现蛇人的行踪，久而久之，竟然给我们冠上了‘人鬼部’这么可笑的名字。黑衣阿赞并没有收手，把反对他的人暗中下了各种蛊，关进万毒森林。种蛊之人，一旦出了万毒森林，就会立刻现出原形，全身血管迸裂而死。这就是所谓的‘千年诅咒’。

“但是唯有红瞳之人，可以摆脱蛊咒的束缚，逃出万毒森林。也就是因为这个，黑衣阿赞的师父得到了来自红瞳之人的密报，制住黑衣阿赞，将其用火烧死。千年下来，这件事以讹传讹，最终成了红瞳之人是‘佛蛊之战’关键所在的传说。

“虽然每年我苏醒的时间很短，但是从部族的只言片语中，总算是通过这些事情得到了大概判断。于是我决定让万毒森林里中蛊的部落将红瞳婴儿送出去，避免再受无谓牵连。”

我心神俱荡，完全没有听出秀珠的声音越来越微弱……

“您，怎么了？”月饼试探着问道。

秀珠瞥了月饼一眼：“蛊族？”

月饼摇了摇头，又点了点头。

秀珠微微笑着：“是不是蛊族不重要，重要的是你的心有没有被蛊惑。”

月饼全身一震，脸上满是突然醒悟的神态，坚定地答道：“没有！”

“那就好。”秀珠笑得很灿烂，露出小小的梨涡，表情如同天真的孩子。我的心绪略略平复，还有许多疑问想问。就在这时，秀珠脸色一变，张嘴吐出一口血。

十二

滚烫的血喷了我满头满脸，秀珠软软地抬起手，向我摸来，终于全身失去力气，倒在我怀里。

月饼忙从包里翻找着，秀珠摇了摇头，又呕出一口血："没用了。我的本体已经死了，我也活不了多久。还好……"

她的身体在我怀里迅速冷却。我这才意识到，秀珠，这个千年前的苦命女人，眼看就要真正地死去。也许，她一直压抑着对爱人背叛的仇恨，从来没有过一天真正快乐的生活，绝望地沉睡着。或许，她早就想一睡不起，但是命运却偏偏不肯放过她，让她继续承受着无尽的痛苦。

此刻，秀珠到了真正解脱的时候，体内却流着都旺邪恶的血液，不知道她会上天堂，还是下地狱！这种矛盾的感觉让我更加悲痛。

"你……"秀珠在我耳边低喃着，"你……记住……都旺不是最后一个黑衣阿赞。以后，你要小心……"

我的眼泪一滴一滴落在她的脸上，顺着白玉般的脸颊，滑到下巴，凝聚成晶莹一颗，久久不坠。

"不要在意自己的身世，痛苦地纠缠于过去，不如快乐地希望于未来。"秀珠吸了口气，眼中神采涟涟。

这是回光返照的特征。

我的心随着她的身体，一起凉了。

秀珠头一歪，慢慢合上眼睛，嘴角挂着微笑，像是睡熟的孩子。"虽然不认识你，但是我相信你。如果有机会，帮我找一下我的弟弟。他的头发……头发……"她用极其微弱的声音说道。

最后几个字我完全听不见，只得把耳朵凑到她的唇边，却触到了死亡的冷。

秀珠死了！

我心头解开的疑惑又变得模糊起来。秀珠不认识我，那在飞机上和她一模一样的女孩是谁？她为什么会有个弟弟？他又是谁？头发代表了什么？

不知道过了多久，我就这样抱着秀珠，一动不动地守候在晚霞中。

因为，我不知道自己该做什么。

“南瓜，我们……”月饼嗫嚅着，“我们把她葬了吧。”

“滚！”我终于吼出了满腹的怒气。

“我知道你不相信我，可是你一定要听我解释。”月饼摸出烟点上，塞进我嘴里。

过滤嘴中透出烟草的辛辣，仿佛带着点朋友的温暖。

“我没有骗你，我也被骗了。”月饼拎着包，单手插兜，夕阳里他的影子拖得很长。

“相信我，就和我一起葬了她。出了万毒森林，回到学校，我会一五一十地向你说清楚。”月饼往村外走着，“到时候做不做朋友，由你决定。”

我抱起秀珠的尸体，木然地走着，心里暗暗发誓：万毒森林，我再也不会进来了！

第七章 草鬼

在泰国的传说中，蛊又被称为降头术，俗称“草鬼”，只寄附于女子身上危害他人。那些所谓有蛊的妇女，被称为“草鬼婆”。

“草鬼婆”住的地方，通常都是凶灵、恶鬼聚集之处。在泰国，这样的村落普通人是不敢进去的，但也有一些“草鬼婆”来到城市中，居住在最阴暗的街道里，俗称“鬼街”。

一

把秀珠安葬，月饼几次找我说话，我都一言不发。不仅仅是因为秀珠临死前的那些话带给我的困惑，还有对自己身世的迷茫，而且我始终对月饼骗了自己这件事情耿耿于怀。

没有谁能够补偿生命消亡的过错!

来时的路上，月饼都做了标记，走出万毒森林出奇地顺利。一路上我们就这样谁也不理谁，搭上牛粪味冲天的牛车，又转成能把肠子颠断的偏三（军用三轮摩托，在泰国乡村极为常见），好不容易挤上人鸡鸭猪免同乘的长途大巴，最后终于坐上了直达清迈的火车。

回到久违的校园，清新的空气让我感觉心情稍微舒畅了些，颇有再世为人的唏嘘感。回到宿舍，月饼也没废话，支起酒精炉子开始煮方便面。

我心里有气，爱搭不理地抽着烟，直到面香扑鼻，肚子不争气地“咕噜”，才老大不情愿地接过他递过来的二锅头，就着方便面好一通喝。

“都旺在咱们来泰国前两天就找过我。”月饼摸了摸鼻子，“他讲到了你的红瞳。”

我把方便面吃得“哧溜哧溜”震天响，装作听不见，其实耳朵支棱得比兔子耳朵还长。月饼见我一门心思跟方便面较劲，叹了口气，不再言语，也盛了一碗吃了起来。

我心里着急，一不留神喝了口面汤，差点儿全呛肺里，咳嗽了半天才说道：“月公公，你缺德不？说半句留半句，要在国内网站发个帖子，估计筒子们能喷死你这个死太监。”

“我肚子饿了。”月饼倒端起了架子。

我胸口的火“蹭蹭”地往脑门儿里面钻：“月无华！要不是你瞒着我，都旺怎么会找到蛇村，那些人又怎么会……”

还没等我说完，月饼把碗往桌上一放：“不要说了！”

我很少见月饼这么不冷静，其实我心里早就默认了，月饼确实是被都旺骗了，但是蛇村人的死，实在让我无法心无芥蒂。

“如果不是因为你的红瞳，”月饼苦笑道，“我也不会被都旺欺骗。不过我也承认，当他展示了蛊术时，我确实被吸引了。看来人真的不应该有贪念。”

“我的红瞳和你上当有什么关系？”我不冷不热地讽刺了一句。

“都旺说，你的红瞳是被下了蛊，如果不治疗，可能活不过今年。给你下蛊的，自然是万毒森林里面神秘村落的人。至于为什么下蛊，他告诉我是因为要拿你炼成人蛊。我起初自然不信，但是都旺的蛊术你也看到了，实在不可思议，我好奇心上来了，居然相信了他的鬼话。

“这件事情又不能让你知道，所以安排咱们俩来泰国。我提出一个条件，我要学习蛊术，其实……其实我想亲手治好我最好的朋友的蛊毒。都旺教的蛊术，我上手很快。在你车祸后，他带我到医院，当着我的面把你的红瞳治好了，我自然更加相信他。后来的一切你都了解了，只是没想到这都是他布下的局。”

月饼一口气把话说完，挺拔的身躯竟然有些佝偻，颓然坐在床上闷头抽烟。他讲的虽然很简单，但是那句“想亲手治好我最好的朋友的蛊毒”让我鼻子发酸。

“月饼。”

“嗯？”

“你就是个二百五！这种鬼话也能信！古有‘见色忘义’，今有‘见蛊忘友’是不？”

“我做错事了，随便你怎么挖苦。”

他的反应倒让我没法儿接话，我忽然又想起一件事：“学校里那次传染病也是都旺下的蛊？”

月饼诡异地一笑，从包里掏出一样东西。这笑容让我全身发毛，莫名感到一股寒意，只觉得脊梁杆子嗖嗖发凉。看到他手里的东西，我眼睛一亮：“你还私存好货！”

那是一盒红将军！在国内我最爱抽的烟。

点上烟深吸了一口（泰国是佛教国家，对烟酒限制较多。所以市场上卖的主要是洋烟：L&M、万宝路、555、登喜路这些牌子。我对外烟一向不感冒，眼巴巴盼着能抽口红将军已经很久了），我顿时觉得全身轻飘飘的，浑身舒坦，火气也小了不少。

“都旺在蛇村是说过那是他散布的蛊毒，”月饼冷笑着，“可是如果施蛊者死了，蛊术也应该解除。但是刚才回来，我发现校医院那里还进出着中蛊的学生。南瓜，这事你怎么看？”

“月大人，此事必有蹊跷。”我随口配合了一句。

月饼眼睛一亮：“有兴趣跟我去解除草鬼下的蛊吗？”

“草鬼是什么玩意儿？”我觉得这个词很熟悉，好像在哪里听到过。想了半天，才回忆起是在蛊发当天，课堂上很多学生喊着“草鬼”“草鬼”。

月饼抬头看着窗外：“记得隔壁寝室死过一个人吗？”

“洪猜？”

“没错！其实我一直在学校里跟着都旺学蛊术，他的母亲从学校走的时候，我观察过，如果没有推断错，洪猜的母亲是草鬼婆！这个怪蛊，就是她下的，为了报复儿子死得不明不白。”

草鬼婆？我又接触到一个根本不明白的新鲜词，不过紧接着想到一个问题：“清迈那么大，到哪里找那个草……草鬼阿婆？”

“自然是去有草鬼婆的地方。”

“你这不是废话吗？我吃个饺子也知道去饺子馆不是去拉面铺好不好？”

月饼又开始收拾背包：“清迈哪条街最奇怪，你来了这么久不应该不知道吧？”

经他这么一说，我想到了一条街，汗毛立刻竖了起来：“月饼，是那条鬼街？你要去那里找草鬼阿婆？”

“是草鬼婆。”月饼纠正着我的口误，“而且不是我去，是咱们去。”

我手一哆嗦，烟掉在地上也顾不上捡：“我不去，我劝你也最好别去。那条街太可怕，出了很多诡异的事情，传说那条街闹鬼，很多人不明不白地死在里面，还有些人一进去就疯了。”

“我必须去。”

“你有把握吗？你这是送死。”

“虽然没把握，但我是为了救赎！”月饼忽然吼了一句，“我有良心，也有自己的尊严！我不想后半辈子一直活在自责中。”

这句话，我承认，让我很热血。

也许，我和月饼一样，骨子里，都是热血的人。

二

我和月饼在街上溜达着，月饼在寝室里风风火火的，这会儿反倒不着急了，居然闲情雅致地买了一包泰国香米，一瓶醋，几块黄手绢，还有一包石灰。难道这是给那个什么草鬼阿婆送个礼，看看家里墙面是不是有裂缝，抹点石灰帮着修修墙。两人再嘻嘻哈哈客气几句，讲清楚洪猜是都旺杀的，都旺也死在万毒森林里，算是扯平了，阿婆把蛊撤了皆大欢喜？

我问月饼，他什么也不说，只说到了就明白了。还交代我不要乱动乱碰，跟在他身后云云。泰国人普遍偏矮，平均身高也就一米七左右，我们两个一米八多的人走在清迈大街上也算是一道风景，引得不少人纷纷侧目。

月饼从包里掏出两本书，随手我往手里一塞："都旺那里藏书不少，这两本我看是繁体字的，不知是哪个朝代的，顺手拿了。不过我对这个没什么兴趣，你看看吧。"

我拿起那两本书一看——《东京热套图》《苍井空の写真》，顿时手足冰凉，如同五雷轰顶。

"咳咳……哈哈，学习蛊术比较枯燥，那天偶尔买的，还没看。你看封面有没有折印。拿错了，是这两本。"月饼手一扬，又塞过来两本线装的古本。

上面的古字也不知道是甲骨文还是金文，反正是看不懂，当下也没当回事，顺手别在腰里。

这么边说边聊，不知不觉走了好几条街，直到我觉得眼前一黑，感觉突然坠入黑夜之中。

我抬头看了看天空，太阳依旧炎热，可是面前这条小巷却漆黑无比，透着阵阵阴冷的气息。

"我们到了，小心跟着我。"月饼双手交叉活动着手指，"在泰国的传说中，蛊又被称为降头术，俗称'草鬼'，只寄附于女子身上危害他人。那些所谓有蛊的妇女，被称为'草鬼婆'。

"《永绥厅志·卷六》的记录，真蛊婆目如朱砂，肚腹臂背均有红绿青黄条纹；真蛊婆家中没有任何蛛网蚁穴，而该妇人每天要放置一盆水在堂屋中间，趁无人之际将其所放蛊虫吐入盆中食水；真蛊婆能在山里作法，或放竹篙在云为龙舞，或放斗篷在天作鸟飞，不能则是假的。所有的真蛊婆被杀之后，剖开其腹部必定有蛊虫在里面。

“一般说来，蛊术只在女子中相传，如某蛊妇有女三人，其中必有一女习蛊。也有传给其他女子的，如有女子去蛊婆家中学习女红，被蛊婆相中，就可能暗中施法，突然在某一天毫不经意地对该女子说：‘你得了！’

“该女子回家之后必出现病症，要想治疗此病，非得求助于蛊婆，蛊婆便以学习蛊术为交换条件，不学则病不得愈。因为一切在暗中进行，传授的仪式与咒语，外人无从得其详。

“在蛊的观念世界，蛊有蛇蛊、蛙蛊、蚂蚁蛊、毛虫蛊、麻雀蛊、乌龟蛊等类。蛊在有蛊的人身上繁衍多了，找不到吃的，就要向有蛊者本人（蛊主）进攻，索取食物，蛊主难受，就将蛊放出去危害他人。”

说完这番话，月饼一挥手：“走！破蛊去！”

三

每个城市，都会有一些不起眼的街道。这些街道里面肆无忌惮地滋生着毒品、卖淫、抢劫、强奸、杀人的罪恶种子，社会学家把这种现象称为“萨米莫斯效应”。中国汉朝刘向的《说苑杂言》里有一个很经典的句子解释了这种现象：“与善人居，如入兰芷之室，久而不闻其香，则与之化矣。与恶人居，如入鲍鱼之肆，久而不闻其臭，亦与之化矣。”

我们现在就站在这样的街道上！虽然我来清迈也有一段时间了，但是很少出校园（换作是谁经历了我这些事情，估计也没什么心思出门转悠），印象中清迈是一座现代化与老城气息结合的城市。而这样的街道景象，却是我完全想象不到的。阴暗潮湿的空气里透着股动物尸体的腐败味道，街边堆满了臭气熏天的垃圾，半尺长的老鼠钻来窜去，许多瘦骨嶙峋的小孩在垃圾里淘捡着过期的食物，空洞的眼睛睁得滚圆，茫然地看着我们。

几个浓妆艳抹、衣着暴露的小女孩斜靠着墙，也就是十五六岁的样子，卖弄着风情对我们勾着手娇笑。不远处，把头发染得像野鸡尾巴、文满刺青的胳膊上排布着密密麻麻针眼的青年们恶狠狠地望着我们。其中一人晃着膀子，摇摇晃晃走到我们面前，掏出了一把弹簧刀。

“看我的。”月饼撂下这句话，趾高气扬地迎了上去，“萨瓦迪卡！”

青年一愣，回头看看同伴们，“哈哈”狂笑起来。

我隐约看到青年身后有一条淡淡的影子从头顶冒出，很快又钻了回去。难道这个人中了蛊?

本来我还有些害怕，不过月饼再自信也不会随便拿命开玩笑，有这个硬茬帮手，我怕个啥!

于是我便也挺起胸膛，绷着脸做冷峻状跟上他。不过还是默默地站在月饼身后，凡事小心点总是好的。

青年笑得越来越夸张，嘴巴大开，几乎咧到了耳朵根，青黑色的牙齿上还沾着半截黑黑的条状物。我看得仔细，心里一阵翻肠倒胃，那是半根老鼠尾巴。

“你看他的嘴。”月饼指着青年说道，“普通人的嘴是不会张这么大的，如果会，肯定是中了蛤蟆蛊，以动物、虫子的尸体为食。以后遇到吃东西狼吞虎咽吃什么不讲究，笑起来嘴巴特别大的，一定要多加注意。”

这个场面特别搞笑，月饼这个小青年倒像是大学教授，用教鞭点着人体标本给我上课一样。青年莫名其妙地看着月饼，我看到他张开的嘴巴里有个圆圆的蛤蟆脑袋从喉咙里探出。

一只苍蝇飞过，停在青年的鼻尖上，蛤蟆吐出舌头，把苍蝇卷进嘴里。青年咂巴着嘴大笑起来。他后面那几个小青年，也笑得前俯后仰。我看到几条同样淡淡的影子，从他们头顶钻出，只是形状上各有不同罢了。本来好端端的人脸，开始发生奇异的变化。青年的嘴越张越大，嘴角一直延伸到脑后，在他满嘴尖锐的牙齿后面，还有一排密密麻麻的碎齿。另外一个脸变得湛蓝，额头裂开，又凸出一只竖着的眼睛，“啪嗒”脱离了额头，由一根肉线连接，掉在鼻尖上，骨碌碌转个不停……

我心说这下可算是苦命丫头落后娘手里了！月饼这么冒冒失失过来抓什么草鬼阿婆，眼前这阵势估计阿婆没抓住，我们这两条小命也就交代在这里了。

四

眼看那群中蛊的青年越走越近，我腿肚子直转筋，忍不住想溜，看月饼大刀金马的戳着，忍不住喊道：“月饼，你光说不练假把式是不？索性跑了吧。”

月饼回头看着我，居然一副很欣喜的表情：“我正愁找不到中蛊的活人让你感同身受，这次来这么多，实在是太好了！这个中了蛤蟆蛊，这个是蝎蛊，这个额头长眼的是蜘蛛蛊……”

他竟然指着这些人挨个叫着名字数了起来，我觉得自己像个傻瓜一样看着疯子在表演。他别是因为蛇村的事情脑子受了刺激，精神错乱了？

月饼转了个圈一一介绍完毕，才拍了拍手，喜气洋洋地说：“南瓜，你记住了吗？”

我摇着头，又觉得好像不太应景，连忙鸡啄米似的点着头。不过看月饼和闹着玩的一样，我心里确实踏实了不少。

“那么……”月饼忽然收起笑容，“看看我是如何破掉蛊而不伤害普通人的性命！”

青年们已经把我们围到最小的范围，或张大嘴或探出手向月饼抓来！

“崩！”月饼一声霹雳暴喝，探手击出！

一记爆拳击在蛤蟆蛊青年的大嘴里，从脖颈处喷出一股灰气，拳头大的蛤蟆被挤了出来。又一拳击中另外一人的肚子，深深陷进去，再伸出来时，手里抓着个蛆虫似的生物！双拳贯耳，耳朵里迸出两只蜘蛛……

月饼不停地呼喝着：“崩！崩！崩！崩！崩！崩！崩！”

中蛊青年七零八落地躺着，一切发生的那么突然，月饼像是忽然化身一尊魔神，傲然地俯视着他为所欲为的领域！

月饼洪亮而豪迈地喝道，“人必称三，手必称拳！遇到敌人要谨慎小心，但是该出手时绝不能留情！”

也许是因为这个场面太过澎湃，我心中涌起一团热火，烫的血液几乎要沸腾。月饼摸了摸鼻子，抓起蛤蟆蛊青年，又对着他的胸口恶狠狠地“崩”了十多下！

青年好像刚恢复神志，嘴里那排细密的小牙也不见了，还没弄明白怎么回事，就被月饼一顿暴捶，立刻又昏死过去。

“月饼，他体内的蛤蟆蛊没有除干净？”我试探着问道。

又踹了几脚，月饼才悠悠说道：“当然不是，就是单纯看这个小兔崽子不顺眼！居然还扎耳洞！”

我目瞪口呆地看着，心里断定月饼一定是精神出了问题，回学校说什么也要给他找个心理医生看看……

五

街边卖春少女、垃圾堆里捡吃的小孩们早已经尖叫着逃散了，只剩下躺在地上“哼哼唧唧”的青年们。

月饼掏出烟点了根，刚抽了一口，皱着眉仰头抽了抽鼻子，好像在闻着什么。

我还没反应过来，月饼吼道：“退后！”街巷深处，走出三个奇装异服的人，类似苗族、壮族之类的服装。当他们走进我的视野，我禁不住冒出一身冷汗！

左首的胖子腰际围着的一条蠕动着的彩色“腰带”。腰扣的地方，探出蛇头，吐着芯子。蛇身上的鳞，黄绿交错，且闪闪发光。蛇眼更是闪耀着诡秘绝伦、绿油油的光芒。右首的瘦子裸露着胸膛，只看见皮肤在细细碎碎地动着。等看仔细了，才发现那是一群油嘟嘟的白蛆，相互拥挤着形成骷髅形。

在他们中间的是一个苍老的女人。那个女人与我曾经有过一面之缘。

正是因为乍仑而死的洪猜的母亲！

在她的脖子上，有一团血红色的斑块。看上去就像是把肉挖掉，剩下了一个洞，留着一汪永不凝结的血一样，而且在不停地扩大缩小，就像是心脏的跳动。

我缓缓吸了一口气，月饼判断得没错，学校的怪病看来确实是他们下的蛊。

“你会破蛊？”洪猜的母亲问道。

月饼不屑地哼道：“没错！”

“中国人？”洪猜的母亲略有些吃惊，“苗族？壮族？”

“威武我大汉族！”月饼活动着肩膀，“很奇怪吗？”

“不用跟他废话。”胖子抖了抖腰，怪蛇落地，挺直了身子，探着头对着我们吐着芯子，做出随时攻击的状态。

月饼思索着什么，对怪蛇毫不在意，半晌才说道：“洪猜是都旺杀的，和别人无关。都旺已经死了，把学校里的蛊术撤了吧。”

“都旺？这不可能！”洪猜的母亲不可置信地晃了晃身体，厉声尖叫着，脖子上的心形血迹越跳越快，“如果没有洪猜下蛊，那个蛇族的后代乍仑的三个舍友根本死不了，也就无法孤立乍仑逼他回村。结果乍仑虽然不知道是谁下的蛊，却知道这里面的蹊跷，根本没有回村的打算，我们蛊族也就失去了去万毒森林寻找双头蛇神的机会！还好我们找到了红瞳之人，也是洪猜故意接近下了蛊，终于逼得乍仑送他回万毒森林治疗，暴露了蛇村的踪迹，而他临走前杀了洪猜。都旺前几天对我说过，不出意外他这几天就能回来，会带给我们蛊族永生的秘密。”

我的脑子“嗡”的一声，谁曾想到里面竟然有这么多的曲折，而洪猜当时接近我，很照顾我这个留学生，居然是为了给我下蛊。都旺显然是为了独吞所谓的永生秘密，把没有利用价值的洪猜杀死，引得他母亲在全校下蛊。这样才能诱骗秘密学习蛊术、一心想帮我的月饼怂恿我再次踏入万毒森林。

这个人的心机，实在阴沉得可怕！

我忽然想到了更恐怖的问题：如此处心积虑的一个人，会这么轻易地死去吗？我不由打了个哆嗦，回头看着巷子口，仿佛都旺随时会出现。

“我下的血蛊，只有一个办法可以撤掉！那么多人为洪猜陪葬，也值了！等都旺回来，我自然会问个清楚。”洪猜的母亲呼哨一声，怪蛇身子一缩，像根弹簧射向月饼，缠住他的胳膊，张口咬下！

殷红的鲜血瞬间变黑，蛇牙上有剧毒！

洪猜的母亲冷笑：“怎么不还手？你以为这样我就会放过你吗？”

瘦子身上的白蛆长出窄窄的翅膀飞起，发出嗡嗡的声音，也扑在月饼身上。

月饼全身剧烈地抖动，咬着牙一声不吭。

我大吃一惊，月饼和刚才完全判若两人：“月饼，你还手啊！”

“哼！”洪猜的母亲冷冷看着我，“不要以为你的红瞳被蛊术遮住，我就认不出你了。不要着急，很快就会轮到你。”

那条怪蛇已经咬了月饼好几口，他的整条手臂乌黑，白蛆则在他胸前聚集，正撕咬着皮肉往身体里钻。

“学习蛊术的人，是不能向前辈动手的。”洪猜母亲的这句话解除了我心里的疑惑，“否则必遭反蛊而亡。”

我心说这是什么规矩，摆明了以大欺小！可是干着急又没有什么办法，估计冲上去给这个老娘儿们一顿老拳，半道就被那些蛊虫给做了。

但是月饼显然失去了反抗能力。我心里骂道：脑子肯定出了问题，明知道这规矩还来抓草鬼婆，这不是扯淡吗？当下也顾不得许多冲了过去，伸手对着怪蛇的七寸抓去。没想到那条怪蛇异常灵活，躲开我的手，扭头冲着我咬过来！我根本来不及躲闪，眼看怪蛇尖锐的毒牙就要刺进皮肤，一道寒光闪过，齐刷刷地削掉了怪蛇的牙齿。

胖子痛呼一声，左手的食指和中指从指甲部分断掉……

六

月饼手里拿着把瑞士军刀，浑然不顾身上的蛊虫噬咬，微笑着摩挲着刀刃：“你错了，如果不让你们的蛊虫咬过来，我又怎么能一次性解决呢？”

“南瓜，让你看看我的本事。”月饼傲然地笑着，“跟你说了别乱动乱碰，你要是挂了我还救赎个屁。”

我是个孤儿，从小因为一双红瞳被伙伴们嘲笑。我经常能看见稀奇古怪的东西却又不能对别人说，如果说出来肯定会被当成疯子。时间久了，我变得自闭、敏感、多疑，不相信有什么友情，也不相信有谁会真正帮助自己。但是今天，站在我面前的这个男人让我相信了！

人性本善！

月饼从口袋里抓了一把石灰撒在身上，随着嗞嗞声，白蛆油嘟嘟的躯体被烧得发黑干瘪，噼里啪啦掉了一地。

洪猜的母亲阴森森地笑着：“你就不怕反蛊？”

“怕！我怕死了！”月饼把一个瓶子扔向洪猜的母亲，瑞士军刀紧跟着飞出，在空中把瓶子击破，一股子浓浓的醋味顶得我只想打喷嚏，醋雨兜头盖脸洒了三个人一身。

奇怪的是三个人居然像是被热油烫了，皮肤上燎起了赤红的血点，膨胀成透明的水泡，冒着阵阵白烟。

还未等三人发出惨叫，月饼把黄手绢缠在手上，抓了一把泰国香米含在嘴里，冲到洪猜母亲的面前，张嘴吐到她脖子上的血红斑块上。香米沾到斑块，居然没有掉落，反而像融化了的糨糊，顺着毛孔钻进洪猜母亲的体内。红斑先是扩大到整个脖子，高高凸起，表面青筋血管纵横交错，像是个巨大的核桃，又迅速缩小，颜色越来越淡，终于消失不见。

洪猜母亲干瘦的身躯在地上挣扎，不停地哀号。胖瘦两人缓过被香醋烫过的那口气，嘴里不停地念着什么，双手高举在空中挥舞，那条怪蛇又窜向月饼。无数小白点从瘦子的身体里挤出，密密麻麻一大片，还在微微蠕动，倒像是全身长满了白色的芝麻。月饼把黄手绢展开，一把罩出怪蛇，抓着蛇头狠命一拧，“吧嗒”一声，胖子歪着脑袋，嘴角滑出一抹血迹，瘫倒在地。

瘦子声音中带着悲伤地吼着，小白点从体内钻出，又是一大片白色的飞蛆，向月饼飞来。月饼向空中扬出一把石灰，飞蛆遇到石灰，立刻被烧成黑色焦粒，再一把糯米撒出，瘦子张开的毛孔还没有闭合，挤进了不少糯米，层层叠叠地看上去无比恶心。

糯米化成米浆，融进了瘦子的身体，瘦子闷哼一声，仰面摔倒，在地上抽搐一会儿，没了声息。

“解蛊吧。”月饼轻声说道，语气中透着一丝悲伤，“何必要等着所有人都死了，才肯去做早就该做的事情。”

洪猜的母亲全身哆嗦着，几乎蜷缩成一只大虾，听月饼这么说，她恶狠狠地抬起头。“解蛊只有一个办法，那就是让我死。不过……就算我死了也没有用。”说到这里，她很诡异地笑着，回头看了看巷尾不起眼的小屋子，说了一句很难理解的话，“开始了。匹……匹……”

她的声音越来越弱，终于，头一耷拉，没了气息。

一切都结束了？

这惊心动魄的一幕让我几乎忘记了心跳，月饼擦了擦眼角：“南瓜，为什么要有人死？为什么仇恨可以让人变成疯子？为什么欲望能让这个世界变得陌生？”

我摇了摇头……

七

街上的人都不知道去了哪里。可能在这种危险的时刻，没人想到要报警，都躲在家里自求平安。也许这才是人的本性。

月饼神情落寞：“去看看。”

我的嗓子干涩得火辣辣地痛：“看什么？”

“草鬼婆临死前那句话很奇怪，”月饼皱着眉头，眼中闪过一丝迷茫，捡起瑞士军刀划破指尖，黑血顺着伤口滴了出来，“我想进那间屋子看看。”

“月饼，学习蛊术不是不能对前辈使用吗？”

月饼包扎着伤口：“我没用蛊术。都旺教我蛊术时我其实觉得有些不对劲，他家的藏书很多，有许多是介绍中国古老方术的，我顺手学了不少。刚才用的是中国传统的对付恶鬼的办法，没想到对蛊术也好用。”

我暗暗佩服月饼就是艺高人胆大，忽然又觉得这句话不对味：“月饼，你的意思是，其实你也没把握这些招能对付蛊？”

“南少侠果然聪明伶俐。”月饼略有些尴尬地笑着。

我差点儿没一口气背过去：“你这不是扯淡吗？万一不好使那咱们俩干脆成了炮灰是不？”

“结果呢？”月饼反问。

我一下没想出词反驳，很是垂头丧气：“你赢了！”

这么边说边聊，我们走到小屋前。月饼推开屋门，一股恶臭扑面而来！我探头看去，屋子里面除了中央有一个三米上下的方正木池子，再空无一物。

而那股恶臭，就是从池子里传出的。再仔细看时，我忍不住当场吐了出来。池子里面挤满了各种各样的癞蛤蟆、小蛇、蜈蚣的尸体，因为高度腐烂，几乎成了一池子烂肉，绿豆大的苍蝇铺了一层，无数条白蛆在里面蠕动着，把烂肉搅拌得像一池子变质的肉糊糊。

我实在吐不出什么东西了，才抹了抹嘴，牙根还是发酸，心说这难道就是他们炼蛊的方式？难不成把肉糊糊喝下去，用身体培养刚才那些蛊虫？

正胡思乱想着，屋子里响起了微弱的呻吟声。

我吓了一跳，打量这间屋子，发现刚才注意力都在池子里，没看到西北角遮着一挂布帘，还在轻微地动着。

“Help me……”这次听得真切，有人在呼救，居然用的还是洋文。

月饼箭步上前，扯下帘子，一个满头金发的外国人蜷缩在墙角。

外国人无力地抬起头，我看清了他的模样：细碎的金色长发，高挺的鼻梁映衬的那双浅蓝色眼睛更加深邃，略有些方的下巴如同希腊神像般刚毅，只是眼神中时不时透出孩童般的天真迷茫。

脑袋，突然如同斧劈般疼痛！

剧痛中，我听见月饼询问着：“你是谁？怎么会在这里？”

“我叫杰克，”金发男子虚弱地回答，“都旺……都旺……”

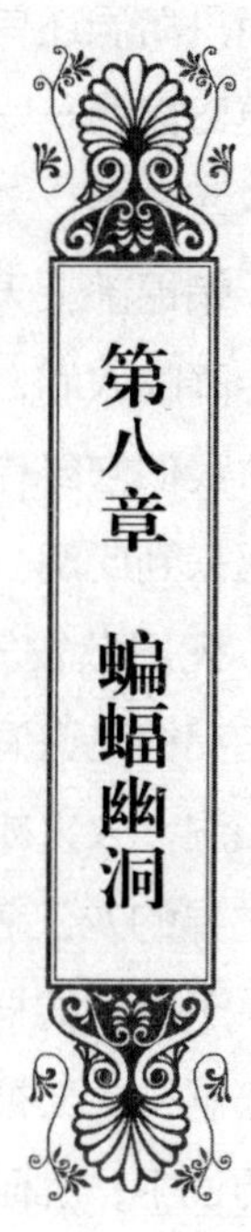

第八章 蝙蝠幽洞

位于清迈府的范县，有两个非常奇特的山洞——丹岛洞。不仅两洞紧紧相连成对，而且里面有两尊不知何人所造的佛像。两洞相连处是一道深不见底的悬崖，只有一条窄窄的木梯贯穿。爬过木梯，会有个狭窄的石洞口，又被称为“罪恶之门”。

如果哪个人有罪过，不管多瘦，都不能通过。但是心地善良的人，即使是大胖子也能通过。所以尽管参观拜佛的人很多，却极少有人能通过“罪恶之门”。毕竟，有几人一生中没有犯下过罪过呢?

而仅有的几个能通过的人，参拜完里面的“腩母塔”出来后，都会露出奇怪的神色。当有人问及“腩母塔”的模样时，参拜的人几乎都会说：“我不知道，我看不到……但是她就在那里。”

这种回答很奇怪，也造就了丹岛洞的神秘。

而丹岛洞还有个奇怪的名字——“蝙蝠洞”，至于为什么叫这个名字，那是更奇怪的一段传说：从前，洞里住着五百只蝙蝠，有一天，有个苦行僧来到这里念经，这五百只蝙蝠听了苦行僧念佛法，就开始信奉佛教。死了之后，蝙蝠都上天做了神仙。佛祖游幸人世间以后，为了传播成佛之道，蝙蝠投胎降临人间，潜心修行，成了五百个佛陀。后来佛陀们回忆自己的身世说：“我们曾经住在丹岛洞，为了研习、传播十波罗蜜，完成佛祖的愿望，才一起来到此洞。”最后，五百佛陀圆寂，身体变为死尸堆积在山洞里。几天后，死尸散发气味，传到天国。神仙们忍受不了，便相约去向帕英神禀报。帕英神飞进洞里喷出圣火，把他们的死尸全部火葬。死尸烧成灰烬布满整个山洞，大火却一直蔓延到地下最深处，并升向空中，久久不熄。

龙界的龙王名叫阿祖那扎，喷水灭了神仙圣火，死尸的灰烬堆满整个山洞，于是人们把这个洞称为“灰覆盖的洞”。后来由于语音流变，谐音成“丹岛洞”，又被称为蝙蝠洞。

传说中，佛陀的尸灰可以解一种奇特的蛊。更因为这个传说，丹岛洞经常出现探险者，但是没有任何发现，也许传说仅仅是传说而已。

直到1991年，丹岛洞里发现了两具美国考古学家的尸体，周身除了脖子大动脉处被撕咬开再无其他伤痕。而让人百思不得其解的是，尸体本身的血已经被抽干，周围却没有一丝血迹……

自此，丹岛洞再无人敢去参拜……

一

当我们把杰克送进医院，而没有受到那条巷子的人的阻拦时，我再一次深深感受到了人性中的冷漠。

杰克始终处于昏迷状态，泰国的医疗条件远比想象中的好，医疗人员的治疗态度更是做到了尽善尽美。当看到月饼浑身是血地扛着杰克冲进医院时，不由分说上来一帮人，连住院手续都没办，就把两人一人一个担架床摁上去就往急救室推。月饼还挣扎了几下，用不熟练的泰语吆喝着：“我没事！”

结果一个五大三粗的女护士手持镇定针攮进他的三角肌里，片刻月饼就消停了。

这个场面让我实在忍不住，边笑边麻溜地办了住院手续，顺便编了个理由说是在逛街的时候遇到抢劫，还顺口说了个犯罪率高的街道名。医院人员也没有怀疑，外国游客在清迈那几条街上被抢劫不是什么稀罕事。

这点如果有兴趣去泰国清迈旅游的人们要小心。泰国虽然信奉佛教，但是贫穷是没有信仰的。很多街道的沿街商铺，商家看着都是笑眯眯一团和气，可是很有可能一不留神，手机钱包就丢了，或者询问了价钱却不买，立刻会被外面几个看似闲着喝水抽烟的混混儿围住。所以导游带的地方会有大量消费，但是确实是最安全的地方。只要稍微放下点面子，没有“不买东西就被看不起”的念头，其实也花不了几个钱。

而且泰国消费普遍低，咬着牙花钱也不比在国内那么心疼。

月饼倒没什么大碍，只是皮外伤，酒精消毒，连针都没缝。他的身体素质确实不错，我忙完手续进了急救室，他已经过了镇定剂的药劲，坐在床上看着抗生素点滴发呆。

本以为这段诡异的泰国之旅随着“草鬼婆”事件告一段落，剩下的就是“good good study，day day up！”的留学生活时，杰克的出现，又带来了一团迷雾。

为什么我看到他会剧烈头痛，为什么我始终觉得他很熟悉，在哪里见过？我想到了丧失的那段记忆。难道他在那次车祸中出现过？

经过急救，杰克虽然仍然昏迷，但是脱离了危险。我陪着月饼打点滴，把心里的疑惑一五一十和他讲了讲。

其实，我也是故意避开不谈自己的身世。因为我无法接受自己是蛇村后代，更不愿去想我的父母是谁。难道我是从蛋里钻出来的？想到这个心里就觉得别扭。乍仑、秀珠的死也随着都旺的死去而告一段落，我这时倒宁可失去的是第二次进万毒森林那几天的记忆。

或许，我只是一个不愿去承受和面对压力的人。

月饼摸出根烟，想了想这是在医院，只好叼在嘴里过烟瘾。有几次月饼想和我聊聊这些事，都被我明着暗着岔开了话题。他也看出我实在不想提这些事，叹了口气，继续盯着点滴发呆。

两个人苦巴巴等着打完了点滴，拔了针头就去了杰克病房。这个帅气的金发男子还没有醒，眼皮子不停地颤动，估计是在做什么梦。看来关于都旺的事情，只能等他醒了再问了。

警方来录了个口供，我们说财产没有损失，杰克也没生命危险，本着“多一事不如少一事”的原则，警察面带微笑地备了个案转身走人。

这时我才发现肚子里的“五脏庙”开始要供奉了，月饼也正有此意，于是我俩溜达着随便找了个咖喱饭馆子，点餐吃了一顿。

老话讲得好：“喜事喝酒孬事吃。”反正这几件事情有喜有孬，虽然是在异域，不过国内的老传统也不能忘，必须有吃有喝。

咖喱饭是泰国人最爱吃的民族风味，主要是用指甲盖大小的困子当香料，让人一闻就胃口大开。不过点菜时需要仔细斟酌一番，因为泰国人吃得杂，老鼠、蜗牛、田鸡、乳猪、鸽子、蛇、蝗虫都能当菜肴，但不习惯吃猫狗。而且好吃生，有些蔬菜、海鲜放些调料就吃。

所以如果挑选不好，上来个咖喱老鼠、爆焖毒蛇之类的，估计我能当场吐出来。

泰国人还爱栽花、送花，更善吃花，有一种小吃叫“渍水饭”，又叫作“搀花汁饭”，就是用花制成的。我看了看菜单，小心翼翼点了几道还能接受的烤鱿鱼、炸香蕉、地瓜羹、炒河粉。非常好吃的甜食香竹饭没有点，因为吃泰国的甜口时切记要禁酒，酒与榴梿、杧果、糯米相遇，会在人体内产生大量的热量，令体温急剧上升，血压升高，引发心脏病猝死。所以泰国有明确规定，食用大量榴梿之后，八小时内不能饮酒。

准备去泰国旅游的朋友们一定要注意！

不多时服务员就把做好的菜品端了上来，问我们要喝什么酒。

我看了看酒柜，一排排全是洋酒，肯定是喝不到最爱的二锅头，便随手点了一瓶。服务员端着酒到后台去开瓶，我们二话不说，对着一桌子菜开始流口水。

烤熟的鱿鱼“嗞嗞啦啦”泛着精良的油泡泡，吃起来香脆可口，越嚼越香；香蕉去皮经油炸后，变成咖啡色的软香蕉条，果肉中的甜汁炸后溢出，吃时甜中带酸，别有风味；将地瓜切成条状，用糖腌上，蒸熟后过油，勾上椰子芡粉，再经冰冻就成了色香味俱佳的小吃地瓜羹；炒河粉比起广东河粉不遑多让，细软爽滑，筋道十足。

我们自然是饿了，不顾其他桌顾客的惊诧，像八辈子没吃过饭一样，狼吞虎咽起来。

服务员把酒端上来，杯子里加满冰后，小心地把酒倒进瓶盖里，洒进杯子。

在泰国，遇到用瓶盖量着喝洋酒的现象很普遍。到饭店吃饭喝酒的话，服务员会给你的杯子里加满冰后，洒上一瓶盖的酒，这就算是一杯酒了。我经常猜想“酒水”一词或许起源于泰国，酒水=酒+水；当然如果本人酒量大的话，可以让服务员给加两盖子的酒，如果没有要求的话，标准就是一盖子。

我在清迈大学曾与三个泰国学生一起喝酒。四个大老爷们儿整整一晚上，一瓶洋酒都没喝完。苏打水倒是喝掉了三打多，喝到最后弄个肚圆，困得我直打瞌睡，第二天打嗝都是碳酸氢钠味。以至于我奇怪了好几天，泰国人到底是在喝酒还是喝苏打水？结论是：与泰国人一起喝酒喝到最后不是“醉”而是“累”。

这小盖子当然满足不了我们常年喝二锅头的酒量。没几盖子就觉得不过瘾，干脆把冰倒在空盘子里，直接一人一杯开喝，一瓶很快见了底，又接着补了一瓶，直到第三瓶喝了一半，才满足地剔着牙唠嗑。

酒足饭饱心情大好，脑子也迟钝了许多，我摸了摸滚圆的肚子，心里暗叹：胖就胖在这一顿上了。

“月饼，你这事做的不地道。”我剔着牙斜眼看着他，“别以为我是傻瓜，你几句话就能把我糊弄过去。你看到有蛊术这么好玩儿的东西，肯定是‘猪油蒙了心’，不顾我的死活，被都旺连哄带骗地着了道。”

月饼低着头自顾自闷了一杯：“这事怨我，话说你不也没事嘛。”

“你真是坐着说话不知道站着的腰疼。”我气不打一处来，“我几次差点儿挂了知道不？”

“你挂了没有？”

"这不是挂不挂的问题！"

"干了！"

"喝就喝！"

有时候男人的友情就是这么奇怪，一杯酒就可以不用再多做什么解释。

"也不知道那个杰克什么来路，别不是也被都旺坑了，当棋子用的？"我实在忍不住，还是把话题扯回到这些事情上。

"我有些奇怪，"月饼晃着酒杯，透过玻璃看着我，他的眼睛在玻璃的光线折射下，变得形状奇怪，"都旺为什么会这么认真地教我，确实有些说不过去。"

"那个老兔崽子估计看月公公你貌美如花，准备把你变成人妖也说不定。等我俩把蛇村解决了，获得永生秘密，送你进夜店当个头牌，赚钱完成他一统江湖的梦想。"

"南晓楼！"月饼脸上挂不住，"当心我给你下个屎壳郎蛊，一张嘴说话就臭气熏天！"

我往椅子上一靠，腰后面硬硬的顶着很不舒服，才想起是月饼给我的两本书："月公公，你尽管下可千万别手软。到时候我天天对着你说话，看谁顶得住！"

"不要以为我做错了事情就可以随便开玩笑。"月饼脸上青一块白一块，显然气得不轻。

"我……"

还未等我说完，手机响了。我接通了电话，"嗯"了几声，起身就往外走。

"杰克醒了？"月饼把酒一口干掉，百忙之中还不忘拎着剩下小半瓶的酒瓶子。

"嗯。"我匆匆走出饭馆门，才对老板说，"他结账！"

老板精神一振，双手合十鞠躬，笑眯眯地说："两万三千泰铢（折合人民币六千多块）。"

月饼倒没说什么，随手掏出钱点了点："不用找了。"

他这挥金如土的土豪态度，让我很没面子。我只能自我安慰：还好他和我做了朋友。

二

回到病房，已是半夜。出乎意料的是杰克正半靠在床上，专注地盯着天花板，认真的态度好像上帝随时会出现救他于危难之中。

我正嘀咕着“外国人身体素质就是好，不愧是吃牛肉长大的”时，月饼简单地做了自我介绍。

“谢谢你们，其实我已经听医生说过了。”杰克勉强笑了笑，“我是加拿大人，主修心理辅导，前段时间接到清迈大学的聘书，来当辅导老师。我对亚洲文化很感兴趣，也想趁这个机会来转转看看，立刻就同意了。都旺接的我，把我领进了那条小巷子，他和那几个身上长虫子的人说了几句话，我看到有只奇怪的蛾子向我飞来，没几秒钟就昏迷了。再醒来时，已经被绑在墙角，直到你们救了我。你们可以告诉我，这是怎么回事吗？”

这番话听上去滴水不漏。但是反过来想，都旺和草鬼婆几个人都是死无对证，杰克是不是有可能不动声色地把问题全丢向我们？

我看着他蓝得近乎发白的眼瞳，很干净清澈，确实又不像是在撒谎。可是我怎么也想不通，都旺大老远地把杰克骗到泰国来干吗？难道是养蛊到了一定阶段需要白人血肉喂养？

月饼支着下巴认真听着，突然伸手向杰克抓去。杰克傻愣愣地没反应过来，眼看月饼的手指要插进他的眼球，才惊叫一声：“你干什么？”

月饼若无其事地收回手：“不好意思，有只苍蝇。”

杰克纳闷儿地看着月饼：“虽然你们救了我，可是请不要侮辱我的智商。”

我心说月饼你要试探杰克好歹找个好点的借口，这种下三滥的招数也能想出来。

正想打个圆场，轻轻的敲门声传来。

“笃……笃……笃……”

可能是护士夜查。我就靠在门口，一边这么想着一边顺手推开门。虽说泰国处于亚热带，气温很高，可是推开门，也许是走廊里的空调冷气起了作用，我感到一股冰凉的空气透过身体，几乎把血液都凝固了。

更奇怪的是，门口居然没有人。我心里有些发毛，探头左右看看，淡黄色的灯光并不明亮，整条走廊看上去雾蒙蒙的，包括远处的护士台都空荡荡的。别说人了，鬼影都没有半条，那会是谁敲门？

有时候人不能联想，尤其是在医院这种很邪门的地方，想多了就会越来越怕，我忙关上门，表情奇怪地看着月饼。

“你干什么呢？”月饼侧头看着我。

“刚才有人敲门，你没听见？”这么说着，我心里更紧张了。

月饼扬了扬眉毛：“敲门？刚才？”

我确定月饼不是在开玩笑，顿时起了一身鸡皮疙瘩。难道只有我一个人听到了敲门声？

“我……”话刚说了半截，又响起了“笃笃笃”的敲门声。这次的声音比上次要响很多，月饼也清楚地听见了。没两步来到门前，我猛地打开房门！

冰冷的空气再次入体，我的牙齿不自觉地打战。这种寒冷感，绝对不是空调冷气能带来的，倒像是夜晚路过坟地，突然有什么不干净的东西钻进身体，带来的那种从内脏里透出来的冷。

门外，依然空荡荡的什么都没有……

“谁在外面？”杰克问了一句。

我刚想说话，月饼给了我个噤声的眼神，走出病房。这种诡异的气氛沉重得让我喘不过气，一脚病房一脚走廊给月饼把风，我在心里暗暗打定主意，一旦真有什么不干净的东西，二话不说先躲杰克后面，也算是为消灭资本主义阶级敌人做贡献了。

“注意我身后。”月饼交代一句就向护士台方向走去，我向反方向观察着，又总觉得脖颈阵阵冷气，像是有人按着我的肩膀呵气。

“踢踏……踢踏……”

月饼的脚步声越来越远，听上去总觉得有些不对劲，却又察觉不出哪里不对劲。我只好时不时回头看看，确保不会有东西钻出来。月饼眼看走到了护士台，我忽然意识到不对劲的地方在哪里了！

“踢踏……踢踏……”

“踢踏……踢踏……”

脚步声！

走廊里明明只有月饼一人，而我分明听到了两个人的脚步声！

“月……月饼……”莫名的恐惧让我腿肚子差点儿转筋，失声喊道。

月饼驻足在护士台前，“咦”了一声，没有搭理我，反而拐了进去，不见了踪影。

“踢踏……踢踏……”

耳边依然不停地响着脚步声，这次听得真真切切，是从我身后传来的！我瞬间僵住，犹豫着是不是要回头，无数在电影、小说里医院发生的恐怖场景不停地在脑子里乱窜。好像有一个穿着白衣、湿漉漉的长发盖着脸的女鬼，正从我身后慢慢站起……

终于，我放弃了回头看看的念想。如果真有什么不干净的东西，我宁可被咬死也不能被吓死！

没出息就没出息吧！我僵直着身子，准备慢慢侧退着进病房。就在这时，脖子传来一丝痒痒的触感，像是有人拿着线团在我脖子上擦了一下，又像是睡觉时被家猫尾巴扫过的感觉。

紧接着，背上，腰上，屁股上接二连三地传来一碰就消失的触碰感。有东西在我身后不停地碰我！

有的时候，隐约能感到身后有东西却看不见，会觉得异常恐怖。一旦这种虚幻的感觉变成了真实的触碰感，反而心里会松了口气。

“我就是命犯天煞鬼星，到哪里都不得安生！宁可被吓死也不能被折磨死！”我心里恨恨骂道，做足了视觉受到恐怖画面冲击的准备，猛地转身看去！

身后，依然什么都没有……

我连续转了几个身，能看见的范围内，除了带着几渍水迹的墙面和窗户，空无一物。

明明有东西，我却看不到。这次，我是真的害怕了！

“南瓜……”护士台后面，月饼轻声地喊着我。

从护士台的进口处，闪出一道淡淡的人影，折射在墙壁上，如同被拦腰截断。而我分明看到，这条影子的腰部，多长出了两条腿，在腰两侧耷拉着。

护士台里走出一个人，披着一袭白色的衣服，驼着背半弯着腰，长长的头发遮住了脸，每一步都迈得异常艰难。从我的角度看去，那个人没有双手，一双腿从腰两侧伸出。

而他穿着的几个破洞的牛仔裤，正是月饼的！

“南瓜……”

那个人缓缓抬起了头！

三

我吓得差点儿一屁股坐在地上，仔细看去，才发现那个人是月饼，他背着一个护士，两只手插在护士腿弯里。

“快回病房。”月饼加快脚步跑来。

一连串诡异的事情让我心脏都快炸了，刚闪进病房，月饼也跑进来，一脚把门踢上，门外回荡着沉闷的砰砰声。

刚把护士放在椅子上，我还在纳闷儿他没说是抓住个什么不干净的东西，扛着个护士干吗？月饼忽然问道：“杰克怎么了？”我这才意识到，从刚才杰克问了那句话开始，再没有什么动静。向他看去，才发现杰克直勾勾地看着门口，单手伸出，脸上满是惊恐的表情，如同武侠片里被点了穴道，僵在那里一动不动。

我立刻想到，刚才我站在门口，身后有东西碰我，杰克一定看见了那个东西，才会有这个表情。但是他怎么会突然动不了？

“你身后是什么？”月饼伸手摸着我的脖子。他的手指冰凉，激得我缩了缩脖子。

“快脱衣服！”月饼不由分说抓着我的衣服就扯。

我一时没弄明白他是啥意思，往前一挣，“刺啦”，好端端的一件衣服撕成了两半。

“你……”我话还没说完，看到衣服，不由倒吸了一口凉气。

月饼手上沾着红色液体，衣服上也满是斑斑点点类似椭圆形的红色。每一团中间，印着两个未曾沾上血迹的小圆洞，下端有两条细细的红线向两端延伸，红得非常醒目。

“血？”我的声音有些哆嗦。

“嗯。”月饼手指捻了捻，凑在鼻端闻着。

“人的？”

“动物的。”月饼摸了摸杰克的脉搏，又凑在他脖子上观察着，“血蛊！”

光听这名字就让我觉得浑身不自在：“我也中了？”

“不！目标不是你。”月饼指了指护士，“是他们俩。”

“笃……笃……笃……”

敲门声，响起！

我们互看一眼，没有说话，屏着呼吸仔细听着。

声音飘忽不定，忽轻忽重，每当敲门声响起，紧接着就是细不可闻的“吱吱”声，如同一个人被捏着脖子想拼命说话却说不出来的呻吟，然后是“扑棱扑棱”的空气震荡声。

月饼悄悄攥着圆形门锁，我看到他手心里全是汗，他轻轻转开，用力向外推开！

一道浅灰色的影子，忽然从我的头顶飘过，擦着月饼的脸颊，闪电般向门外钻出。月饼伸手一抓，那道影子在空中以奇异的角度扭了个弧线，飞了出去。

屋子里面居然有东西，为什么我们都没有看见？

“我明白了！”月饼闪到门后，“快来看！”

我跟着出去，绕到门后，一个巨大的蝙蝠状血迹印痕涂抹在门上，还未凝固的血滴蜿蜿蜒蜒向下流着，末端的血珠颤颤巍巍，随时都会坠落。

忽然，几道灰影从房顶落下，暗青色的血管像蜘蛛网浮现在薄薄的肉膜上，两只尖利的爪子扣着地面，毛茸茸的小脑袋用力往前挣着，血肉模糊，依稀能看到烂肉里面的白色骨头，滚圆的小眼睛里透着即将死亡的黯淡光芒，两只大得异常的耳朵软软垂着，张开尖尖的嘴巴，肉红色的舌头上下颤抖，发出“吱吱呀呀”的几声怪叫，脖子一歪，瘫在地上。

蝙蝠！

刚才并不是有人敲门，而是蝙蝠在撞门！当打开门之后，有一只蝙蝠想钻进病房，在我身上连续撞了好几下。那只蝙蝠的目标，显然是刚刚苏醒的杰克。

“刚才我看到护士一动不动坐在椅子上，脖子上有两道血印，我以为是蜈蚣。”月饼摸了摸鼻子，“有人给她和杰克通过蝙蝠下了血蛊！如果天亮前不能解蛊，中蛊者就会全身血液涌入大脑，活活把脑袋撑爆而死。”

这事一定是和都旺有关联的蛊族干的，可是为什么目标是杰克和护士，而不是我们？我觉得这解释不通。杰克身上是不是也隐藏着不可告人的秘密？有人不想让他说出来？又是谁能神不知鬼不觉地在门上画一个红色蝙蝠？

我想到当前最紧要的事情：“怎么解蛊？”

月饼支着窗台，外面的夜色漆黑如墨，天边的星星像一颗颗鬼眼，闪烁着妖异的光芒。

“丹岛洞，又被称为蝙蝠洞，用最深处的尸灰解蛊。”

“尸灰？”

“对！传说是五百位佛陀被烧死后留下的骨灰，不过这么多年没有人真正见到过。”

我心说果然就不是看个景旅个游那么简单，接着又想到一件事：“月饼，如果咱们去了，这两个人怎么办？会不会有人折回来把他们……”

“不会的。一，下蛊的人根本不会想到有人敢去蝙蝠洞，所以已经认定他们俩必死无疑；二，我们如果不去，难道就眼睁睁看着他们的脑袋像西瓜一样爆了吗？只能赌一赌了。而且，这个血蛊是有人在门上画了血咒，用蝙蝠放蛊，去了那里说不定能碰上下蛊人。”

“南瓜，你一定要去。”月饼用力拍着我的肩膀。

我郑重地点了点头：“说啥呢，我是那种临阵逃脱的人吗？”心里默默地想，我就算不去他不也一样做我半天思想工作让我去吗，何必听他苦口婆心和老娘儿们一样啰唆。

“哦，倒不是为了这个。”月饼回病房收拾着背包，“也许你能通过‘罪恶之门’，我过不去的。”

我差点儿一个踉跄摔倒：“怎么是我冲锋在前，月公公你坐享其成？”

月饼无奈地笑着：“路上说吧。”

四

锁好病房门，看了看时间，距天亮还有六小时。月饼顺手用手机上网百度了一下，丹岛洞（蝙蝠洞）所在的范县距离清迈市中心倒不远，大约一小时车程，可以直接到达山下，上山到达洞口半小时。这样算起来，光路上来回就要用掉三小时，丹岛洞里面到底什么情况，光靠网上几张照片也看不出个五六，留给我们的时间并不是很充裕。

当下也不多说，出医院拦了个出租车，说了地点，司机二话不说，开车就走。泰国是著名的旅游国家，每年有四亿多游客参观游览，所以交通工具虽然很落后，但交通业还是很发达的。出租车司机估计见多了像我们这样兴之所至半夜逛景点的，一点不紧张。不像国内，大半夜打的说是去山上，那是万万拉不得，万一遇到劫匪，拉到山下抢了车，掠了钱跑了还算运气好，一旦碰上手黑的，杀人劫财上山挖个坑埋了那就真成了山间野鬼。

何况泰国虽然毒品、妓女、小偷猖獗，却极少出现杀人事件。内在原因是泰国为佛教大国，杀人对忠实的佛教徒来说，那是要下十八层地狱里的第七层刀山地狱，忍受亿年万刀刺体划肉、开膛破肚之苦。

世界上“意外死亡率”最低国家排名第三位就是泰国，第二是“幸福之国”尼泊尔，第一自然是“天堂”不丹。

这么胡思乱想琢磨着事情，也没感觉多一会儿就到了丹岛洞的山下。仰头看去，山并不高，亚热带的植被高大粗壮，根本看不见洞口在哪里，不过青草和不知名野果的香甜味道，倒是让人心脾沁透。

月饼按照网上下载的地图研究了半天，我倒不好打扰，躲在一边抽烟。

想到如果真照月饼所说，“罪恶之门”只有没犯过错的人才能通过，那估计我也够呛。前两天还无意间瞥见了女同学低下头收拾课本时从宽领衫里露出的半个胸部。过不去更好，鬼知道那边有啥玩意儿，万一冒出个吸血鬼，小爷大好年华也就和那五百僧陀的骨灰厮混了，总不能指望那边其实是蝙蝠侠的秘密基地吧。

连抽了两三根烟，我越琢磨越心虚，不由又打起了退堂鼓：“月饼，你看个破地图至于这么半天吗？”

月饼讪讪地挠了挠头：“地图我看不太明白，没看懂。按照地图上的方位，丹岛洞应该在山下而不是山上。”

这倒挺让我诧异，接过地图一瞅，差点儿没把眼珠子瞪出来：“你看倒了！”

“是吗？”月饼面色古井不波，“那就上山吧。”

他就是这种性格！

五

一路无话，既没什么奇怪虫子阻路，也没有山妖树精搞怪，风平浪静地到了丹岛洞口。这种异常的顺利倒让我心里有些不安，月饼微微皱了皱眉头：“暴风雨前的海面是最平静的。”我不置可否地点头默认，想起小时候孤儿院阿姨教的法子，蘸了点口水抹在眼皮上，据说这样可以增加阳气，走夜路时不会看见不干净的东西。

本以为丹岛洞应该很大，没想到见到真身才知道“百闻不如一见”的含义。洞口为圆形，大约两米见方，洞里漆黑一片。月饼用强光手电向里一照，笔直的光柱瞬间就被湮没在黑暗中，完全看不到里面的情况。

我现在完全没有打退堂鼓的念头，而是在彻彻底底的后悔答应跟月饼来这个鬼洞。我对没有光线的黑暗空间有着莫名的恐惧，身处其中时总会感觉到和我面对面不到一厘米的地方就站着一个人，或者身后一直有人跟着我，伸手掐住我的脖子。

月饼转身对我笑了笑，拿出几根荧光棒，往洞里扔着。借着莹莹的绿光，能看到洞里倒也没什么奇特，可能因为长久没人来过，地上一层厚厚的积尘，洞壁长满蔓藤。我跟着月饼有样学样，用鞋带把裤腿扎紧，防止被毒虫叮咬，提心吊胆地进了洞。

每踏出一步，都能蓬起大片的灰尘，钻进鼻子痒得厉害。我想打个喷嚏，又觉得这个洞透着股诡异劲，强忍着不敢打，只能使劲揉鼻子。

“南瓜，我忘记告诉你一件事。”月饼慢吞吞地说，“这个洞里曾经出现过两具被抽干血的尸体，具体原因没人知道，所以荒废二十多年了。”

“你不早说！”我恨不得给他两个嘴巴，“月无华，你还是人不？”话刚说完，我一脚陷进了浮沉里，只觉得脚心有个坚硬的凸起踩进了地底。

洞壁里响起沉闷的“咯咯”声，听上去像极了许久未发动的车子齿轮咬合时生涩的摩擦声。蔓藤“呼啦啦”响动起来，有什么东西从里向外钻。

月饼摁着我的脖子就趴在地上，我一个措手不及，吃了满嘴灰，只听见脑门上响起嗖嗖嗖的空气摩擦声，侧头往上一看，无数道三寸长短的黑影来回交错，深深地钉入对面的洞壁上。

有几道黑影在空中撞击，迸出闪亮的火花，落到地上。

是弩箭！

我心说泰国的山洞里居然会出现中国的机关术，这都哪跟哪啊！这么想着，狠狠瞪了月饼一眼，月饼摇摇头表示并不知道，如此等了起码一分多钟，两边的弩箭才算是弹干净了。

月饼起身拍了拍灰，顺手捡起一根弩箭看着。我这才松了口气：“你神经有点太大条了吧。小爷被你骗进来差点儿被喷成刺猬，你起码安慰我两句行不？”

月饼没言语，把箭递我手里，又去拔洞壁上的：“小心箭尖，有毒。”我看到箭尖上涂着一层暗蓝色的印痕，整支箭硬硬的像某种金属，通体乌黑，上面镂刻着弯弯曲曲的花草花纹，做工极为精巧。花纹延伸到箭体中央，很自然地攒聚成两个繁体字“洪武”。

明太祖朱元璋的年号！

“这个丹岛洞，也许不像我们想象的那么简单。”月饼弹着弩箭，发出清脆的碰击声。

“血蛊，蝙蝠，罪恶之门，抽干血的尸体，这会儿又冒出个洪武年代的机关，哪里简单了？”我的好奇心彻底被勾了起来。

也许是在万毒森林里耗了大量的电力，回到清迈又来不及充电，月饼手里的强光手电光线越来越弱，由明亮转为浅黄，光圈越来越小，终于慢慢熄灭。洞里只剩下那几个荧光棒泛着蓝光，犹如几朵鬼火。

“哗啦”，身旁的蔓藤突然动了一下，我心里一紧，还没等反应过来，一个东西落在了肩膀上。我“啊”的一声怪叫，慌乱中居然忘记了向前挣脱，而是往后一靠，后脑勺撞进一堆软绵绵的东西上，扑鼻恶臭顶得鼻子生疼，几道黏黏的液体顺着脑袋流进了脖子。

又是一阵让人牙酸的机械摩擦声，洞口上方响起雷鸣般的“轰隆轰隆”声，一块巨石从洞顶落下，把洞口挡得严严实实，猛烈的回声差点儿把耳膜震破。

“完了！这下是彻底出不去了。”我哭死的心都有。月饼稍稍愣了一下就恢复了冷静：“你别动。”

我这才想起脑袋还在那堆东西里，也不知道是什么玩意儿，当下一动不敢动。眼巴巴看着月饼绷着脸，小心翼翼地走过来，抓着我的脑袋，拔萝卜似的把我从里面拔了出来。我摸了摸后脑勺，手心里全是淡黄色的液体，臭不可闻。

“我劝你还是别回头看。”月饼抓起一把尘土擦了擦手。

他这话说得纯属废话，我能不回头看吗！结果回过头，我才知道月饼这次真没跟我开玩笑。

我撞上的东西，是一具湿尸！

隔着几根蔓藤，那具湿尸被无数弩箭牢牢钉在洞壁上，不知死了多久。肌肉已经完全干瘪，连带皮肤牢牢贴在骨骼上，一滴滴尸水带着油珠，颤巍巍的挂满尸体全身。刚才落在我肩膀上的正是一只手。尸体的脑袋被撞进个大洞，血肉模糊的肉酱里面还来回钻着白嘟嘟的尸虫。

想到刚才是撞到这么一具尸体，我忍不住“嗷”地叫了一声，全身拍打着，又扑腾着脑袋，似乎拍烂了几个尸虫，挤爆的浆汁沾了满手满脑。

“这个丹岛洞，或许是个古墓。”月饼拿着弩箭在地上画了个简易草图，“第一层也就是第一个洞，是陪墓，设置了大量机关，防止盗墓贼。第二层也就是第二个洞，是主墓。里面不知道葬的是谁。也许是个中国人，也许……这个墓只是中国人设计的。不过这又说不通，如果仅仅是中国人设计的，为什么会出现明朝的机关暗器？”

我咽了几口酸水：“这不太靠谱儿吧。哪个中国人会把墓建在泰国。而且你刚才也说了，丹岛洞里面供奉着佛像，没出现尸体前，游客都能进出自如，也没碰上什么机关。偏偏咱们俩进来就碰上了？这点背得能和出门走路被楼上掉下的花盆砸死有一拼。”

“或许就是因为那两个人发现了洞的奥秘，才死在这里。又被守灵人摆在洞口，散布谣言，防止别人随便进出，又开启了机关进行防卫。”月饼仔细看着草图，“到底会是谁？”

我听得目瞪口呆：“你是柯南附体盗墓小说看多了吧？”

洞深处，吹出一股强烈的冷风，借着荧光棒微弱的灯光，一大片圆圆的绿光从洞深处亮起，嘶嘶尖叫着飞来。

蝙蝠!

六

我看得头皮发麻，转身已经没有退路，总不能眼睁睁被这群蝙蝠活埋了吧？

“别动，蝙蝠的超声波探位不会撞到静止的物体。”月饼吼了一声。

正说话间，蝙蝠已经飞来，肉翼在空中无声息地拍打着，眼瞅着越来越近，我几次想蹲下或者靠着蔓藤站住，但是看月饼虽然满头是汗，却一动没动，索性心一横，戳在原地等死。

大片的蝙蝠瞬间飞到我身前，却奇异地转了个弯，向洞口飞去。有几只甚至要撞到我的脸上，我清晰地看见芝麻大小的眼睛下面，是长着胡须的嘴，细细碎碎的牙齿上下黏着丝状的唾液。

蝙蝠的数量超乎想象地多，不多时已经把整个洞填满了。由于洞口被堵住飞不出去，就很死脑筋地在洞穴里面四处乱飞。

我们就这么站着，身边满是蝙蝠，像是被淹没在蝙蝠海里，任由它们从身边飞来飞去。这个恐怖绝伦的场景，我这辈子不想再经历第二次，心里暗暗祈祷千万别哪只蝙蝠的超声波系统出了故障，一脑袋撞在小爷脸上。

更恶心的是，居然有几只蝙蝠边飞边拉屎，落了我一脸。我透过蝙蝠群，看见月饼也好不到哪里去，脸上满是蝙蝠屎，像个唱大戏的，又忍不住想笑。

“蝙蝠屎又叫‘夜明砂’，可是不多见的珍贵中药，价格和黄金差不多。要是进到洞深处，挖上几斤带回去，南瓜你可就真成土豪了。”月饼居然还有心思跟我讲这些。

“现在怎么办？”看这些蝙蝠一时半会儿也没回家睡觉的意思，我总不能在这里陪他们玩耐力游戏吧。

月饼摸了摸鼻子，险些被一只蝙蝠撞脸：“直线往前走吧。”

我心说这也是没办法的办法，咬着牙和月饼并排在蝙蝠海里面逆浪前行。不知走了多久，洞内的寒气越来越重，冻得我牙齿打战，直到走到一处刀削般的悬崖前。

寒气由悬崖底部冒出，遇到上层的空气，凝结成雾状水滴，模模糊糊看见有两条手腕粗的麻绳，上下并排着连接到悬崖对面。

悬崖那头，是一个半人见方的小洞，我估计按照我的个子，还需要猫着腰钻进去才行。

“罪恶之门到了。”月饼探手抓了抓绳子，试了试结实程度，踩了上去，靠着上面的绳子保持平衡，挪着步子往对面走去。

我也跟着向前走着，谁曾想绳子承着两人的重量，居然在空中晃悠起来。我心里一慌，脚下用力，绳子晃得幅度更大了。几次没有抓稳，差点儿就脱手掉下悬崖。

“有点脑子行不行？”月饼脸色煞白，“绳梯要一个人一个人地过，你丫这么一来，重力不匀，彻底没了平衡！”

我也没心思反驳了，只觉得绳子晃得像是断了绳的秋千，上下左右完全没有规律，眼看着就要脱手了！

月饼像猴子一样，抓着上面的绳子，盘着腿吊在上面：“南瓜，赶快抱着下面那根，咱们爬过去。”

月饼总是能在最危险的时刻找到最简单直接的办法解决问题。我连忙抱着下面的绳子，两个人像杂技团的猴子，一人一根绳子，向悬崖对面挪去。

麻绳上面的毛刺又粗又硬，我一边维持着平衡一边爬着，手心火辣辣的估计被磨破了不少口子，眼瞅着对面越来越近，忽然听见后边传来“嘣嘣”几声，只觉得绳子绷力一松，整个人失重般往悬崖里掉下！

绳子断了！

完了！我疾速坠落，双手死死抓着绳子，指望着能不脱手吊在空中。可是下坠的重力实在太强，完全超出了握力范围。手不住地往下滑，手掌被麻绳磨得越来越热、越来越痛，终于坚持不住，我松开了手，掉了下去。

完了！这是我最后一个念头。

那一刻我想到了一个荒谬的念头：如果这是个无底洞，我岂不是会在一直坠落中生生饿死，直到变成一具骷髅，还在不停地下坠？

那实在是太恐怖了，还不如一次摔个稀烂来得痛快。

七

这个念头刚冒出来，背部一阵落地的疼痛。居然这么快就掉到了悬崖底部？我纳闷儿不已，倒像是为了没被摔死而遗憾。这时，传来了月饼的喊声：“南瓜！南晓楼！”

周围漆黑一片，根本看不见东西，让我心里有些发毛，生怕黑暗中蹿出个什么玩意儿。不过抬头看去，悬崖上倒是有光有亮。隔着蔼蔼雾气，月饼正探着身子吼着，距离也就五六米。我心说这个距离也拴两根绳子，还不如两边凿出石梯，这不是吃饱了撑的没事干吗？当下没好气地答道：“我他妈的活着呢，你在上面鬼哭狼嚎急着哭丧干吗？”

“你没死？”月饼难得吃惊的口气。

这话让我听了更不爽：“五六米的悬崖能把我摔死那才叫稀罕！不信你自己下来看。”

我边说边起身，这才发现自己不知道掉到一堆什么东西里面了。抬脚踩下，全是踩碎陶瓷的破裂感，一抬手还碰倒了石笋，由我身旁向远处“哗啦啦”响了一片。虽然看不见，不过也能想到，在这深坑里，石笋常年风化，早就腐朽不堪，稍有外力就能撞碎。

悬崖上的光线被雾气遮挡，根本透不下来。我寻思着要是乱走，万一被横出的石笋撞着眼睛可不是闹着玩的，当下吼了一嗓子：“月饼，你扔根荧光棒下来！”

没想到他居然和我心有灵犀，话音刚落，几根荧光棒已经扔了下来。蓝汪汪的荧光在雾气中看着异常飘忽，随着荧光一闪而过，我看到悬崖壁上有些奇怪的红色花纹。还没等细看，荧光棒落地，照亮了坑洞。

我看清了坑洞里的一切时，才懂了“有时候，看见还不如看不见得好”这句话的含义。

黑暗会给人带来恐惧，而光明，带来的恐惧或许会更加强烈！

坑洞里，是密密麻麻竖着的骷髅！

由于刚才摔落，几具骷髅被我压成了碎骨茬子，面前还有一串骷髅像多米诺骨牌依次倒下，是我刚才回首碰倒时带来的连锁反应，而在我身旁，还有两具骷髅一左一右戳着，身上还泛着幽幽蓝光，巨大的牙床因为失去了筋肉的牵扯，半张合着，黄色的牙齿上堆满灰色的灰尘，空洞的眼眶深不见底，森森地看着我。

如果这一切已经挑战了我的视觉极限，更让我震惊的是，在骷髅堆的深处，沿着岩壁挖出了足有半个足球场那么大的岩坑，在里面高耸着一座三角形的建筑。顺着层层台阶向上看去，建筑物的顶端，摆着一张椅子，上面坐着一个穿着僧袍的人，面色红润，单手支着下巴，远远地望着我。

我如同被闪电劈中，全身僵硬。这里，怎么会有人？难道这里是地狱，上面的僧人，是阎王爷？

月饼咬着一根荧光棒，顺着绳子爬下来，看到这一切，忽然愣了愣，接着眼中透出让我陌生的狂喜！

“没想到……没想到……”月饼的神情很古怪，自顾自地向建筑物走去，很像第一次看到双头蛇神时的样子。

他的这个举动，彻底触及了我内心深处最恐怖的念头。

其实，我并不是百分百相信月饼。虽然对我解释过，可是月饼所表现出来的一切，并不像是跟着都旺学了几个月蛊术那么简单。

在对付草鬼婆的时候，他所会的中国秘术，难道也是跟都旺学的吗？为什么他的泰语比我都熟练，而丹岛洞他又是从哪里知道的？又凭什么进了洞没多久，他就断定这个洞其实是一座古墓。

其实，这些事情我都有疑惑，之所以不愿去想，只是为了很简单地相信最好的朋友而已。

而他现在的状态，远比坐在建筑物上面的僧侣更让我觉得可怕。

“南瓜，”月饼兴奋地挥手喊着，又碰倒了几具骷髅，“我明白是怎么回事了！”

我冷冷地应了一声，心里面说不出的别扭。

“这确实是一座古墓，居然会这样布局！太奇妙了！太出其不意了！”月饼赞叹着，“原来第二个洞，只是个掩饰。当人们来到悬崖边时，看到绳子，自然而然地要去第二个洞里！我刚才看了，里面有个小佛塔，是顺着岩壁石纹走势雕刻出来的，而且居然有三维立体效果。如果不仔细看，根本看不见佛塔。难怪见到佛塔的人都会说‘不知道看没看到佛塔，但是却能感觉到’！所谓的‘罪恶之门’更是噱头，传说中有罪之人无法通过这道门，其实就是一种心理暗示。内心有愧的人自然贪生怕死，看到这两根绳子，当然不敢爬过去。这一切，都是为了保护悬崖下面的这座古墓！而敢于把古墓这么建造，又制造出大量传说描述丹岛洞的诡异，无非是为了分散注意力，最危险的地方反而是最安全的地方！”

“我们不是来找五百僧陀的尸灰救杰克和护士的吗？”我反问道。

“这就是佛陀啊！”月饼指着骷髅堆，“难道你还没看明白吗？”

“我看明白了！”我再也忍不住，“你有事瞒着我！”

月饼意识到自己的失态，表情总算恢复了正常：“南瓜，在跟都旺学习的时候，我听说丹岛洞里藏着一个近千年的秘密，能破解这个秘密的人，会得到意想不到的收获。所以，刚才有些失控。”

“滚！”我大声吼着，仿佛只有这样心里才能痛快点，“那你刚才怎么不告诉我！”

“我一开始以为这只是个传说，没想到进了洞才渐渐发现，这是真的。”月饼摸了摸鼻子，很牵强地回道。

这会儿戳在身边的骷髅看上去也没那么恐怖了，我烦躁地踹倒了一具，踩着骨茬子走到月饼面前：“我需要一个合理的解释。”

月饼看看我，又看了看建筑物上的僧人：“答案就在他身上。你看他的右手，是不是拿了一本书。”

我这才想到这么半天，僧人居然没有任何反应。借着微弱的光芒，我运足目力，依稀看到僧侣面色红润，手里果真握着一卷书本大小的东西。

“也不知道他死了多久，居然还能保持肉体不腐，这本身就是一个收获。”月饼深一脚浅一脚踏着遍地残骨，向建筑物走去。

我只好心事重重地跟着。

八

沿着台阶向上爬，远看觉得挺高的建筑，爬起来倒是挺快。就是偶尔往下面看，满地的骷髅像兵马俑并排站着，阴森中透着些壮观的味道。

不过我也想通了，月饼看上去虽然藏着掖着什么东西，至少没有什么害我的意思。他天生好奇心强，人又聪明，跟着都旺学了那么久，知道一些我不知道的事情也不是什么奇怪事，这次也许真是见猎心喜也说不定。

我这人心大，遇到事情总是喜欢往好的方面想，多一事不如少一事，这段时间的经历已经让我快承受不住，何况我的身世是个谜团，要是再琢磨这些事情，估计用不了几天月饼就得拎着五袋苹果去精神病院看我了。

这么想着，心头又一松，不知不觉爬上了建筑物的顶端。五米见方的平台上，那个尸体不腐的僧侣，端端正正地坐着。

僧侣半低着头，紧闭双目，相貌极丑，下巴向前半弯着凸起，塌鼻梁下面的朝天鼻倒有些像猪鼻子，一双粗密的眉毛呈倒八字。虽然人已经死了，但是眉宇间却透着深深的哀愁，而且整个人有一股说不出来的气势，灰色的僧袍上绣着九条金丝蟠龙，更强化了这份感觉。

我觉得他很眼熟，好像在什么书上或者电视里面看见过。

僧侣虽然长得丑，身材却高大，肤色也不像泰国人那样黑，倒很像个中国人。而且按照骷髅的腐败程度，他起码死了上千年，居然能够保持得这么完好，确实是一件很诡异的事情。

他的右手紧紧握着本纸张已经呈现出朽黄色的书。书面空空如也，没有一个字。月饼皱了皱眉，脚尖轻点地面试探着，确定没有什么机关，才放心走过去，绕到僧侣身后，“啊”的一声惊呼。

就在这时，僧侣忽然猛地抬头，睁开了双眼！

我脑袋里面“咚咚”冒出两个大字：诈尸！

还没等回过神儿，他的那双眼睛，让我倒吸了口凉气！

两团红色的火焰，在眼眶中跳动着！

红瞳！

九

“他不是诈尸，而是蛊对蛊的感应。”月饼隔着僧侣给我扔了根烟，“南瓜，我终于想到了解除你红瞳的办法！我知道你对我有所怀疑，现在我一五一十地告诉你，不过你要先看看这个。”

月饼的话让我心头猛震，完全不知道该做些什么，我机械地绕到僧侣背后，看到了让自己毛骨悚然的一幕！

僧侣的整个后背，血肉就像红色糨糊似的糜烂着，鼓着密密麻麻黄豆大小的血泡，每一个血泡里面，蠕动着手指头粗细，肉嘟嘟的暗红色蚯蚓，歪歪扭扭从肉中钻出，顶破血泡，拼命想挣脱出来，可是每次钻到只有尾部时，却又挣脱不了，只得把头部对着肉，张开圆筒状的嘴，吞噬着血肉，又钻了回去。当蚯蚓完全钻进去时，又会从伤口处挤出一个血泡。

如此周而复始，乍一看就像这个背部长满了会动的肉芽。

“你的眼睛，其实是被下了蛊。”月饼轻轻说道，“你并不是泰国人，也和蛇村完全没有关联。我之所以不说，是怕你承受不了。现在我找到了解蛊的办法，终于可以说了。你知道吗，对自己最好的朋友隐藏着秘密，实在是件很痛苦的事情。”

以下是月饼的叙述——

蛊族搜寻从万毒森林出来秘密送至世界各地的红瞳之人，然而人海茫茫，到哪里去找。所以蛊族会选择生辰八字都是阴时的人，下蛊培养成后天的红瞳之人。这类人虽然极少，但是凭着千奇百怪的蛊术总是可以找到。而你，就是被选择的对象。蛊族绝对不能说出红瞳之人真正的由来，否则会失去所有蛊术，至于这是为什么，我也不知道。所以都旺到最后都没有说出你的秘密。

我之所以懂这么多稀奇古怪的东西，原因很简单。当婴儿被下蛊后，这双红瞳必然不能被世人接受，难免在成长过程中出现各种危险。为此在后天的成长过程中，一定要有个年龄相当的伙伴暗中保护。也不知道是幸运还是不幸，我就是那个人。都旺在我小学的时候就找到了我，教了我许多东西，这些你都看到了。在你的生命中，遇到了许多危险，生过几次大病，也都是我帮你解决的。直到上了大学，我和你考到同一所学校，住同一寝室，也都是安排好的。

我知道你不相信这些，可是我说的是事实。在泰国有个很奇怪的传说，红瞳之人是受到诅咒的人，也只有红瞳之人，才能解开蛊族最大的秘密，这个秘密不仅仅是你经历过的这些事情，而是蛊术的由来。据说真正的蛊术，并不是起源于泰国，而是中国！

说起来这件事情还和郑和下西洋有关。明成祖朱棣委派郑和下西洋，除了扬国威，加强外交，还有一个众所周知的秘密——寻找建文帝朱允炆。不过这里面还有更深层的原因，那就是寻找一本遗落在泰国的蛊书。

明朝开国皇帝朱元璋在争夺天下时，一直有一支神秘部队帮助，就是擅使蛊术的南疆少数民族。见识到蛊术的神妙，朱元璋深感是个威胁，建国后对这支部队大肆暗杀，残存的蛊族通过南疆逃到泰国，据说是为了找到那本蛊书，习得更高深的蛊术报仇。这成了朱元璋的心头大患，直到朱棣篡位夺得天下，遍寻朱允炆不着，有传言说在泰国曾见到过建文帝的踪迹，于是断定他也在寻找这本蛊书，联合蛊族复国。朱棣便暗中吩咐郑和打着下西洋的旗号，带领中原的能人异士与泰国的蛊族进行了一场大战。结果不得而知，只知道双方均伤亡惨重，这也是郑和为什么始终能够得到朱棣器重，赐国姓，不惜国库钱财，数次下西洋的原因。

不过还有一层传言，郑和其实一直对朱棣窃国心怀不满，他寻找建文帝，是为了帮其复国，但是最后为什么没有实现，这就不得而知了。

你可能体会不到，我因为好奇，误学了蛊术，也间接被下了蛊，不得不接受从小就保护你的使命。但是和你这么久的接触之后，我已经把你当作兄弟，所以我恳求都旺解除你的红瞳，都旺也答应了，这才有了后来在万毒森林里我发觉被骗的事情。我确实对不起乍仑和蛇村的人，还有秀珠。

都旺死了，我心里暗暗发誓要把你受诅咒的红瞳解除，根据我所掌握的线索，就是要找到他！

给杰克和护士下蛊的人我确实不知道是谁，但是没想到误打误撞，居然让我找到了这具——万蛊不变之尸。

而他，也是第一个红瞳，手里拿的，据说就是真正的蛊书。

我之所以到现在才跟你说，是因为如果说出真相，不仅蛊术会全部散掉，还会被体内的蛊虫反蛊身亡。万蛊不变之尸身上的蛊虫，可以治愈任何蛊毒。

时间很紧迫，先不要多问，跟着我做。

十

说到这里的时候，月饼突然咳嗽一声，嘴里喷出大口的黑血。我听得目瞪口呆，没想到在我出生的时候，竟然已经被别人安排了命运，月饼又何尝不是？原来他所做的一切，都是为了帮我解除蛊术！

月饼又一声咳嗽，黑血喷得胸前斑斑点点，煞是刺目。他深吸了口气，一把探入僧侣后背，再伸出手时，多了几条拼命扭动的蚯蚓。

“吃！”月饼塞给了我一条。

“啥？”我看着手里活蹦乱跳的蚯蚓，还沾着僧侣稀烂的血肉，心说这玩意儿别说解蛊，这腐烂了千年的烂肉，也能把我毒死。就算不被毒死，估计吃下去我也就被恶心死了！

月饼捏起一条蚯蚓，仰着头，满脸痛苦状，张开嘴囫囵吞了进去。只听见“咕咚”一声，喉结翻动，蚯蚓被生生咽进肚中。

只听见他肚子里面雷鸣般响了半天，“哇”地张嘴吐出一只绿色的甲壳类虫子，嗖嗖嗖爬到僧侣身上，钻了进去。

“快吃！”月饼见我拿着蚯蚓还在做心理斗争，不由分说捏着我的下巴，用手指头生生把一只蚯蚓捅进了嗓子眼儿。

我顿时觉得一溜又臭又腥的气味从食道里冒出，紧跟着是蚯蚓扑棱棱沿着食道向胃里爬，这种感觉实在是太恶心了！

我张嘴想呕，月饼摁着我的下巴，把我的脑袋扳住：“不进胃里坚决不能吐，解蛊只有一次！只有解了你的红瞳之蛊，蛊族才不会再发现你！”

我只能拼命咽口水，只盼着蚯蚓能早点进胃里。估计我点背，这只蚯蚓腿脚不如月饼吞的那只利索，过了好一会儿还在食道里面遛弯。

我心说坏事了，别不是把我的身体当成万蛊不变之尸，咬破食道在我身体里面搭窝过日子吧？那玩笑可开大了！

这么一想，我顿时觉得蚯蚓停留的位置钻心的痛。

“到哪儿了？”月饼看我表情不对劲，连忙问道。

我指了指胸口，痛得话都说不出来。

月饼忽然一拳打过来，我只觉得一口气闷在胸口，咽不下去吐不出来，不过忽然感到一个东西飞速地顺着食道掉进了胃里，接着一股热流从腹中升起，顺着血液传至全身，说不出的舒服。

我略略喘了口气，肚子又刀割般疼痛！只觉得肠子好像被剪刀一寸寸剪断，裂成无数截，有个活物从肠膜上挣脱下来，顺着肠子钻进胃里，又飞速地沿着食道到了嗓子眼儿，顿时恶臭满嘴，我张口把那玩意儿吐了出来。

一团红色的东西在地上蹦跶着，我仔细一看，居然是条红眼金鱼！这就是我中的蛊？

“南瓜，你的蛊，终于解除了。”月饼擦着额头的冷汗，神色有些遗憾，“我再也不会用蛊术了。”

我讪讪地不知道该说些什么。如果换作是我，愿意扔掉学了多年的蛊术，放弃很多让人羡慕的能力，去解救自己的朋友吗？

但是，月饼做到了！

“谢谢你，真的！”我心里热腾腾的，鼻子有些发酸。

月饼摸了摸鼻子，无所谓地耸耸肩：“谢个屁，多大点事。”

“我还想问一件事。”我揉着肚子，兀自恶心不止，“洞口被堵死了，咱们怎么出去？”

地面，忽然轻微地颤动着；洞顶，下雨般掉落着碎石。

月饼把手里剩下的蚯蚓塞进竹筒，抬头盯着刀削般光滑的岩壁：“咱们入洞时触动了机关，这可能是最后一道防盗手段，整个山洞要塌陷了。”

“啪啦啪啦！”

岩壁响起清脆的断裂声，闪电状的裂痕由地面迅速向上延伸，撕出几道一人见宽的缝隙，下落的石头越来越大，我和月饼拼命闪躲，差点儿被一块脸盆大的石头拍成肉泥。慌乱中，我看见那一排排骷髅早被落石砸得稀烂，而僧侣的尸体也被层层掩埋。

落石把我们逼到岩壁一角，眼看越落越多，几乎就没了落脚的地方。月饼扯着我的胳膊：“进这条裂缝！”

“万一裂缝合上不把咱们挤死了！”我想进又不敢进。

“那也总比活埋了强！”月饼已经闪身钻了进去，“山体断裂，说不准还有逃出去的机会！”

“咚！”一块巨石落下，跌跌撞撞向我弹来，我再没犹豫，喊了一声钻进裂缝！

十一

黑暗，无休止的黑暗！

在山体裂缝中，眼睛如同蒙上了一块黑布。只能听见山腹深处崩塌的怒吼，石块砸落的声音，我跌跌撞撞摸索着向前跑。窄窄的裂缝里不知跑了多久，身体被凸起的尖锐岩石划得全是血口子，汗水混着泥灰浸入伤口，疼得无法忍受。有什么事情，比在这样的环境里，没有希望的奔跑更让人丧失信心的呢？

一块岩石砸在我肩膀上，麻痛感连心脏都缩成一团，我闷哼一声，也许是太过劳累，也许是心里早已放弃，我彻底崩溃了，缓缓收住脚步，双手撑着膝盖，大口大口喘着气，再也不想动了。蓬起的灰尘呛入嗓子，我剧烈地咳嗽着，咳得眼泪都流了出来。我忽然觉得很可笑，当我什么都不知道的时候，遇到危险都能化险为夷；可是在明白了一切真相后，却迎来了死亡。

这不是命运和我开玩笑，或许，这就是我的命运。

"南瓜，沿直线，使劲往前跑啊！"月饼就在我前方不远处。

我苦笑着，跑，又能跑到哪里去？

"月饼，我不行了，你跑吧。"我沮丧地喊着，心里反而很安静，索性一屁股坐在地上。

月饼，加油啊！如果能摆脱黑暗，你的世界从此就是光明的。

脚步声由远及近，月饼跑到我身前，一把抓住我的头发，生生把我拽了起来。虽然看不见他的脸，不过我能想到他的表情。

"南瓜，快了，我看到前面有光亮。咬咬牙，再坚持一下。"

光亮？这句话比什么鼓励的话都好使，我不知哪来的力气，绷着劲甩开步子向前跑去。

山腹里响起霹雳般的脆响，我清楚地感觉到整个地面如惊涛骇浪般翻腾，龟裂的地缝几次把脚掌陷进去，再生生拔出来。突然前脚踩空，又踏进一条地缝，脚踝顿时疼痛难忍，我拼命拔脚，却怎么也拔不出来！

"月饼！"我喊了一声，可是声音很快就淹没在石裂声中。

我蹲在地上，听到身体两侧石头挤压得越来越紧，山缝正在收缩，胳膊清晰地感觉到几块石头慢慢顶过来，烙在肌肉上，伴随着麻木的酸痛，胸口的压迫感也骤然剧增，全身骨骼"咯咯"直响，内脏像是被挤到了一起，每一次困难的呼吸，肺部都能感觉到心脏搏动。

我被箍在这座山里了。也许很快，我就会在这毫无办法的绝望中被缓缓地挤死。

生命的最后一刻，我微笑着想：不知道月饼是不是跑出去了。他跑得那么快，一定没问题。

一只手，从黑暗中探出，一把抓住我的胳膊，用力往外拖拽。

月饼又回来了！

生死时刻，我的朋友，没有放弃我！

“我的脚卡住了，你快跑吧。”我推着他的手。

“把鞋带解开，脱了鞋！”

我暗骂自己笨蛋，连忙手忙脚乱地解开鞋带拔出脚。

“可能还有三五米就出去了，赶快！”月饼豪迈地喊着，“不到最后一刻，不要轻言放弃啊！”

这也许是人生中最绝望、最漫长的三五米。石缝把我挤压得已经只能侧身慢慢向前挪，但是我闻到了夹杂着野草香味的清新空气。不远处，一条狭长的裂缝里，透出了点点星光……

十二

“月饼，我欠你两条命。”我点了根烟，踩着柔软的青草，脚心很痒。

“你欠我的多了。”月饼撕下半边T恤，缠在手里，又摸出瓶二锅头浇透，抹着我被岩石划烂的伤口消毒。

我痛得龇牙咧嘴：“你欠我一双靴子！”

“什么靴子？”月饼忙活完，四脚八叉坐在草地上，把剩下的半瓶二锅头喝了个干净。

我指了指只剩一只靴子的脚：“那可是天伯伦限量纪念版啊！”

“这个时候，你居然还在想这个？你脑子是怎么长的？”月饼疲惫地低着头，“解除了蛊术，感觉好累。”

我挨着他坐下：“可惜了那本蛊书。”

月饼“嗯”了一声，没有言语。

“你说那个僧侣是谁？”刚才连番剧变，让我没时间去想，这会儿想到这个问题，忍不住问了出来。

“朱棣窃国后，没有发现建文帝的尸体。郑和下西洋的目的是什么？朱元璋起义前的身份是什么？据说朱元璋早就看出朱棣心怀野心，给孙子建文帝安排好了一切事情，当然也包括如果失位的逃脱法门。而明初著名的风水大师、墓建大师汪藏海在朱元璋驾崩前忽然失踪，有人看到他乘船下了南洋，也有人说他是为了给自己建船墓。不过弩箭上刻着‘洪武’，而且以山为墓，布下这么精妙的机关，这么匪夷所思的构想……你应该能想到那个僧侣是谁了吧。”

我心里一惊，难道千年前那个神秘失踪的人，竟然葬在了泰国？

“别想那么多了。古人的事只是历史书上的故事，虽然能解开血蛊，但是下蛊的人却仍然是个谜。”月饼捡起一块石头，用力扔出，砸在刚刚合拢的山体上，连带着纷纷石屑落入草中。

丹岛洞的洞口，已经完全垮塌，封印了一段不为人知的历史，也封印了我们至今解不开的层层谜团。

月饼伸了个懒腰：“我的黑暗时代，终于结束了！”

我心中忽然很豪迈：去他的宿命！这个世界上，还有什么比一个最值得信赖的朋友始终在身边而更激动的事情呢？

第九章 骨扣

泰国最恐怖的传说大概就是鬼妻娜娜了，几乎所有泰国人都说这个故事是真实的。

有一对夫妻，妻子叫娜娜，刚怀孕丈夫就被迫去参军了。后来娜娜难产死了，接生婆偷走了她的结婚戒指，然后叫人把母子的尸体给埋了。到了晚上，接生婆拿了戒指对着油灯看，娜娜从天花板上伸头出来说：把我的结婚戒指还给我……

她因为很爱自己的丈夫，不想让丈夫知道自己死了，于是拿回结婚戒指，在丈夫回来的时候，带着孩子在家里等着。

村民们都想告诉丈夫说娜娜其实已经死了，但是说的人，都无故死掉了。她的丈夫很爱她，也不相信和自己生活在一起的女人早已死了，何况还有个孩子。

有一天，娜娜在做木瓜沙拉，一个柠檬掉了下去，娜娜一伸手就捡了回来。泰国的房子都是用几个柱子顶高建在上面的，就像个亭子。人在家里，离地面有两米高，娜娜居然能一捡就捡回来了，丈夫这才开始相信了村民们的传言。于是弯腰透过胯下看自己的妻子和孩子，居然是一对已腐烂的尸体。

丈夫躲到了寺庙里，娜娜对自己的丈夫很失望，但又很爱他，在寺外求他回去。可是鬼是进不了寺庙的，娜娜让寺庙里的佛光照得死去活来。她很恨僧侣，所有阻止她和丈夫在一起的人、僧侣都被她杀了。

人们请来一个法术很高的和尚收服了娜娜，并把她的头盖骨做成了一个皮带扣。她的灵魂被封印在里面，给最有慈悲心的人佩戴，就能封住她。如果有一天，皮带扣落到了坏人手里，娜娜就会得到释放。

传说，现在那个皮带扣就在泰国民间手手相传着。如果你去旅游，有人向你推销小饰品挂件，那一定要小心！

一

我们俩急匆匆回到医院，蓬头垢面的样子倒是把巡夜的医生吓了一跳。还好在回来时做了回飞贼，偷了两件晾在农家院里的衣服，要不光着上半身闯医院，估计不是进了警察局，就是几针麻药几下电棍，直接送进清迈医院十八楼的精神病房。

月饼给杰克和护士喂下带回来的蚯蚓时，我心里居然有点幸灾乐祸。等到两人吐出老鼠屎一样的黑球时，才想起我肚子里面养了这么多年的那条金鱼，又是一阵恶心。

两人还在昏迷，月饼把护士小心地送回护士站，回到病房坐在椅子上发呆。我也不好打扰他，这些年压在他心里的事情确实太多，虽然已经完全解脱了，但难免会有些唏嘘。

有的时候对待朋友，不一定要嘘寒问暖，只是坐在他身边就好。

不多时，月饼脱了鞋子坐在椅子上沉沉睡了过去。

天边泛起鱼肚白，我想反正也睡不着，索性摸起月饼给我的线装古籍看着打发时间。两本古籍边角都起卷了，入手脆硬，看起来倒是有些年代。翻开第一页，上面竖着八个大字“欲练神功 必先自宫”！

《葵花宝典》？

翻到下一页，上面又竖着一行简体字：南瓜，和你开玩笑的——月无华。

我哭笑不得：月饼你居然还很有幽默感。

随手把书翻开打发时间，书里写的是风水、五行、中医理论的东西，都是我从来没有接触过的，有很多直接看不懂，还有各种阵法的简图，不过我读得倒是津津有味。

越看，越觉得有意思。

二

早晨的一抹阳光滑进窗户，蒸烤着病房里有些潮湿的地面。一丝丝水汽蒸发升腾，扭曲着光线。

月饼伸了个懒腰坐起，我憋着笑保持平静状。月饼伸手拿鞋，却一把抓了个空。“咦？”他又抓了一把，明明就在眼前的鞋子却根本抓不到。

我面无表情：“怎么了？”

月饼思索片刻，脸色一变：“南瓜，小心，有问题！可能昨晚回来的时候沾上了陌鬼！”陌鬼常见于小巷陌弄，脏乱不净、污浊不堪，臭秽不能令人居住之处，喜夜间出没，常依附于醉酒之人，有些醉汉宿醉街头，第二天发现时已经死了，就是被陌鬼附身导致。

有些喝醉的人爱耍酒疯，回到家中更是大哭大闹，不能自抑，说出些让人听不懂的言语，所说的就是陌鬼附身后说的鬼话。消除的办法倒也简单，热水洗澡后在泥丸、颤中、天突、迎香穴擦些薄荷油，这种气味是喜脏爱臭的陌鬼受不了的，自然会脱离依附者……

这些都是我从那两本书里学来的常识。

月饼干脆光着脚从椅子上跳下，一脸紧张地在病房里翻翻这里摸摸那里，时而沉思时而掐指。说不得我也要配合一下，故作惊恐状：“发现什么了？”

月饼有些纳闷儿：“没有阴气，也没有寄灵的物件……”

我把鞋子踢到他跟前：“不就是双鞋嘛，小题大做！”

月饼倒是聪明得紧：“南瓜，你怎么做到的？”

“我简单布置了一个‘迷形阵’。”我扬了扬那两本书。

“迷行阵？”月饼穿着鞋子，“我怎么看不大懂？”

这句话倒是出乎我的意料：“那本书上写得很明白啊！方位、卦数、天干地支、五行、算砂数烛，都标注得明明白白，怎么能看不懂？”

“这两本书据都旺说很少有人能看懂，你这就都会了？”月饼来了兴趣。

“什么书？”不知道什么时候已经醒了的杰克问道。

月饼对我使了个眼色：“没什么。你怎么样？”

杰克疲惫地笑了笑：“身体感觉好多了，不过昨晚做了个梦，我居然吃了蚯蚓！哦，这实在是太可怕了。”

我和月饼面面相觑……

又过了两天，杰克身体好得七七八八了，办了出院手续，和我们一起到学校报了道，不过身份是学校的心理辅导师，专门开解学生的各种压力。

这期间我和月饼或明或暗套他的话，杰克人倒是老实，问什么说什么，而且还很健谈，经常没话找话地滔滔不绝，甚至问个“都旺如何和他联系”的事情，他能讲到爱斯基摩人的冰屋多么美丽，真是人间奇迹云云。

我听得耳朵都快起茧子了，月饼更是干脆跑出去抽烟，耳不闻心不烦。

杰克对被下蛊的事情也摸不着头脑，几次询问我们，月饼懒得回话，我只好绘声绘色给他编了个“都旺会蛊术，每年都会骗几个外国人下蛊炼制新蛊术，结果被我和月饼发现，一举击破”的故事，当然我也没忘记把自己的形象高大一下，成为拯救杰克于水火之中的男一号。

最后我神秘兮兮地嘱托：千万不要把这件事情透露出去，说出去也没人相信。

到底是亲身经历了这件事情，杰克睁大眼睛听完，用西方人惯有的夸张喊着“Oh！My God！”对我佩服不已，并承诺一定保守秘密。

杰克为什么被都旺下蛊的事情始终没有答案，而那晚布下血蛊的人也再没出现，我的心里还是有一丝隐忧。

月饼倒是无所谓："该来的自然会来，想那么多干吗。"

我一琢磨也是，他作为我这个半吊子"红瞳之人"的守护者这么多年，什么事情没经历过？如今终于摆脱了心魔，自然觉得万事随心过，处处不留痕。

既然事情过去了，那就过去吧。等再发生事情时再解决就好。何况我心里也确实太累了，宁可当这些事情都没有发生过，也暗暗祈祷不要再发生什么事，安安稳稳把书念完，回国当个"海龟"，虽说只是个东南亚"海龟"，可好歹也算是镀了层泰国金不是？

在这里还要补充一下，在泰国的大学里，经常会出现老师神秘失踪事件。原因说起来倒很好笑，这些失踪绝对和灵异恐怖事件无关。而是作为毒品、枪支、妓女盛行的泰国，犯罪组织的魔爪自然不会放过校园里的学生。

个别老师会利用受尊重的身份，暗中参与这些非法活动。兜售毒品卖给学生、诱骗女学生当妓女的事情时有发生，一旦被警方发现，为了维护大学荣誉，老师会被秘密带走不对外宣布，学校里也装傻充愣不闻不问，不过这也是一个心照不宣的秘密而已。

当时满哥瑞把我骗去参加"佛盅之战"后失踪，我还纳闷儿学校怎么没有反应，学生们也没当那么一回事，后来才知道其中蹊跷。

接下来，我和月饼要做的事情，非常重要！

那就是——读书！

"既然出了国门，不能丢了祖国的脸啊！"月饼郑重地拍着我的肩膀，"杂家的成绩全都靠你了！"

"你有心思学了这么多年蛊术，又会那么多稀奇古怪的玩意儿，就不能好好念念书？"我无奈地叹了口气，"在国内就逢考必抄我的，这都抄上瘾，抄到泰国来了。"

"学霸，我们做朋友吧！"月饼穿上"匡威"帆布鞋，牛仔裤搭配纯黑T恤，拢了拢细碎的长发，准备跟我上课去。

我上下打量着他，月饼连忙看看有没有鞋带没系，裤链没拉的情况……

“月饼，你没校服吗？”

“校服？话说南瓜你怎么穿得和人妖一样？”

在泰国大学里，学生对老师都异常尊敬，上课必须统一穿校服，一般都是“黑白配”。这两年据说是要和“国际接轨”，女学生的白衬衫改为紧身短袖式样，紧身程度可以将身体曲线表露无遗，黑裙子则由以往的过膝宽裙改为低腰迷你褶裙，腰线刚刚及胯，裙边则短到大腿中部，为了走路方便，迷你裙的斜侧面还要开一道契儿，养眼得很。

男学生的校服更是夸张，紧身白衬衫配超低腰牛仔裤，想想就知道这种服装穿身上是什么效果，稍微一弯腰就能露出半拉屁股……

不过也有很多男学生为了配校服，专门买了许多漂亮内裤，以至于我经常腹诽做校服的原本和内裤厂家就是一家子。

我还有两套校服，给了月饼一套应急，不过他打死也不穿这种娘炮儿服，还振振有词说：“中国人就要穿出中国人的风格。”我也烦了天天穿得和人妖一样，索性换上衬衫牛仔裤，上了几天课倒没老师说什么，而且女同学的回头率暴增，心中窃喜。

直到学校排名第二的校花红着脸塞给我一封情书，我满心激动地打开，发现是让我转交给月饼的，才把这份窃喜换成了愤怒。

三

如此风平浪静了半个多月，我和月饼闲得没事就往杰克的心理辅导室跑。一是这个老外知识极为丰富，听他讲几个段子很是有趣；二是哥们儿好像很有钱，去他那里能喝上正宗好洋酒，还能抽上顶级的古巴“哈瓦那”；三是还有些不放心，毕竟事情摆在那里，要想真不当回事那绝对做不到。

吃了午饭，下午没课，我们俩溜达着准备去杰克那里蹭酒，却迎面碰上他。一问才知道正好有个中国留学生前段时间不知道为什么精神出了点问题，在精神病院治疗一段时间好转了，学校让他做个心理评估，看看能否继续学习。问我们有没有兴趣，去他在学校的心理辅导室玩玩。

我们听说是中国留学生，随口就答应了，当然也想看看心理评估到底是个什么景，跟着杰克就走。杰克话痨的毛病又犯了，一路上滔滔不绝地讲着，没几分钟就把家底摆了个底朝天。

我心说他这秃噜嘴子，估计保守不住秘密，看来确实被都旺不知出于什么目的拐到泰国，心里倒多了几分踏实。月饼没心思听杰克絮叨，板着张扑克脸跟谁欠了他钱似的，估计还在为头一天被我以“考试不给抄”为威胁宰了一双靴子，花了三万多泰铢而郁闷。

杰克的心理辅导室在清迈大学西边，到了之后，一个头发乱糟糟的青年人正坐在台阶上抽烟，地上满是烟头。

这在泰国是极为罕见的事情。因为泰国人极爱整洁，随手扔烟头的事情几乎没有过，这和国内又多有不同。

杰克皱了皱眉，青年人抬起头，我被他吓了一跳！

四

来的路上我们已经知道了他叫蔡参，在国内是个三流小编剧兼导演，不知道哪根神经搭错了，为了拍一部鬼片，来泰国学编剧，结果甩了国内老婆和个泰国女大学生同居了。半年前又被一炮而红当上小明星的女大学生甩了，精神受到刺激，出现了臆想症。

我暗骂他给祖国丢了人，“中华儿女千千万，不行咱就换”！为了一个泰国小娘儿们当了回陈世美，还把自己搞出精神病，对得起党和人民的培养嘛！

不过影视圈的事情，大家都心知肚明，没几个人是干净的，所以也不值得同情。我还顺手查了他的微博，没疯之前经常和女粉丝互动聊天儿，而且目标都是漂亮女粉丝，心里更是愤怒中夹着点羡慕嫉妒。

可是当我看到他的样子时，开始觉得这件事情没那么简单。

我从未见过一个人能长成这副样子！不是因为他长得太丑，相反还有点小帅，但是人相搭配实在是太过凶煞！

按照那两本书上所讲，人相也有五行，搭配好了，五行相生，一生顺风顺水；如果搭配差了，五行相克，那这一生就只能自求多福了。

简单点说，细瘦者属木，尖露者属火，浊厚者属土，方正者属金，圆肥者属水。体型配上命理五行，才会顺当。

蔡参极瘦，眉发疏秀，鼻梁长而直，喉结非常明显，耳朵尖尖的，有点像《指环王》里精灵族的耳朵，手指纤长苍白，有点儿像书里说的“木形人”特征。

蔡参可能有些奇怪不是杰克单独来的。杰克歉意地笑着：“不好意思，两个朋友也是中国人，听说了你的事情很关心，想来看看你需要什么帮助。”

杰克的语调中透着股又软又沙的磁性，和平时说话大不相同，连浅蓝色近乎白色的眼睛好像都有些迷离，透着让人说不出的舒服。蔡参僵硬地点了点头，也没说什么拒绝的话，杰克打开门，和蔡参先走了进去。

“南瓜，你看出什么来了吗？”月饼低声问我。

“他是容易招鬼的人相。”

“我说的不是这个，你注意到他的皮带扣了吗？”

我刚才只注意人相去了，倒真没看他的腰带扣。

“进去再说，他的腰带上面雕刻着玫瑰花，中间是个戒指，让我想起‘鬼妻娜娜’的传说。”月饼闪身进了门。

我站在门外，热辣辣的阳光炙烤着我的皮肤，不过我却觉得浑身发凉。我当然知道鬼妻娜娜的传说，难道蔡参戴的腰带扣就是传说中的那个？

进了屋子，蔡参已经陷进松软的沙发里，闭上了眼睛，梦呓般说着话。

杰克坐在他的身旁，刚把一个摆表收回兜里，又拿录音笔记录着。月饼从桌子上拿起笔在手上写了几个字，亮给我看——

催眠！

杰克会催眠？

还未等我琢磨过来，蔡参开始讲述他的一个故事……

五

以下是蔡参被催眠后断断续续说的话，由于处于催眠状态，所以经常前言不搭后语，逻辑也很混乱，我借了杰克的录音笔把音频导出，听了好几遍才整理成文字——

我很喜欢泰国的恐怖电影，于是自费留学，来泰国学习电影编剧。半年后就在校外租了一间不大的小屋。又过了半年，和我有共同志向的女朋友楠萨嫩也搬了进来。

（听到这里，我心里暗骂，他当了陈世美还振振有词！）

楠萨嫩学的是导演专业，整天梦想着要在奥斯卡上拿最佳导演奖。有梦想总是好的，虽然这个梦想在我看来是这样的不切实际。所以我经常劝她做人要脚踏实地，但是她总是嘟着性感的小嘴，娇嗔着一定要我帮她。每到这时，我总是很无奈，谁叫我学的是电影编剧，又是国内有名的导演呢?

（不要脸到家了！这是月饼写给我的字条上的一行字。我坚定地点了点头。）

这几天楠萨嫩说是去采风，打了个招呼一溜烟就不见了。我也习惯了她风风火火来去匆匆的生活，每天继续我的剧本创作。

每晚十二点，我都会去一家咖啡屋苦思冥想，不仅仅因为老板尚达是我的同学，更因为这家咖啡屋的名字很符合我的口味：幽灵咖啡屋。

这是一间很冷清的咖啡屋。我经常怀疑如果我不去，这里是否还有生意。

我会习惯性地陷进松软沙发里，要一杯香浓的RoyalCopenhagen，打开手提电脑，或快或慢地敲击键盘。

春夜的雨水密集而柔软，我拍打着衣服上的水珠，走进咖啡屋，发现最喜欢的座位上坐了一名女子。她的脸在昏暗的灯光下混浊不清，五官轮廓完全被虚化，透着让人不舒服的诡异感觉。

我皱着眉头看着侍者，侍者知道我和老板的关系，所以我也不多做解释，而是单刀直入地问道：“尚达呢？”

侍者连忙小心翼翼地跑过来，悄声对我说：“老板说这几天有事外出。这个女人来了之后，非要坐那里，咳……您知道的，店里生意不景气……”

我叹了口气：尚达混得确实很狼狈。刚上大学父母就车祸双亡，留给他的只有一套老房和一笔不菲的保险。这家伙的梦想是当全球最有名的编剧（为什么在大学时，每个人都有那么多不切实际的梦想）。可是梦想与现实就像铁轨，虽然平行，但是永远不会有交集。眼瞅着所剩遗产不多，剧本又没人欣赏，他就开了这么一家咖啡屋聊以度日。

我拎着笔记本找了个座位，背对着女子坐下。侍者如释重负，连忙送过来已经煮好的RoyalCopenhagen，又给我一个小礼盒："老板说您来了之后，把这个给您。他从旧货市场淘来的，您肯定喜欢。"

我打开一看，是一个纯铜的皮带扣，看成色和边角的磨损度，有一定年代了。皮带扣上刻着大片绚烂的玫瑰花，群花团簇中是一枚精致的戒指。我平时挺喜欢收集这些小玩意儿，看了这个自然很高兴，立马把原来的皮带扣换了下来。

打开电脑，我正构思着"女雕刻师被老鼠啃成白骨"的剧本，却因为突如其来的小插曲而心绪不宁，盯着空白Word文档，一个字也写不出来。

电脑屏幕泛出幽幽的惨白色，我看着屏幕中映射出的人脸上罩着一层白得几乎发蓝的荧光，模糊而扭曲，显得极为陌生。我下意识地伸手摸了摸脸，屏幕上的人也伸手摸着脸，表明对方不过是光线作用下我的一个投影。

屋外下着密集的毛毛细雨，轻轻打在玻璃上，发出细细碎碎的簌簌声。水珠汇集成各种形态奇异的图像，随后又被新的雨水击碎，聚合成数条水痕，沿着玻璃缓缓地蔓延而下，盘根错节地在玻璃上相互纠缠，如同地狱中被束缚的恶灵，拼命挣脱禁锢的枷锁。

咖啡屋里播放起九十年代风靡一时的《人鬼情未了》主题曲*Unchained Melody*，The righteous brothers用悲凉沧桑的嗓音在婉转的旋律里如泣如诉地讲述着一段人鬼殊途的爱情挽歌。

写不出东西的时候，我习惯性地点上一根烟，凝视窗外。灯光把屋内的情景清晰地投映在这块墨色玻璃中，使得窗外的街景反而越发隐没于黑暗之中。光明与黑暗，完美地组成了奇异的三维空间，在玻璃上无节制地相互吞噬。

看一样东西久了，目光很容易游离，各种光影大量模糊了我的视觉，使我不由产生了一个奇怪的想法：

现在的我是真实的，还是镜中的我是真实的？我在看着镜中人的时候，他也在这样看着我。他的想法和我一致吗？如果我离开，他会保留在那个空间，继续冷漠地观察我所在的空间吗？

我突然想起看过的一本恐怖小说，讲述一个女人在梳头的时候，发现镜中的她和现实中的她完全不同。当她发出惊恐的尖叫时，镜中的女人却将挡住脸的乌黑长发拨开，露出白青色的脸，对着她妖异地微笑。

六

我打了个哆嗦，一股微凉的寒意顺着脊梁爬到头顶，像无数蚂蚁在每一根发梢处窜行，头发不由自主地乍起，撩拨着纤弱的神经。

初春深夜，雨意料峭，我活动了一下手指，放在嘴边轻轻呵着气，潮湿的温暖在掌心温润散开，淡淡的雾气从手指缝中飘出。*Unchained Melody*已经到了尾音，若有若无地在咖啡屋里游荡，似哀怨的幽魂轻轻撞击着咖啡屋里的每一个角落，然后慢慢侵入我的身体，用通灵的方式在我心中慢慢讲述爱情与死亡的纠缠。

音乐终于结束，咖啡屋里顿时变得幽静，狭小的空间异常空荡。寂寞的人们早已三三两两地离去，只剩下我，还有我身后那个女人。我听到了浅浅的啜泣声。

那个女人在哭！

哭泣声断断续续，若有若无，像一道道诡丝钻进我的耳朵，把刚刚捕捉到的灵感搅扰得乱七八糟。我厌恶地抬起头，侧了侧身体，这样就可以从玻璃中看到身后的女人。那极度恐怖的一幕，让我不由自主地哆嗦起来。

从玻璃中，我看到那个女人就站在身后，俯身看着我，长长的头发挡着她的脸，垂落在我的肩膀上。

意想不到的一幕顿时使我浑身僵硬，腿冷冰冰地抽搐着。脖颈上裸露在空气中的皮肤，仿佛感受到发梢扫过的酥麻感，后脑感觉到那个女人呼出的阵阵热气。

一秒，两秒，三秒。

我们俩都保持着同样的姿势，一动不动，维持着恐怖的平衡。我仿佛听到自己的灵魂声嘶力竭地惊惧尖叫。

我双手死死扳着桌子，因为用力过度，桌子竟然晃动起来，笔记本电脑的屏幕跟着颤动不止。白色的荧光也跟着摇曳不定。从玻璃中看去，我们俩忽明忽暗，好像光是静止的，我们却在不停地活动。

终于，强忍着狂猛的心跳，我努力转动木梗的脖子，慢慢回过头，脖颈关节处发出“咯吱咯吱”的声音。

身后，竟然什么都没有！

再看那个座位上，空无一人！

我连忙又转头看窗玻璃，发现那个长发遮面的女子竟然就坐在我的身旁，紧紧靠着我，被长发遮住的脸上，两道幽蓝的目光穿出，直射在我扭曲变形的脸上。我完全僵住了，甚至连眼角的余光都下意识地收敛住。

那一瞬，我的大脑飞速运转，无数恐怖电影里面的场景以蒙太奇的方式来回切换，最终定格在一张恐怖的脸上：

苍白如纸的脸庞，黑洞洞的眼眶像是在平整的纸上被深深挖了两个大坑，眼眶里面根本没有眼球，但是那一瞬，我却觉得她的目光漠然地注视着我。从眼眶中延伸出两道白茫，在黑夜里慢慢前进，直射入我的眼中。眼眶两边蜿蜒着两道血痕，如丑恶的蔓藤，蔓延在根本没有颧骨突起的皮肤上，湿漉漉的长发紧紧贴着脸颊。长发中，绿色的嘴唇微微翘起，似乎在对着我微笑，露出里面幽蓝色的牙齿，在灯光下发出莹莹的暗光……

“您没事吧。”

从键盘上抬起头，我茫然地看着满脸关切的侍者。音乐已经换成铁达尼号主题曲*My heart will go on*，桌子上的咖啡早已冰冷，左右看去，咖啡屋里只剩下我和侍者两人。

“我睡着了？”

“是的，您来了没一会儿就睡着了。现在已经四点了，要打烊了。”

“什么！四点了！”我望向墙壁上古老的挂钟，钟摆不知疲倦地摆动着，时针正好指向12的位置。

“咚、咚、咚、咚”。

也就是说我竟然不知不觉中睡了三个多小时！我猛地站起身，久坐睡着后的无力感袭来，顿觉天旋地转，差点儿摔倒。

侍者连忙扶住我：“您是不是生病了？”

我对着侍者摇摇头，表示自己没事，没想到摇了几下，只觉得头痛欲裂。我抬起手用力揉着太阳穴，努力让自己清醒过来，一件衣服从肩膀上滑落，掉在沙发上。

一件女士外套！正是那个女人穿的外套！

七

我心里一惊，脑海里破碎的画面瞬间串联起来，连忙回头看去，那张沙发上空无一人。拾起外套，柔滑冰凉的质感顺着手掌透到血液里，我立刻觉得清醒了不少。

“这件外套是那个女士的。临走时看您睡着了，就盖在您身上了。看来有点意思。”侍者暧昧地笑着。

我拿着外套，沉默不语。难道只是一场噩梦？为什么这个噩梦如此真实？真实得让我感觉又如此不真实。难道这次又碰上什么鬼了？

侍者等了许久：“店要打烊了。”

“哦！”我歉意地点点头，关闭了Word文档，屏幕上突然跳出一个对话框：是否保存对新建文档的修改。我自然习惯性地点击了是。

雨，比来时更大。路灯下，密集的雨丝闪着幽黄色的光芒，密密麻麻地落在马路上，融合了泥土，混浊地流进下水道中。

我三步跨作两步，飞速冲入雨中，但是刚才在咖啡厅里做的噩梦，却不停地从记忆的夹缝中钻出，始终挥之不去。有时候，人是很奇怪的动物，当你越不想去想一件事情的时候，思想却越不由自主地向那件事情靠近。

奇怪的梦，奇怪的女人，奇怪的夜晚。

想到那个女人，我无意识地瞥眼看了看手中的白色外套。恐怖再次出现！我的身体又一次僵住了。白色外套上，隐约出现几个字——血红色的字！血字像蚯蚓般歪歪扭扭浮现在外套上！

我深吸一口气，把外套拿到手里展开，它就像一具没有头颅和四肢的躯干，被我举在空中，凄厉地飘晃。

五个血色大字赫然入目：“午夜盼君来。”

我用手指在字上面摸了摸，潮湿黏腻。把手指放到鼻尖，浓浓的血腥味钻入鼻腔。难道我遇到了一个女鬼？这是召唤我去地狱与她相会的招魂幡？我的手机突然亮了！

我有两部手机，其中一部是国内中国移动号码段的，每到一个节日，都会发一条屏幕彩信，代替原来的手机屏幕。

这次发的彩信异常简单，暗灰的底色上，濛濛雨天，崎岖的山路，一个人拎着竹篮，独自站在一块丑陋的巨石旁，极目远眺。远方，模糊着一座孤零零的坟头。

右上角，三个苍劲的行书小字告诉我那天的节日：清明节。

清明时分雨纷纷，路上行人欲断魂。

我才想起今天在国内是清明节。

天地鬼门开，万鬼夜行。

传说中，冤死的孤魂野鬼是不能转世的，只能在阳间徘徊游荡。唯有在清明节这天夜里，它们会以人形示人，把封存着怨念的一件物品转嫁给阳间的人，耗干阳气，夺取魂魄，从而转世。而被怨灵选中的人，则变成孤魂野鬼，茫茫然游走于阳世，等待下一个清明节，寻找新的替身。

我完全不知所措，任由雨水劈头盖脸地敲打着。

突然，视线里闯入一道白色的人影，孤独地站在街中央。我揉了揉眼睛，想努力看清楚那个白色的人影，可是人影却又消失了！

我不由汗毛直竖，尽力不去想发生的一切，飞快地回到家中。进了屋子，我把所有的灯全部打开，又把电视声音调到听力所能承受的最大限度，倒了杯冷水一饮而尽。

冰凉的液体顺着我的舌头由喉咙滑到食管，落入胃里，使我清醒了不少。我打开淋浴器，关上浴室的门，准备等水蒸气把浴室温度烘上去再好好洗个澡。

那件衣服在往家里跑的路上就被我扔掉了，我强迫自己相信这一切是幻觉，故意装作漫不经心的样子，把淋湿的衣服放到洗衣机里。我躺在床上，手指不停地摁着电视遥控器。

“NBA季后赛即将开战，各队厉兵秣马……”

“恐怖微电影全民海选进入倒计时，泰国民间最佳导演花落谁家？”

“网络惊现裸胸姐，一夜之间家喻户晓。”

我抽了根烟，精神放松下来，走进浴室，热腾腾的水蒸气使视线变得模糊，莲蓬头里射出的数十条水流让我略略感到放松，周身肌肉松弛。洗完了澡，对着镜子擦头发时，我已经相信刚才发生的一切只是一个可笑的幻觉。这时，镜面竟然起了奇异的变化！

水雾附着在镜子上，模糊与清晰的边缘，逐渐幻化出一张女人的脸，半张脸！另外一半，隐藏在垂下的长发中！

恐惧到极点，就会忘记恐惧。那一刻，我就是这种状态。

我仔细盯着那张脸，虽然不是很清晰，但我可以断定，这就是在咖啡屋遇见的神秘女子！

雾气盈盈，镜面上又浮现出五个字——“午夜盼君来”。

八

我完全呆住了。不知过了多久，我发现地面有些异样，低头看去，浴室的地面竟然变成血红色。大片大片血红色的液体在地面上流淌，满是浓烈的血腥味。从洗衣机的排水孔里，大量血水夹杂着洗衣液的泡沫，不停地涌出。

我跨出浴室，打开洗衣机的盖子。几件衣服在血红色的水里面上下翻滚。还有那件我已经扔掉的白色外套！

我忽然想起一个民间传说：“在清明节，鬼节这两天，如果晚上独自出门，碰上怨鬼，就会被盯住，成为她的诉怨之人。只有帮助她完成了生前所留下的怨意，才能摆脱她的纠缠。”

难道我碰上了一个怨鬼？她有多大的冤情，不停地用各种方式向我提示她的怨念？洗衣机里的水慢慢变得清澈。难道她已经感应到了我的意识？想到这里，我打开电脑，百度着相关的事件。

我顺手打开了QQ，这是我和国内一些草根编剧的联系方式（他还真把自己当成黄金编剧了，不疯才怪！听到这里我在心里骂道）。把QQ栏拉到最长，看着那形象各异的QQ秀灰暗着，后面缀着各式各样的网名，带着各种个性签名，突然感觉很像一个个墓碑横在那里。上面有他们的照片，他们的名字，他们的墓志铭。

整个QQ就像巨大的墓园，容纳着死去的人们。

这种感觉让我很不舒服，正欲关掉QQ，却发现陌生人那个框里有个人头是彩色的，不停地闪动，看形象应该是个女的。我在好奇心的驱使下双击，惨白色的对话框蓦地出现在屏幕上，让我心里惊得猛然一动。

紫衣：你好。（这个名字好熟悉）

我：你好。

紫衣：你在家对吗？

我：对。

紫衣：你没有穿衣服。

我：你怎么知道的？（我不安地看了看拉得严严实实的窗帘）

紫衣：因为我能看见你。

我：我不是一个幽默感很强的人。

紫衣：可是我确实能看见你呀。

我：你是什么人？

良久……

紫衣：我是一个死人。确切地说，我是一个从未活过的人。

我心中有阵阵寒意，和幽灵QQ对话？

紫衣：阳间有QQ，难道阴间没有吗？阴间，只是阳间的反世界。你们是实体，我们是灵体，但是东西还是一样的。

我怔怔地看着屏幕。

紫衣：你不记得我了吗？

我：不记得。如果你是我的朋友，我希望你停止无聊的玩笑。因为愚人节已经过去五天了。如果你是我不认识的人，我要把你拉黑了。

紫衣：等等，你真不记得我了？你再想想。

我：对不起，完全没印象。再见！（我心中烦躁不已）

紫衣：紫衣，紫衫。两年前。记起来了吗？

这句话，就像一柄利斧，凌厉地劈开了尘封在我记忆深处的一段往事：

在国内上大学一年级时，那一届入校的新生中，有对双胞胎姊妹格外轰动。两人是以全校第一第二的成绩考进来的，不但长得一模一样，更妙的是容貌真的可以被称为举世无双。

姊妹俩的姓氏很奇怪：紫。是一个百家姓里完全见不到的姓。姐姐叫紫衫，妹妹叫紫衣。

开学不到一个月，周六的中午，学生们或回家，或出门玩耍，或在宿舍里补打了一晚上牌的困觉。校园里只有几个稀稀拉拉的学生，端着饭缸子，在三食堂门口等开饭。因为一食堂和二食堂周末是不开门的。

我也是其中之一。

闻着三食堂直径一米高一米半的大锅里翻腾着的鸡腿，散发着诱人的香味，我肚子不争气地"咕咕"响了起来。排队的学生开始不耐烦地敲着饭缸子，示意快些开饭。

"开饭喽！"大师傅用特有的重庆方言吆喝一声，把巨大的漏勺探到锅底，往外捞鸡腿。

突然，大师傅发出惊吓过度的尖叫，摔倒在地上。排队的学生们不明所以，纷纷冲上去围观。紧接着，所有看到那一幕的学生，全都失去控制地抓狂起来，有几名女生直接晕倒在地上，更多人忍不住呕吐着。

无数从锅中捞起的鸡腿散乱在地上，其中有一个圆形东西在地上乱滚，终于停了下来，那是一颗被煮烂的人头！

九

我实在不想过多描述当时的现场，因为场面实在是太过恶心，导致我现在还不吃鸡肉，不喝酱汤。并且再也不吃不透明的锅里煮出的东西。

警车不多久就闪着警灯飞驰而来，封锁现场，我们惴惴不安地回到宿舍。

事情还没有结束，当天晚上，紫衣、紫衫同宿舍的女生回到宿舍，被当场吓昏。当她打开宿舍门时，看见一具女尸吊在空中，来回摆荡着。紫衣吊死在宿舍里。

锅里的人头，经过法医鉴定，正是姐姐紫衫。同时还从锅里捞出两截胳膊，而紫衫的身体，始终没有找到。之所以能区分出她们，是因为紫衣右眼角处，比姐姐多一颗小小的红色朱砂痣。

这件案子最终没有侦破，排名我们学校建校以来“十大悬案”之首。

无数自认为有侦破天赋的人，在校园BBS论坛上，匿名完美地推测了案发情形，活灵活现到了读者会产生他就是凶手的错觉。而我，作为学编剧的，按照思路编了个剧本。可惜我的想象力着实不如论坛上那些人丰富，所以剧本编了一半就不了了之。

紫衣：记起来了吗?

我：记起来了。（手心冒汗）

紫衣：我感觉得到你的恐惧，别害怕，我不会伤害你。但是换作我姐姐，就不好说了。

我：紫衫?

紫衣：嗯。刚才在咖啡屋那个。

我：为什么找我?

紫衣：因为你是我们的父亲。

我：父亲？（我啼笑皆非。这绝对是我哪个不知道的同学换了个QQ号逗我。可是他又怎么知道我是光着身子躺在床上用笔记本上QQ呢？）

我：别开玩笑了。你到底是谁?

长久的沉默……

正当我忍不住要抓狂的时候，那边又传来一句话。

紫衣：这件事情很复杂，需要和你当面谈，可以吗?

我：当然可以。时间？地点?

紫衣：我已经提示你很多次了。难道你不记得吗?

“午夜盼君来！”我突然想到这句话。

我：午夜，幽灵咖啡屋？

紫衣：嗯。希望你今晚务必到。对了，这件事情不能对任何人说。时间不多了！

我：为什么不能对别人说？为什么时间不多了？

紫衣：你中了我姐姐的血咒。三天内结束不了她的怨念，你就会变成和我们一样的孤魂野鬼。如果你对别人说了，知道的人也会被血咒禁锢，下场是同样的。

我：今晚我一定去。我倒要看看谁这么无聊，跟我开这样的玩笑！

紫衣：我知道你不相信，你来了就明白了。

唯一亮着的QQ头像灭了，整个QQ又变成了阴气沉沉的坟墓。

我仔细想了想，距离生日还有半年，显然不会有人在这时候吃饱了撑的祝我生日快乐。

我又仔细想了想生命中与今天有关的所有值得纪念的日子，一无所获。想到最后，我笑了起来。

一定是她！

楠萨嫩，这么折腾男朋友好玩吗？吓死人不偿命啊！我无奈地摇着头。楠萨嫩是个精灵古怪的女人，利用专业想制造这些事情，实在是太容易了。而且她也听我说起过这个案件，还嚷嚷着要拍出个恐怖微电影参选。

我今天晚上必然要经历一系列恐怖至极的遭遇，然后这丫头大笑着蹦出来，尚达兴致勃勃看我被吓得半死的样子。而我只需要装作不明就里，积极配合她就好。要不这鬼丫头失望之余，不知还会想出什么样的鬼点子来折腾。

想到这里，所有的不解之谜全都豁然开朗。我的心情大好，浑身有极度放松后的疲惫感，眼皮越来越重，酣然睡了过去。

一觉睡得很好，我甚至有点小兴奋地等到午夜，匆匆来到幽灵咖啡屋。不过我还是保持着疑虑重重的样子。走到自己常坐的座位旁，装作心神不宁的样子盯着屋外。侍者送过来一杯RoyalCopenhagen，就躲在柜台后玩手机去了，钟摆苍老地摆动着。终于，漆黑的时针和分针重叠在12的位置，午夜到了。

“咚、咚……”

我精神一振，莫名其妙地兴奋起来：下面会发生什么？我环视四周，然而一切都没有发生，幽灵咖啡屋依旧如常。我把视线转移回身前，却猛然看见一个女人坐在自己的对面！

她是什么时候来的？

十

虽然我已经明白这是一场闹剧，但是仍然没来由地被吓了一跳。我暗暗赞叹：这俩人从哪里请来这样一个美女。难道是准备色诱我，以此试探我对楠萨嫩的忠诚度？（你连国内老婆都扔了，不试探你这色狼才怪！听到这里我也不知道哪来的火，估计是“月饼情书”事件的后遗症。）

我连忙正襟危坐，目不斜视，眼神中还夹杂着些许惊惧。

“你很守时。”女人的声音极其悦耳。

“紫衣？”我努力回忆着当年初入校时几度对紫衣、紫衫的惊鸿一瞥，竟发现这个女人长得与她们极为相似，就连那颗小小的朱砂痣的位置，也分毫不差。

“对，是我。这些年过去了，没想到你还记得我的样子。”女人浅笑，左半边脸始终被头发遮挡着。

我大笑起来，指着叫作紫衣的女子：“楠萨嫩、尚达他们给了你多少钱，让你费这么大的劲演这出戏？”

紫衣莫名其妙地注视着我。

我实在忍不住了，笑着站起来，快速把咖啡屋每一个能藏人的角落都翻了个底朝天。我相信，别说是人，就是一只苍蝇，我也能找出来。

我大喊着：“快出来吧，别闹了。”

屋子里还是一切如旧。我甚至抬头看了看天花板，除了几个幽暗的吊灯亮着，什么都没有。当我的声音消失时，咖啡屋异常安静。我突然觉得事情没有想象中那么简单。因为我看到侍者看我的眼神像看个疯子，那绝对不是装出来的。

我僵在当场，冷汗直往外冒。

“你以为是恶作剧吗？”紫衣似笑非笑道，“时间不多了，我希望你能坐下来静静地听我说。”

难道不是楠萨嫩整蛊我？我抓住侍者的手，急切道：“快告诉我，别装了。”

“告诉您什么？”侍者挣脱我的手，惊恐地往后退着。

“只有你能看见我，他们看不见我的。”紫衣说话的语气中透着些许无奈。

我指着紫衣问道：“你看见那个女人了吗？”

侍者茫茫然看着我，顺着我指的方向看去，立刻退到身后的酒柜，后背紧紧贴着，用看到魔鬼的表情对我说道：“你……你……你到底……到底在说什么？这里只有你和我两个人。”

我的手无意识地在空中乱抓了几下，当时的脸色一定非常诡异，侍者吓得缩在柜台角落里。我大口喘着气，努力使自己平静下来：“没事，我在想一个恐怖剧本的桥段。现场模拟一下，吓着你了吧。”

侍者怀疑地看着我：“这样会吓出人命的。”

我歉意地笑笑，颓然坐回座位上。

紫衣悲伤地盯着我：“父亲，这次你相信了吗？”

我没来由地恼火起来，愤怒道：“不要叫我父亲！我完全不相信。”

侍者又警觉地问道：“您要不要找医生？”

紫衣竖起食指，在嘴唇上做了一个“嘘”的姿势：“说话小点声，或者干脆不说话。他看不见我，也听不到我的声音，你再这样大声自言自语，或许真的会被当作精神病人送进医院的。”

我瞪着眼睛，虽然内心已经接受了自己遇鬼这一事实，但是仍不由自主地抗拒着。尤其是一个叫我父亲的女鬼！

紫衣轻轻摇了摇头，把手伸到我的面前：“你试试看，能不能摸到我。”

幽灵只有实形没有实体，遇鬼之人只看得见她的形状，却无法摸到她。我哆哆嗦嗦伸出手，触向她洁白如玉的柔荑。我的手毫无阻碍地穿过了她的手，两只手嵌合在一起，看上去就像一个畸形，在手掌处又长出半截手掌。我继续向前探去，手完全穿过了她的脸，从她的脑后伸了出去。手上有种说不出的感觉，凉飕飕的，好像微电流穿过时的簌簌感。

我真的遇见一个鬼!

十一

我把手从她的脸上抽回，低声道：“为什么叫我父亲？”这是我最迫切想知道的事情。

“因为那个小说。”

“哪本?”

“就是你没写完的那本，关于我们姐妹俩被杀的恐怖小说《碎脸》。是你创造了我们。”

“我不明白。”

“我们姐妹俩被杀后，强烈的怨念无处宣泄，正巧你写了《碎脸》，我们的怨念有了依托的地方，成为我们寄居的宿主。时间越久，怨念越深，终于能够幻化成实形。”

“书妖?”

“山有山魁，水有水精，花有花妖，树有树鬼，为什么书就不能有书妖呢?”

“你让我想起一句古语：书中自有颜如玉。”

“是的，颜如玉也是书妖。只不过她的结局比我们要好许多。”说到这里，紫衣的眼中竟隐隐有了几分凄怨。

“你们是怎么死的？”我突然没头没脑地问了句。

紫衣一怔，茫然摇头：“我不知道。当我们有意识的时候，就生活在那本小说里，之前的事情完全记得。只是从你的小说中了解到我们的身世。或许我们根本不是那姐妹俩的灵魂，只是她们的怨念形成的恶灵。”

“你还记得情节吗？昨天晚上经历的事情，你不觉得很熟悉吗?”

我记忆力一向不好，所以习惯把经历的事情用文字记录下来，那本《碎脸》的情节，说实话，我确实完全记不得了。

我摇了摇头。

“咚……”十二点半了。

紫衣语速突然加快：“父亲，你那本没写完的小说里把我和姐姐构架成两个性格极端的人，彼此有着对方所没有的优点和缺点。姐姐性格阴沉恶毒，我善良纯真。这本来就是双胞胎常见的现象。但是你写到我们在十三年后，终于找到杀人凶手，姐姐要杀了凶手，妹妹却为了转世要放过凶手时就没有再写下去。我们是小说衍生出来的，所做的一切都是按照情节来做。由于小说没有写完，我们这些年被禁锢于前半段故事而不得转世。终于，小说中十三年的期限到了，强烈的怨念使姐姐完全把你当作那个杀人凶手，所有的恨意转嫁到你身上。我则成了你的保护者。而姐姐杀了你，我们只能永远锁在这没结尾的小说里面。本来姐姐昨天就会杀了你，但是恰巧与我转换了身体。她给你下的血咒，如果你能把小说写完，并设计一个圆满的结局，那么我和姐姐都会转世，无论投胎做什么，都比现在要好；如果小说没有写完，那你就会变成和我们一样的怨灵。只有你能帮助我们！过了十二点了，父亲，你还有两天时间。在小说里，你就写到四月八日那天就结束了。这是你也是我们最后的期限。”

说到这里，紫衣的声音发生了奇怪的变化，右半边脸开始蠕动起来，左半边遮脸的长发无风自动地飘到脑后，露出半张碎脸。皮肤下面好像藏着几条蚯蚓，在肌肉上爬来爬去，相貌慢慢变得狰狞，眼看变成昨晚我在车内看到贴在车玻璃上那张恐怖的脸。

紫衣急道：“我和姐姐共用同一个灵体，本来是一小时轮换一次。眼看最后的期限就要到了，姐姐的怨念和灵力越来越强，我就要压制不住她了。只能每天中午十二点和晚上十二点才能出现，父亲，你一定要抓紧时间。一会儿姐姐出现，无论她对你做什么，你只要说时间没到，她就会消失。还有……”

紫衣的声音渐渐细不可闻，坐在我对面的人变成了紫衫，空荡荡的衣服里完全没有身体，只有一张满是碎肉，辨别不出五官的脸支在肩膀上，探出两只手慢慢伸向我。我像是被下了奇怪的咒术，完全无法移动。

木然间，我好像听见她对我说：“既然你创造了我们，为什么不对我们善始善终？十三年了，你知道我们过得多辛苦，每天只能重复没有结局的轨迹，日复一日，年复一年，你知道这有多么痛苦！和我们一起来分享这种痛苦吧，父亲！”

苍白的手指上忽然冒出妖异的蓝色，向我的喉结插过来，喉结上被乍起密密麻麻的寒栗。

我近乎下意识地狂吼道：“时间没到！”

那双手在距离我不到十厘米的地方停了下来。在那张碎脸的眼睛位置，我隐隐看到有两个圆圆的凸起转动着，好像在怨毒地望着我。忽然，那具只有胳膊、肩膀、脖子、脑袋的身体，飞速穿过沙发，穿过玻璃，消失在咖啡屋外无止境的深夜中。

我的心狂烈跳着，全身虚脱般瘫在沙发里，一道阴冷的声音传入我的耳朵：“父亲，两天后，你就能永远陪伴你的女儿了。我好想你。”

我无力地站起来，不顾侍者吓得不知所措，心绪烦乱地回到家里。冲了一个冷水澡，我迅速打开电脑，在各种搜索引擎里搜索着关于书妖的信息。

越看，我越心惊胆战。

十二

唐朝贞元年间，某狂生考进士未中，郁郁寡欢，清明节独游长安城郊南庄。一路漫行，看不尽的红花绿草，春山春水，不知不觉离城已远，他忽然觉得有些腿酸口渴，举目四眺，望见不远山坳处，一片桃花掩映中露出一角茅屋，于是加快脚步走近柴门，他叩门高呼道：“小生踏春路过，想求些水喝！”吱呀一声，房门敞开，走出的却是一位妙龄少女。少女布衣淡妆，眉目中却透出一股清雅脱俗的气韵，使他甚感惊讶。他再次说明来意，少女明眸凝视，觉得来者并无恶意，就殷勤地将他引入草堂落座，自往厨下张罗茶水。待茶送上，狂生礼貌地接过茶杯，十分客气地叩问少女的姓氏及家人。少女似乎不愿多提这些，只是淡淡地说：“小字绛娘，随父亲蛰居在此。”并不提及姓氏和家世，似乎有什么难言之隐，狂生自然也就不便多问了。

一对未婚男女端茶递水，独处一室，已属破格之举。两颗年轻而炽热的心，在春日午后的暖阳中激荡着，彼此都被对方深深吸引，然而“发乎情，止乎礼”。眼看着太阳已经偏入西边的山坳，狂生只好起身，恳切地道谢后，恋恋不舍地向少女辞别。少女把他送出院门，倚在柴扉上默默地目送着他渐渐走远。狂生也不时地回过头来张望，只见桃花一般的少女，映着门前艳丽的桃花。

来年清明，狂生又来到这家农舍，却发现此地早已物是人非。他询问邻舍，方才得知，他去年所遇女子，已于三年前病故身亡。那么去年清明时分，他看见的那个女子是谁？

当夜他住进荒废已久的农舍，梦见那个女子盈盈走来，告诉了他真相：她本不是病故身亡，而是被本村恶霸凌辱后不堪羞辱自尽而死。去年清明时分，怨念寄托在桃树上化成实形，与他邂逅，只盼他用诗句助她早日转世，必有重谢。

第二天醒来，书生在墙上题诗一首，这首诗成为千古传诵的佳句，而书生也不日进士及第，并惩治了恶霸。狂生出京赴任路上，路遇一农舍，驻足休息，发现农舍女子和绛娘不仅长得一模一样，名字也叫绛娘，于是成就了一段千古良缘。

那首诗就是唐朝著名诗人崔护写的《题都城南庄》。

去年今日此门中，
人面桃花相映红。
人面不知何处去，
桃花依旧笑春风。

杜牧在池州时，清明时分不能回故乡扫墓，心情郁郁。踏春时，赋诗一首《清明》：

清明时节雨纷纷，
路上行人欲断魂。
借问酒家何处有，
牧童遥指杏花村。

不料刚赋诗不多会儿，杜牧竟然真的见到一个牧童，对他说不远处有一酒家，专门接待清明时分不能归乡祭祖的孤人。杜牧信步走去，果见一酒家，饮酒众人均面带凄然之色，杜牧触景生情，饮得酩酊大醉，不知不觉伏案而卧。再醒来时，竟已是第二天，而他则睡在一堆乱坟荒冢之中。

最著名的自然是《聊斋志异》中“书中自有颜如玉”的段子，我就不多赘述了。

查看完各种资料，不知不觉天已大亮。我没有丝毫倦意，陷入了深深的沉思。

我遇到的是两个寄托在文字中的怨灵，通过各种资料显示，这种事情古今都有。我突然又想到一句话：“书读百遍，其义自见。”这句话里面的“义”，难道真的只是含义的意思吗？义的注解中，也有人工制造的含义，如：义肢、义齿。那么说这句话的人，是否在读书百遍之后，书中人工制造（作者笔下制造）的东西就会突然出现呢？为什么形容一部好看的小说，要称之为“活灵活现”，这个灵是不是就是灵魂的含义？那么“跃然纸上”呢？是什么东西会跃然在纸上？是鬼吗？

为什么我们看恐怖小说的时候，总会觉得身后有人，闭上眼睛就会看见不干净的东西？甚至做梦的时候会梦见小说中的人物在与我们对话呢？

我突然想到一个很恐怖的问题：我们到底是现实里的人，还是一个作家笔下文字世界里的灵魂呢？为什么我们的生活中会有如此多的故事，如此多的巧合？我们是不是也只是小说中的一个人物，按照设计好的桥段茫茫然度过一生呢？而写这部小说的作家，也是另外一本小说里面的人物幻化出的灵魂吗？

一个人从出生那天开始，命运就已经为他安排好了结局。这个结局就是某本小说的结局？

冥冥中自有安排。这个安排是什么？是现实，还是文字？

我们是不是懵懂地活在一本本小说里面的文字，孤独地挤在书架中？

十三

我的思绪非常混乱，心中涌起很悲观的绝望。如果自己的推测正确，那么我再怎么努力，也摆脱不了早已设计好的结局。我又何必去努力呢？想到这里，我突然有些意兴阑珊：我只不过是某本小说里的角色，紫衣紫衫是我的小说里的角色。这一切不过是小说里的灵魂遇到了他写的小说里面的灵魂。

我有些明白紫衫对我极度的恨意了。原来我们都是小白鼠，被作者随意实验，捏造着虚幻的人生。我愤怒地看着天花板，很希望看到天花板变成一张纸，一支巨大的笔在上面写来写去，再往上看，一张巨大的人脸，或喜或怒，叼着烟奋笔疾书。

你可以安排我的命运！我也可以安排紫衣紫衫的命运！

我现在要做的，就是把小说写完，为她们姐妹俩设计一个圆满的结局，来结束这段十三年迟迟未散的哀怨。

想到这里，我翻着乱七八糟的行李，从中找到一个日记本。我有把所有用过的东西都保存下来的习惯，因为我觉得每一样东西都是有生命的，不能随便舍弃。

而那个日记本，正是《碎脸》这个故事的载体。摸着日记本，我感到似乎在摸紫衣和紫衫的灵魂。打开日记本，看着那一行行略显稚嫩的字体，我有种熟悉的亲切感。紫衫和紫衣仿佛就在我面前，一个仇恨地看着我，一个微笑地看着我。

时间已经不多，我匆匆地读了一遍，脑子里已经有了对故事结局的构思，这两天发生的事情不就是很好的故事桥段吗？我立刻提起笔，继续写了下去。可能是描述亲身经历的事情非常容易的原因，我写得格外投入，也格外快速，进入了浑然忘我的入魔状态。

笔尖在纸面上发出“擦擦”的声音，时钟在这时响了十二下。

一缕悄无声息的寒气从我的背部透入我的血液，我头也没回：“紫衣，你来了？”

“嗯。父亲，谢谢你！”紫衣幽幽的声音在我身后响起，随即她站到我的身旁，安静地看着我写作。

那一刻，我突然觉得很温暖也很悲哀。

“不用谢，这不是为了你们，而是为了我自己。”我依旧写个不停。

“我们都无法安排自己的命运，只能接受作者施舍的灵感吗？”紫衣到底是我创造出的人物，完全了解我的想法。

笔尖顿了一下，黝黑的碳素墨水在纸面上洇出一团乌黑，我苦笑道：“认识你之前，我从未想过，自己或许只是别人笔下的人物。”

紫衣轻叹一声，没有言语。

我停下笔，转过头，紫衣遮挡左脸的长发已经拢到脑后，完美无瑕的脸上带着丝丝悲伤。这是我写出来的一个桥段，姊妹俩的相貌已经恢复。我满意地笑道：“对不起，让你和你姐姐以这么恐怖的形态活了十三年。”

紫衣笑着，轻山浅水般：“没关系，现在也不晚。”

“紫衣，看过《盗梦空间》吗？”我轻轻问道。

“盗梦空间？没有，那是什么？”紫衣忽闪的眼中闪烁着好奇的光芒。

“是一部电影。讲述了梦中梦，梦中的梦还有梦，如此无限延续下去。到最后，主角根本分不清楚他是在梦中还是在现实中。”我揉了揉太阳穴。

“就像我们对吗？书中的人写书中人，如此无限循环。”紫衣若有所悟地点了点头。

我笑道：“紫衣，下午我就会把这个小说写完，你和你姐姐会有一个圆满的结局，午夜十二点，你们俩会同时出现在幽灵咖啡屋，到时我也会去，那是我们一起完成的尾声。”

“嗯，我们等你。”紫衣的声音越来越微弱，最终消失不见。

午夜，我带着日记本，信心满满地走进咖啡屋。在这里，我将结束这个故事，然后继续按照自己早已被设计好的人生前行。

侍者不在，尚达不在。

这是我小说里设计好的情节。因为这个结尾只需要我们三个人完成。

十四

两个女子并排坐在沙发上，长发遮脸。这也是我设计好的。我只需要坐在她们对面，轻柔地拂开她们的长发，在她们天使般美丽的笑容中，看着她们周身散发出神圣的光芒，慢慢消失，转世投胎到一个生活富足、幸福美满的家庭里。然后继续度过她们快乐的下一生。

我也是这么做的。我把手伸向她们的长发，竟然激动得有些颤抖。

紫衣、紫衫，你们会快乐的。

当我把她们的长发完全拢起时，她们俩同时抬起了头。我自信地看着她们。

但是，我看见了自己一生中最无法接受的事情。

那是两张一模一样的脸，森森的白骨上挂着破布一样的碎肉，碎肉上布满暗红色的血管，像吸饱了人血的蚂蟥，泛着油亮肥腻的荧光，眼眶中只有两个黑洞，白色的脑浆不停地从黑洞中缓缓流出，透过黑洞，我甚至可以看到脑子在里面轻轻地蠕动。

“父亲，我们等你很久了！来陪伴你的女儿们吧。”从两人一颗颗毫无遮掩的牙齿中，说出了来自地狱的呼唤。

这与我设计的情节完全不同。那一刻，我的神经彻底错乱了！我没来由感觉到心脏好像被一只巨手紧紧攥着，又缓缓松开。

那种疼痛，叫作恐惧！

十五

蔡参讲完这个故事，已经沉沉地睡去。杰克双手托着下巴，面色严肃。好半晌才抬起头，望向我们。

我已经被这个故事扰得有些糊涂，根本分不清蔡参到底是在说病话还是真话。如果是真话，那么他的女朋友楠萨嫩和好哥们儿尚达联手做了个局？以求达到最真实的拍摄效果？还是另有原因呢？

月饼踱步到熟睡的蔡参身前：“皮带扣？”

“什么？”杰克纳闷儿地放下笔。

我注意到那个皮带扣，在心理辅导室幽暗的灯光中，蕴漾着流波似的光芒。我静下心再看时，才发现这光芒的流动是有规律的。两道光芒分别从皮带扣两端的玫瑰花茎沿着玫瑰花瓣向戒指滑去，又沿着戒指两端汇聚到中间再散开，如此周而复始。

月饼轻手轻脚地把蔡参的皮带解开抽出，放到地上，嘴里不知道嘟囔着什么，又把食指放到嘴里，轻轻咬下，“咯噔”一声，指尖涌出了鲜血。

别说这么做了，我就是光看都觉得手指头痛，杰克更加纳闷儿，几乎又要夸张地大喊：“Oh！My Dod！”月饼把血珠滴到皮带扣上，连忙后退了几步。

“嘶嘶啦啦”的炙烤声响起，皮带扣像是要融化的巧克力，一阵颤巍巍。紧接着一声阴冷的尖叫响起，玫瑰图案融合到一起，错综纠缠，化成一张核桃大小的女人脸。一道灰色气体从皮带扣中托着女人的脑袋升起，摆脱了皮带扣，疾冲向月饼。

月饼迎着人头，中指弹到它的额头，对我喊道：“南瓜，鞋垫！”

“啥？”

“鞋垫，两只！”

人头被弹出两三米，乒乓球一样在地上弹来弹去，稳住势，又向月饼冲去。月饼一边躲闪一边弹着袖珍人头，像是手指顶了个灯泡，就这么一下一下弹着。

我觉得这个场面异常搞笑，不过也来不及说什么，手忙脚乱地脱鞋取鞋垫。

“这是在打乒乓球吗？”杰克看得目瞪口呆。

我终于忍不住，边笑边把两只鞋垫扔给月饼。

月饼一手一只接住，对准人头来势，双手一合，把灰气形成的人头牢牢拍在鞋垫里。只听见又一声尖叫，月饼双手像是被根无形的绳子拉住，不受控制地跟着跑，场面实在是太滑稽了。

本来挺危险的事情，莫名其妙成了喜剧。

我和杰克都捂着肚子狂笑起来，倒是蔡参还在深度催眠中，估计要是醒过来一看，又能笑疯过去。

月饼双手合十猛击，一团蓝色的火苗冒出，再松开手时，鞋垫带着火落到地上，火焰依稀化成人形，在火中不停挣扎，终于越来越小，直至消失不见。

屋子里弥漫着淡淡的土腥味和浓烈的脚臭味！

“太神奇了！”杰克捂着鼻子赞叹道，“我能学吗？”

月饼喝道：“南瓜，快打一盆水！”

我很少见月饼有这么紧张的表情，当下没敢多问，连忙拎起脸盆跑出去，在走廊卫生间接了盆水满头大汗地端回来。

杰克正盯着那双鞋垫烧成的灰研究，还时不时用手扒拉扒拉。月饼眉头都快皱成疙瘩了，站在屋里一动不动。

见我端水进了屋，月饼一个箭步蹿过来：“别乱动！”

我不知道还有什么事情要发生，当下不敢乱动。心里却不停琢磨，书上说水木最易养鬼，月饼这是唱哪出？

月饼把手放进盆里起码洗了两分钟，连指甲缝都没有放过，随便拽着我的T恤擦了擦手才舒了口气：“你恶心不恶心！天天不洗脚吗？鞋垫黏糊的和糨糊一样，膈应死我了。”

我端着盆，看着T恤上面两个乌黑的手印，恨不得一盆水泼他脸上！

“谁能告诉我发生了什么？蔡参应该没事了吧？”杰克拿着一张纸，小心地把灰烬扫上，方方正正地包好。

月饼掏出烟点上：“应该没事了，只不过他在以后的日子里还要承受这种痛苦的记忆。这个事情跟你解释了你也不会明白，最好是当作没发生过，要不也会和他一样。”

杰克一脸惊恐，心有余悸地看着蔡参，顺手把纸包放进口袋：“我可以用催眠把他的这段记忆封印起来，让他忘记这件事情。”

封闭记忆？我心里一动，想到了自己丧失的那段记忆：“杰克，你能把丧失的记忆找回来吗？”

杰克耸耸肩：“心理暗示造成的记忆的丧失可以找回来，不过要是物理打击造成的记忆丧失，我没那本事。”

我有些失望，因为对刚来泰国发生车祸丧失记忆这件事情始终耿耿于怀，总觉得那段记忆是很多事情的关键！何况又有谁能忍受自己丢失了一段记忆呢？喝酒喝到失忆的人，第二天醒来后怎么也想不起来昨晚干了些什么，或许会有和我一样的体会。

“有的时候，人最悲剧的事情就是记忆力太好。比如蔡参……遗忘或许不是什么坏事。”月饼还在小心地擦着手。

我承认月饼说得有道理，但是想到自己少了一段记忆心里总是别扭！

杰克还没回过神儿，只是不停地重复着一句话：“实在是太奇妙了……”

月饼掏出手机，忙活了一阵递给我，对杰克说道：“放心吧，这件事情算是解决了。”

我接过手机，上面是一条半年前的娱乐新闻：小成本制作，真实场景偷拍，电影特效成功运用，具备诸多中国元素的恐怖大片《碎脸》一揽泰国微电影各项奖项！编剧尚达，导演楠萨嫩一举成名。楠萨嫩亲自操刀化妆扮演女主角紫衣！男主角因身陷剧情无法自拔而导致失踪。

新闻下面附着一张剧照：蔡参和紫衣的脸重合在一起，背景是幽灵咖啡屋，在以黑色为主色调的框架里，显得异常诡异。我心里面有一种说不出的滋味，又看了一眼紫衣，发现她右眼角旁那颗刚才还有的红色朱砂痣，竟然消失不见了。

十六

这件事情让我说不出的难受，告别了杰克（因为他要给蔡参进行深度催眠），我和月饼回到寝室。

我抽着闷烟不吭声，盯着天花板发呆。

“南瓜，别纠结你的记忆了。”月饼枕着双手，懒洋洋地躺着。

我深吸了口气：“我不是为这个纠结，只是在想，为什么那么多人为了欲望和利益而要去牺牲别人呢？尚达和楠萨嫩大费周章，用带着怨灵的皮带扣给蔡参下蛊，怎么能下得去手？人不应该是这个样子的！”

“欲望本来就是魔鬼。”月饼做了最后的总结，转身睡了过去，“蔡参心中的魔鬼更邪恶，所以才会被人骨皮带蛊惑。”

这件事情似乎结束了。

第十章 邪恶之眼

泰国旅游禁忌：

一、不得摸泰国人的头，特别是小孩的头。传递物品时也切忌不要越过他人的头顶；

二、忌用左手接物和递物；

三、交谈时忌用手指指点对方；

四、坐时不得跷二郎腿，不能把脚底跷起对着别人，妇女落座，要求更为严格，双腿必须并拢；

五、经过别人面前时弯腰躬行，以示对别人尊重；

六、进入佛寺或到泰国人家里做客须脱鞋；

七、人们购买佛饰时不能说“买”，而只能说“求租”，否则就是亵渎神明，会招来灾祸，外国游客也必须遵守这一禁忌；

八、俗人不得与和尚握手，只能合十致意，女子不得触碰和尚（这是一佛寺一戒）。遇见托钵化缘的和尚，千万不能送现金，因为这是破坏僧侣戒律的行为；

九、泰国人不用红笔签名，因为泰国人死后，要在棺材口写上其姓氏，写时用的就是红笔；

十、在人经常走过的地方，如门口、房顶等禁止悬挂衣物，特别是裤衩和袜子之类；

十一、在农村，忌赞美别人小孩长得漂亮；

十二、到了泰国，如果发现左眼出现一道贯穿瞳孔的血丝，立刻去寺院请僧侣解决；

十三、在曼谷RCA大街游玩，门口左上角画着眼睛的酒吧切勿进入！

一

如此风平浪静地过了半个多月，生活安逸得让我有些不习惯。虽说在泰国经历的事情九死一生，可是突然回归正常，我又开始怀念那段诡异的冒险经历。不过为了不给祖国丢人，我和月饼也开始安心念书应应景，几堂课下来，我叫苦不迭，终于明白了鲁迅先生“弃医从文”的伟大情怀。

医学实在是太难了！单是一个血管图，就让我好几天吃方便面的时候胃里阵阵恶心。

耐着心思陪五十多岁的阿姨教授在讲堂研究“消化内科”，月饼实在待不下去，趁着教授不注意溜回寝室补觉。我好不容易挨到了下课时间，头昏脑涨地走出讲堂，满脑子都是大肠杆菌、胃液、十二指肠，搞得根本没心思吃晚饭，晃晃悠悠回寝室。正巧碰到同学们群情激昂，背着行李大呼小叫往外走。

我心里一紧：“暴乱了？”

“还不快去收拾东西。”月饼从人群里冲我招着手，“学校架设无线WiFi，咱们搬到老寝室楼住几天。”

我二话不说，撒丫子跑回寝室，简单收拾了一下，麻溜地蹿到老寝室楼前等着校务分房间。

头发白了大半的舍管估计这辈子没有当着这么多人面做过什么决策，明显有些激动，结结巴巴念了半天，大概意思是“四人一个寝室，按照原来寝室的居住人员进行分配。”我心说这不废话嘛，让我和女同学住一屋也不太现实。排队领了钥匙，打开寝室门，满屋子灰土飘起。我们没有着急进去，在门口点了根烟，抽了两口，飘进屋里的烟雾没有形成奇怪的形状，确定没什么不干净的东西才拎着行李进了屋。

正收拾房间扫灰拖地，舍管拎着一大串钥匙把对面的门打开，腐臭的味道熏得我差点儿背过气。再仔细一看，顿时心头火起！老寝室没有独立的卫生间，而公共卫生间正好在对面。也不知道是有意这么安排还是无心之举，不过我估计前者居多，看来在“微笑之国”也有地域保护观念。

月饼皱了皱眉没说什么，伸手摸了摸绿色的窗帘：“闻出什么没有？”

“厕所味道有什么好闻的。”我越想越觉得恶心，“月饼，抽空给校务下个蛊吧！”

“这个屋子里有股老人味。房子虽然背阴，外面光线还不错，却没办法照进来。”月饼这么一说，我才反应过来。算了算方位，发现寝室正好在西北角，是整个楼阴气最重的地方。

月饼叹了口气：“建房有很多讲究，现在虽然都是高楼大厦，老规矩还是要讲究的。买房子不是越大越好，要根据居住的人口多少而决定，太大或太小都不好。屋大人小，阴多阳少，主暗病纠缠，阴灵寄居；屋小人多，阳多阴少，主脾气暴躁，官灾是非多多。按照老规矩的说法，每个人最适宜的居住面积是七十二平方尺，取意于‘天地四方居位平稳，十二星宿宅住正气’，不过现在国内居住面积都用‘米’计算，倒是在香港、澳门、台湾用‘尺’计算。如果是楼房，每一层楼都有不同的金、木、水、火、土五行，而不同的年份也有不同的五行，在易理中，运的五行生楼层的五行、助楼层五行，以吉论；克楼层五行、泄楼层五行，以凶论。每个人都用不同的五行命理，配合好楼层五行，事半功倍，反之则诸事不顺。”

我听得丈二和尚摸不着头脑，为了不露怯，还是假装很明白地点着头。月饼扬了扬眉毛，“哈哈”一笑：“南瓜，知道什么是‘水火忌十字’吗？”

我憋得老脸通红，吭哧了半天也没说出个所以然，心说难道《海贼王》出新番了？这是路飞的新招数？

“不懂就不要装懂，我可以告诉你嘛。”月饼一副好为人师的表情，自顾自说着，“水是指厕所，火指厨房。在中国一本专门讲房屋风水的书里面专门提到过‘水火不留十字线’。意思是说在房屋的正前、正后、正左、正右之位置及宅之中心点不宜有厨房及厕所。否则会‘水阴火旺’影响气运，‘水阴’让居住者精神不振，体虚运颓；‘火旺’则会心浮气躁，做事焦虑，操之过急而不成事。至于屋子里的老人味，又称为‘腐气’，一般来说是来于外而养于内，阴气在适合养阴的房子里留得太多，会形成这种味道。有些人晚上睡觉时会做噩梦，被鬼压身，除了和自己的命格有关，还有就是因为住在了这种房子里。这间寝室不但处于西北角，还正好对着厕所。”

说到“鬼压床”，初一的时候，清明节学校组织春游，我四处乱走，在野地里迷了路，远远听到有人喊我名字。我以为是同学找我，随口应了声，没曾想看到穿着白衣的老婆婆领着一群七八岁的孩子在野林子里冲我招手，孩子们咧嘴笑着：“哥哥，和我们一起玩吧。”

那时候我还不相信世界上有不干净的东西，心里觉得奇怪，正要回话，却被赶过来的班主任捂住嘴。再往林子里看，哪里还有什么老婆婆小孩子，只看见野草堆里一阵“簌簌”乱动，隐约听见几声“吱吱”的动物叫声。

我吓得手脚冰凉，班主任扒开我眼皮看了看，嘱托我不要把这件事情说出去。当天晚上，我发起了高烧，突然从床上跳起来胡言乱语，送进医院打了几天吊瓶也不见好转，眼看着没什么办法，却又莫名其妙好了。直到暑假，舍友才支支吾吾地说，那天我烧得昏迷不醒，班主任半夜来到寝室，在我枕头边上烧了张带着邮戳的老邮票，用缝衣针钉在枕头上面，又拿了我的几件衣服站在门口，喊了三声“回来吧”。把衣服盖到我身上，拔了缝衣针，邮票灰倒进一碗生水，灌进我的嘴里，第二天就好了。

暑假回来，班主任再没在学校出现，听说是辞职了。也有小道消息是学校暑期班，为了保证学生安全，校长每天都带着校务查夜，结果在班主任的宿舍里发现两个赤身裸体的女学生并排躺在床上……

我越想浑身越不舒服："要不咱找个宾馆住几天吧。"

"南瓜，虽说这是在泰国，两个大老爷们儿开房间也不太合适吧。反正也没几天，将就着住。"月饼拖着椅子到了窗前，准备摘窗帘，"泰国人一点不讲究，居然用绿色的窗帘。"

"估计你不明白，蓝绿这两种颜色在五行里属'水、木'，最易招不干净的东西，所以窗帘最好用红白或者类似的颜色。红为火，白为金，都是克阴的颜色。你看稍微有些讲究的房子，窗帘是什么颜色的？"

"我又没当过飞贼，谁知道别人家的屋子挂什么颜色的窗帘。"我嘟囔着从行李里面找了条白色床单递给月饼。

月饼一边说着"窗帘还用在屋里看？从外面就看得到，不懂就不要嘴硬"，一边把床单当窗帘挂上，又翻出几枚国内的五毛铜币，扔到床底，才坐在床板上点了根烟："'有钱能使鬼推磨'，其实这个'磨'不是指磨盘，而是四圆方孔的铜钱。丢到床底，第二天看看位置有没有动，原样就说明屋子里没有不干净的东西。如果位置改变了，把铜钱放到阳光充足的窗台打开窗户暴晒一天，晚上丢进下水道。赶明儿我再找些香炉灰或者糯米浆拖地，消消阴气。南瓜你放心，有我在，除了小倩，别的什么玩意儿想闹事那是神话！"

我忍住不乐了，月饼估计是闲了好长时间，难得碰上点事情，一改往日的高冷，整个人就像打了鸡血。

门被推开了，一米七左右的黑瘦学生背着包进了屋，见我们俩四处忙活，有些奇怪地问道："你们在干什么？"

二

"没什么，打扫打扫寝室。"月饼挥手打了个招呼，"你是？"

"哦，我叫麦卡，历史系。校务安排我住在这里，你们就是那两个中国留学生吧？"麦卡眨着小眼睛双手合十鞠躬。

我和月饼连忙起身回礼。

“咦？”麦卡盯着白床单做的窗帘，“窗帘怎么可以用白色的？”

一句话倒是把我问住了，估计跟他也讲不明白。麦卡把背包随手一扔：“泰国自古以来就是个很邪性的国度，有一种说法是泰国的地理位置正好处于阴气聚集之地，所以要全国信奉佛教对抗邪气。这种说法听上去很玄乎，其实道理很简单。按照中国的太极图，地球分成阴阳两鱼，泰国正好处于阴鱼阳眼的位置，是最为凶煞的阴气凝聚之地，又称为邪恶之眼。这种地方鬼祟横行，邪气肆虐，古怪的事情层出不穷。我们泰国人都穿得花花绿绿的，并不是为了好看，而是为了防止邪气上身。”

我和月饼听得大眼瞪小眼，月饼微微皱眉，仔细打量着这个不起眼的新舍友。我试探着问道：“你从哪里知道这些的？”

“学历史的，知道得多一些很正常。没想到我对你们中国文化还有研究吧？”麦卡满不在乎地往空床上一坐，“东南亚的佛教信仰来自于印度，至于文化倒是大部分来自中国。我听说你们俩是交换生特别高兴，正好想多了解一些关于中国的事情。中国女人从小就用布缠着脚，叫‘裹脚’是吧？这种风俗是因为女人体阴，为了避免走夜路遇到‘鬼打脚’吗？”

我定定地望着麦卡，仿佛在看一个外星人。月饼绷着脸，一本正经地回答：“裹脚其实是为了把脚的形状强行改成莲花形状，又称为‘三寸金莲’，一生会受到佛祖保佑，财源滚滚。不过那都是几十年前的事情了，现在没这个风俗了。”

“原来是这样。”麦卡若有所思地点了点头，掏出手机打着字，“赶紧记下来，写论文的时候能用上。”

我忍着笑，甩手扔给月饼一根烟。麦卡眼睛一亮，也顾不上打字了：“你们俩抽烟？太好了！我们寝室没有抽烟的，泰国公共场所又不能随便抽烟，憋死我了。”

就这样，麦卡成了我们的舍友。过了没两天，我就发现麦卡整个一话痨，每天除了说话就是说话，就连睡觉都在不停地说听不懂的梦话。半夜被吵醒，看着他“吧嗒吧嗒”不停开合的嘴，我甚至想拿手术刀划开看看里面的肌肉和神经丛是不是变异了。

话痨归话痨，人倒真是不错，经常带些小吃小喝来个寝室夜饮。略微扫兴的是，麦卡坚持泰国人一瓶子盖酒兑一杯苏打水的优良传统，总是喝不尽兴。

周末，学生们三三两两出了校园，月饼猜拳输了出门买酒。回来时他揉着脑袋，抱怨着估计喝了假酒，头痛欲裂。

我瞅着月饼脸色煞白，心里一乐："麦卡这伙计，咱们喝一斤酒，他能喝大半斤苏打水，一点不实在。今儿晚上说什么也不能再让他掺水。"

"何以解忧，唯有喝酒。"月饼枕着手望着天花板，"回国想过干吗没？"

"大学毕业，谈个恋爱，做个房奴，生个孩子，买个车子，安度晚年。"我觉得在泰国这几个月的经历比别人几辈子都精彩，回国还是安心踏实过日子比较实际。哪天有兴趣了把这些事情写成帖子发网上，万一被出版商发现出了书还能赚个稿费。

门"吱呀"开了，麦卡顶着乱蓬蓬的头发钻了进来，左手还缠着绷带："被你们俩灌大了，回来路上摔了一跤，划了条血口。"

"你是喝苏打水喝撑了吧。"我"哈哈"一乐，"中国有句俗话'说曹操，曹操到'。没想到放到泰国这句话也好使。"

"曹操是谁？"麦卡问道。

我憋着笑一本正经地回答："中国非常厉害的佛菩萨。"

麦卡连忙双手合十，默念了几句，皱着眉满脸不高兴："不可以亵渎菩萨！"

我和月饼再也忍不住，"哈哈"笑了半天，麦卡莫名其妙地看着我们，似乎明白被摆了一道，也跟着不好意思笑了。

我举着酒瓶子晃了晃："再整点？"

麦卡抓了抓油腻腻的头发："不整了，咱们坐车去曼谷玩吧。明天'水灯节'，今天晚上就开始庆祝，曼谷肯定彻夜狂欢，很好玩。"

我这才恍然大悟，难怪今天出门买烟学校里看不到什么人，原来都去参加"水灯节"了。

"水灯节"是泰国最迷人的节日，一般在每年阴历十二月的月圆之日举行，通常是在阳历十一月的秋天。节日当晚，司仪点燃放有蜡烛、香、鲜花的水灯，然后把水灯放到河里漂走，整条河香气扑鼻，蜡烛如同会流动的星星，异常美丽。大家对着灯许下美好的愿望，据说当天许下愿望会非常灵验。

“泰国‘水灯节’最美的地方在清迈，干吗要去曼谷？”我随口问道。

麦卡挤着圆圆的小眼睛：“你们请我喝了这么多次酒，这次去曼谷玩我请客。有条街很不错，女人很便宜。”

我和月饼面面相觑，麦卡这小子闹了半天要带我们去找小姐。佛教、人妖、毒品、佛牌、古曼童、妓女是泰国六大特色。泰国人百分之九十以上都信奉佛教，这些佛教徒似乎并不是很遵守清规戒律。但凡有点钱的男人或明或暗有好几个老婆属于家常便饭，更让人不能理解的是居然被社会接受。根本不存在国内“小三”“小四”被唾弃，婚外性偷偷摸摸，一旦被发现更是口诛笔伐，身败名裂的事情。没钱的男人就只能去红灯区找小姐，也是拉帮结伙光明正大地去。随之而来的就是艾滋病泛滥，毒品横行。

“麦卡，我们就不去了，喝得头痛，现在还不舒服。”月饼尴尬地摸了摸鼻子。我忙不迭点着头，这种事非同小可，万一再碰上个人妖，得了艾滋病，哭都来不及。

麦卡似乎有些不理解：“在泰国只有最好的朋友才会一起出去玩。”

我心说也不是一起玩女人才是好朋友啊。不过这话不能当面说，国家不同，很多思想意识不能接轨很正常。月饼反应快：“麦卡，水灯节是你们的节日，我们会思乡，好意心领。”

借口虽然牵强，麦卡也不再说什么，满脸遗憾地出了门：“我多玩几天再回来。”

“玩得开心些啊。”我补了一句。

“有朋友真好。”月饼摸了摸鼻子，“哪怕这个朋友有些好色。”

我心里一暖，麦卡虽说嘻嘻哈哈不太靠谱儿，但确实是我们的朋友。

三

到了周末，月饼喊我一起去山里寻些虫子炼蛊，我想起在蝙蝠洞里见到的蛊人就浑身起鸡皮疙瘩，任由月饼好说歹说就是不去。月饼简单收拾东西进了山，我落个清闲，结果一觉睡大劲，耽误了上课。

想想反正去了也是迟到，当着那么多人报道怪丢人的，索性再歇一天。溜达着到校门口买方便面，找零钱时顺手拽了份当天的报纸。边看边往寝室走，四版头条赫然写着“曼谷惊现挖眼人妖，已有三人相继遇害”。

内容更是血腥，大概内容是曼谷著名娱乐大街RCA出现了几个专门挖人眼的人妖，在酒吧和路边冒充妓女招徕嫖客，诱骗到僻静的小巷谈价格时用迷药迷昏嫖客，挖取人眼。警方怀疑是犯罪集团进行眼角膜贩卖，三名被害人已经死亡，身份不明，目前案件正在调查之中。文章结尾还附了几张模糊的照片。三具连眼皮都被割掉的男尸，眼窝里干涸着两坨血糨糊，面色青紫，脸部肌肉极度扭曲，鼻子几乎抽搐成“S”形，脖子上凸显着一条条巨大的青筋，看起来死前极度痛苦。

我匆匆看了两眼就折起报纸，心说色字头上一把刀，但是生挖人眼这种事情居然也有人能做出来，简直没有人性。刚想找个垃圾桶把报纸丢掉，忽然觉得哪里有些不对劲。仔细想了想，我吓出了一身冷汗，又打开报纸。

我越看越发慌，心脏就像是塞了块铅坨，坠得喘不过气！照片异常模糊，但是脸部轮廓和相貌细节，分明是月饼、麦卡！

我的脑子一阵晕眩，耳朵“嗡嗡”作响。十一月的泰国依然炎热，我却出了一身冷汗，全身冰凉。我深吸了口气，摸出手机，甚至能听到僵硬的关节发出的“咯咯”声，摁了好几遍，才拨出了月饼的电话。

关机！

麦卡的手机，关机！

这是怎么回事？我张了张嘴，喉咙如同塞进一条烧红的铁丝，干涩剧痛，手指不停地摁着电话。

依然是关机！

方便面掉在地上，报纸慢慢飘落，我不顾学生们异样的目光，软软地瘫坐在校园里，捧着手机发呆。不知道过了多久，我抓起报纸向校长办公室跑去。

校长听我结结巴巴讲完这件事，板着脸看了看报纸，拨通了校务主任的电话。不多时，校务主任夹着花名册进了屋，和校长小声嘀咕着，时不时抬头瞄着我。

由于他们说话声音极小，又带些清迈口音，我根本听不懂，心里越来越烦躁，几乎是吼出来："请尽快落实他们到底在哪里！"

"咳……咳……"校长扶了扶金边眼镜，"目前学校并没有接到警方的受害人身份确认通知，并不敢保证这两个人是本校人员。"

"这还用通知吗？"我恨不得一拳把校长的眼镜砸进眼眶里，"看照片难道看不出来？"

"您最近有没有觉得精神压力过大，或者睡眠不太好？"校务主任向我慢慢靠近，校长又拿起电话拨了出去。

我微微一愣，立刻意识到这两个人把我当成了精神病，顿时一口气塞在胸口，闷得脸通红："我不是疯子！倒是你们两个，这种态度很不正常。"

"历史系，根本没有麦卡这个人。"校务主任眼神中透着一丝同情，"如果您是因为受到什么刺激产生了幻觉，学校一定全力帮助。"

"怎么可能？"我又感到天旋地转，视觉出现了短暂的黑暗，视网膜闪烁着无数金黄色的斑点，缓缓飘动。

"校长，"推门进来一个矮胖女人，"我刚才查了人员资料，历史系确实有名叫麦卡的学生。"

"哦？"校长有些吃惊地张着嘴。

"不过……"矮胖女人有些犹豫。

"尽管说！"

"麦卡去年遇到车祸，车撞上了栏杆，两条折断的钢筋正巧插进他的眼睛，从后脑穿过，把他活活钉死在车座上。"矮胖女人摊开一沓资料，我一把夺过，照片正是麦卡！

一丝凉意从发梢蔓延到脚跟，我不由自主地哆嗦着，清晰地感受到汗毛根根竖起。

麦卡去年就死了？那和我们朝夕相处的那个麦卡是谁？

四

我如果再纠结下去，可能真的会被送进精神恢复室，于是编了个“因为照片像朋友所以心急一时冲动，麦卡可能是从同学那里听说过，一时间产生了记忆上的错乱重合”的借口。校长将信将疑，但也没有追究，只是出门时，他看我的眼神有些奇怪。

回了寝室，我翻来覆去看着报纸，越看越觉得就是这两个人，网上订了清迈VIP BUS双层大巴的车票，直奔曼谷。

坐着大巴，我仔细梳理着整件事，心里如同缠了团麻绳，盘根错节地完全没有头绪。九个多小时的车程很快就过去了，到曼谷时已经是傍晚。

下了车我才意识到根本不知道该去哪里。犹豫了半天，我决定先去警察局认尸。到了警局，我拿着报纸说明了情况，咨询台的警务翻着案宗记录，好半天才奇怪地说：“根本没有这个案件，很多娱乐小报经常报道骇人听闻的恐怖事件增加销量，十条里面有九条是杜撰的。”

我心说这个玩笑开大了，心里略略踏实，也许是心理作用，越看照片越不像。但是麦卡明明死了，难道我们和鬼住了这么长时间？

月饼曾经说过：“谁也不知道身边的人到底是不是人。”我越想越觉得恐怖，出警局打了他的电话，还是关机，拦了辆TAXI，去娱乐大街RCA。

出租车司机挺热情，听说我去RCA，滔滔不绝介绍着：“泰国皇家大道的英文缩写，是曼谷最好玩的娱乐场所，男人的天堂。很多泰国明星都会去那里的酒吧昼夜狂欢，人妖表演更是全球第一。想试试泰国古典按摩吗？一个小时一百铢，小费五十铢。我认识熟悉的按摩店。”

我心里默算着折合成人民币才四十块钱，脑子里顿时闪现出五个大字“便宜无好货”。何况一想到在泰国按摩，不由自主就和色情业挂上钩，立马摇摇头表示无福消受，再说哪有心思去按摩。看司机这个色样，估计在万毒森林进了人妖村，被大锅煮了的下场肯定没跑。

二十多分钟的车程，到了RCA是晚上八点多，“水灯节”已经结束，街道上四处弥漫着还未散去的节日气氛。

满街的酒吧装修华丽，门口都站着几个文身壮汉守着，我吸了口气，沿街观察着。角落里，有几个衣服暴露的妓女冲我招手，我心里一动，正想过去搭讪，突然看到一个熟悉的身影进了酒吧。

麦卡！

我急忙跟过去，酒吧大门上方挂着“邪恶之眼”四个字，左上角画着一只竖着的眼睛。奇怪的是别的酒吧人们进进出出，而这间酒吧除了麦卡再没人进去。我顾不得多想进了门，震耳欲聋的声浪顿时将我包围。舞池中央有三个性感火辣的女人像蛇一样缠着钢管，摆出一个个撩人夸张的性感姿势，眼神热辣辣地挑逗着台下的看客，一阵阵雷鸣般的掌声口哨声中，无数张泰铢雪花般撒向舞池。

镭射灯如同闪电在酒吧里劈来劈去，闪闪烁烁晃得眼睛生疼。混浊的空气里弥漫着酒精、烟草、劣质香水的味道，憋压得胸口沉闷，完全喘不过气。

麦卡早已经没了踪影，黑压压的人群如同蚂蚱，挤在狭小的空间里跳来蹦去。音浪和叫嚣声震得我耳膜生疼，只好半张着嘴缓解压差，在人群里四处搜寻麦卡。

突然，DJ一声狂吼，说了一句奇怪的话语，所有人都兴奋地高举双手，对着天花板号叫。我抬头向上看，天花板裂开一条条半寸宽的缝隙。这时，人们像是被下了定身咒，一动不动地仰着脖子，酒吧陷入了一片诡异的死寂之中。

越来越密集的“簌簌”声从缝隙里传出，“窸窸窣窣”的像是有什么东西往外爬，我听得心里发毛，耳朵更是被这种声音扰的发麻，诡异的气氛让我心里越来越不踏实，正想溜出去，人们忽然开始齐声哼着奇怪的曲调。

这种曲调非常熟悉，似乎在哪里听过。DJ又一声高喊：“迎接恩赐吧！”人们立刻提高了声调，我突然想起来，在清迈寺吹笛人召唤人蛹时也是吹的这个曲调。我心头一紧，酒吧里的灯全部熄灭了。人们停止了吟唱，黑暗中，我根本看不到任何东西，只听见身边无数“嘶嘶”的粗重呼吸声，偶尔几声“叽叽”的叫声，根本不是人类的声音。我下意识地挥着手，扫到身边的人，手上传来的触感冰凉黏腻，倒像是一具泡烂的腐尸！

“吱吱”，被我扫到的人好像很不高兴，对着我发出了奇怪的叫声。视力多少适应了黑暗，借着一点微光，我隐约能看到一个全身长满鳞甲的圆头尖嘴的东西站在身边！我全身汗毛炸了起来，想到麦卡去年死于车祸，顿时冷汗直流，难道我进了一间鬼屋？这间酒吧里的所有人都是鬼？

一只手突然从脖子后面伸出，捂住我的嘴，我全身一软，吓得差点儿跪在地上。“别出声！我是麦卡！一会儿不管看到什么，都不要害怕，相信我！”耳边响起低微的声音。就在这时，空中掉落了无数石子儿大小的东西，“噼里啪啦”落了一身。我感到裸露的胳膊火辣辣地痛，忍不住伸手用力去抓，居然摸到了一大片又圆又软的东西。“啵啵”声响起，那些东西被我抓了个稀烂，掌心黏糊糊的像攥了坨糨糊。

“啪”！灯光再次亮起，我看到了根本无法形容的恐怖一幕！

五

我甚至无法形容看到的东西到底是什么，跳钢管舞的三个性感火辣的女人，中间的女人双脚被一层薄薄的肉膜包裹，双手却以奇异的角度像麻花一样反扭在背后，在舞池中央像蛇一样蠕动着，伸出舌头舔着从天花板掉落的蓝色肉虫，卷进嘴里，“吧唧吧唧”咀嚼，肉汁从牙缝中迸出，把整张嘴染成了惨蓝色。我身边原本的那几个“人”更是恐怖！有的像一只穿山甲，舌头飞快地卷着肉虫；有的却像是腐烂已久的人形肉块，在地上骨碌碌滚动；有的多少还有个人样，双腿流着黏稠的黄脓，任由肉虫挤进溃烂的肉里，像是被铁刷子刷过的烂乎乎的脸上透出很享受的表情。

地上全是蓝色的汁液，满屋子的怪物疯狂地抢食着肉虫。我恶心得甚至忘记了害怕，再也忍不住，“哇”地吐了出来！居然有一个肿胀得像个皮球的“人”滚了过来，捧着我的呕吐物往嘴里塞。吃干净之后，抬起被肥肉挤得根本分不出五官的脑袋，可怜巴巴地望着我，似乎在等我继续吐给他吃！

短短几十秒的工夫，我觉得自己没有被吓死或者恶心死，简直就是人类史的奇迹。“麦卡！”我喊了一声，身后传来嘶哑的回应：“千万别回头。”

已经晚了，我转过了身。麦卡，如果他是麦卡，正仰着脖子，任由蓝色肉虫落了满脸，密密麻麻蠕动着挤进空洞的眼眶，聚成一团软肉，探出带着细毛的肉须，深深扎进肌肉。

“南瓜，赶快走。”麦卡嘴角咧出一丝苦笑，几只肉虫落进他的嘴里，顺着喉咙往食道里面钻，“来不及解释，我没有事。你赶快走，要不就晚了。找个有浴缸的宾馆，用盐泡澡，天亮我会给你打电话，告诉你一切！”

我犹豫着是不是应该拖着麦卡一起走，麦卡吼道：“快走，我是你的朋友，不会骗你！”

我狠了狠心，绕着满屋子的怪物，往门外跑去。到了门口，我又回头看了一眼，忽然发现麦卡身边那个人，分明是月饼！

“月饼！”我心头剧震，正要冲回去，麦卡哑着嗓子吼道：“别相信你看到的！相信我说的！快走！”

我这时哪还顾得麦卡说的话，正要冲回怪物堆把月饼拖出来，门突然开了！不知道是谁抓着我的衣领，直接把我拖出了门。“哐当！”酒吧门自动闭合，我顾不得看身后是谁，又要冲进去。

“南瓜，当着我的面就甭矫情了。我要是成了那副德行，你也干脆别救，下半辈子活在阴影里怪不痛快的，还欠你这个人情。”

月饼？！

我张大了嘴，下巴差点儿砸到脚面子。

RCA大街依旧灯火辉煌，月饼站在街边，抽了口烟，面无表情地望着酒吧上方：“邪恶之眼。”

“你……你……”我张口结舌说不利索，又觉得不太对劲，伸手从兜里抓了把来之前准备的香炉灰，对着月饼撒了过去。

月饼正抽着烟，冷不防被我撒了一脸，脸上灰扑扑一片，估计抽烟吸气时灌了口香炉灰，咳嗽了半天，甩手把烟头向我弹过来：“南瓜，你能不能正常点？”

我闪身躲开烟头，月饼被撒了香炉灰没有什么异样，确定是本人，我才放了心。看他鼻尖还沾着香炉灰，活脱脱京剧里面的丑角，我强忍着笑问：

“你怎么跑曼谷了？话说你和麦卡的手机怎么都关机了？”

“忘带随充了，深山老林的到哪儿找电源？回了寝室发现你不在，桌上放着‘挖眼人妖’的报纸。居然敢冒充我，还被挖了眼。我估计你担心以后没人陪你喝酒，来曼谷认尸，手机都没来得及充电，就跟过来了。”月饼瞅着我摸了摸鼻子，嘴角挂着笑容，“冒充的人眼光还不错，起码选了个帅的。”

月饼大好活人站在面前，我总算踏实了，也懒得和他斗嘴。望着紧闭的酒吧大门，想到里面一群畸形怪物在虫子堆里折腾，越想越恶心，急忙拍打着衣服。奇怪的是，刚才掉了满身的蓝色肉虫全都没了，就连鞋底的蓝色汁液也消失不见了。

“月饼，麦卡在里面。”

“嗯。”月饼又点了根烟，似乎不是很在意。

“麦卡有些问题，他……”没等我说完，月饼扬了扬眉毛：“他早死了对吗？”

“你怎么知道的？”话刚说出口，我意识到一个逻辑上的错误：月饼手机没有电，根本没有和我联系，却能够准确地在这间名叫“邪恶之眼”的酒吧找到我。按照他的性格，怎么可能对酒吧里恐怖恶心的东西视而不见，而是直接把我拖出来，很明显他知道发生了什么。最大的问题——他是怎么知道麦卡早就死了的？

“你到底是不是月饼？”我试探着问道，退了几步保持着三米左右的距离。

“走，开房去。”月饼冷不丁冒出这句话差点儿让我吐血。

“麦卡没告诉你吗？用盐水泡澡？我知道你肯定有很多疑问，有些事情我了解，有些事情我也不明白，但是相信我，麦卡确实是咱们的朋友。”月饼吐了个烟圈，又望着“邪恶之眼”的LOGO，“如果我没猜错，明天他会告诉你真相。”

我突然觉得月饼很陌生，又很熟悉。路灯映着他长长的背影，我打了个冷战。

六

找了宾馆住下，那群蓝色虫子留在身体的感觉实在太深刻，我忍不住用力搓着皮肤，全身通红，被盐水一浸，如同掉进了火坑，火辣辣的就没有不痛的地方。

任由我怎么问，月饼要么一言不发望着天花板发呆，要么重复着“等麦卡来了就知道了”。我索性不再问，心里憋着口闷气：“好歹我也是担心你才跑来曼谷，遇到这么一堆事，你倒来了个‘一问三不知’。以后还能不能一起愉快玩耍了？”

我琢磨了大半夜，隐约觉得这事应该和蛊族有关，否则月饼不可能放着麦卡在酒吧里不救。别别扭扭抽烟抽到天亮，太阳穴“突突”跳得生疼，屋里像是北京雾霾，伸手不见五指。月饼倒是心大，睡得五脊六兽，正当我实在扛不住，眼皮打架的时候，月饼忽然坐起来：“麦卡来了。”

“梦游？”我脑子里冒出的这两个大字还没退去，敲门声响起。

开门一看，果然是麦卡。他眨着贼溜溜的小眼睛，搓着手“嘿嘿”笑着：“南瓜，昨晚没吓着你吧？”

我气不打一处来：要不是来泰国经历了不少事情，估计昨晚就直接吓死在“邪恶之眼”酒吧里了，或者被怪物们当消夜了也说不定。

“解决了？”月饼问道。

“嗯。”麦卡点着头，“你已经死了。”

“那就好。”月饼表情轻松了许多，叹了口气，“你有什么打算？”

麦卡摇摇头：“暂时还没有。”

月饼摸了摸鼻子：“要不明年我帮你？”

“你是人，我是蛊人，怎么帮？”麦卡深吸了口屋里的烟雾，“真怀念做人的感觉。有味觉，有嗅觉，有触觉。”

“你们到底在说什么？”我觉得自己像个傻瓜。

麦卡嘴张成了“O”形：“月饼没告诉你？”

“你觉得我这张帅气的脸像是开玩笑吗？”我一本正经地指着自己的脸。

“确实没开玩笑，”月饼打着哈欠，“我出去弄点吃的。对了，南瓜，你也确实不帅气。”

我差点儿一口气噎死，对着月饼的背影怒目而视。麦卡拽了张椅子，大刀金马坐下：“看来月饼不想告诉你这件事情，还是我来说吧。”

“我是个死人，”麦卡有些尴尬地笑着，“也是蛊人。”

我点了根烟没有吭气，直到抽完半包烟，麦卡才把事情的来龙去脉讲述清楚，我听得眉毛直跳，没想到这件事居然隐藏着关于泰国的惊天秘密。

以下是麦卡的讲述——

七

孟莱王建立的兰纳王朝逐步走向衰落，尤其是“人皮风筝”的酷刑导致清迈百姓怨声载道，民间反抗力量越来越强大，形成了足以抗衡王国的起义军。首领察昆是个二十岁出头的少年，带领义军所向披靡，终于包围了兰纳王朝的都城——清迈。

孟莱王站在城墙上望着铺天盖地的义军，又看看无心恋战的守城士兵，长叹一声，回到皇宫，命令仆人收集木柴，把收集多年的珍宝埋在里面。生性残暴的他绑了所有的宫里人，身上泼满寺庙的香油，准备在城破的时候放火自焚，不给察昆留一点东西。

宫内的僧侣、奴婢、仆人、妃子们知道了即将面临的下场，有些人忍受不了等待被火活活烧死的恐惧，咬烂了舌头自尽。就在这时，一个人高呼“我有解救兰纳王朝的办法”。

当天夜晚，城墙垂下一根绳索，一道黑影悄悄潜进了义军大本营。

第二天清晨，义军按照部署，准备一鼓作气攻克兰纳王朝，察昆突然下令停止进攻，原地待命。正当义军疑惑不解的时候，兰纳城门大开，孟莱王穿着囚衣，双手举着象征国王权力的镶金象牙手杖，向义军投降。

察昆赞许地点了点头，带领一队士兵接受了孟莱王投降，把孟莱王投入水牢，往水池里倒进一箩筐蚂蟥，任由蚂蟥吸食孟莱王的血，又派了士兵专门看守，每隔两个时辰把孟莱王从水池里捞出，全身撒盐除掉蚂蟥，喂上好的饭食，确保孟莱王不死，日夜接受酷刑。

没有人认为察昆的手段太残忍，大家都觉得喜欢用酷刑折磨犯人的孟莱王活该有这个报应。每天夜里，清迈城都会传出孟莱王凄厉的惨叫，宛如当年在刑场抽中签被剥皮的百姓临死前绝望的叫喊。

察昆虽然骁勇善战，可是治理国家不是领兵打仗，为了保持国家稳定，他任用原来的官员维护朝政，特别是对宫内僧侣明坤言听计从。明坤一系列的举措，也确实让老百姓过上了好日子，威望渐渐高了起来。一起打天下的义军将领劝察昆小心明坤功高盖主，察昆却总是对明坤投以信任的微笑。

原来在孟莱王即将自焚的时候，正是明坤献计，当晚潜入义军大营，传递孟莱王投降，只求留下性命的愿望，趁着察昆放松警惕接受投降的时候，埋伏在大门两侧暗道里的士兵将察昆杀死，趁乱一举攻克义军。

孟莱王本来不相信明坤的计策，认为这个刚入宫不久的僧侣想借这个机会逃跑，直到明坤咬断左手小拇指，立血书为誓，才放明坤出了城。谁曾想明坤出城后，将计划原原本本告诉了察昆，并保证回城后策反埋伏的士兵，这样就可以不伤一人攻下清迈城，避免百姓受到战火屠戮。

孟莱王万万没有想到，假投降结果成了真投降，破口大骂明坤是个叛徒，却为时已晚。

明坤大概也知道“功高盖主”的道理，把赏赐全部散给城里百姓，每天在屋内念经诵佛，只有察昆召见时才入宫。

为了避免引起泰国境内其他国家找借口进攻，察昆听取了明坤的意见，没有当国王，依旧沿用兰纳王朝的国号。眼看局势稳定，为了对他国有个交代，察昆决定把孟莱王从水牢提出，正当他准备下诏时，看守士兵慌慌张张地跑来报告：“孟莱王死于水牢。”

察昆立刻前往水牢，孟莱王已经没有了人样，全身密密麻麻布满了蚂蟥叮咬的芝麻大血口，身体因为长期被水浸泡变得苍白肿胀，皱起的肉褶淌着脓水，脚趾已经脱落，断口处还扭动着蚂蟥暗红色的尾巴。他皱着眉头，挥手让士兵抬走尸体，“啪嗒”，孟莱王的胳膊因为士兵的拖拽，竟然掉了。“叽叽咕咕”的声音响起，从孟莱王的肩膀里钻出了成群的大蚂蟥。士兵呆呆地举着手里的一截胳膊，忍不住呕吐起来。

另外一个士兵突然指着墙壁惊恐地叫着，察昆仔细一看，墙上写着“我会回来的”五个字，孟莱王明明被绑在水池的石柱上面，怎么可能在墙壁上写字呢?

察昆突然拔出刀，把水牢里的两名士兵砍死，又对着孟莱王尸体砍了几刀，把头颅生生砍下，才喊外面的看守进来收尸。

第二天，清迈城的百姓们奔走相告：“孟莱王买通了看守，在即将逃出水牢时被察昆发现，被当场砍死。”

深夜，明坤怀里抱着一个包裹，从水牢里偷偷溜出，借着夜色从小门潜进独住的小屋。

八

转眼过去了两个多月，清迈城恢复了往日的宁静，安居乐业的百姓们根本没有察觉到，巨大的恐怖正在慢慢降临。

忙着处理政事的察昆一夜未眠，天亮时吃了些水果正准备休息，听到士兵悄悄议论城内最近三天失踪了四个婴儿的消息。天下没有不透风的墙，不知道是谁把水牢墙上的“我会回来的”这几个字透露了，清迈城人心惶惶，信奉鬼神的百姓们背地里都说是孟莱王的鬼魂回来报复，吃掉了婴儿。有婴儿的人家请了僧侣做法事，克制孟莱王的怨气。

察昆犹豫了片刻，回了寝宫，把门窗反锁，抓住象头烛台的象鼻往左扳动，床下传出“嘎吱嘎吱”的齿轮声，床板翻转，露出寒气森森的黑洞。察昆确定四处无人，钻进洞中。

僧侣明坤听见三长四短的敲门声，知道是察昆从密道过来，不慌不忙地打开了门。察昆不满地呵斥道：“当初我们的约定并不是这样！”

明坤把手上淡黄色的黏稠液体凑到鼻尖嗅了嗅，陶醉地眯着眼睛：“约定可以改，你想当国王，那就要听我的。你以为我不知道，你命令看守士兵毒死了孟莱王，在墙上留了字，又把他们杀掉灭口。这似乎也违背了我们的约定吧。”

察昆脸上闪过一抹杀气冷笑着：“他只要活着，我就不能名正言顺地当国王。”

明坤满不在乎地冷笑着，摆摆手进了屋子，察昆按着腰间的弯刀跟了进去。浓郁的血腥味差点儿把见惯了死人的察昆熏晕，当他看清屋里的景象，更是惊恐得无法控制身体，险些跪倒。

对着门的墙壁上，用绳子吊着四个看不清是什么的血淋淋之物，底下一根蜡烛烤着，一滴滴黄色的油落进盆里。地上还有个小孩，硕大的脑袋布满了褶皱的头皮，每一条头皮的沟壑里往外渗着黄色油膏。五官就像是挤在一起，在脸上变成高低不平的一坨烂肉。身体却像没有肉一样，枯黑的皮肤紧紧绷着全身骨架。手脚奇异地扭曲，手指脚趾指尖连着鸭蹼似的肉膜，握着竹筒舀着盆里的尸油。

察昆退了几步，突然一双手抓住了他的脚踝，察昆收不住脚步，摔倒在地。慌乱间拔出腰刀，胡乱挥舞，当他抬起头时，看到了更加恐怖绝伦的一幕。

一张完全腐烂成肉泥、爬满了白色蛆虫的脸正面对着他，灰白色的眼球慢慢膨胀着，“啵啵”两声，眼球爆裂，脓汁淌出，两条肉色的小蛇钻了出来。那个“人”咧嘴发出“嘶嘶”的喉音，一只蛤蟆从嗓子里爬出，趴在黑青色的舌头上，伸出长长的舌头，击中察昆的左眼。察昆捂着眼睛哀号，钻心的刺痛让他失去了理智，起身一刀砍向明坤。

明坤没有躲闪，任由刀尖砍进肩膀，似乎完全感受不到痛楚：“我们的约定似乎没有你砍我这一条吧？”

察昆左眼一片漆黑，显然是瞎了：“你到底是谁？”

明坤从怪婴手里接过竹筒，仰脖喝了尸油，被刀砍中的伤口涌出了无数根肉芽，纠缠在一起，瞬间伤口痊愈。

“我？我是一个被抛弃的阿赞。”明坤背着手摇了摇头，“当年我捡到了一本没有文字只有图画的书，我知道这本书价值连城，却根本参不透那些图画的意义。”

察昆根本没有听明坤说了什么，一刀砍向明坤的脖颈：“砍了脑袋，看你怎么恢复！”

怪婴一声尖叫，像只灵活的猴子，跃上察昆的胳膊，张嘴咬住他的手腕。“哐当”，弯刀落地，怪婴爬到察昆的肩膀上，伸出舌头舔着他的下巴。

“看来我的儿子很喜欢你啊。”明坤拾起弯刀，轻轻划着察昆的脸。寒冷的刀光使察昆的汗毛根根乍起，他结结巴巴地说道：“你……你……求你放过我。国王我不当了，我只想活下去。”

“人，都是怕死的。”明坤厌恶地把刀插进地上的腐尸身体，刀把“嗡嗡”地颤动着，“听我讲完，你也许就不那么怕死了。”

怪婴摁住察昆的脖颈，察昆发现身体不能动了，只能眼睁睁地看着怪婴黏糊糊的舌头舔着自己的下巴。

“我用了整整两年，对那本书依然不得其解，也许是机缘巧合，在溪边取水的时候，书掉进了水里，晒干后我竟然发现图画旁边写满了看不懂的文字。我偷偷描了几个字问师父，才知道是明朝境内一个极其神秘的部族文字。我把书给了师父，没想到他看了几页，说这是一本蛊书。记录着一百零八条蛊术，可以转运、治病、降头、杀人，最后一条竟然是长生不死。但是师父坚持要把这本书毁掉，因为书里的方法实在太损天德，流传出去必然危害人间。

“呵呵……我表面答应了，但是当天晚上，我杀死了师父，夺回蛊书，为此背上了‘弑师’的恶名被阿赞们追捕。我为了弄清楚蛊书里的内容，也为了逃避追捕，穿过万毒森林躲进了明朝国土。没想到……”

说到这里，明坤脸上竟然浮现出幸福的笑容：“穿过万毒森林，我被毒蛇咬了，眼看要死了，也许命不该绝，被一群猎人救回了村寨。照顾我的人叫红英，是个很美的女人。日久生情，我们相爱了，但是寨长不允许我们在一起，除非我发誓成为村寨的人。我深爱红英，毫不犹豫地接受了这个条件，寨长当晚举行了非常古怪的仪式，全身爬满虫子的老婆婆捧着坛子，从里面抓出手指长的虫子，让我吞下去。

“你知道我当时的震惊吗？我发现这个仪式居然和蛊书里记载的‘情蛊’一模一样！中了情蛊的人，终生对所爱之人不能起异心，否则必受蛊虫钻心而亡。望着红英美丽的眼睛，我吞下了情蛊，决定一辈子留在这个叫十万大山的地方。”

麦卡讲到这里，我不由自主地“啊”了一声！

广西十万大山里居住着许多至今不为人知的部族，他们行踪隐秘，完全不与外界接触。据传这些部族掌握着一种奇怪的力量，至于是什么力量，却没有人能说清楚。我隐隐觉得有许多内在的线串了起来。

麦卡点了根烟，继续讲着。

九

一年后，红英为明坤生了个白白胖胖的儿子，取名“曼童”。爱情和初为人父的喜悦，让他忘记了曾经的阿赞身份，安心住在村寨里，平平淡淡地度过一生。直到有一天，男人们打猎归来，却看到女人和孩子被圈在猪圈里，几十个明朝士兵举着弓箭，只等军官下令！

军官提出要求，寨长必须派一个精通蛊术的人跟随军队下南洋。至于原因，军官并没有说。寨里的人面面相觑，精通蛊术的草鬼婆年前刚刚去世，整个村寨并没有选出适合的“蛊女”继承蛊术，也就是说，蛊术失传了。

眼看着士兵的弓弦越来越满，军官下命令的手即将挥落。为了救村寨，明坤把心一横，在全村人不可置信的目光中承认自己会蛊术，演示了最简单的“水蛊”，往泥沟混浊的水里放了几条小虫，泥水顿时变得清澈甘甜。

军官“哈哈”一笑，带走了明坤，部队也跟着撤出了村寨。明坤临走前对红英喊道：“一定等我回来！”

到了军营，军官准备了上好的酒菜款待。酒过三巡，军官醉醺醺地告诉他，此次下南洋肩负着神秘的任务，要去暹罗寻找……说到这里，军官察觉失言，再没多说，吩咐士兵看守住明坤，回了帐篷睡觉。明坤心里一惊，一年来，他学会了书里的全部蛊术，种种残忍的方法让他明白了师父当年为什么要毁掉这本书，更让他为当年贪婪蛊书的内容杀死师父而后悔。明朝军队要去他的故乡暹罗，难道也是为了这本书？

正当他心里七上八下打定主意毁掉这本书，突然感到心头一阵剧痛，好像有什么东西要从心脏里面钻出来。他急忙掏出随身带的竹筒，倒出一颗配制的药丸服下。片刻之后，“哇”地吐出了老婆婆下的情蛊！看着呕吐物中已经僵死的虫子，他叫了声“红英”，冲出帐篷，杀死了看守士兵，往村寨跑去！

“情蛊”分雌雄两条，只有至死不渝的爱侣才能经受住情蛊的考验。有一方变心，两人都会被蛊虫钻心而死。如果其中一人死了，那么另外一人也会立刻死去。被下了情蛊的爱侣，一生双生双依，生死同命。

如今蛊虫死了，妻子红英肯定遇到了不测！明坤越想越怕，难道明朝军队出尔反尔，深夜屠寨了？

仇恨的火焰在明坤心中越烧越旺，他跌跌撞撞跑了半夜，赶到山寨时已经过了子时。出乎意料的是，村寨并没有出现想象中血流成河、尸横遍野的惨状。远远望去，全村人在谷场围成圈，寨长正站在土台子上面说着什么。

明坤偷偷摸进村子，躲在茅屋后面，顺着人群往里看去，如同五雷轰顶，呆立当场。红英全身赤裸地绑在木桩上，披散的头发凝固着刚刚干涸的血迹，麻绳深深勒进身体，皮肤泛着异样的青紫。寨长大声呼喊着：“她沟通外族人，偷学了蛊术！按照寨规，让她承受噬体之刑。她死了，明坤的情蛊发作，也活不了。当年我之所以让‘草鬼婆’下情蛊，就是为了防止明坤叛逃！”

村民们欢呼雀跃，眼睛里闪烁着残忍的色彩，完全忘记了明坤刚刚把他们的妻儿从弓箭中救出。寨长从火堆里拿起烤得通红的铁刷子，对着红英的身体一遍遍刷着。皮肉顿时绽烂，血液还没流出，就被烫熟的肉脂封住。被折磨得几乎要死去的红英痛得突然清醒：“我没有沟通外族人，明坤是我的丈夫，是本族人！我的孩子……”

“还敢狡辩！明坤怎么突然会的蛊术？草鬼婆是不是你们害死的？”寨长丢掉铁刷，端起一盆蜂蜜顺着红英的脑袋浇下，金黄色的蜜汁流进烫烂的伤口，成片的蚂蚁闻到蜜香，从洞里钻出，爬进红英的身体，啃食着沾着蜂蜜的血肉。

不知道过了多久，蚂蚁退去，木桩上只剩下一具挂着头发的骷髅架子。

寨长拽着红英残留的头发用力一拔，骷髅头从脖颈处断裂。村民们兴奋地吼叫，围着土台边跳边唱。寨长甩着红英头骨，丢进木桩旁的篮子里，篮中婴儿胸口压着一块方方正正的石头，早已经被压得窒息而亡。

明坤咬烂了嘴唇，强忍着没有发出声音，手指更是抠进掌心，满拳的鲜血一滴滴落尽脚下生活了一年的土地。刑罚仪式终于结束，村寨的人们兴奋地谈论着回屋睡觉。黑夜里，复仇的怒火烧红了明坤的眼睛，他喘着粗气，喉咙里响着野兽般的嘶叫，往村寨的水井中倒进了一只指甲盖大小的蛤蟆，种下了让村民世代畸形的“残蛊”。

这是一种比死还要残酷的复仇！

十

他收拾了妻儿的尸体骸骨，连夜潜回明军营帐，用蛇蛊毒死了全营官兵，穿过万毒森林，回到清迈。为了躲避阿赞的追捕，他隐姓埋名混进了皇宫，当了一名负责报时的宫中僧侣。当他用蛊书的最后一条蛊术复活了儿子曼童，却发现曼童变成了丑陋的怪物，这个打击彻底摧毁了他最后一点人性。同时他惊奇地察觉到，曼童居然能给他带来意想不到的好运势！

他深深为自己是个人而感到耻辱，更痛恨无比丑陋的人性。他开始收集尸体，炼制看上去和常人完全一样的“蛊人”，和常人婚配，生下带着蛊性的邪婴，提炼尸油，喂养曼童，以此来增助更强的运势。又把邪婴的尸体分成小块，尸油浸泡，制成可随身携带的牌子，配给蛊人助运。等到蛊人成了规模，一举灭掉他仇恨的所有人。

察昆的义军打乱了他的计划，他明白一旦破城，失去控制的义军必然会屠城，多年培养的蛊人就将毁于一旦，于是他想出了“双间计”！当晚他溜进察昆的军帐，不但将孟莱王假投降的计划全盘托出，更当着察昆的面露了几手蛊术，和察昆定下了“助他当国王，但是必须留下活的孟莱王，通过蛊术夺取他的王气，来增炼更强的蛊术”。察昆自然答应，却又日夜担心明坤利用蛊术篡位，便有了“让士兵杀死孟莱王，墙上留字”的计策。

明坤偷进水牢，立刻明白了察昆即将对他下毒手，只是忌惮他的蛊术，迟迟没有动手。他收了用来练蛊的蚂蟥，刨开孟莱王的坟，把腐烂的尸体搬回，又偷了几个婴儿，炼尸油喂养怪物儿子曼童。

至于察昆，被明坤炼制成了唯命是从的蛊人，当了清迈国王。清迈城里的“蛊人”被云游四方的阿赞发现，从而引发历时千年的“佛蛊之战”！

明坤自恃儿子曼童在身边，运势无人能及，穿着黑衣，号称“黑衣阿赞”，与白衣阿赞开战，企图一统泰国佛蛊两教！没有想到的是，曼童再没有给他带来一丝好运，反而加剧了坏运势！

经过数年惨烈的战争，明坤最终大败，白衣阿赞为了将其彻底消除，放火活活烧死了他。临死前，明坤凄然苦笑：“我一直以为曼童能给我终生源源不断的好运，没想到只是在短短几年用光了我一生运气。”

虽然明坤彻底被灭，但是蛊人难免有漏网之鱼，逃散到泰国各个城市隐姓埋名。白衣阿赞为了避免“佛蛊之战”的悲剧重演，调配佛水，发至全国民众手中，互相往身上泼。如果被泼中的人突然昏厥，就是隐藏的蛊人。流传至今日，成了泰国著名的节日——“泼水节”。

第一次佛蛊之战结束当天，白衣阿赞折纸船放上蜡烛，放入河中祭奠战争中死去的亡灵，也就是“水灯节”的由来。

尽管如此，还是有一部分蛊人残存，流亡到远离城市的乡村娶妻生子，子女都异常俊美，极为聪明。由于终身保守秘密，导致子孙并不知道自己是蛊人后代。

明坤制作的牌子在战争中遗落民间，有人学会了制法，在乡间偷偷制作高价卖出，被称为“阴牌”。白衣阿赞取寺庙的钟鼎、香炉灰等材料制作“正牌”，以此对抗阴牌带来的邪性。

少数记得身份的蛊人代代相传，渐渐形成了一股黑暗势力，为复兴蛊族延续着“佛蛊之战”，又在民间收集横祸而死的尸体，制成蛊人加以利用。蛊人与正常人最容易分辨的一点是，蛊人的左眼会有一道贯穿瞳孔、极不明显的血丝。

每年水灯节，是蛊人秘密聚会，吃蛊虫维持身体形状的日子。一年一换的聚会地点，门的左上角会画一只竖着的左眼作为标记。

十一

麦卡讲了半个上午，月饼还没有回来。我听得心惊胆战：“麦卡，泰国还有多少你这样的蛊人？”

“我不知道。”麦卡一本正经地板着脸，“难道我们还要建个你们中国的QQ群、微信群平常保持联系吗？”

“那月饼是怎么回事？”

“去年我出了车祸，死后洪猜的母亲，也就是那个草鬼婆把我炼成蛊人。月饼把她做了，蛊族让我干掉月饼报仇。”

“啊？”

“说出来不怕你笑话，我从小连只鸡都不敢杀，更别说杀人了。唉，即使是变成蛊人，胆子该多小还是多小。”

“你是觉得不是月饼的对手吧？”

麦卡脸一红，挠着头有些尴尬：“南瓜，做人不要太诚实。何况这段时间的接触，你们对我很好，把我当朋友，我更不可能下得了手。所以，我把这件事告诉了月饼，没想到他早看出我是蛊人，只是瞒着没说而已。”

我心说月饼啊月饼，你这心机可是够深的。麦卡继续说道：“所以我们俩商量了一下，我在水灯节蛊人聚会的时候，找了两具尸体，用蛊术改变成我们的相貌，挖了眼睛，把消息透露给那份娱乐报纸的记者，编了这么一条新闻。哦，那个记者也是蛊人，就是昨晚在邪恶之眼的舞池里领舞的那个女人。这样蛊族就认为月饼死了，至于现在月饼的身份，是我炼制的蛊人。昨晚你在酒吧看到了和月饼一模一样的人，都是为了掩饰真正的月饼。唯独没想到这份报纸让你看见了。我这么说你明白吧？”

我虽然听得有点绕，大概意思还是明白了。难怪月饼周末要去山里，原来是为了配合麦卡的计划，这么一想，所有的疑点也就迎刃而解。

不过我始终觉得月饼这么拽的人，不管蛊族还是蛊人，绝对有“来一个灭一个，来一双灭一对”的能力，费那么大劲干吗？

“南瓜，我要走了。”麦卡起身伸了个懒腰，“可能这辈子再也见不到了。认识你们这段时间，是我最快乐的记忆。不管在哪里，我希望你记得我这个朋友。”

我一下子没反应过来，麦卡已经走出了房间，忽然回头笑了笑：“哦，对了。喝酒的时候，不是我躲酒不愿多喝，而是蛊人不能喝太多酒，否则体内的蛊虫受到酒精刺激，不知道会变成什么样，做出什么事。以后想起我，可别背地里说我不实在。”

“麦卡，你就这么走了？”我鼻子发酸，朝夕相处了这么久，说分开还真有些不好接受。

“只要是朋友，一辈子见不到也是朋友啊。记在心里就好，再见了！”麦卡挥了挥手进了电梯。

我站在门口愣了一会儿，跑回屋里拉开窗帘，麦卡已经走出宾馆，月饼正靠着一棵树发呆，两个人聊了几句，互相捶了一拳算是道别。

我深吸了口气，抬头望着曼谷深蓝色的天空，几朵白云聚了又散开……

突然，我明白了月饼费这么大劲整这一出是什么意思了！

他根本不担心蛊族报复，而是怕牵连到我，出什么意外！

这就是朋友！

第十一章 阳白指甲

泰国是美容业异常发达的国家。有人开玩笑说，能把男人变得比女人都漂亮，全世界独此一家别无分店。

且不说别的，光是美甲业就异常兴旺。女孩子谁不爱漂亮呢？女孩们最常让别人看到的，就是一双手，所以漂亮的指甲可是必不可少的。传统的只是涂个指甲油，当然还有单色凝胶过渡甲、凝胶3D贴花甲、3D彩绘这些五花八门的美甲种类。在泰国，手绘美甲的价格居然只要三百泰铢，人民币也就是六七十块钱，而且是十个手指头全手绘。这个价格在上海估计只能涂个OPI单色吧。泰国的法式和中国的法式有大不同，在中国都是用甲油一笔汇成，而在泰国，则是用白色颜料涂上之后，再用消除法，一点点描绘好，立体感看上去会更明显……

泰国人对指甲非常看重，许多家庭即使定期剪指甲，也会把指甲收集起来，用陶土坛子封存，因为指甲代表着生命的延续。

如果不知道的人无意中打开坛子，看到满满一坛子指甲盖，不知会做何感想。

不知道你注意到没有，每个人手指甲盖尾端里都会或多或少有月牙形的白色印记，这就是阳白！

如果你指甲盖上没有阳白，那就要小心了。阳白数量的多少显示着体内阴阳两气的多少。如果阳白太少，则体内阴气盛，会出现体虚多病，内寒易冷的状况。但是有一种人，十个指甲没有一块阳白，这种人是纯阴体！

纯阴体的人会看见许许多多稀奇古怪的东西，也能感觉到常人无法感知的东西。

在这里，我只想说："不要随便在泰国美甲！即使在国内，也不要随便找不认识的美甲师做指甲。"

有一种人，乔装成美甲师，专门收集阳白！

一

时间过得很快，转眼就到了秋天，泰国的秋天和夏天没什么区别，到处依旧是绿油油的，只有通过日历，才醒悟原来已经来泰国快半年了！而这段时间，风平浪静，简单的大学生活和丰富的异域风情，似乎让我忘记了很多。

生活本来就应该是简简单单的，那么多大风大浪，简直不可思议，当是拍又臭又长的美剧啊！

我好奇月饼为什么会这么多东西，他被我缠得没办法，也为了防止再有什么事情，我不至于每次都是废柴拖后腿，点头答应教我几手。

由于和这段经历没什么太大联系，我就不多赘言，简单举几个例子。

例子一：为了增强对各种草药的认识，月饼隔几天就会去山上采药，傍晚喜滋滋地回来，搞不好手里还会拎只山鸡，兜里揣着几个野鸡蛋改善生活。然后把采来的草药往我面前一丢，选出一样盯着我吃下去。

当然不会是什么千年灵芝万年何首乌这类武侠小说里面能增添一甲子功

力的灵药，而是诸如断肠草、曼陀罗、天南星这类有毒的草药！

吃完之后，我需要在最短时间内从那一大堆草药里面找到解毒的，否则实在是苦不堪言。

偏偏有一次吃了天南星，我满头大汗找了半天解药，正在炖鸡的月饼才一拍脑门儿："坏了！忘记采解毒性的黄连和鱼腥草了。"

于是我整整两三天，和中风了一样，歪着半边嘴流口水，说话都不利索。

例子二：为了对人体进行深入了解，那就必须要进行人体解剖。可是在泰国这样一个佛教盛行的国家，人死后把尸体捐给学校、医院那可是大不敬的事情。在泰国医学院里，能有一具新鲜尸体绝对是可遇不可求的奇迹。

于是月饼想出了一个天才的馊主意。居然在一个夜黑风高的晚上扛回来一个麻袋，我大惊失色，难道是从哪里偷回来一具尸体？

月饼喜气洋洋地打开麻袋："我去屠宰场整了头现杀的活猪，不但可以让你熟悉经络血脉穴道骨骼，还可以当半个月的下酒菜，动手吧。"

我拿着手术刀，欲哭无泪。

在小小的男生寝室里（月饼把屋里贴满了隔音棉，再怎么在屋子里折腾，别人也听不到），满脸是血的青年咬牙切齿地屠宰着一头猪，鲜血四溅，碎肉横飞，还有热腾腾的心脏，白花花的肠子，蚯蚓一样的血管……

月饼一边吃着方便面一边对我进行现场指导，直到……

我实在忍不住，把隔夜饭都吐在豁开的猪肚子里。

例子三：如果这两件事已经在挑战我的生理、心理极限，那么下面一件事情，则有些惨无人道了。

我苦着脸站在马蜂窝前，月饼全身裹得严严实实，手里拿着根木棍："准备好了吗？"

"月饼，能不能别这么没人性。"我抗议着。

"人性？遇见解决不了的奇怪事件或者不干净的东西，它可不会跟你讲人性。打不过总要会逃跑才行啊。"月饼一挥棍子，西瓜大小的蜂窝掉到地上，马蜂们乌云一样从地上飞起，疯了般追着让它们"家破蜂后亡"的我玩儿命！

“我去！”我狂吼着撒丫子就在山林里狼窜！

“加油啊！”月饼在远处哈哈大笑。

月夜，山野，微风，我在树林里上蹿下跳，挥洒燃烧着青春的汗水，身后是天杀的蜂群。

还有——月饼抽着烟优哉游哉！

每次想到这个画面，我的眼睛都很湿润……

很热血，很张扬，很肆无忌惮的青春就那么深深地烙印在那一年的记忆里。

二

除了月饼的所谓“特训”，我们闲了就跑到杰克那里抽烟喝酒。杰克听了特训方法，大呼有趣，非要尝试尝试。我心说你真是吃饱了撑的没事干！还有主动找虐的！

三个大老爷们儿聊几天就没什么话题，又不能总是抽烟喝酒，于是月饼顺手教会了杰克“斗地主”，每天都能从这个老外手里赢个百八十的，杰克倒也无所谓，乐呵呵给我们点钱。

这些钱都用来看泰拳赛，泰拳被称为泰国国技，目前最强的拳者名叫阿凯，我是他的忠实粉丝。而且阿凯不知道为什么，在三个月前宣布把主场从曼谷迁到清迈，更让我兴奋不已，几乎每场都拉着月饼和杰克去看。

不过月饼在看了一场比赛后，说阿凯之所以这么强是因为他也是蛊族的，所以每次战斗时身体恢复能力超强，几乎不见什么伤痕。

我对这句话不以为然，照月饼这意思，泰国就没有个正常人了？

周末睡了一上午，醒了之后闲来无事，我翻着校门口买的小报纸，头条是“曼谷出现人妖僵尸”，这种地摊报经常会用夸大其词的标题增加销售量，我觉得没什么意思也就没再多看，洗刷完毕和月饼又往杰克那里溜达。结果大门紧闭，也不知道他干吗去了，我俩只好逛大街。

泰国人无论做什么事情都是慢悠悠的，这也许和宗教信仰有关。而且随时随地都面带微笑，所以泰国也是著名的“微笑之国”。

微笑后面到底是真诚还是虚伪，那就另当别论了。其实有时候想想，每个人都对你保持微笑，也是一件挺恐怖的事情，因为你根本分不出真假。

“月饼，你说杰克干吗去了？”我手揣在兜里，有一搭没一搭地说着。

“我又不是算命先生，前知八百后晓一千。”月饼懒得回答我，拿着卡片机四处拍照。

“能掐会算也是个好事。”我眯着眼睛看阳光，热带的阳光总透着股七彩的色晕，看上去很舒服。

“想那么多干吗？要是真有那样的人，活得多没意思，一生还没有开始就全都知道了。生命就是在未知中探索才精彩。”月饼停住脚，一张张翻看着刚才照的照片。

我正琢磨着这句话似乎挺有道理，月饼“咦”了一声：“南瓜，你看！这是谁？”

我凑过头看去，相片跳到一个不大的门面铺前，屋里坐着个金发青年，身材很高大，正紧张地向外看着。

杰克！

那个门面铺上面写着“花绣美甲店”几个字。这个大老爷们儿到美甲店干吗？

“去看看。”月饼收起相机，向走过的那条街跑去。

我忽然想到一件事：“月饼，你慢点。万一杰克是干那啥去了呢？”

“他一个老爷们儿不可能有美甲的癖好吧。”月饼显然是没往那方面想。

泰国的色情业异常发达，被称为“男人的天堂”，许多外国游客来到泰国不为别的，就是来嫖妓。不过正所谓“天堂地狱只在一念之间”，据说泰国的性工作者百分百都有性病，也不知道那些嫖客图个什么。杰克万一有这个嗜好，我们去了岂不是很不合适。想到这里，我冒出一身汗，以后还是少和杰克接触，喝酒也要带上自己的杯子。万一被交叉感染，那可真是处男之悲啊！

再想想杰克满脸警觉，倒是越想越觉得自己判断正确。

“南瓜你想什么呢？”月饼明白过来，“美甲店还负责这事？快跟上。”

好在那家美甲店并不远，没几分钟就跑到了，就是路人们纷纷驻足，对着我们指指点点有些尴尬。

到了美甲店门口，我吸了口凉气！

我也感觉到这家店不对劲的地方了！

按照那两本书上所说，世间分阴阳两气，阴气重的地方易闹鬼招魂，而阳气重的地方，则凶煞过于强烈，易发生火灾或血光之灾。

这间美甲店不是阴气重，反倒是阳气太过凶猛，我能明显感觉到烫人的热浪炙烤着皮肤。

杰克这会儿正背对着门，隔着茶色玻璃，那头金发还是那么耀眼。

他跑到阳气这么重的地方来做什么？

月饼正要推门进去，杰克正巧回头看见我们俩，脸色大变，“蹭”地起身，转身就要往里屋跑。大概想到里屋是死路，二话不说拉开门就要往外冲，被月饼一把抓住了胳膊：“杰克，你在干吗？”

“没……没干什么。”杰克见跑不了，又往屋子里看了看，“走，斗地主去！”

我好奇地探着脖子往里面看，一张碎花帘布挡住了视线，里面隐约有两个阴影……

“你不说明白就别想走。”月饼罕见地蛮不讲理。

杰克倒是干脆，索性把眼一翻，死猪不怕开水烫的样子，来了个一问三不知。

“杰克，你看我的指甲漂亮吗？”

正当我和月饼也不知道该怎么办的时候，从帘布后面走出来一个女孩。瘦高的个子，古铜色皮肤，一双棕色的眼睛笑起来能弯成月牙，就是嘴稍微有点大，不过倒也挺搭配她略带原始野性的气质。

帕诧！

不知道大家还记不记得，洪猜的母亲在学校里布下草鬼术的时候，第一个中了蛊的就是她。所有人都被送进医院当作病毒性感冒治疗，当然学生们也不相信自己得的是感冒，可是在有神论的泰国，大家更不愿说自己中了蛊或者撞了鬼，导致帕诧有了心理障碍。后来在杰克那里做心理辅导的时候，杰克催眠了她，月饼偷偷喂了最后一条蚯蚓把蛊解了。

看这样子，这俩人日久生情，杰克陪着帕诧来做美甲。

我松了口气，这能有多大的事情，杰克至于这么紧张嘛。

月饼讪讪地松开手："天气不错！哈哈……"

帕诧举着亮晶晶的指甲，看见我们俩，倒是有些不好意思地红了脸："你们俩也在啊？"

杰克脸色几乎变得铁青，一边一个搂着我俩的脖子拽到一边："拜托，这件事情千万不能让学校知道。学校不允许师生谈恋爱的。"

原来这哥们儿担心在这个地方，难怪这么紧张。

"南瓜，你不是还有几本书要买吗？"月饼打了个响指，"前面有家书店。"

我也乐得成人之美："都要考试了，那几本参考书还没买到。"

"这附近哪里有书店？"帕诧也不知道是太单纯还是智商略低，"要考试了吗？我怎么不知道。"

我和月饼落荒而逃……

为朋友虽然两肋插刀有点不太现实，但是插朋友两刀这种事情我们也做不来啊！

仓促间，我们俩竟然忘记了美甲店的阳气为什么会这么强烈……

三

如此又是几天过去，晚上没事干，我和月饼喝起了闷酒，一觉睡到天亮，直到被一阵急促的敲门声惊醒！

我懒洋洋地不愿动弹，月饼一边嘟囔着"南瓜，你也太懒了吧"一边把门打开。

杰克冲了进来。

我被杰克的样子吓了一跳！

一晚上没见，竟然感觉他起码老了十岁。灿金色的头发像鸡窝一样乱蓬蓬的，淡蓝色的眼睛里满是血丝，下巴上冒出一片胡碴儿。

“出什么事了？”月饼刚问了半句，就被杰克一把拉住：“来不及说了，快跟我走！”

说这句话的时候，我明显感觉到杰克强忍着巨大的悲痛。

当下也顾不得许多，我俩手忙脚乱穿上衣服，跟着杰克来到他租住的房子。这个房子我们也来过几次，不过大多数时间都是在他的心理辅导室，所以印象并不深刻。杰克深陷进沙发里，双手插进头发哽咽着：“你们自己看吧。”

半边房子被一张布帘遮着，月饼“唰”地拉开帘子，一具女尸静静地躺在床上。

帕诧！

虽然我已经想到可能会有死人，但是没有想到这个人竟然是杰克的女朋友！

“杰克？”我忍不住问了一句。

“不要问我……”杰克摇着头，脸上挂满泪水。

帕诧脸部扭曲，眼睛圆睁，似乎在临死前看到了无比恐怖的事情，脸腮鼓得滚圆，半张的嘴里好像塞满了什么东西。

月饼摸出柄瑞士军刀，撬开帕诧的嘴巴，我看清了她嘴里的东西，忍不住就要呕吐！

满满一嘴指甲盖！

月饼皱了皱眉，疑惑地看了看杰克，轻轻掀开遮盖着帕诧的白布。帕诧的双手血迹斑斑，十指的指尖完全烂成了碎肉，像是被什么东西啃过……

我实在是忍不住了，冲出去跑到洗手间呕吐起来。

吐完之后我捧了把水浇了浇脸，看着自己的指甲，每一个上面都带着小小的月牙阳白，指甲尖像野草般快速生长，缠住了每根手指头，向肉里面勒着，指肉从指甲缝里挤出，软软的如同挤牙膏……

我猛力甩了甩头，整个人略微清醒，才摇晃着回到屋里。

杰克双手握拳，眼泪仍然在不停地淌着：“帕诧很喜欢做美甲。这几天我看到她的指甲和原来不太一样，很通透，感觉很硬，亮晶晶的像透明的水晶。

“我摸了摸，凉凉的，很光滑，就问她在哪里做的美甲。她笑得很神秘，摇摇头不告诉我。

“过了没几天，清早起来的时候我的指甲秃了，参差不齐，像是被老鼠咬过。我自然觉得奇怪，心里面七上八下的。不过没几天就忘记了这件事，后来也没发生过。

“昨天晚上我迷迷糊糊做了个梦，梦见帕诧瞪着大大的眼睛盯着我，一张嘴，嘴里尽是各色的指甲。

“我立刻吓醒了！

“借着月光，我看见帕诧正趴在床边，拿起我的手啃指甲。她像老鼠一样咔拉咔拉地啃着，我吓傻了，只能大张着嘴，半天说不出话来。

“她似乎发现我醒了，抬起头紧盯着我，张开嘴，里面塞满了指甲，我有种要呕吐的感觉。

“帕诧对着我笑了笑，有几截指甲从嘴里掉出来，忽然举起自己的双手，疯了一样啃着！鲜血从牙缝里挤出，我甚至听到了“格吧格吧”咬断骨头的声音，当她的手指头被咬得血肉模糊时，好像清醒了。

“她看了看手指头，又看看我，喊了一句‘别去那里’！

“我根本不知道她在说什么，我也不想知道她在说什么，又不敢报警，只能守着尸体等天亮找你们。你们知道这一晚我有多么恐惧吗？”

屋子里面静悄悄的，我脑补着那一幕恐怖的画面，全身发冷。

月饼像是想到了什么，又掀开尸布，轻轻举起帕诧的手仔细看着：“南瓜，你来看。”

我实在不想多看一眼，但是月饼既然这么说了，只好憋住气走过去。帕诧的每个指尖都被咬烂了，在碎肉里面刺出半截白森森的指骨，我扭过头喘了口气。

“她的阳白没有了。”月饼这句话提醒了我。

我再看，帕诧残留的指甲盖上，没有月牙状的阳白，她完全没有阳气。

“想到了吗？”月饼问道。

我自然想到了一个地方，那个阳气猛烈的美甲店。其实就算没看到这个阳白，我也早该明白了。

“杰克，难道你没有想到吗？”月饼上下打量着杰克。

杰克愣愣地抬起头：“想到什么？”

月饼微微一笑：“没什么。这件事情我们俩或许能处理。”

“你们知道原因了？”杰克站了起来，双手握拳，两眼快要喷出火，“我也去。”

“不用了，你在这里把后面的事情处理好。”月饼整了整衣领走了出去。

难道月饼怀疑杰克？可是我看杰克这模样绝对不像是装出来，但又不忍心否定月饼的判断。

“杰克在装傻。”此时我和月饼正走向美甲店，他冷冷地说。

想想这段时间和杰克的接触，总觉得大大咧咧像个孩子充满阳光的杰克怎么可能隐藏得这么好，我犹豫着说道：“月饼，我觉得你说的不一定有道理。事关己则乱，杰克可能太慌张了。”

“也许是吧。”月饼抬头闭目，“终于来了。”

美甲店已经到了，此时天色已黑，路灯璀璨，所有的摊铺都亮着灯，唯独这家美甲店漆黑一片，两扇玻璃门倒映着我俩的样子，里面黑洞洞的，根本看不见什么东西……

月饼推了推门，反锁着。从袖口摘下一枚回形针，在锁孔里转了片刻，“咯噔”一声，门开了。

一股阴冷的寒气从屋子涌出……

四

“月饼，我觉得咱们应该准备准备。”我擦了把冷汗，自从“蝙蝠幽墓”之后，黑漆漆的空间总会带给我莫名的恐惧。

月饼抬腿迈了进去：“准备？我早就准备好了。”

我硬着头皮跟了进去，按照那天的记忆，右手两三米远的地方应该是个沙发。

月饼已经没入黑暗中，这间屋子黑得实在是超乎常理，我回头向门外看去，竟然找不到门在哪里。刚进了这屋子没两步，怎么会连门在哪里都找不到了呢？我顿时汗毛全竖，伸出手向前探着，根本摸不着什么东西。

“月饼？”我低声喊着。

“我在前面。”月饼应了一声，“向前走三步，向右，沙发这里。”

我这才放了心，按照月饼的指示，摸索着走到沙发跟前。眼睛完全看不到东西的感觉实在是太难受了，心里总是七上八下，担心在黑暗中有什么东西冒出来，或者碰到什么东西，转头看见一张苍白的脸。

相信如果家里停电，许多人都会有这种感觉。

这时眼睛多少适应了暗黑，隐约可以看到沙发上有道人影。我刚想过去，却突然想到：月饼怎么可能坐在沙发上？

“我在这里，快过来。”坐在沙发上的人又对我轻声说着。声音窸窸窣窣，像是婴儿的啼哭，又像是一个女人捏着鼻子尖着嗓子说话。

我听出来了，这不是月饼的声音。坐在沙发上的，另有其人，也有可能是别的什么东西！

我全身发麻，冷汗一层层黏在身上，想动又不敢动，完全不知道应该如何是好。等视觉完全适应了黑暗，才看清楚沙发上坐着一个身穿白衣服的人，看身材应该是个女人。她低垂着头，长发遮住了脸，双手抱在胸前，肩膀不停抖动，脑袋也随着上下点动。

她是谁？月饼去哪里了？

那个女人忽然停止了抖动，慢慢抬起头，对我含混不清地说道：“快来啊，来我这里。”

我看清了她的脸。

帕诧！

本应该躺在杰克家里的那具尸体——帕诧。

我两条腿已经软了，根本不听使唤。帕诧从沙发上慢慢站起向我走过来，身体僵硬地左右摆动，活脱脱一具僵尸！

走到我身前时，强烈的尸臭让我头晕目眩，她举起双手，咧开嘴对着我凄惨地笑着：“你看我美吗？我的指甲美吗？”

手指已经被连根啃掉，举在我面前的是一双光秃秃的手掌："喜欢我的指甲吗？喜欢就吃吧。"

她把手伸向我，眼球里是死鱼肚子的苍白，我终于忍受不了，怪叫一声，向后一跃，背撞到墙上，墙上似乎有玻璃碴儿，刺得生疼。

"月饼！"我又喊了一声，看到里屋帘子里面白光一闪！

"快打开手机扔地上照明！"月饼喊了一声，随即又"呜呜"地说不出话，好像是被什么东西堵住了嘴！

我连忙掏出手机，打开扔到地上，光亮照满了整间屋子，当我看清整间屋子时，真的很后悔打开了手机！

五

屋子墙壁上是纵横交错的褶皱，像蛆虫一样缓慢地蠕动着，又像是鱼身上的鳞片被炸起，那是密密麻麻一弯弯剪下来的指甲！

指甲相互碰撞着，发出"咔咔"的声音，每一次小碰撞都会掉落许多在地上，帕诧看到掉下的指甲盖，野狗一样冲过去，捡起来就送进嘴里，"咯噔咯噔"嚼着。

我实在是恶心得无法忍受，想到刚才靠在墙壁上，不知道后背扎了多少指甲盖，又觉得那些指甲盖好像穿破了衣服在往皮肤里钻，就一边扑打着一边往里屋跑。

到了里屋，我才明白刚才月饼为什么说不出话来了！

四个女人把他围在中间，抓着胳膊，其中一个女人把没有手指的手掌塞进了他的嘴里。

月饼看见我，"呜呜"喊着，指指这些女人。我心说你什么时候这么㞞了？眼看帕诧吃完地上的指甲，又摇晃着向我走来，发现她们好像并没特别强的攻击性，就是想叫我们吃她的指甲。

当鬼都这么变态！

当下也顾不得许多，把那几个女人扯开，任由她们在地上爬着捡指甲吃。

“你搞什么呢。”我虽然恶心，但是不觉得害怕了，估计这满墙的指甲够她们吃上几辈子的，一时半会儿不会惦记我们手上的。

月饼罕见地慌乱不已，嘴里“呸呸”不停：“不能打女人。”

“这哪里是女人，”我差点儿气晕过去，“这是女尸。”

“女尸也是女人，”月饼活动着手腕子，“我们上当了。”

我明白了：“杰克？”

“他绝对有问题！”月饼看着这几个已经死掉的女尸，眼中带着怒火，“这间美甲店是为了收集阳气的！在每个来做指甲的女人身上下蛊，收集阳白。当她们的阳白完全消失，体内没有阳气的时候，就会在睡觉时，阴气最重的时候产生强烈地补充阳气的意愿，所以要不停地吃指甲。哪怕是死了也靠这股怨气成为活僵尸。诱骗咱们过来，是想让咱们死在这里。”

“杰克收集阳气干什么？”这个问题我有点转不过来。

“不知道。”月饼冷冷地说道，“不过应该很快就有答案了。”

通过这段时间的接触，我已经把这个热情大方的外国人当作了好朋友，而现实让我很愤怒，也很沮丧！

“月饼，这几个人怎么办？”正当我捡起手机要跟着月饼出门时，想起那几具活尸，回头看去，她们仍然像狗一样趴在地上，一点点捡着指甲吃，寻找她们生前丢掉的阳白。

我心里很酸。

月饼沉默了良久：“我不知道。”

我心里黯然，这几个女的我已经看清了模样，除了帕诧，剩下几个也是我们学校的学生，其中有一个还教过我泰语。

杰克，你这个畜生！

“留在这里，会带来混乱的。”我喃喃自语。

这是一个很艰难的选择。我实在不知道对这些昨天还活蹦乱跳的同学做什么？可是什么都不做，天知道这些活尸还能干出什么来。如果被人发现，那造成的影响可能是无法想象的。

这是一场良心的较量。

对她们的怜悯和对社会的责任感。

我想起看的美剧《行尸走肉》，每次演到主人公们面对变成丧尸的亲人们宁可被吃掉也下不去手的桥段，我就觉得很扯淡。都已经变成僵尸了，为什么还不能杀死他们?

可是现在我明白了，有些事，真的不是能够做出选择的。

“轰！”门口传来巨大的爆炸声响，几乎把我的耳膜震穿，耀眼的火光爆裂而燃，强大的气浪把我们反推到里屋的墙上。

“你们已经被包围了！放弃抵抗，双手抱头，从前门走出！”扩音喇叭里面威严的喊声在刺耳的警笛声中重复着。

我们被警方包围了？

“跑。”月饼飞身跃起，撞开后墙上的窗户，跳了出去。

我也跟着跳出，身上被碎玻璃刮了几道口子，热辣辣地痛。

更痛的，是心!

整个清迈似乎都被警笛声笼罩着，从后街看，影影绰绰的人潮四处奔走，依稀能听到他们在喊我们俩的名字。

孤立无援的绝望让我不知所措，月饼拽着我喊道：“上房顶。”

“我们还能去哪儿？”我苦笑着。

“杰克家，”月饼几下爬到房顶，“那里现在最安全。”

第十二章 古曼女婴

泰国有一种很奇特的东西——佛牌。佛牌有阴牌和正牌之分，阴牌称为古曼。

所谓的正牌，是指泰国的寺庙由僧人亲自加持，然后销售以换取资金建造佛庙等佛教设施的牌。主要的代表牌种为必达、崇迪、药师、龙婆系列的佛牌。正牌可以增人运势，求财送平安，没有反噬作用。

而阴牌则是指阿赞将婴儿炼制成古曼童来施法做牌。由于灵力强大，阴牌比正牌要灵验得多，但是随之而来的是，阴牌反噬力也越强。阴牌越霸道，反噬宿主也就越厉害。

相传第一张阴牌是由一位无意中得到一本《蛊书》的黑袍阿赞用弃婴尸体或动物器官，放进桃木棺材里，用白蜡熬炼尸油制成的……

一

最危险的地方就是最安全的地方。

这句话我本来总觉得不靠谱儿，但是和月饼从房顶躲过无数辆警车和探射灯的追捕，来到杰克家，我才相信了这句话果然没错！

这栋简陋的两层小楼漆黑一片，看上去没有人。为了小心起见，我们从二楼的阳台翻了进去。

“月饼，你怎么想到来这里？”我擦了把汗，尽量使气息平匀。

“帕诧的尸体在美甲店，说明杰克先我们一步到过那里，而且还有三具尸体，他早就布置好了。”月饼鼻尖还挂着一层汗粒，满脸怒意。

我自然知道他这愤怒是怎么来的，因为我也同样满怀恨意。

杰克处心积虑布这个局就是冲我们来的。想起平时嘻嘻哈哈，天天凑堆儿斗地主喝大酒的朋友，这么做真的让我感觉到很恐怖。

更何况，他居然还杀死了四个女生，这是我最不能容忍的。

“进去查一下，看看有什么。”月饼撬开阳台的门锁。

走廊里静悄悄的，没有一丝有人的痕迹，看来月饼的判断确实没有错。我心里很佩服：月饼在这种危急关头，竟然还能保持清醒的头脑，选择了一个最安全的地方。

平时来这里玩的时候，我们都是在一楼，二楼从来没有上来过。因为毕竟是杰克的地盘，没有他的邀请，我们也不好意思随便乱溜达。

现在想想，二楼可能有什么他不想让我们知道的东西。

“南瓜，你闻到了吗？”月饼刚走过两间屋子停住了，疑惑地看着左边这扇门。

走廊里有浓郁的血腥味，还夹杂着说不出来的草药味道，而这些味道都是从那扇门里传出来的。

一连串的事情把我的神经绷得很紧，一时间竟产生了幻觉。我看到从门缝里向外流淌着浓稠的鲜血，挤压出白色的泡沫，“啵啵”地破裂着。

当月饼蹲下用手蘸着血在鼻端闻了闻之后，我才确定：这不是幻觉。

“人血？”我确实做不到像月饼这么冷静，蘸着血闻一下。

月饼手指捻着血迹："我不确定，进去看看。"

"等一下。"我始终觉得这么冒失不是一个好选择。

月饼已经把回形针探进锁眼："冒失是建立在自信上的。"

门打开了，让我没想到的是，屋子里竟然一片光亮。长时间在黑暗中，这突如其来的光线刺得我暂时性眼盲，过了好几秒钟，我才眯着眼睛勉强看清楚。

我曾在许多书本里看到过关于十八层地狱的描述：作恶之人头下脚上，放进油锅烹炸；绑在砧板上，恶鬼挥斧将人一块块剁掉；把人放进巨大的磨眼里，推磨碾成肉沫……

但这一切，都不如眼前所看到的带给我的震撼强烈！

这才是真正的地狱！

二

屋子正中央，一尺见方的血池正"汩汩"冒着血浆，横七竖八的导管延伸至血迹斑斑的墙壁，探进一具具类似人的东西的下体，用肉眼几乎不可见的频率微微蠕动着……

那些人（如果还能被称为人）实在让我不忍多看一眼。左侧墙壁上挂着三个，中间那个早已变成枯树的黄褐色，右边的却像个巨大的肥蛆，左边那个人看上去还算正常，全身插满了刀子，活像个刺猬。看到他尖尖的下巴、瘦小的身体，和死不瞑目后仍然晶亮的眼睛，我全身一颤。

这是一个我非常熟悉，以为再也不会见到的人。

乍仑的父亲。

我实在忍受不住，捂着肚子吐了起来。看到自己正踩在厚厚的血泊里，我更是吐得撕心裂肺，直到连胆汁都吐了出来，才虚弱地抬起头。

月饼却像是欣赏大师级的画作一样，站在每具恐怖绝伦的尸体前，挨个看着。

"月饼，你怎么能看得下去？"这种时候，月饼难道连一点同情心都没有吗？

这些人生前不知道受到了多少变态的虐待，才会变成现在这个样子，又是谁能够用这么残忍的手法，把这些人杀死？

难道是杰克？

杰克到底是干什么的？这里面究竟隐藏了什么样的秘密？

月饼回过头，我才知道误会他了。

那是一张因为愤怒而近乎扭曲的脸。

他拳头紧握，不停地哆嗦，眼中喷出的怒火几乎能引爆屋子里的空气：“我从来没有像现在这样痛恨过一个人。”

我明白月饼的想法，人最不能承受的背叛，不是爱情，而是友情。

我又何尝不是这么想的呢？

“这个人我认识，他就是乍仑的父亲。”我愤怒了。

说完这句话，我突然有了一种说不出来的感觉。我似乎想到了什么东西，可是又没有清晰的概念，这种感觉让我很不舒服，也忘记了这些被虐死的人所带来的恶心恐怖，挨个看过去，一边承受着视觉冲击的极限，一边想着这个问题。

杰克除了会催眠，从来没向我们显示过会别的东西。

催眠？！我脑子里划过一道闪电。我的记忆，会不会是被杰克深度催眠封起来了？

如果是这样，那么一切就全联系上了。难怪我第一次见到杰克时，头痛欲裂，又觉得他似曾相识。

杰克在我失去记忆的那段时间里，到底做了什么？他这么做的目的是什么？

正在这时，我已经走到吊在墙上的另一具尸体前，类似荆棘的蔓藤从他的身体里钻来蹿去，从眼眶中钻出的蔓藤把眼球顶出，挂在藤尖上，那是一对红色的眼睛！

我连忙向他身下看去，没有左腿！

我知道他是谁了！

清迈寺的阿赞——陈昌平！

他的父亲是人鬼部狼蛊，他也难逃毒手。

“杰克，在炼制古曼童。”月饼点了根烟。

“佛牌？”

血浆已经微微凝固，在地上颤巍巍地波动，像极了一块块血豆腐。

看着或浓或薄的血块，既像豆腐又像果冻，我心里暗暗发誓这辈子也不会再吃豆腐或者豆腐脑之类的东西，还有“喜之郎”果冻，尤其是草莓的！

月饼就这么走着，突然，他站在一具尸体前，看了一会儿像是发现了什么似的蹲下，把手探进血冻里，血淋淋地掏出一样东西：“我明白了！”

要不是肚子里刚才已经吐得没有存货，我差点儿又翻肠倒胃地呕吐！

三

他手里拿的是一截烧完的蜡烛！

月饼侧头看着尸体的脚尖：“南瓜，你看看别的尸体是不是脚底也有被烧烤的痕迹？”

我看着陈昌平被荆棘钻进钻出的尸体，强忍着恶心蹲下，心里把杰克十八辈祖宗骂了个遍，至于他的祖宗们能不能听懂中国话，这就不是我操心的了。

这个几个月前和我在清迈寺一起经历了“佛蛊之战”的阿赞，如今成了毫无生命的尸体。我心里有一阵发酸，侧头看去，果然在他右脚底板有着被火灼烧的黑炭色。奇怪的是在烧痕中心，还有一个圆孔，沿着孔的周围，有一圈淡黄色的人油。在脚底正下方的血冻上面，还有一圈圆形的印痕，像是曾经放过什么东西。

我起身退了两步，尽量离这些尸体远一些，这样就靠近房屋中央的血池。月饼掏出手帕擦了擦手上的残血，又狠吸了一口烟，四处看了看房间的布局，目光顺着导管延续到血池，脸色一变，大吼道：“快离那个池子远点！”

我并不知道发生了什么，当月饼这样吼时，我来不及多想，只是本能地向前蹿去。可是，已经晚了！

我发现身体在向前倾，腿脚却根本挪不动。这种姿势如同双脚被绑住，很容易就摔倒，可是眼看着就要摔在血冻中时，一股无形的力量又把我牵扯回去。

当我身体前倾时，月饼可以看到被我挡住的血池，只见他脸色变得异常难看，双眼眯成一条线又猛地睁开，我知道身后血池里一定发生了超出想象的事情。

可是苦于那股无形的力量把我牢牢地束缚住，根本无法转身，后脑勺像是有一只手，顶得我动弹不得。

这时我听到了池子里面传出“哗啦哗啦”的声音，若有若无的婴儿哭声听上去很嘶哑，好像有一双小手摁住我的背，接着是一双小脚丫子踩着我的腰，爬上肩膀，在我耳边呼着潮湿的热气。

我甚至清晰地感受到冰凉黏滑类似一块肉的玩意儿贴着我，脖子上面还沾着某种液体。有什么我看不到的东西从血池里爬出来，抱在我的背上。

这一次惊吓非同小可，我连鸡皮疙瘩都忘了起了，全身僵硬得连血液都不流，牙齿禁不住打战，大颗大颗的汗珠冒了一身，更觉得冰凉。

“月饼，我身后是什么？”我带着哭腔，连声调都变了。

我虽然胆子不大，可是遇到危险的事情总是能鼓起勇气，但是现在发生的事情实在是太未知了。如果你坐在电脑前或者走夜路的时候，突然全身不能动，有个东西爬上了你的后背，就可以体会到我的心情了。

人类永远对未知的事物保持着绝对的恐惧！

月饼笑了笑：“没东西，你神经过敏，产生幻觉了。”

“你这笑比哭还难看，还说没东西。”我心说都这时候了还给我吃宽心丸，有意义吗？

月饼又哭出个笑容：“晓楼，你千万别动，也别管身后有什么东西，我一定能想办法帮你解决。”

我只感到耳朵麻酥酥的，好像那个东西伸出舌头在舔我，心里更像是塞了无数毛虫，这就算不是被吓死，也能活活被身后的东西恶心死了！

“无华，不要以为你喊小爷大号不喊外号我就能踏实点。你就说我后面是个什么东西吧，我死也能做个明白鬼。”

“我不确定……”月饼试探着向我走了几步，“你现在能动吗？”

“我要是能动还在这儿杵着，你以为我植物人啊。”我气不打一处来，不过觉得身后的东西好像并没有什么危害，心里倒踏实了大半。

那种舌头舔我的感觉由耳根延到耳朵尖，搞得全身痒痒很不得劲，那个东西像是完全爬上了肩膀，在我耳边轻轻说了两个字。

实在是太过紧张，那玩意儿说的啥我没听清楚，倒是月饼好像听清楚了，眉毛一扬，完全没有了刚才的紧张状态，嘴巴紧紧抿着，一副想笑却笑不出来的模样。

那玩意儿又在我耳边喊了一声，这次我算是听清楚了！

不听见还好，一听见了，我差点儿没一口血喷个满屋，整出个血染的风采。

月饼终于忍不住“哈哈”大笑起来。

在这么诡异的屋子里，这么血淋淋的场景下，估计也就他能笑得这么没心没肺。

不过那玩意儿喊的两个字，也确实让我哭笑不得。

“昆妹！”

用汉语翻译过来就是：“妈妈！”

四

我和月饼走出那间如同地狱般的屋子，月饼笑得前俯后仰，肆无忌惮。

我满脸尴尬地杵着，一个大约两岁的小女孩，抱着我的腿，仰着小脸，一双晶亮的大眼睛忽闪忽闪透着股可怜劲，不停地喊我“妈妈”。

“南瓜！哈哈哈哈哈……”月饼捂着肚子，眼泪都笑出来了，“你老实交代，到底做没做过变性手术？这个在泰国很流行啊。”

我差点儿没背过气去：“你缺德不？都生死存亡了还有心思拿我开涮，小爷我根红苗正的老爷们儿好不好！”

“妈妈……”

小丫头又喊了我一声，可怜巴巴地要往我身上爬，我忽然想到个严肃的问题：“月……月饼，她不是要吃奶吧？”

她刚从我身上爬下来的时候，虽然浑身全是血，但是那双可爱的大眼睛让我心里疼惜不已，连忙把这个孩子抱出屋子，就着走廊头上洗手间里的热水洗了个干净，胖嘟嘟的小胳膊像是白嫩的藕节，红扑扑、粉嘟嘟的小脸上面旋着两个酒窝，活脱脱一个人参娃娃。

我们两个大老爷们儿哪见过这种阵仗，琢磨了半天才反应过来，撕了T恤给她做了个简单的袍子，可千万别冻坏了。

其实这么热的天，怎么可能把孩子冻着，不过我们也没什么带娃的经验。小丫头看看我又瞅瞅月饼，一头扎在我腿上搂着就喊“妈妈”……

我疼爱地摸着她的小脑袋，悲从心中来：自从来了泰国，就八字走背，这且不说，还收了个义女，最惨的是当了妈，这要是回国还怎么找对象？

她的出现多少缓和了紧张的气氛，月饼嘲笑了我半天，听到我说“她要吃奶”这件事，才敛起笑容，捏了捏小丫头的小脸蛋：“她吃的不是奶，是人血和尸油。”

“你说什么？”我眼睛瞪得比鸡蛋还大，根本不敢相信月饼说的话，“你开玩笑要适可而止，埋汰这么点的孩子很有趣吗？”

月饼把食指放到嘴里咬破，递到小丫头嘴边。小丫头含着月饼的手指吮吸起来，月饼眼中滚动着泪水，我傻了。

小丫头吸了一会儿，好像是吃饱了，咂巴咂巴嘴，开心地对月饼笑着。牙齿上斑斑血迹，连嘴角都挂着一丝血痕。

月饼帮她抹去嘴边的血：“南瓜，她是古曼童。”

来了泰国这么久，我自然知道什么是古曼童。许多商人、明星、官员政要到泰国的目的并不是单单为了观光旅游，他们的主要目的是请佛牌。

佛牌是一种很神奇的东西，不但可以让人转运，更能够助运。佛牌又分“正牌”和“阴牌”，正牌从大的寺庙就可以请到，但是威力远不如阴牌来得霸道。阴牌又称古曼，是由死去的婴儿炼制，把煞气依附到阴牌而成。所以，这类婴儿又被称为古曼童。

我心里突然痛得如同被扎了一刀，小丫头好奇地看着月饼，伸出小手把他脸上的眼泪擦掉，又张着嘴开心地笑着，很懂事地说：“叔叔，不哭……”

月饼背过身去，不停地擦着眼泪。我的眼前白花花一片：这么可爱的小女孩，怎么可能是古曼童!

“妈妈……妈妈……”小女孩扯着我的裤腿，看见我表情里透着悲伤，撇着嘴也要哭出来。

我连忙笨手笨脚地把她抱起：“乖……不哭不哭。妈……妈妈给你做鬼脸玩好不好？”

小丫头破涕为笑，点着小脑袋，认真地跟着我学鬼脸，又“咯咯”地笑起来。

“她应该是个死婴。”月饼擦掉眼泪，“杰克收集了这么多人的尸体，就是为了炼制成这个古曼童来制作最强的佛牌。这种丧心病狂的事情，已经超出正常人的思维范围。我想到一点，他绝对认识都旺，咱们的每一次经历，我相信他就在旁边隐藏着。而且，‘草鬼婆’事件里，他不是被下了蛊，而是在自己练蛊，碰巧被咱们遇到了，在医院的时候又被我解了蛊，转而炼制古曼童。”

我看着小丫头继续玩着在她看来无比有趣的游戏：“这个孩子怎么办？”

“不要问我。”月饼拳头握得关节直响，“办法有一个，那就是解决掉杰克，炼童人死掉，把这孩子身上的阴气导出，她才会恢复正常人身。不过我们如果要对付他们托付谁照顾这个孩子？而且她在恢复前，必须要喝血才行。”

我想起了一个人，或许她可以帮忙。

五

还记得我出车祸之后，在清迈医院住过一段时间吗？那个帮我挡了不少记者、始终彬彬有礼的小护士。

她的名字叫萼，后来我又去医院复查了几次，都是她帮我安排料理的，时间久了自然就熟稔起来。萼对中国文化有很浓厚的兴趣，有事没事就跟我学汉语，还常常嚷嚷着要和我一起来中国看看。我心说丫头你要是到了中国，估计能失望得这辈子不想再去。不过心里这么想，话可不能这么说。后来又一起吃了几次饭，倒成了关系很不错的熟人。

现在整个清迈都在通缉我们，想想也就只有她或许能帮上忙。

我和月饼一商量，如今也只能“逼上梁山一条路”，可是带着小丫头，逃过重重阻截，又谈何容易？

小丫头歪着脑袋，葱嫩的手指含在嘴里，我又是一阵心疼。月饼帮她擦了擦嘴角的血迹，走到一边烦躁地抽着烟。

“月饼，你倒是拿个主意，这里咱们待不了多长时间。”我脑子里面已经转过了无数念头，却觉得没有一个办法可行。

月饼把烟往地上一扔踩灭：“萼家距离这里多远？”

“三条街。”我默算着距离。

月饼对着我笑了笑：“我出去吸引开警方注意力，你把丫头送到萼那里。但愿萼是个有同情心的人。”

我着急起来：“月饼，你开玩笑是不？你这不是找死吗？”

月饼揉了揉鼻子，上半身赤裸的肌肉迸发着活力，摸着小丫头的脑袋：“我的命如果是为了救她，也没什么不值得。”

我看着面前这个平时说话少得不得了，做起事情完全不讲情面的青年，明白了他的意思：如果我们三个人牺牲一个救活另外两个，他愿意做那个牺牲者。

这已经不是什么信仰或者精神，而是最值得尊敬的人性。

“月饼，我觉得吧，”我顿了顿，努力挤出一丝微笑，想使自己显得豪迈一些，“要不你带着丫头去萼家，我吸引开敌人的注意力？你想啊，如果你做诱饵，谁去干掉杰克？我本事不大，肯定不是他的对手，所以还是我来吧。”

小丫头好奇地看着我们，好像听懂了讨论的内容，扯着我的裤子，指着前面的一个门：“妈妈，那里。”

那是炼古曼童旁边的屋子，我们的注意力始终集中在地狱般的炼蛊屋，所以也就没有注意到。

我也没心思怨念小丫头喊我“妈妈”有什么不得劲了，这个孩子虽然看上去和正常小孩没区别，但是因为她奇特的能力是我们所不知道的，也许那间屋里子有什么转机也说不定。

月饼利索地撬开门，这间屋子不像上一间灯光大亮。月色在黑暗中透过窗户，模模糊糊看到墙边有一张床，把整张床覆盖的白布下面，是一个人的形状，还发出“嘶嘶”的呻吟声。

月饼把白布一角掀开时，我看到了做梦也不会想到的那个人——都旺！

早已死在无情万毒森林蛇村里的都旺！

六

四颗钢钉贯穿手脚，把他活生生钉在床上！

都旺面色死灰，嘴唇干裂出一道道血口子，嘴里时不时含糊地喊着：“救我……”

钢钉插得很牢固，往外拔的时候，连带出血痕，显得格外刺目。都旺微微张开眼睛，目光已经涣散，时不时地痛哼着。拔完钢钉，我直接扯掉床布，做了简单的包扎，小丫头看到钢钉上的血迹，又欢天喜地地拾起来舔舐着。

收拾完毕，我和月饼对视着，不知道该说什么。一个已经死了的人，突然出现在面前，还被钉在床上，这种心情实在太难以形容了。

杰克，到底是什么人？而都旺，我们该怎么处置？这一切到底是怎么回事！

“那边，有个暗门……”都旺虚弱地指着墙壁上的一幅画。月饼扯下画，一个两尺见方的铁门露了出来。向里推开，阴冷潮湿的空气从里面涌出。

“不要管我了，你们走吧。”都旺无力地垂着手。

月饼犹豫了一下，还是把都旺背起：“南瓜，把小丫头带上，快走。”

在这种情况下，我实在来不及考虑太多，也顾不得动作粗鲁，一把夺过小丫头手里的钢钉扔掉，抱起她钻进那扇小门。小丫头不明所以，“哇”地哭了起来，声音大得能把我耳朵震聋。我手忙脚乱地哄着她，月饼背着都旺钻了进来，又顺手把门反锁，四个人沿着一条斜斜向下的地道往前走着。

地道里没有一丝光，什么都看不见，好在月饼拿着手机照明，虽说用来当火把有些大材小用，可总比摸黑抓瞎强。如此走了十几分钟，地势平坦，比刚才宽阔了不少。潮湿的墙壁上布满绿苔，地上积着大大小小的水坑，还经常能看见老鼠的尸体。

“再向前走，会有个岔路口，走左边那条。”都旺对这条密道似乎很熟悉。

小丫头这时也不哭了，趴在我肩膀上睡着了。走了没几步，果然看到了三条岔路，我想也没多想，选了左边那条跑了进去。

忽然，我觉得有什么地方不对劲，回头看了看。月饼背着都旺跟过来，差点儿和我撞个满怀。

“怎么了？”

我向他们身后看着，并没有别人，但是心里面那种奇怪的感觉更强烈了：“没什么，我总觉得好像有人在跟着咱们。”

月饼“哼”了一声，用手机将这条地道前后几米照得通透，别说人了，连鬼影都没有一条。

也许是神经太紧张产生了幻觉，我甩了甩头，索性不再去想。又往前走了不远，一个差不多篮球场大小的地下空间呈现在我们眼前。

墙壁和地面都是用坚固的水泥浇筑，难得的是还保持着干燥，墙角堆积着各种大大小小的箱子，用泰文详细地分类摆放着。

食品、水、药物，生活用品……

看到这几样东西，我眼睛一亮，小心地把小丫头放妥当。看她甜甜地睡着，我心里一暖，捏了捏她的小脸蛋才跑到那堆箱子处，打开药品箱子。

里面果然有我需要的东西，看了看日期，抗生素类的药品上面标着“1942”的字样，早就过期。我只好拔开酒精塞子闻了闻，又倒在手背上试了试，还没有变质，才又找了纱布和针线，拿着给都旺消毒缝合。

这时候我倒没觉得都旺曾经是敌人，只是看他这个样子，不救他觉得心里不忍。月饼没有吭声，看来也默认了我的做法。

酒精对伤口的刺激，针线缝合穿皮过肉的疼痛，让都旺终于彻底清醒过来，就是气色越来越差。

“谢谢你们。”都旺苦笑，“没想到救我的是你们俩。”

"我没有救你，"月饼冷冷地回道，"虽然你教过我很多东西。"

都旺神色悲戚："我确实利用了你，但是对我们学蛊的人来说，追寻的目标你们无法理解。"

"只是没想到，我被杰克利用了。他就是秀珠的弟弟。"

我的脑子又是一阵刺痛，好像想起了什么，但是这种剧痛感让我根本无暇顾及一闪而逝的想法。

下面我们听到的事情，完全超出了我和月饼之前的判断！

七

"我们蛊族，始终在追寻长生的秘密，如果能够长生，那么世界就是我们的。"

我心说照着秀珠的长生办法，你一年醒一天，估计首先琢磨的不是统治世界，而是找床被子。

"你们知道披古通吗？"

"你才屁股痛！"我回口骂道，都旺这个混蛋，到这个时候还有心思开玩笑，要不是我和月饼良心好，扔下他不管也不会背上什么内疚债！

不过也许是都旺太过虚弱，也许是这个防空洞过于空旷，我总觉得他的声音有些不同。而且脸不太对劲，有些皮动肉不动的感觉。

月饼很专注地听着，似乎没有察觉。

"在八百多年前，泰国有一个城堡，统治者名叫尚奴拉国王，他的女儿披古通公主不但有无与伦比的美貌，乌木般的头发还会散发出披古通花的芳香。有一天公主出城游玩，看到山雕正在吃腐臭的狗尸体。信奉佛教的披古通公主便发怒用粗鲁的语言责骂，山雕王非常生气，把披古通公主变成了一只丑陋的长臂猿。

"当长臂猿回到城中时，已经没有人认出她就是曾经美丽的公主。而山雕王的报复还没有结束，他准备集合所有山雕袭击城堡。长臂猿无法向父王传达这个信息，只好在他入睡的时候，偷偷爬进王宫，用毛发中的香气给国王托梦。

“国王知道了山雕王的计划，请了国内所有有名的僧侣，在山雕王入侵前做好了准备。经过一番激烈的战斗，山雕王失败了，披古通公主又恢复了美丽的样貌，但是她头发上的香气消失了。

“后来披古通公主的子女，都有一个特殊的本领，那就是通过梦境控制他人，支使被控制的人为自己做事。由于能力越来越强，导致了邪恶欲望的出现，制造了大规模的混乱和贫穷。披古通家族成了泰国最可怕的家族，直到全泰国所有白衣阿赞联手，才把披古通家族消灭。

“不过，也有一种说法，披古通家族逃出来一个小孩，悄无声息地生存着。”

“催眠？”月饼扬了扬眉毛，露出一副恍然大悟的表情。

“不错。就是催眠。”都旺深吸了口气，轻轻咳嗽着，“逃出来的那个孩子，生活在万毒森林里，居然误打误撞进了人妖村落，为了报复消灭他们家族的白衣阿赞（僧侣），他对人妖村下了催眠意识，那就是用尽全身邪术勾引去历练的僧侣失身，这样可以食肉延寿。他却在积累力量，延绵了大批子嗣，并联合被驱逐到万毒森林里的其他部族，掀起了差点儿颠覆泰国的一次战役。你们学了这么久，应该知道那场战役的惨烈吧。”

月饼对我摇了摇头，我却想到了在几百年前，泰国最惨绝人寰的“巴部栋战役”。史书上解释说，贫民忍受不了统治阶级的暴政，利用巴部栋这个虚拟的梦幻大神有了信仰，并在泰国国王诞辰举行盛大庆典时起义。

义军所到之处，烧杀抢掠，屠人无数，尤其对庙宇和僧侣，更是丧心病狂的毁灭，倒有些类似“二战”时纳粹对犹太人的屠戮。

不过此次起义虽然声势浩大，但是却在一夜之间，所有部队的首领都神秘失踪，群龙无首的情况下，义军顿时烟消云散。

没想到竟然是由什么“披古通家族”暗中策划的。

“披古通家族一夜消失，主要还是因为秀珠村落的介入。秀珠曾经对泰国一位著名高僧承诺，保得佛教在泰国兴盛不衰。之所以杰克是秀珠的弟弟，说来好笑，秀珠每次重生都要附皮，在巴部栋起义之后，所有披古通家族都被看守在蛇村，并不允许他们结婚生子，这样确保再无后患。而偏偏有个蛇村姑娘爱上了披古通家族的男孩，那个孩子也许是混血的原因，活脱脱是欧洲人的模样。他们终于冲破了禁锢，相爱生下了龙凤胎。女孩是泰国人模样，男孩却是活脱脱的欧洲人相貌。为了这两个孩子不再忍受被禁锢的痛苦，母亲偷偷送孩子出万毒森林。可惜路上就被追了回来，又正值秀珠换皮，女婴自然成了换皮对象。但是男婴在秀珠的保护下长大，却在成年后失踪了。他，就是杰克。”

“都旺，你的故事编完了吗？”月饼活动着手腕，“你怎么会知道这么多？”

“因为……”都旺闭上眼睛，嘴唇不停哆嗦着，“这都是杰克告诉我的，这一切也都是他策划的。”

“杰克想恢复披古通家族的荣誉，就找到了我。而我也想通过他得到永生的秘密，由他得知蛇村神奇所在。

“那天由南晓楼引路，到达蛇村时，不仅仅有我，还有杰克。只是他在暗处我在明处。当我被秀珠裹皮而死后，你们掩埋了尸体，也是他暗中把我挖了出来，利用蛊术让我复活。其实，也不算复活，我只是被下了蛊，现在我的生命，完全靠蛊虫维持。杰克之所以救我，完全是因为我还有利用价值，他逼迫我说出了古曼童的炼制方法。那些人的尸体、收集阳白，都是炼古曼童的需要。他要炼最强的古曼童，来加强自己的运势和力量。

“而且，他还在寻找一本失传已久的蛊书。”

又是一层真相!

我听得越来越糊涂，都旺不像是在撒谎，但是很多问题接踵而生，而且完全不符合我们经历的这段事情的逻辑。

“我知道的就这么多，做了这么多错事，我明白了，所谓的永生，真谛就是内心的平静，随你们处置吧。”都旺表情很安详，像是看透了一切。

“能通过下水道找到萼的家在哪里吗？”月饼忽然岔开了话题，走到一侧墙上摸索着。

我不知道他为什么这么做，但是肯定有他的原因。我仔细想着地面上的街道，肯定地点了点头。

“走吧，你教了我这么多，我没理由不管你。而且，我们的目标是杰克。”月饼背起都旺，“南瓜，你先去墙那边看看，我觉得里面好像有夹层。”

“哦？”都旺有意无意地向刚才月饼摸过的地方看了看，“这种防空洞有密室倒也不奇怪。”

我心说月饼这时候怎么还让我看什么夹层，不过还是走过去敲了敲，墙壁发出“砰砰”的声音，显然没有什么夹层。

月饼不好意思地笑笑：“可能我神经太紧张，观察太仔细了。”

他这句话和平时的性格截然不同，我明白他的意思了。再仔细看去，上面有一排英文字母，是新划上去的，字迹很潦草，看来是他刚才匆匆写下的。

“DWKNBSSF”！

这句话什么意思?

为什么要通过这种方式告诉我?

我心如电闪，用了各种方式想了一下，仍然不得要领。

“既然没有夹层，我们就走吧，这里不安全。”月饼背着都旺向外走去，“我因为你是都旺才救你，而是你还是一个活人。”

我应了一声，抱起小丫头，诧异地“咦”了一声。

小丫头还在熟睡，可就这么一会儿工夫，她竟然沉了许多，再一打量，居然长大了不少，看上去像是六岁左右的孩子了!

乱七八糟的疑问实在太多，我索性清空脑子，背着小丫头抢在前面带路。

“南瓜，你平时用什么输入法，上次给我发的短信怎么那么多错别字?”月饼跟在身后没头没脑来了一句。

我一下没反应过来，不过立刻明白了月饼的意思!

冷汗顺着脖子滑到背上，我知道那行英文代表什么了!

“DWKNBSSF”——都旺可能不是师父!

第十三章 鬼泰拳

在古代泰国，泰国和缅甸发生战争，泰国战败，国王被俘；缅甸王听说泰国国王是搏击高手，就此派缅甸拳师与他比赛，并许诺如果缅甸高手战败，就释放泰国国王。果然，泰国国王完胜，缅甸王也只好把泰王释放回国。之后，泰国国王把自己多年的搏击经验编织成一种拳法，传授给将士，这套拳法正是泰拳。

据《泰国民间史》记载，其实泰缅拳赛时，是两国派出拳术高手比拼。缅甸派出的是全国最强武士亚加拉达，而泰国却是一个不起眼的黑瘦青年。比赛前，青年用了半个多时辰进行了一段奇怪的舞蹈表演，嘴里还一直念念有词。而比赛过程更是诡异，亚加拉达就像是中了邪一动不动，任由黑瘦青年一拳击倒，全身青紫，不省人事。亚加拉达在家昏迷了一个多月才苏醒，任凭家人朋友如何询问，始终都闭口不言。直到一个夜晚，亚加拉达突然闯入皇宫，生生撕裂了国王，又把自己的肚子撕开，扯断了肠子而死。

黑瘦青年使用的神秘拳术，就是泰拳。赛前的舞蹈，则是用来召集阴魂助战的鬼舞。直到现在，泰拳比赛前，对战双方依然保持着跳鬼舞的习惯。博彩高手或者行内人士，能通过双方舞蹈的姿势，立刻判断出谁胜谁负。

一

我越想月饼那句话越心惊，再仔细回想重新遇到都旺，这一切实在太过巧合！而且都旺的声音和相貌确实有那么一点不同，更何况这个心里早已变态的人，怎么可能保持这么平静的心态。

何况他跟我们说的那些话，听上去合情合理，但是又似乎在哪里少了些逻辑。

如果不是都旺，他会是谁？

或者他就是都旺，只是被杰克用了什么法门控制了。比如催眠？

而我们在其中扮演了什么样的角色？

为什么会卷入其中？

这么想着，不知不觉已经到了萼住的那条街区。

我抬头看着一排铁栏阶，上面的井盖有几个排水孔，洒着柔和的月光。想到如果出去，一群荷枪实弹的警察有可能正对着我的脑袋，心里多少有些怯意。

月饼一路和都旺说着话。都旺时而清醒时而昏迷，但是月饼问的事情却又都能回答上来，这又动摇了我们俩的判断。

我把小丫头绑在背上，爬上台阶，顺着排水孔看去，视线能看到的范围内没什么人。我小心地挪开井盖，现在已是凌晨三点多，街上空无一人。

我和月饼各背一人，从下水道爬出，我辨了方向，看到萼的居所，沿着街边猫着腰跑了过去，正要敲门，却被月饼制止。

都旺又陷入了昏迷，我把小丫头放下时，发现她居然又长了不少，已经出落成十岁模样的漂亮小姑娘。

月饼把都旺斜靠在门前，眼睛眯成一条线，迸射出锐利的光芒！

乌云遮月，天地间顿时陷入灰暗的虚无中，一道闪电破空而劈，留下开膛破肚的血色残红。闷雷声滚滚而过，风雨呼啸而来，肆无忌惮地砸在我们赤裸的上身，潮湿中带着点冰凉的快感。

小丫头和都旺在门口位置，横出的门檐把雨挡住，恰巧形成了一柄保护伞。

“来了！”月饼低声喝道，迎了过去。

奇怪的感觉！

彻骨的寒气从街头席卷而来，由黑暗中扑向漫天大雨！

远远走来三个人，中间一人就像是走在温暖的阳光下，让任何一位少女都能为之着迷的脸上嘴角微微上翘，挂着邪邪的微笑。又一道闪电划过，金黄色的头发下是一双淡蓝色近乎发白的眼睛！

杰克！

在他身边的两人，衣服已经被雨水淋湿，暴露出凹凸有致的身材，长发被雨水打成绺，湿漉漉地贴着肩膀。

只是这两个女人走路的姿势有些奇怪，膝关节很僵硬，每一步不像是迈出，而是用身体带起腿，机械地踩进雨水里。

杰克对着我们挥了挥手，更强的寒气爆出，仿佛凝固了时间空间，阻挡了雨滴，天地间只有这三个人一般。

“当两只被猫玩弄的老鼠感觉怎么样？”

“感觉还不错，不过我们是猫，你是老鼠。”月饼微笑着回答，像是和多年未见的老友寒暄。

“哈哈哈哈哈哈……”杰克仰天狂笑，良久才收起笑容，傲然喊道，“知道对天吐口水会是什么下场吗？就如同这雨水，落到自己脸上。”

“所以，你满脸都是雨水。”我并肩站到月饼身边摊了摊手。

二

杰克面色一冷：“只要交出那本书，或许因为咱们斗地主的友情，我可以考虑放过你们。”

“书店里有的是书，不知道您要哪本？”我长长地打了个哈欠。

月饼摸了摸鼻子：“说不定他要的书店买不着。不过估计红灯区的街头小商贩那里应有尽有。”

“住嘴！”杰克被我和月饼冷嘲热讽得恼羞成怒，“就是你们去丹岛洞找的那本书！”

我老老实实地应着，从包里掏出一本书扔了过去。

杰克连忙接住，刚看到封面，就甩手撕得七零八散：“我的忍耐是有限度的！”

“南瓜，给的是苍老师还是东京热？”月饼做心疼状。

我不屑地瞥了南瓜一眼：“那两本书我怎么舍得，给他的自然是学校课本。”

杰克“嘿嘿”笑着，伸出舌头舔着嘴角的雨水，缓慢地后仰着身体，发出狼嚎般的号叫。

“三天，”杰克竖起三根手指，“我给你们三天时间。”

月饼也竖起三根手指：“我只需要三分钟就可以把你毙了！”

“呵呵，我倒想看看你如何能毙了最伟大的披古通家族的后人。”杰克冷笑着，双目幻彩连连，瞳孔忽大忽小，如同水纹荡漾。他身边那两个人像是提线木偶，猛地直起身体抬起头，露出原本被湿漉漉的头发遮挡的脸部。

一道闪电划过，两个人的样貌清晰地映入我的眼帘！我惊叫了一声，战栗着退了几步。

两张脸几乎一模一样，鼻子被生生削去，露出黑洞洞的圆孔，十多条钢针由眉毛处穿过被挖出眼球的眼眶，直到鼻孔的位置由上及下贯穿，把皮肉紧紧皱在一起。嘴唇却像是被热水烫过，血肉模糊地粘连在一块，鼓着密集的黄色水泡。整张脸更是布满芝麻状的颗粒，让人看了头皮发麻。

“这两个尸变的人妖可是我费了好大劲才从曼谷抓住带回来的。”杰克微笑着挥挥手。

刚才还走路看似僵硬的尸变人妖，随着杰克的手势，疾如闪电冲向我们。月饼摸出瑞士军刀，对准尸变人妖的肚子横切。

“嘭！”军刀在空气中碰上了一层无形的屏障，迸发出让人牙酸的摩擦声。两具人妖僵尸全身被雨雾笼罩着，伸出手抓向月饼。密集的雨雾中，月饼脸上不知是汗水还是雨水，全身紧绷着撑住她们的手，双脚却不停地向后一点点挪动。

我急忙向前冲去，想着能帮月饼分担一点总是好的。

杰克戏弄地对着我摇了摇手指，更让我火从心起。对着人妖僵尸挥拳击去，月饼大喝一声，操刀刺出。随着月饼前冲的身形，军刀没入尸变人妖腹中。只见两个尸变人妖晃了晃身体，上下半身如同拦腰斩断的木干，“啪”地分开！

月饼已经站在杰克面前，又是一道闪电划过，两张英俊的脸上都挂着闲庭信步的微笑。一柄刀架在杰克脖子上，微微划破皮肤，随时准备切下。

“还有什么要说的？”月饼单手拢了拢挡在眼前的碎发。

杰克仰起头深深地吸着气：“你们往后看。”

三

我连忙回过头，不由心里暗叫：“该死！”

刚才只顾得战局，却忘记照看都旺和小丫头。在萼家门口，门已经打开，萼目光茫然地站着，手里拿着两把刀子，分别架在两个人的脖子上。

“我早就想到你们会找她，所以提前把她催眠。”杰克舔了舔嘴唇，“她现在只有保护我的意识，如果我死了，她失去保护对象，会陷入无止境的催眠状态中。而且她最先要做的事情，你们应该知道……”

“啪！”杰克一巴掌扇在月饼脸上，紧接着又一下，三下，四下！

月饼眼中几乎喷出血！杰克每一巴掌，都把他打得侧过脸，鼻血流出，但是他仍倔强地继续转过头怒视着杰克！我握着拳头很想揍这个变态，却又无法动手！

杰克轻轻拍了拍月饼红肿的脸：“放心，今天不是杀你们的时候。我给你们三天时间，三天后会有人通知你们去哪里。既然是在泰国，那就用泰拳决定胜负！那两个人我带走了，如果你赢了，包括这个美丽的小护士，都还给你；如果你输了，我要那本书。”

月饼微微抬起头，斜看着杰克，笑了！

“我想告诉你一件事。今天你不杀我，将会是你这一生最后悔的事情！你一共打了我十七下，我会一下不少地还给你。”

杰克打了个响指，萼娇小的身材竟然毫不费力地扛起都旺和小丫头，走过杰克那里。

杰克摁住萼的脑袋，狠狠地近乎蹂躏地吻着，最后撕咬着她的嘴唇，直到血迹斑斑。

我心里一痛，却深深感觉到面对一件事情无能为力却又心怀愤怒的冲击感。

“你们可以放心地休息三天，等待泰拳之战！”杰克晃了晃肩膀，很无所谓地和萼转身走进迷茫雨雾中。

刺耳的破空之声传来，一个像贝壳般的东西落在地上，从里面探出爪子和脑袋，是一只从未见过的小虫。

“这是誓蛊，吃下它。三天后如果你们逃跑了，或者比赛时不用泰拳，虫蛊就会钻进心脏……”杰克的声音远远传来。

我看着那个虫子，一步抢去，想拿到手里吞下。没想到月饼速度比我还快，眨眼工夫，那只虫子已经被他吞下。

我急道：“月无华，这次我来！”

月饼努力吞咽着虫子，从他的表情能看出他正忍受着巨大的痛苦：“你这三脚猫功夫，还是免谈了。”

“你会泰拳吗？”慌乱间我根本不知道该说什么，竟然冒出这么一句。

“不会！”月饼回答得很干脆。

“那你还吞这个虫子干吗？”我一听立刻急了。

月饼摸着脸：“因为他打了我十七下！况且……我们的自尊也许不值什么钱，但它是我们唯一真正拥有的东西！”

四

萼的家我来过几次，既然杰克说了这几天不会出什么事情，所以我们就把她家当作临时避难所。

我和月饼的脸色都不好看，闷着头抽烟一言不发。都旺的生死倒是无关紧要，但是萼和小丫头是无辜的，我们必须要救。

现在的问题是：月饼根本不会泰拳，又吃下了誓蛊，如果不按照杰克所说，蛊发后的可怕后果可想而知。

如果杰克是解开所有谜团的钥匙，那么月饼不会泰拳这件事情就成了一把永远打不开的锁。

“南瓜，我需要你做一件事情。”月饼放下手机，“我刚才上网大略看了看泰拳，三天最多能学个皮毛，但是要每一招都用泰拳，完全不可能。所以……”

我没有明白月饼的意思，月饼摸了摸鼻子：“所以，我需要你用那个办法。”

“我不同意！”我反应过来，立刻拒绝了！

“不行也得行！”月饼站起身走了几步，“不置死地，怎能后生！”

我也少有得强硬：“那招太危险，稍有差池，你丫就变成个白痴！”

“我宁可变成白痴，也不能因为不敢冒这个险而被打败！”月饼冷笑着，“何况我已经吃了虫蛊，如果掌握不了泰拳，我的命从现在开始算起，就只有三天了。”

我当然明白这其中的道理，但是对最好的朋友用这个方法，始终做不到！

那两本书里，我记得有一章名为《过阴渡忆》，里面介绍了一种很奇怪的法门——人体里有阴阳两气，阳气就是俗称的“生命力”，而阴气就是体内的“灵魂”。这个法门是用银针按照顺序封住身体上的所有阳脉，把阳气纳入丹田，再由泥丸宫导出阴气。灵魂出体后，因为阴阳时限的不同，灵魂在世间一刻，即为生命力在阳世一时辰，换言之灵魂在世间可以做正常人短时间内做不到的事情！

中国的“五鬼搬运”“神游千里”都是用了类似的法门。

但是后果也很严重，灵魂极难操纵，如果稍有差池，灵魂无法回体，那么留在世间的就会是一个空壳……

所以在《过阴渡忆》最后，上面用朱砂写的字是：千万慎之，切勿乱用！

当时看到这一章，我还和月饼打趣说按照他的学习成绩，到了考试的时候用上这招，一夜之间就把所有习题都掌握，免得补考丢了祖国的脸。

没想到今天却要用在这里。

但是这个方法我只是看过，根本没有机会去实践操作，如果因为我的失误导致月饼出了问题……

“能不能利索点。”月饼往沙发上一坐，“大姑娘出嫁也比你利索！”

我冒了一头的汗：“我觉得以你的资质，三天掌握泰拳全部精髓也不是什么难事。”

“你说神话呢？”月饼抽完最后一口烟，“小爷时间有限，拜托南少侠爷们儿点。”

我从未觉得手有这么沉重，而前段时间一时兴起买的银针，此时更是重如千斤。

“哦，对了！”正当我把银针取出，翻开古籍温习，准备下针的时候，月饼突然说道，“南瓜，如果你学艺不精，小爷变成白痴，你也别带着我这个拖油瓶当累赘。我这么骄傲的人，很嫌弃被你救，还欠你个人情还不上。你就赶快跑吧，回国藏起来，把这段时间的事情忘掉就好！”

我鼻子一酸：“我没那么废柴！”

银针拿起，按照穴道顺序挨个刺下，这是我第一次使用针术，却是在用朋友的生命做赌注！

当我扎进最后一根银针时，手已经因为紧张哆嗦得完全不听使唤。月饼陷入了昏迷，身体白得和纸一样，体寒如冰，我的心脏快速跳动得几乎要炸了。

一道白影从月饼头顶缓缓钻了出来。

洁白得如同蔚蓝天空中飘浮的云彩，闪烁着星星点点的光辉。人的灵魂由白至黑分为七色，代表着内心的善恶。月饼的灵魂，是最干净的白色！

那道白影渐渐形成人形，依照月饼阴气离窍前的意识，专注地看着手机屏幕上显示的泰拳视频。

这是我第一次真正意义上与灵魂近距离接触，我却在想一个问题：我的灵魂是什么颜色?

五

三天后……

月饼坐在巨大的铁笼边上对我说道："回看台上吧。"

我回头看了看，心头突然有种不祥的预感。这种感觉让我很不舒服，再看看对面挂着阴冷微笑的杰克，却发现这种感觉并不是来自这个疯子。

对面，坐着被催眠的萼，都旺手脚经过了包扎，被捆得和粽子一样，嘴巴上还绷着条白布，一条毒蛇在肩膀上吐着芯子。小丫头看上去又长了几岁，已经是个十七八岁的大姑娘了！但让我无法忍受的是，她的脖子上套着一个铁链子，像狗一样被锁在椅子上。

"公平吗？"巨大的废弃篮球场里回荡着杰克的喊声，"只有我们，谁赢，谁带走想要的！"

那一刹那，月饼仿佛置身于古罗马竞技场，脚上缠着沉重的铁链。

对面的杰克，是和他一样扛着长矛举着盾牌的奴隶，就等着他露出哪怕一丝破绽，长矛便会瞬间贯穿他的身体。在喷流的鲜血中，杰克高举双手，迎接奴隶主们的欢呼和咒骂，期待着下一场不知生死的角斗!

杰克漫不经心地活动着胳膊，仿佛月饼是他的一个小小玩物，正等着自己的宰割。月饼没有搭理杰克，对着我挥了挥手。

那股不祥的预感越来越强烈了！巨大的恐惧笼罩在我身上。有一股强烈的阴气，带着野兽临死前最后一击的残忍之气慢慢覆盖了这个废旧的地下拳场。

我不安地四处看着，除了坐在对面的三个人、拳台上的月饼和杰克，再无一人!

这种感觉到底是从哪里来的?

"开始吧？"月饼退到拳台一角。

杰克没有言语，只是双手合十鞠躬，开始跳拳赛前的泰舞。我对月饼有着近乎盲目的信心，在过阴渡忆顺利完成之后，月饼对泰拳的掌握绝对达到了顶级的水平。

除非杰克有什么阴谋！

月饼转身对着拳台一角的泰拳神位置鞠躬时，杰克忽然停止泰舞，纵身一脚，侧踢向月饼！

“你偷袭！”我大吼，“小心！”

月饼反应倒是迅速，向旁一闪，杰克刚猛的一脚擦着月饼发梢扫过。月饼却没有回头迎战，反而指着我身后，眼中满是不可置信的神色！

我匆匆回头一看，什么都没有，又站起来吼道：“杰克，你违规就不怕被誓蛊钻心吗？”

“哈哈哈哈！”杰克仰天长笑，“你们俩真是傻得可爱！就像每次斗地主我故意输，你们还觉得占了便宜一样！誓蛊，我又没有吃下！守规则的只有月无华啊！”

我“腾”地站起来的一刻，才认识到我们俩的阅历经验实在少得可怜。这么明显的一个圈套竟然都没有意识到。

月饼的表现更是让我奇怪，杰克再起一脚的时候，他竟然连躲都没躲，反而伸着手对我喊道：“你小心！背后……”

杰克的侧踢正中月饼左臂！骨头“咔啪”断碎的声音响起，强烈的疼痛让月饼在那一瞬脸色煞白，左臂软软地耷拉下来，垂着头斜靠在拳台棕绳上。

杰克一记肘击，又正中月饼胃部。月饼闷哼一声，半蜷在拳台上，擦了擦嘴角流出的鲜血，奋力站起，突然仰天长啸，全身骨骼发出“咯咯”的爆裂声，一股青白色的气焰从身上冒出，把他罩在当中。赤裸的上身，竟然隐隐现出一只凤凰的文身。

“斗气！”杰克眼中贪色暴涨，“凤凰！难道？”

这股淡青色的气焰和凤凰的文身一闪即逝，我擦着眼睛，不确定刚才那一瞬在月饼身上到底发生了什么！

忽然，一阵冰冷的凉意从我的肩胛贯穿到前胸，锋利的刺痛感随即传遍全身，我纳闷儿地低头看了看，一柄尖刀还滴着血珠，在胸前兀自颤颤晃动。

我被刺了？

我努力扭过头，这个简单的动作因为胸口的疼痛而变得异常艰难，杰克站在我的身后，依旧挂着淡淡的微笑："很快就会不痛了。"

我的眼睛越来越模糊，依稀看到他施施然地走出去，我再回头看去，拳台上的杰克正和月饼保持着三米的距离！

怎么会有两个杰克？

我只剩下一个信念：如果我死了，也要在死前看到月饼把台上的杰克干掉！

月饼回头看了我一眼，轻轻张了张嘴："南晓楼，我会替你报仇！"

我点了点头。

男人的承诺！

比烈酒更灼热，比死亡更永久！

六

全身轻飘飘的酥麻感竟然让我忘记了疼痛，任凭鲜血流淌，任凭生命消逝，我只希望看到月饼在我死之前，把台上的那个杰克干掉！

至于真相，只能留给他去探寻了！

月饼深吸了口气，后退几步，后背顶着棕绳，冷冷地看着杰克。杰克抖了抖拳，全身肌肉高高隆起，勾勒出只有文艺复兴时代的雕刻大家才能完成的最传神的男性肌肉作品。

杰克跟进数步，左脚为轴，右腿带着必杀之势向月饼面部踢去。

月饼猛然蹲身，脚尖抵住地面，狠狠发力，向前跃出，头部向杰克腹部撞去。杰克惨叫着倒在地上，双腿死死夹住月饼的脖子，拳头在月饼身上胡乱击打。

月饼死咬着牙，强忍着越来越紧致的压迫感，奋力挣出右手，摸到杰克脸上，对着他的眼珠挖下。

杰克又一声惨叫，双腿一松，月饼急欲起身，却觉得手掌传来粗糙的咬痛！

月饼发狠地把被杰克用嘴咬住的手掌向外扯去，随着手上黏热的鲜血喷涌，好大一块肉从手掌剥离，留在了杰克口中。

月饼整个人压在杰克身上，狂性大发，低头张嘴咬住了他的喉咙！清脆的骨裂声传到我的耳中。

月饼死死咬着杰克的喉咙，喉结上下翻动，把鲜血生生咽进肚子里，杰克的双手在月饼身上击打着，只是越来越无力。

肉搏，真正的肉搏。

吃人肉喝人血的肉搏！

月饼嗓中发出声呜呜的狼嚎，牙齿牢牢地插进杰克的喉咙。他猛地抬头，大块的血肉和碎骨从杰克喉咙上被生生撕下。

一溜血箭从伤口中刺出，溅洒在月饼全身。

杰克睁大双眼，喉咙上的缺口往外翻涌着带着大颗大颗气泡的血沫，似乎要说什么，嘴里却无法发出任何声音。

月饼从嘴里吐出一样东西，是誓蛊怪虫："我不会傻到把这个东西吃进肚子里的，根本发挥不了作用！不管你是谁，我赢了！"

杰克双目猛睁，右手缓缓伸起，竖立了几秒钟，才软绵绵地垂落在地板上。

月饼在杰克脸上摸索一阵，"唰"的一声，撕下一张人皮！

我看不到冒充杰克的人什么模样，因为我已经快要什么都看不到了！

月无华，以后，就，靠你了！

直到我被一阵猛烈地晃动摇醒，月饼焦急地盯着我吼道："南瓜，你醒醒！南瓜！"

我发现自己并没有死亡前夕的枯朽感，而只有失血过多的冰凉感。

那一刀并没有伤到要害！只是穿过了膀子！

我嘴里喷出口血沫："还不快送我去医院！我还是处男呢！我要挂了月公公你负责得起吗？"

"你回光返照啊！"月饼居然哭了。

七

“月饼，你说那天咱们俩都挂了会怎样？”我看着点滴慢慢流进血管里，喝着酒若有所思道。

月饼顺手接过二锅头，灌了一口，又把点滴速度调到最大：“那就来世做兄弟吧。”

门锁响了，我神色紧张：“风紧，快把酒藏起来！”

月饼手忙脚乱中不知该把酒藏哪里，满脸惋惜地把酒瓶从窗户扔了出去。

听见酒瓶清脆的粉碎声，我的心也跟着那瓶月饼历经千辛万险带过来的好酒一起碎了。

门开了，都旺带着小丫头进来了，后面跟着满脸怒容的萼。

“别装了！又偷喝酒！”萼把乱七八糟一堆药往桌子上一放，“这样怎么能好？”

距离和冒牌杰克一战已经过去三天了，月饼撕开那张人皮面具，躺在地上的是泰国拳王阿凯，都旺倒像是真的悔过，不但帮我治伤，还安安分分地照顾着小丫头。我和月饼默默接受了都旺这份有些不合常理的好意，其实，我们都在等一个机会。

都旺分析说应该是杰克催眠术起的作用，在阿凯思想里制造了另外一个人格，至于杰克为什么这么做，还需要找到他本人才能知道！我肩膀被扎了个对穿，居然没有伤及内脏，不得不说是个奇迹。月饼浑身上下断了不少地方，只好老老实实地躺在医院里面还阳。

小丫头身体停止了生长，出落成十八九岁的大姑娘，身材相貌很是不错，也不再以人血为生，能够正常吃饭喝水，都旺说她身上的蛊已经解除，以后就是个正常人了。不过思想还停留在三岁小孩的时候，萼非常喜欢她，很认真地认她当了妹妹。

当她想给小丫头起个名字时，我顺口说了一句：“就叫秀珠吧。”

月饼有一口没一口地吃着饭，我手痒痒地拿出烟放在鼻子上闻着，在医院里自然不好公然抽烟，要不然萼的护士守则神功一旦发作可不是闹着玩的。

我对月饼使了个眼色：“都旺，我有事和你谈谈。”

都旺愣了一下，点了点头。

我指着窗外绿意葱葱的树林："咱们去林子里聊吧。"

八

我帮都旺把石椅擦干净，铺了个手帕，分别坐下。

"想听我一个故事吗？"我抬首望天。

都旺手里玩着还没有点燃的香烟，表示默许。

我自顾自道："一个人的仇恨有多深，我不知道。我只知道，如果他出生后，就面临着被禁锢的命运，而他的姐姐又成了别人续命的道具，无论谁都不会心平气和地面对吧。而他本身又有催眠的能力，所以，随着年龄的增长，仇恨在他心中终于长成一株大树，他从万毒森林逃了出来。他利用各种机会，认识了泰国会蛊术的人，目的很简单，不但要利用这些人达到他的野心，也要干掉消灭了他们家族的佛教和蛇村部落。你说对吗？"

都旺手上的烟灰已经很长时间没有弹落，目光变得越来越阴冷："我怎么知道？"

我微微一笑："嗯，也许你知道不愿告诉我。不过我会知道的。"

"当我坐上飞机时，曾经遇到了一个女孩，名字叫秀珠。她给我讲了一个很恐怖的'人皮风筝'的故事，后来才知道秀珠的真实身份。说实话，我以为那天遇见的是秀珠的鬼魂，这点我深信不疑。但是当杰克懂得催眠，又在我们面前催眠了被人骨皮带里面的恶鬼附体的蔡参，我就察觉到了这里面的不对劲。可是当时我把杰克当成朋友，所以没有深究，直到这几天，我才琢磨过来。杰克早就通过你，得知我要来泰国，于是就和我坐了同一班航线。我只不过在飞机上被他催眠了，同时他催眠了所有飞机上的人，当我听完人皮风筝的故事后，所有人都失去了对他曾经上过飞机的记忆。杰克用了一个很泰国的名字，拓凯！

"而这么做的原因很简单，他需要对蛊族的人有个交代，表示仍是合作关系，让我安安稳稳地到达泰国，参加什么佛蛊之战。

"至于下了飞机，杰克制造了一个局，让我目睹他被蛊族消灭，由明转暗，把身份完美地隐藏起来，一步步把我引入这个局。让你们都相信，他已经死了。这样他就可以在暗中做想做的一切，那就是收集蛊族和人鬼部的尸体，炼制古曼童。

“蛇村和草鬼的事情你告诉过我，所以我就不多说了。丹岛洞的事情，其实是杰克催眠了护士，在我们不注意的情况下布了血蛊，之所以这样做，是为了引诱我们去寻找解蛊的尸灰，还有那本他梦寐以求的蛊书。

“偏偏月饼没有拿到蛊书，但是解了杰克的蛊，他变得什么都不会了，只有催眠这个天赋，于是只好假装成我们的朋友。我曾经想过很多次红瞳之人到底是干吗的，在这里我有个大胆的设想，红瞳之人，也许才是炼制古曼童最后的原材料。你说对吗?

“直到我和月饼偶然遇上了阳白指甲事情，杰克认为我们对他产生了怀疑，于是提前设计把我们引入圈套，谁料我们误打误撞，不但逃脱了，还发现了古曼童的秘密。

“只是都旺，你为什么在那里，这可是一件很有趣的事情。”

“我说得对吗？杰克，作为披古通家族的最后一个人，你这个局布置得不错，因为失去了蛊术，你只能用苦肉计冒充都旺，再次接近我们，找机会询问蛊书的下落？甚至催眠了一个人，虽然我不知道那个人是谁，但是他带着你模样的面具，刺了我一刀。你伪装得很好，但是你忘记了一点，也是那一刀提醒了我。那个人是用右手刺出，杰克是左撇子，都旺却不是，而现在坐在我面前的人，是个左撇子。”

坐在我面前的那个人，左手拿着烟，我已经知道他的真实身份了。

杰克!

“呵呵。”杰克轻轻把人皮面具撕掉，“你是根据那个泰拳手的人皮面具想到了我是乔装的？”

“我不得不承认，人皮面具实在是太过逼真！不过能改得了面孔，却改不了心！都旺那种充满贪婪的眼神，和你这种仇恨的眼神是不一样的。”

都旺从眼睛里取出两枚黑色的美瞳，露出淡蓝色近乎发白的瞳孔：“戴着美瞳，看世界都是混沌的，还是这样舒服。”

“心不干净，看什么都是混沌的。”我依旧漫不经心地坐着。

“南晓楼，有时候，做个聪明人，真的不如做个愚蠢的人活得时间长。”杰克手背的皮肤鼓起、裂开，从里面钻出许多奇怪的虫子。

我慢慢站起身：“杰克，你没有觉得你全身已经开始麻痹，手脚已经不听使唤了？”

杰克大惊失色，看着自己不受控制的手指，想起身站起，双腿也完全失去控制，重重地摔在地上。

我走到他身前慢慢蹲下：“杰克，虽然我一直是根废柴，但是我一直相信，智慧在很多时候是更强的力量。”

“我怎么了？”杰克嘶哑着嗓子。

我从杰克坐的石椅上捻起一根细若牛芒的尖刺：“酥心草，刚才我就把它放到手帕上了。”

杰克脸上沾满潮湿的泥土，口水不停地流着：“你确实聪明，不过你搞错了一件事情。月无华身上的凤凰文身！那……那是……”

“那是什么？”我已经解开了所有的环，唯独这一环始终百思不得其解，连忙问道。

杰克的身体，已经僵硬冰冷……

我忽然看到他耳脚处的脸皮皱了一块，伸手摸去，他的整张脸随着手指的用力，上下轻微地滑动。

人皮面具。

我撕下了那张皮。

不是杰克，而是一个我完全不认识的陌生人。

九

回到病房坐下，我久久没有言语。秀珠和萼不知道去哪里了，只有月饼看着点滴发呆。

“解决了？”月饼活动着身体。

我默默地点了点头，实在不想说话。

月饼加快了点滴输液速度：“南瓜，虽然你平时胆子不大，不过我还是很佩服你。越到关键时刻，你脑子越清醒，也越容易超越恐惧。”

我摸着胳膊上的一排针眼苦笑：“‘取忆术’实在太痛了，脑子里就和刀割一样，我实在不想再有第二次。”

“如果不用‘取忆术’，你不会记起杰克在大巴车上的出现，也不会记起养尸河的事情，我们就很难从中发现端倪，推断出这些前因后果。”月饼低声说道，“换我也许不一定有勇气在自己身上使用没有掌握的‘取忆术’啊。这种疼痛下还能保持冷静的银针刺穴，也就你做得到。”

我想想前几天刚住院时，下决心恢复那段记忆所经历的疼痛，从心里面直打哆嗦，于是转移话题：“死的人不是杰克，我不认识那个人，搞不好也是被杰克催眠的。他说到你身上的凤凰文身，没说完就毒发身亡了。”

“哦？”月饼扬了扬眉毛，一副欲言又止的样子。

“你不知道自己身上有凤凰文身吗？”我总觉得月饼好像瞒着我什么。

月饼摸着鼻子喃喃道：“也不知道真正的杰克在哪里。”

这一连串的经历让我异常暴躁，不耐烦地吼道：“你别岔开话题！”

月饼看着窗外，不再言语……

每个人都有不为人知的秘密，哪怕是对最好的朋友……

“披古通家族的标志，就是在最危急的时候身上能够浮现出凤凰文身！”

月饼的声音很冷。

“所以我才被选为看守你的人，这是我从一些秘传的泰国古书上看来的。也许，我们的命运，都是被诅咒的。”

我不可置信地瞪着月饼。他竟然也是披古通家族？那他的父母是谁？这到底是怎么回事？

“别问我，我不知道。可是我相信，如果我们有良心，管他什么家族，管他什么身份！英雄，不问出处！南瓜，我要做一个好人！”

月饼这几句话，让我豁然开朗，也终于彻底揭开了心中的疑虑。

是啊！

英雄不问出处！

我们为什么相信人生会有逆转，因为我们谁都不知道自己未来到底有多么强大！

尾声

一

日本，神奈川县。

稚子半跪在门口为丈夫荒木穿上鞋子，鞠躬目送丈夫出门：“这一天又辛苦您了！”

荒木满意地点点头，拎着公文包出了门。开车路上，荒木回味着昨晚和稚子的旖旎风光，不由面红舌燥。

自从生了第二个孩子之后，稚子对夫妻生活完全提不起兴趣，虽然每次都不拒绝，但是荒木依然能看出她的敷衍。更可恨的是，稚子的身材在产后完全走样，原本小巧玲珑的身体变得肥肿不堪，以至于荒木也没什么兴趣。

每次路过红灯区，看着妖艳的妓女们搔首弄姿，工薪阶层的荒木只能摸着干瘪的钱包望之兴叹，去音像店淘一批最新的女优片在半夜偷偷看打发时间。没曾想一个月前邻街开了一家减肥美容中心，稚子在邻居麻生理太太的怂恿下报了名，居然在短短的时间内瘦了二十多斤，而且全身散发出一种说不出的魅力。

只不过听说那家减肥美容中心是一个帅气的金发外国人开的，减肥更是用上了匪夷所思的催眠疗法。不过日本人对性独有的变态观念让荒木倒觉得无所谓，他还经常和麻生理太太去主题宾馆偷情呢。

这几天可能有些纵欲过度，荒木觉得浑身轻飘飘的，身体没有明显的消瘦，但是称体重的时候却发现自己瘦了快十斤了。

“看来需要休息几天了。”荒木走进公司，站在电梯里眼睛盯着前面女子浑圆的屁股时心里暗想。

稚子和麻生理太太有说有笑地向减肥美容中心走去。

“荒木太太，那个外国小帅哥真的好可爱哟。如果能和他……”

“麻生理太太，拜托请不要在大街上说这种事情可以吗？让别人听到会脸红的。”

“哈哈，难道你不想？怎么可以连这个觉悟都没有哦……”

两名家庭主妇满怀期待地走进减肥中心，淡紫色的落地窗帘把屋子里的光线调整得异常暧昧，一个身材高大的外国人整理着灿金色的长发，跷着二郎腿，桌前一杯香气浓郁的炭焙特级蓝山咖啡。

“杰克先生，您好！辛苦您了！”太太们恭敬地鞠躬，麻生理太太今天特意穿了低胸装，这样鞠躬时就会有一道若隐若现的乳沟。

杰克那双淡蓝色近乎发白的眼睛对麻生理太太连瞥都没有瞥一眼，端起咖啡轻呷着，麻生理太太多少有些失望，不过很快又被杰克风度翩翩喝咖啡的动作迷住了。

“今天开始吧！”杰克起身走向内室，“或许会有不同的体验呢。”

“很期待呢。”她们相视一笑。

“哦，对了！东西带来了吗？”杰克声音里透着股不可抗拒的诱惑。

“带来了。”两位太太从包里掏出个小试管瓶子，里面是白色的黏稠液体。

“喝下去吧。”杰克温柔地说道。

二

“你说食谱这不是糊弄人吗？”我端着一勺盐，急头败脸地说。

月饼正专心切着酸萝卜：“咋了？”

我看着一锅炖得香气扑鼻，漂着一层金黄色油花，上下翻腾着雪白鸭肉的老鸭汤：“食谱上说加盐少许！这个少许是多少？中国食谱就不能像老外的一样，精确到多少克嘛。”

“因为那时候中国只有秤砣没有天平。”月饼嗅了嗅鼻子，“南瓜，火太猛，鸭肉老而不肥，腻而不油，这样炖出来的酸萝卜老鸭汤，最多只能算中品。”

我依言把火调小，月饼小心翼翼地端着酸萝卜倒入锅中：“这个细致活还是我来吧！话说我刚才在校园里看见一个小丫头，皮白貌美，胸大臀翘，当真是人间极品。只是不确定是不是人妖，你什么时候试探试探？萼刚才还问你这几天怎么没有去找她玩，秀珠智商发育得很快，这一个月工夫就达到十五六岁的水平了，也嚷嚷着要见妈妈。”

我听得头皮一阵发麻，月饼忍不住“哈哈”笑了起来。

就在这时，月饼电话响了起来，看到号码，他的表情很奇怪……

放下电话，月饼打开手机邮箱，皱着眉头看着。

“南瓜，快来看！”

我接过那份资料，刚看了第一眼，就倒吸了口凉气。

第一张是照片的传真：在狭窄的电梯里，厚厚的血浆中，横七竖八着人体残肢。内脏像气球一样在血中上下沉浮，但是最让我不可思议的是，从衣着上看像个男人的身体的脑袋竟然生生插进一个女人的肚子里。

月饼又递过来一张：两张类似按摩床的床上，并排躺着两具尸体。暗黄色和枯树皮一样褶皱的皮肤下，是横兀突起的全身骨骼，双目已经干瘪成晒干的枣子，整具尸体就像是一层老皮包了具骨骼，如同剥开裹尸布的木乃伊。

第三张是详细介绍：死者：荒木稚子，麻生理杏结。年龄：均为三十二。死因不明。死亡地点：神奈川县川崎区“美神减肥美容中心”，该店注册人为外籍人杰克。

下面是一张照片：灿金的长发，蓝得近乎发白的眼睛，嘴角永远挂着淡淡的不羁微笑，雕像般棱角分明的脸！

月饼眼睛眯起，迸出尖锐的光芒。

最后一张是电梯事件的详细文字解释：荒木大雄，荒木稚子丈夫。上午上班乘坐电梯时，突然失去控制，并展现出惊人的力量，将同乘电梯之人在短时间内逐一撕裂杀害，最后豁开柳生宝雅的肚子，把头伸进去窒息而死。

酸萝卜老鸭汤的香气在整间屋子弥漫着，我却闻到了浓烈的血腥味。

“吃完这顿饭，我要去日本了！”月饼很放松地伸了个懒腰，“你去不去？”

我手足冰凉，没头没脑地问道：“谁给你发的邮件？”

“一个网友，脸书上认识的，据说是阴阳师，不过对外身份是警察。”月饼摸了摸鼻子。

“什么？”我觉得三观尽毁。

“很漂亮的女警。”月饼讪讪笑着，“给你介绍介绍？”

“滚！”我自顾自地熬着老鸭汤。

“哦，对了，这是前一阵我闲来无事留的墨宝，当时纯属为了愤青一把，没想到派上了用场。”月饼从衣橱里翻出两件T恤。

我接过T恤，顿时被上面上一幅图画和歪歪扭扭几个大字搞得脑壳发炸！

那幅图是一个葱绿的小岛，上面写了七个大字：“钓鱼岛是中国的！”

“月饼，你到底是不是精神出了问题？你确定要穿着这个去日本？”我再也忍不住了。

月饼拍了拍胸膛，麻利地换上衣服：“少废话，穿上。到了日本，谁要是有意见，我就戳死他。”

“我还没说要去呢。”

“去灌篮高手的故乡神奈川县转转可一直都是你的梦想啊。”月饼似笑非笑地看着我。

“那是说去旅游，不是为了找杰克！”我还在嘴硬。

月饼没理睬我，豪气干云：“流川枫，我来了！”

我一咬牙：“赤木晴子，苍老师，我来了！”

第二段异域旅程：

日本!